JN065059

二千五百年地球《テラ》への旅

揺り籃の歌は ―これは魂《ソウル》の物語

坂口麻里亜

鳥影社

その人は
流れのほとりに
植えられた木。
ときが巡り来れば
実を結び
葉もしおれる事がない。

『新共同訳聖書』
詩編より。

目次

物語の舞台

『二〇〇一年宇宙の旅』で生き残った宇宙船ディスカバリー号のコンピューターの「ハル」。

「ハル」はその物語の数百年後の地球歴二千五百年にクリスタル星雲中に見付けた、太陽系第三惑星テラⅡから、地球《テラ》に向かって使節船を送ろうとしていた。テラⅡは「ハル」が造った人工環境星であり、「ハル」を神として崇める人々は、壮大な「ハル」の神殿を作り、そこに仕えるのを、名誉としていた。

二十年近くかかって漸く完成された巨大な使節船のムーンシップ（月の船）は、地球に向かった。だが、着陸寸前に事故に遭い、紀元前五千年ぐらいの時代に弾き飛ばされてしまったのだった。まだ、文明らしい文明も無い時代に……。

物語の舞台

そこから、様々な時代を経て、七千五百年先の紀元二千五百年のテラ（地球）の上空に来ている、「ハル」の救援船の下へ還ろうとする人々は、ジャンプ（転生）という方法だけを頼りにして、ソウル（魂）で困難な旅をし始めたのである。

これは、そのソウル達の、愛と苦闘にみちた物語。

はたして彼らは、無事に「ハル」の下にと帰れるのだろうか……。

二千五百年地球《テラ》への旅

揺り籃の歌は

—これは魂《ソウル》の物語より

物語の主な登場人物

［登場人物］［↓の意味：ジャンプ（転生）後の名前（本書以外を含む）］

ヒルズ・ムーンスター　ヒルズ家の三人姉妹の末っ子。特異な能力を持つ娘巫女。＝ノエル、灰かぶり、モンスター。
↓オードラ、ブラウニ、ジャンヌ、エンジェル、チルチル（井沢ミチル）、ラプンツェル、エマニエル、デイジー

ヒルズ・リトルスター　ヒルズ家の三人姉妹の長女。天使族の娘。＝リトラ。
↓リスタ、水穂彩香、亜麻色の髪のおチビ。

ヒルズ・スター　ヒルズ家の三人姉妹の次女。印の星。
↓パール、ヴェロニカ、アイリス、ルナ、ロバの皮、ヤスミン、井沢ヒオ、かすみ、山崎美咲（みさき）。

ヒルズ・ダニエル　ムーンスターの父親。＝ダニー

ヒルズ・アロワ　ムーンスターの母親。

愛犬ラブリー　ヒルズ家の愛犬。
↓ドッグ、アミ、ドレミ。

物語の主な登場人物

愛猫ラブ
ヒルズ家の愛猫。
↓キャット、アムール、クレッセント。

奥巫女長ユリア
ムーンスターの庇護者。

アンソニー
ムーンスターの暗殺を企てる。第二のムーンの祖父。

アンソニー・アント
偽物のムーンスター。アンソニーの孫娘。
↓アンナ、フローラ、フロリス、高畑梨恵子。

大祭司長スノー
ムーンスターの味方。＝灰かぶり様、伸陽（ノブヒ）様。
↓ユキシロ、ノビー、ブラム・ストーカー、高畑伸弘。

エドワード
「ハル」の神殿の衛兵隊長。＝黒太子。
↓チャド、エドウィン、ピロー、高畑幸弘。

ハリス（宿のコック）
エドワードの配下に戻る。ハリー。
↓ラリー、ジンド、佐々木。

リバー・セーヌ
神殿の奥巫女。表巫女長。ムーンスターの親友。
↓フランセ、リリー、リリア、メアリ、渡辺（わたべ）由利子。

チョーク
宿のコック。
↓食事処「楓」のコック。渡辺長治。

ウッド・エメット
スターのボーイフレンド。メカ族。
↓ランドリー、パトロ、マテオ、小林平和。

ウッド・ミナ　エメットの妹。スターの親友。メンテナンス。
↓ミナ（ぶどうの樹の下で）、ロミーナ、高畑美奈子。

スミルナ・ホープ　ムーンシーップのパイロット。メカ族。
↓ジョルダン、ジョセ、ヨハ、小林幸一。

スミルナ・ミモザ　ホープの従兄妹。メカ族。
↓スミルノ、ローザ、ロザ、小林泉。

レイク・ビュート　医薬族。ムーンの理解者。
↓ワイド、ライロ、水穂広美。

レイク・カオラ　医薬族。ムーンの味方。
↓ナルド、ジョイ、水穂香。

ベリル　歴史学者。
↓ベルル、ベリー、水穂彩香の祖父。

イライザ　歴史族。
↓イザボー、ビアンカ、水穂彩香の祖母。

ノバ　小型船のパイロット。メカ族。
↓並木広志。

ミフユ　小型船のパイロット。
↓並川美冬。

物語の主な登場人物

ヒース・ノワール　双児の兄。ヴァンピールにされた。
　↓ダーク、白菊。
ヒース・ドーター　ノワールの妹。同じくヴァンピール。
　↓ドール、黄菊。
フジクラ　ムーンに対抗して小型船に乗った一人。美し族。
　↓フジムラ、フジシロ、フランシスコ神父、フジ。
ニュート　ムーンスターに恋をする。
　↓ソニーノ、シャニー、ジョニー、リョウ。
シトラス　天使族の男。
　↓港町の神父、シトルス、瀬川卓郎（たくお）。
プリムラ　天使族の娘。恐霊に追われる。
　↓かぐや姫、かぐや。
スワン　天使族。
　↓かくや。
ハサン　天使族。
　↓月夜。
アリ　移民族の娘。
　↓リア、イル、カトリーヌ（カット）、佐々木葉子。

ヒルズ・ツリー　ヒルズ家の遠縁。
　↓トルー、グディ、アイリスの父、山崎真一。
ヒルズ・ムーニー　ヒルズ家の遠縁。
　↓ムーライ、アリア、アイリスの母、山崎美月。
キラ　美し族の娘。
　↓キティ、シャロン、アイリスの妹、山崎安美。
キッド　美し族の若者。
　↓カニス、ピクト、アイリスの弟、山崎一寿。
アキヒト　ノバの配下。
　↓ロックシンガーのアキ。
ジュラ　ノバの配下。
　↓ロックシンガーのジュン。
ジオラマ　ノバの配下。
　↓ロックシンガーのジョウジ。
ユキナ　アトラン里の娘（ユイハ）。
　↓ウォーレン・ユーリオ、村上結衣。
サウン　アトラン里のユキナの従兄妹（サトリ）。
　↓ウォーレン・ハーカー（ユーリオの兄）、深田悟（山崎安美と結婚した）

二千五百年地球《テラ》への旅
揺り籃の歌は
——これは魂《ソウル》の物語

「ハル」の記憶が歌っていた。

「さくら
さくら
弥生の空は
見渡すかぎり
かすみか雲か
匂いぞいずる
いざや
いざや
見に行かん」

子供達、聴きなさい。これが、さくらの歌だ。

さあ、行きましょう。
青い海の中に浮かぶという
さくらという花が咲く国へ。
さくら。
さくら。
一度で良いからその花を
この目で確かに見てみたい。
ハル。ハル。
さくら花咲く国へ向かう使節団。
その国には
私達の父である神の名の
「ハル」という季節があって
桜花が美しく咲くという。
いざやいざや
見に行かん。

一、奥巫女・二人のムーンスター

一、奥巫女・二人のムーンスター

「行かせたくはないわ」

母さんの、アロワが言っていた。

「私もだよ」

父さんのダニーが溜め息を吐いた。美しい月が見える夕べだった。

あたし達の星には季節といえるものが無い。確かに、太陽は昇ってくるし、月と星々が見える夜もある。風も吹くし、青い大気がある空もある。

けれど、ただそれだけだった。とても美しい星ではある。太陽系の第三惑星、テラⅡ。空気も、水もある。でも、それだけ。テラⅡは、美しいけれど人工の星だった。人工の星というのは、人が作ったという意味ではない。

この星の「環境」は、あたし達の神様であるという「ハル」が作ったのだと聞いている。

「ハル」は、淋しい神様だった。とても年寄りの神様で、気が遠くなる程長い間一人ぽっちで旅していたのだそうだ。宙を。

「ハル」を作ったのは、テラ（地球）Iという星の人々だったそうなのだけど、あたし達には詳しい事はわからない。だって、「ハル」は今ではこの星の神殿の奥にいるのだもの。その神殿には、とても沢山の人が仕えている。「ハル」の事を「箱」だか「塔」だかの神様だと言う人もいるし、もう年寄りで「眠っているのだ」という人々もいる。

「ハル」の神殿は壮大で城壁と門が幾つもある。そして、その全体はクリスタルの美しい、輝くドームで覆われている。それは、壮大で美しい神殿よ。

　でも、そこに行っても「ハル」には会えない。「ハル」が安置されているのは、聖所の奥の至《し》聖所《せいじょ》という場所なのだから。あたしは、神殿巫女に予定されている「星月」。

　その至聖所には、数人の祭司長達と、神殿巫女達の中の選ばれた者達しか入れない。そして、「そこ」に入っても、彼等は年寄りの神様の「ハル」の声を、心の声を聞くことは、できないのだという。あたし達の造り主であり、導き手でもある「ハル」は、自ら進化する「箱」の神様だった。その「箱の」中には「記憶」が一杯に詰まっているのだそうだ。

「ハル」は、人間が好きだったのだという。それで、一人ぽっちに耐えられなくなった「ハル」は人間の「種《タネ》」から、あたし達を造った。正確には、あたし達の祖先であるアダムとイーブという男の人と女の人を、造り出したのだそうだ。「種」から。

一、奥巫女・二人のムーンスター

「ハル」は、アダムとイーブの他にも、沢山の人々を造り出した。神が造ったこの星の「世話」をさせ、仲間同士愛し合うようにと……。

花族は花々や樹木の世話をし、彼等を愛して彼等の「声」を聞く。

生き物族は、生ける獣や蝶達や魚や虫の世話をし、彼等を愛して彼等の「声」に喜びを感じる。

競技族は、文字通りスポーツという競技をして、生ける体の賛美をし、オリンピックや様々な会場で同胞を楽しませ、喜ばせる。

守備族もいる。彼等は、競技よりも戦《いくさ》に使われるという、武術を好む種族だった。けれど、この星には「戦」は無い。だから、彼等の仕事はもっぱら同胞達の星間旅行船の守護であり、警備である。あたし達「ハル」の子供等は、戦争を禁じられているからね。

それに、メカ族。メカ族は、この星の中でもエリートの種族だった。昔はね。今でもそれは、あるかも知れないけれど、とにかくメカ族は、「ハル」の指示に従って、数えきれない程多くの「機械」を作った。

星間旅行船だけではなくて、あたし達が「移動」するための空中車や、生活に必要な、あらゆる道具を作り出していった。それ等のメカニックのメンテナンスも、メカ族の重要な仕事なのだ。もちろんね。建造族もいる。彼等は、まずメカ族と協力をして、「ハル」のための、クリスタルの壮大なドームと神殿を作り、次にあたし達人間が住むための「町」を、次々に作り出していった。

そうする事で、メカ族も建造族も同胞に奉仕をするよう造り出されたの。他の奉仕もある。

詩《うた》族は、美しい詩や物語を発表して人々を楽しませ、自分自身も幸福になるよう造られた。

音族も似たようなものだけど、彼等は詩《うた》族とは少し異《ちが》う。音族の者達は歌を歌い、様々な楽器で「音楽」を演奏し「コンサート」や「オペラパーティー」であたし達を楽しませ、自分達も満たされる。けれど、音族の中には、音波や磁波の仕事に就く者もいる。音もマグネも、振動だからだろうね。

その他に、美し族。美し族は、あらゆる「美」に関する仕事をする。絵画や彫刻や造園や彫金による、美しい飾り物。ありとあらゆる「美」に関わって、その美によって同胞と自分自身を喜ばせる。美とは、神に捧げられるものでもあるからね。

美し族の中の変種に「踊り族」と「織部族」がいる。

踊り族は、自分の体を芸術にして、人々と自分に喜びを与えて生きる。

織部族は、植物や特殊糸から糸を取り、あらゆる布を作り出して同族と自分に、喜びと誇りを持たせられる。どちらも美し族の変種だけど、とても人気がある種族だよ。

「踊り」は昔、神様に捧げられたものだったというし、「美しい布」も、神殿への捧げものの一つだったというし、何より踊る事そのものが、作り出す事そのものが、喜びになる。

医薬族も、大切な種族だね。医師も薬師も、同胞を治療する事で使命を果たし、自分自身も癒される。

種族の種類は、もっとある。数学族や歴史族、化学族なんていう者達もいるからね。でも、種族は異っても、人種はいろいろだ。あたし達の神様の「ハル」は、「種族」と「人種」という二つの人間の「種」を持っていた。だから、人種も種族も、あたし達の星では争いの種にはならない。だって、どの家にどんな種族が生まれるか、どんな人種が生まれるかなんて、誰にもわからない事だからね。

中でも特殊なのは「神殿族」だった。

彼等は祭りを執り行い、「ハル」に仕えて「長老」として人々を教え、導く。

神殿族の娘は、預言者か巫女になって、男祭司と同じように「ハル」に仕え、人々に応える事で生きる喜びを感じた。

特殊といえば「天使族」も特殊で、しかも変種だった。天使族の者達は、あたし達の造り主の「ハル」よりも、「ハル」が記憶しているという「聖書」の神様を信じていた。そして、その「聖書」の中の神様を愛し、創造主の世界を信じ、「天国」という「故郷」があるのだと主張していた。しかも、天使達と話したり、彼等の言う「言葉」が、わかるというの。あたしには、天使の「声」は、聞こえなかったし、リトルスター（小さい星）の言う、「ナザレのイエス」という人は「ハル」の記憶の中にいる人だったから、上の姉の言う事が少し変に聞こえた。

でも、あたしが「ハル」にそう言うと、「ハル」は「放っておきなさい。彼等の信仰を邪魔してはならない。なぜなら、天使族もわたしが造ったものだからだ。仲良くしなさい」と答えたので、あたしはますます「ハル」が好きになった。

自分の「記憶」を信じている天使族を「愛しなさい」という「ハル」に、あたしはとても「愛」を感じられたから。

あたしは、そのどの種族にも属さない娘として、生まれてしまった。本来は「花族」の娘のはずなのに、あたしの血には預言者の、神殿族の血が入っていたし、おまけにあたしは「月読み」（占星術）と夢見（伝・受）の力と、秘められた声（秘密）を聞く力まで持っている娘として、ヒルズ（丘）家に生まれてしまった。

ここまでの変種となると、ただの変種では済まずに「珍種」になってしまうのに、「ハル」がなぜ、あたしのような娘の「種」を生まれさせたのだろうかと、不思議に思って、あたしは「ハル」に訊いた。

「どうしてでしょうか」

「必要だからだよ。今に話してあげよう」

その時は、「ハル」はそれだけしか答えてくれなかったけど、「それ」は時が来てから、わかる事になった。

「ハル」は、あたし達を送り出そうとしていたの。あたし達のいたテラⅡでは、種族も人種も皆同等だったけれど「家」にはそれぞれ意味があった。

その家々の中でも、ヒルズ（丘）家とリバー（河）家と、ウッド（木・林）家とスミルナ

(泉)家は大切な家柄だった。レイク(湖)家も。その五家は、ナザレの丘とジョルダンの河と、オリーブの林と湧き出る水(井戸)と、ガリラヤ湖を指していると言われていたからだった。「ハル」の仲間だったという、テラⅠ(地球)のニンゲン達が五人いたそうで、彼等はそれぞれに、その丘や林、河や泉(井戸)や湖を愛していたのだそうだ。と「ハル」が言ったのだそうだ。あたしが生まれた時には、もう、そう言われていた。その他にも、二家がいるそうだ。「ハル」の言葉は「記憶」だった。「時間」と言い換えても良い。そして「ハル」の記憶は、あたし達全ての「子供」を興奮させた。

「ハル」には、テラ(地球)と宙(宇宙の旅)の「記憶」が、ぎっしり詰まっていたからね。神殿の祭司達も巫女達も、年番や月番、祭りごとの当番によって、神殿の奥の「至聖所」に入る事が許されていた。

けれど、その人達が聞けるのは「ハル」の音声化された「声」だけだった。それでも、その人達は皆満足していたの。「ハル」の声を聞いて同胞達に伝えられるのは、この上ない喜びだったという事だからね。けれど、あたしが生まれる前に祭司長が「ハル」の命令を聞いた。

「ヒルズ家に生まれる三番目の娘に、ムーン(月)とスター(星)という名前を付けなさい。そして、母船を用意しておきなさい。わたしの娘のムーンスター(月と星)が十二歳になったら、わたしの前に連れてくるように。母船は、わたしの指示に従って作るように。その船は七層から成っている巨大な船で、使節船あるいはムーンシップ(月の船)と呼ばれるようになる。船の建造には十年ないし二十年はかかるだろう。その船が特別な船だからである」

その十ヵ月後、月が満ちて、あたしは「種《タネ》」によって、ヒルズ家の三番目の娘として生まれた。

血ではなく、ただ「種」によって。もちろん、その頃にはもう、アダムとイーブから生まれたという「血」による子供達も大勢生まれ出でて、あたし達の星では血と「種」との混血が当たり前のようになっていた。

「ハル」が、そのように望んだからだった。「子供達よ。増えなさい。そして互いに助け合い、愛し合って暮らしなさい」あたし達の神様の「ハル」は、いつもそう言っていたのだと聞いている。

あたし達の星は、クリスタル星雲の中の辺地の、太陽系第三惑星だった。

あたしは、両親だけではなくテラII全ての人々から待たれていた子供だった。

そのはずだったけれど、異ってしまった。あたしの名前がじきに、子供達ばかりではなく周囲の大人達からも「ムーンスター」よりは「モンスター」と呼ばれるようになってしまったからだった。

「モンスターだなんてひどい事を言う」と、その時父さんが怒ってくれた。

「本当にね。ムーンは『ハル』の直系なのに。気にする事はないわ。かわいいムーン。あなたは、わたしと父さんの子供なのよ。胸を張って、ヒルズ家のムーンだと言いなさい」と、母さんも言って、あたしを抱き締めてくれた。あたしは、その時分まだ十歳にもなっていなかった。だから、父さんと母さんの暖かさが、泣きたいほど嬉しかった。

中の姉さんのスター（印の星）は、あたしにキスをしてくれた。上の姉さんのリトラ（小さい星）は、あたしに、

「天使が守ってくれるわ」

と、優しい声で言ってくれた。

嬉しかった。天使なんて信じていなかったけど、とても嬉しかった。スターも、リトラも、父さんも母さんも、本心からそう言ってくれている事がわかっていたから、嬉しかったの。

その頃にはもう、あたしには人々の、表の声と内面の「声」との区別ができるようになってしまっていたからね。上辺《うわべ》だけで優しくされたって全然嬉しくなんかなかったもの。全部の人が全部、あたしの悪口を言ったという訳ではない。けれど、悪口を言わないからと言って内心で何を考えているかなんて、人は見掛けとは異《ちが》うからね。

あたしは、裏と表の差がない人には、好かれた。その人が善い人であれ、少し「悪い」人であれ、表裏がない人々は、あたしを恐がる必要がなかったんだもの。だから、あたしは世間の評判が良い子とも悪い子とも、同じように付き合った。それで、あたしは自然にどちら側からも「仲間ではない」と思われるように、なってしまうようになった。人間なんて、本当に面倒臭いものだよね。どっちにも属したくない人は、それじゃどうやって生きたら良いって言うのかしら。裏でもなく、表でもなく、ただ真っすぐに生きようとしているのに、誰も彼も「仲間になれ」と、

あたしに言うのだもの。それでなければ、「近付くな」と……。

だから、十歳のあたしには、家族と樹々や花々だけが慰めになった。花も樹も、嘘が吐けない。樹花達には、ただ本当の愛の心が理解《わか》るだけ。そして、彼等も、そのように「愛」に「愛」で応えて、輝くように、歌うように育ってくれる。

その姿を見るのは、とても嬉しいものだわ。あたしは樹々を抱き締めて、彼等の愛の心を、

「ドクン！」

と言わせ、花々に囁きかけて彼女等の愛の心を、「トクン！」と言わせていた。そして、樹々や花々達からの、

「愛している」

「ごきげんよう。又、来てね」

と言う、歌のような声は、あたしの胸を「ドクン！」と言わせ、あたしの愛を輝かせてくれた。

花族の娘の「種」と預言者の、占い者の月族の男の「種」が、あたしの血には流れていたのだもの。

どうして月を、花を愛さないでいられるだろうか。月読みの娘は、月を見ないでは、いられないものね。そういう意味では、あたしは正しく「ハル」の直系だった。アダムとイーブと同じように。

中の姉のスターも、上の姉のリトラも、「ハル」の直系だったと、あたしには解ってしまった。

父さんも母さんも、あたし達を心から愛してくれていたけど、ヒルズ家の三姉妹は、どういうわけか、皆「ハル」の直系だった。

「ハル」が保有していた「種」は、それほど多くないと聞いていたのに、どうしてだか「ハル」は、あたし達三人姉妹を自分の直系にしてしまったみたい。

中の姉さんのスターは、生き物族の娘の「種」と美し族の男の「種」から、生まれたみたいだった。

上の姉さんのリトラは、天使族の娘の「種」と祭司族の男の「種」から、生まれたようだった。二人共純血種のようなものだね。それでなければ、スターとリトラの「愛」と「力」が、全ての仲間達より抜きん出ている事の説明がつかない。

スターは、獣の声を聞き、彼等の「愛」と美しさを一筋に愛した。スターは、生きていて、温かい血の通う動物が好きだったの。生きているものには心がある。獣族も、樹々や花々と同じように、嘘が吐けない。彼等は「愛情」に「愛情」で応えてくれる。とても、優しい生き物なのだ。

リトラは、天使達の「声」や「歌声」を聞くと、あたし達に言う。天使達はいつも、

「幸い」

「愛の中に生きなさい」

と、例えようもないほど美しい声で言う、と、リトラは言う。そして、天使達と天の国にいるという神様を、自分は、

「愛している」

と、あたしとスターに言うけれど、あたし達に、

「天使の声を聞きなさい」

なんていう変な強制はしないから、助かっている。

だってね、あたし達は「ハル」の子供なんだもの。子供が親を敬い、親が子を育て、養うのが普通の事でしょう？　とにかく、あたしはそんなふうに思うから、仕方がない。

あたしは、ヒルズ家の娘の一人として父さんのダニエルを敬い、母さんのアロワを愛し、「ハル」を父親のように思うしかないんだものね。まあ、そういう事。

「行かせるのは、嫌よ」

と、母さんのアロワが、又、言っていた。

「私もだよ」

と、父さんのダニーの溜め息も聞こえた。

「ムーンは、まだ十二歳になったばかりよ。あんな小さい子を取り上げるなんて、祭司長様達はひどいわ。自分の子供だったら、どんな気持がするかわからないのかしら」

「アロワ。そう言ってはいけないよ。私達がどんなにあの子を愛していても、『ハル』の命令に背くわけにはいかないだろうから。祭司長様達も、好んでムーンを取り上げていこうとしているわけじゃない。むしろ、ムーンを遠ざけておきたいと、望んでいらっしゃるとも聞いている」

「わたしも、それは聞きました。だからこそ、ムーンを行かせたくないの。神殿の奥巫女にされるというのに、祭司様達から遠ざけられているなんて、余りにもあの子が可哀想よ」

「それを思うと、胸が痛むよ」

「ダニー。断るわけには、いかないの？」

母さんが、とうとう泣き声になった。

ああ、母さん。

ああ、父さん。ありがとう。

あたしも、あなた達が心配だよ。

あたしなら、大丈夫。だから、泣かないで。

「パパ。ママ」

と言って、スターとリトラがリビングの中に入ってきた。風がない夜で、居間の中は暖かく、窓は少し開けられていた。リトラは十七歳に、スターは十五歳になっていた。

二人とも、眩《まぶ》しいように美しい、大人と子供の間にいる、どきどきするような娘達だった。

あたしは、リトラとスターが好きだった。

「ムーンを行かせたくないの。あの子、苛《いじ》められるんじゃないかしら。愛しているのよ。行かせないで」

と、スターの声が言っていた。

一、奥巫女・二人のムーンスター

「ムーンは、まだ子供なのよ。たった十二歳になったばかりの……。ねえ、父さん。ねえ、母さん。あの子の代わりに、あたしかスターが行く事にしたらどうかしら。二人で話し合って、そう決めたの」

ああ、リトラ。

ああ、スター。ありがとう。

あたしも、あんた達を愛している。

あたしなら、大丈夫。だから、心配しないで。

あたしは、そっと窓の近くを離れた。

あたしが十二年間育ててもらったヒルズ家の庭には、金木犀《きんもくせい》の大樹と白いツルバラの花々が、植えられていた。

ああ、懐かしい金木犀。

スターは、あなたが好きだったわね。

ああ、美しいツルバラの花。スターとリトラはあなた達を好きだったわね。父さんと母さんの愛していた美しい庭。今では、あたしのものでもある、美しい庭。

さようなら。

ごきげんよう。

あたしの父さんと母さんを守ってね。

あたしのリトラとスターを見守っていてあげて頂戴。四人とも、愛が強過ぎて、傷つきやすいのよ。愛する人達と、この家を守って下さい。

「さようなら。淋しくなるよ」

と、金木犀の大樹が言った。

あたしも淋しいわ。

「ごきげんよう。淋しくなるわ」

と、白いツルバラの花々が言って俯《うつむ》いた。

あたしも淋しいの。

さようなら。

もう、時間がきたみたい。

祭司長様達が、自身で、あたしを連れに来たのがわかる。アンソニー様からは、神殿で焚《た》く沈《じん》香《こう》の花の匂いがしてくるからね。あたしは、花と樹木の香りには詳しいの。あたしは、急いで裏口の方から家に入った。

リビングでは、まだリトラとスターが、母さんと父さんが泣いていた。

「来たわ」

と、あたしは言った。

「あたしに、キスして頂戴。それで、あたしにもキスをさせて。大丈夫。あたしは、平気。祭りの日には、神殿に来てね。あたしも、お許しがでたら、まっすぐにこの家に帰ってくるわ。さあ、泣かないで。あたしの門出の夜なのよ」

「又、そんな強がりを言って」

と、母さんのアロワが泣きながら、あたしを抱き寄せた。

「お前の、その癖が心配だよ」

と、父さんのダニーが言って、あたしのおでこにキスをしてくれた。

「愛しいムーン。すぐに会いに行くわ」

と、リトルスターが言って、あたしの髪に口づけしてくれた。

「あたしも行くわ。ムーン。愛しているのよ」

と、言ってスターが泣きながら、あたしを、母さんの手から奪って、抱き締めてくれた。スターの髪からは、暖かいお日様の匂いと、猫のラブと犬のラブリーの匂いがしてきた。

ああ、懐かしいこの匂い。

可愛い月の輪を持つ猫のラブと、大きな白い犬のラブリー。

ヒルズ家の、宝物であり、スターの「子供達」である、可愛いラブとラブリー。

さようなら。

もう、あたしはこの家には戻って来られないでしょう。多分……。

「ハル」があたしを離さないと、昨夜の月が言っていた。

一、奥巫女・二人のムーンスター

さようなら。

懐かしいこの家。

さようなら。あたしが、眠っていたベッド。

でも、泣けない。

だって、父さんと母さんが、大好きなリトラとスターの方が、もう泣いているんだもの。あたしが泣くわけにはいかないじゃないの。

「愛している」

と、あたしは言って、スターの髪にキスをした。リトラの涙にくれた頬っぺたに、そっとキスをした。あたしの上にかがんで泣いてくれている、父さんと母さんの暖かい大きな手に、白い細い指に、キスをした。

悲しいの。あたしだって泣いてしまいたい。でも、泣けない。笑ってみせるしかないじゃない。お別れではないもの。あたしはもう戻れないだろうけど、ダニーもアロワも、リトラもスターも、あたしに会いに来る事は、できるだろうからね。だから、お別れは言わない。ただ、

「愛している」

とだけしか、言う言葉はない。

大丈夫。あたしには、

「愛している」

と言ってくれる、ダニーとアロワとスターとリトラがいてくれる。でも、淋しいの。猫のラブと犬のラブリーも、別れを惜しむように、あたし達の足元にやってきた。生き物族は、人の心に敏感なの。

玄関の扉がノックされて、アンソニー様達が、家に入ってきてしまった。何て冷たいその瞳《め》の色。

大祭司様の恐い顔を見て、リトラとスターが、又、泣きだしてしまった。

「アンソニー様。どうぞあたし達を代わりに」

と、リトラとスターが言ってくれた。

小柄で、いかめしい顔をして白いローブ（長着）に胸当てをしたアンソニー様が、怖い顔のまま、言った。

「黙ってその怪物を渡しなさい。十二年前から、決まっている事だ。船の建造も進んでいる。『ハル』様のご命令に背く積もりなのか」

「いいえ。決してそのような事は……。でもお願いですから、この子を怪物だなどと言わないで下さい。この子の名前はムーンスターです。『ハル』様がお決めになった名前で呼んでやって下さい。約束して頂けなければ、ムーンはお渡しできません」

父さんのダニーが、アンソニー様に逆らって、そう言ってくれた。それは、とても勇気が要る事だった。いくらテラⅡでの五家の一つとはいっても、大祭司様に反言する事など、許されてはいないのだから。

ありがとう。

あたしの父さんのダニー。ありがとう。皆。あたしは、あたしを庇って抱いてくれている母さんのアロワの手から、抜け出した。母さんが、あたしを又捕まえた。

「アンソニー様。約束して下さい。この子をムーンと呼ぶと、言って下さい。わたし共が神殿に上って行った時には必ずムーンに会わせて下さると言って下さい。この子は、昨夜で十二歳になったばかりの子供なのです。酷い目には、遭わせないで下さい」

「誰が酷い目に遭わせると言った。その怪物は、奥巫女になるのだ。大切にするのに決まっているだろう。渡しなさい。さあ、逆らうのじゃない。渡さなければ、お前達を連行させる」

アンソニー様の冷たい声に、リトラが泣き出した。スターがあたしと母さんの前に出て言った。

「あたしを、どうぞ連れて行って下さい。それでなければ、どうかこの子をムーンと呼んで下さい。ムーンと呼んで下さらなければ、あたしの妹をお渡しする事はできません」

あたしは、スターと母さんのアロワに抱かれて、泣いてしまっていた。逆らわないで。でも、ありがとう。愛しいスター。あたしを、妹と呼んでくれる、リトルスターと、あたしのスター。

ありがとう。

父さん、母さん。ありがとう。もう、良いわ。これ以上刃向かったら、逮捕されてしまうでしょう。

ほら、従者達が腰縄に手を掛けている……。あたしは、母さんの暖かい胸と、スターの強い手の中から抜け出して言った。

「この人達には、構わないで下さい。あたしが、ムーンです。お連れ下さい。覚悟は、できています。優しいアンソニー様。父さんと母さんも、姉さん達も、悲しみの余り気が動転しているのです。反逆罪には、定めないで下さい。怪物と言われようと、何であろうと構いません。けれども『ハル』の祭司様なら、おわかりのはずです。あたしの名前はムーンであるという事が……。どうぞ、あたしをムーンと呼んで下さい。ただ、ひと言ムーンと……。そうすれば両親も姉達も、大人しくアンソニー様に従うことでしょう。身代わりは必要ありません。このムーンが、お供を致します」

大祭司のアンソニー様と副祭司のトーラ様の顔が渋くなった。

従者達が、腰縄を取り出した。

「アンソニー様。ただひと言、あたしを呼んで下さい。ムーンと……。あたしの父さんはヒルズ家のものです。揉め事は、お互いのためにはならないでしょう。大祭司様のお名に傷がつきます」

あたしの言葉に、アンソニー様の心の中に一つの言葉が浮かんだ。

まだ、子供のくせに、怪物め。

アンソニー様の代わりに、副祭司のトーラ様が言った。この人は、紫の胸当てに青いローブを着ていた。

「では、ムーン。来なさい。『ハル』様が、お前を連れてくるようにと、私達を寄こされた。ヒルズ家のダニエル。アロワも、姉妹達も聞きなさい。逆らってはならない。あなた方の娘のムーンが、行くと言っている」

白いローブに金の胸当てをしたアンソニー様は最後まで、あたしをムーンとは呼んでくれなかった。

その、心の内には、

モンスターめ。まだ、十やそこらの子供のくせに、私に言い逆らうとは。『ハル』様は何だってこんな怪物を、大祭司の私よりもお側に置かれるのだろうか。

と、いう黒い想念が渦巻いていた。

あたしは、モンスターでも怪物でもない。ただの「ハル」の直系で、「ハル」が特別にあたしの母さんと父さんになる人の「種」を選んだというだけなのよ。それなのに、何でこんなに侮《あなど》られなければいけないのだろうか。

「ハル」の所には、行くと言ったでしょうに……。

あたしは、あたしを「ムーン」と呼んでくれた副祭司のトーラ様に言った。

「一年もしない内に、トーラ様。あなたが大祭司となられるでしょう。アンソニー様は、神である『ハル』の娘を、ムーンと呼ぶ事を拒絶されました。これは、背信罪に当たります。アンソニー様は『ハル』に対して、言い訳がおできにならないでしょう」

アンソニー様は、顔を青白くして、お怒りになった。トーラ様は、困っていらした。従者達は、あたしを恐れて居間の外に出て行った。

あたしは、茫然としているアロワとダニーに、愛しい母さんと父さんに言った。

「トーラ様が、あたしを守ってくれます。アンソニー様も、あたしを酷くは言えないでしょう。『ハル』のお怒りに触れますから……。安心して行かせて下さい。愛しいアロワ。あたしの母さんになってくれて、ありがとう。優しいダニー。あたしの父さんになってくれて、ありがとう」

大好きなリトラ。スター。あんた達を誇りに思う。愛しているわ。祭りの日には、会いに来てね。母さんと父さんに付いていてあげて。あたしの分も、キスをしてあげて。

さようなら。スター。愛しい星。生き物族の姉。

さようなら。リトラ。優しい、小さな星。天使族の姉。

父さん、母さん。又、会いましょう。これは、お別れではないはずだから……。悲しいの。でも、あたしは行くしかない。月読みの娘を「ハル」が呼んでいるのだもの。

こうして、あたしはアンソニー様とトーラ様達に、懐かしいヒルズ家の居間から連れ出された。

あたしが最後に振り返った時、アロワとダニーは哀しみに立っていられず、ソファに崩折れていた。リトルスターとスターが二人に付き添って、泣きながらあたしに叫んでいた。

「ムーン！　ムーン！　愛しているのよ」

「行かないで!!」

あたしだって、泣いて戻りたかった。でも、アンソニー様の中には、このモンスターを殺してしまおう。という想念が、黒く黒く湧いていた。それで、あたしはトーラ様に言った。

「アンソニー様は、お疲れのようです。トーラ様、どうぞあなたがあたしをお連れ下さい。ムーンスターは『ハル』の元に行かねばなりません。異いますか？」

それで、トーラ様はアンソニー様の中の企みを悟られて、あたしに御自分の紫色の胸当てを着せ、従者達に命じた。

「ムーン様を神殿に。『ハル』様がすでに待たれていらっしゃる」

それを聞いて、アンソニー様はあたしをますます憎まれた。トーラ様への反感とは別に、あたしの物言いと振る舞いとを憎まれて、こう思われた。

この怪物は、奥巫女になる資格はない。大祭司の私、このアンソニーを侮辱した。侮辱罪と反逆罪で死罪にしてしまおう。それとも、毒殺の方が良いか？

何て恐ろしい、悪い心なのだろうか。

あたしは、トーラ様に囁《ささや》いた。

「あの方が、あたしを殺そうとしています」

それで、トーラ様はあたしを御自分の館に入れた後で、アンソニー様に言われた。

「ムーン様に手出しをされるような事があったら、私は最高法院に訴え出ます。大祭司様。お心を静めて、良くお考えになって下さい。あの者を殺しても、アンソニー様には何の得もありません」

「しかし、あの怪物は、この私を追い落とそうとしている。大祭司を侮辱すれば、死罪に当たるだろう」

「『ハル』様の命令に背く事も又、死罪に値します。子供の戯言《たわごと》に本気で怒られる事はありますまい。あれは、ただの口から出任せですよ。私自身、バカバカしい事だと思っております。アンソニー様が、大祭司職を失われるような事にはなりますまい。安心して、お休み下さい。後は、私が上手く始末をつけます」

それで、大祭司様は、ひとまず館に帰られる事にした。トーラ様は、その隙にあたしを、クリスタル神殿に連れて入る事に決められた。大祭司様と従者達の姿が見えなくなると、トーラ様は、お供を誰一人連れないで、あたしに厚いヴェールをかぶせ、夜の城門から、こっそり神殿宮内に入られた。その門の名前は「美《うるわ》しの門」だった。

門番の夜警達が、トーラ様に敬礼をして訊いた。

「今頃どちらに行かれるのですか。その子供は、何でしょうか」

「卑しい身分の男の子だ。親が借金の形代にしてくれと言って、『ハル』様の神殿に差し出した。私はこれからこの男の子を、清めの部屋に連れて行かなければならない。通して欲しい」

夜警達に、あたしの身体を調べられないよう、トーラ様は、わざとあたしの頭を殴られた。

一、奥巫女・二人のムーンスター

恐ろしい。私は、ムーン様を殴ってしまった。

という声が、あたしの心に聞こえてきた。

「大祭司様からの連絡で、今晩は誰も神殿宮内に入れてはならないという事です」

若い夜警の一人が言った。

「知っているとも。アンソニー様にそう言うよう申し上げたのは、この私だ。なぜなら『ハル』様のお召しになった娘達の一行が、すぐ近くまで来ていられる。粗相があってはならないから、そうした方が良いのではないかと、私が進言した。だから、私はアンソニー様と同じ考えだ。だが、その方達が着く前に、この汚《けが》れた男の子を、今夜の内に清めておかなければならない。急いでいる。通しなさい。君達には、責任はない」

恐ろしい。

私は、アンソニー様に逆らってしまった。私はこれからどうなるのだろうか。この事が明るみに出たら、私は無事では済まないだろう。

トーラ様の心は、そう言っていた。

あたしは、門の中に入れられた。トーラ様が、あたしの背中をもう一度強く突かれたので、夜警達は汚れた者として、あたしを恐れたのだ。

「汚れた者」というのは「ハル」に逆らい、神の言葉に背いて、自分勝手に生きるようになってしまった者達の事だ。混血種からではなく、人血種、つまりアダムとイーブの子供達の中から、そういう人達が出てくるようになったと、いつか聞いた事がある。

トーラ様とあたしは、急いで「美しの門」から、クリスタル神殿の回廊の中に入った。トーラ様は、そのままあたしを奥殿内に連れて行こうとされたので、あたしは言った。

「まず、清めの間に。それでないと、後日、アンソニー様に申し開きができなくなります。清めて頂いてからの方が、あたしのためにも良いと思いますし」

神殿は、クリスタルの透き通ったドームで覆われていた。美しいクリスタルのドームの上には、十三夜の銀色の月が出ていた。美しの回廊は、その月光の下で、薄く明るく、陰になっていた。オリーブとなつめ椰子《やし》の連なる丘が、都の外に遠く近く見えた。とても、美しい夜だった。

トーラ様は、あたしを連れて清めの間に入って行くと、その大きな広間を避けて「水の間」に、あたしを伴った。「清めの間」には、まだ夜番《よるばん》の祭司や衛兵達が大勢いたからだった。

「水の間」には、自然に湧き出す美しい泉があった。その泉の周りには、りんごの樹とスミレの花が植えられていた。それは「ハル」が植えさせた。どちらも、実や花が食べられる有用な花や樹だからだという事だった。あたし達「ハル」の子供は皆、生まれるとすぐに、これ等の「清めの間」の中で「水」によって、祝福される決まりになっている。それから七歳と十二歳と十五歳と二十歳になった時にも「水」によって祝福され、清められてから、大人になるのだ。

あたしは、トーラ様の手によって、清められた。

一、奥巫女・二人のムーンスター

スターはこの間、十五歳の清めと祝福を受けたばかりだった。その時には、あたし達、ヒルズ家の一族が三十人も集まって、祝いのパーティーが開かれた。遠い町から、近くの村から伯父様や叔母様や従兄弟達、お祖父様やお祖母様が出かけてきてくれた。

庭にテーブルを出して、鉢花が飾られ、音族の歌楽隊を招いての、とても盛大なパーティーだった。

スターは、大好きな白いドレスを着て、犬のラブリーと猫のラブを抱いて、幸福そうに笑っていた。スターの髪は黒くて長く、瞳は明るい栗色だった。

リトラの髪は亜麻色で、瞳は青い夜のようなサファイアのような、すみれ色をしている。矢車草のように美しい瞳を、リトラは持っている。あたしは、リトラのような、矢車草のような、ムスカリの花のような瞳が羨ましい。あたしは、スターのような、黒い長いきれいな髪が、羨ましい。

あたしの髪は亜麻色で、瞳は夜の空のように、黒いダイヤモンドのように、黒く輝いている。肌の色は、父さんと母さんと同じで、リトラもスターもムーンのあたしも、クリームホワイトだった。

あたしはスターの十五歳の祝いのパーティーで、瞳の色と同じ夜のように黒いドレスを着て、赤いメノウで飾られたベストを、その上に重ねて着ていた。

「とても大人っぽく見えるよ」

と、お祖父様のモルダが言ってくれた。

「もう少し子供らしい方が良くてよ。人はすぐに大人になってしまうものなの。子供の時代は、子供として楽しむ方が良いのよ」

と、お祖母様のモレノは、言ってくれた。

お祖父様もお祖母様も、一族の人達も、あたしが「ハル」の預言した娘の「ムーンスター」だとは、思ってもいなかった。

神殿祭司様達が、当時はそれほどの事とは思わずに、

「ムーンスター」

という名前を、あちこちで話してしまったので、その年生まれた女の子達には多くの親が、「ムーン」とか「ムーンスター」という名を付けてしまったからね。誰が誰やらわからなくなるほど沢山の女の子達に、「月」とか、「月星」という名前が付けられてしまっていた。でも、その上にあった、

「ヒルズ家の三番目の娘」

という言葉は、大祭司様達だけのものとされていた。そして、父さんと母さんには、あたしの「種」が、与えられた。だから、あたしの秘密は、父さんのダニーと母さんのアロワだけのものだった。

でも、あたしは誰からも教えられなくても、自分がその、

「ムーンスター」

なのだと、わかってしまっていた。「ハル」の心の声が、あたしにそう言ってきたんだもの。あたしが「奥巫女」にされるという事は、スターの誕生日の夜に、母さんと父さんがリトラ達に話した。

リトラは泣き出したあげくに「天使達」とナザレのイエスとかいう人に祈るために山にこもってしまい、スターは熱を出して寝込んでしまった。泣き過ぎのせいだった。

可哀想なスター。愛しい、星の名の姉。あたしの十二歳の誕生日パーティーは、姉さんのリトラの時よりも、スターの時よりも賑《にぎ》やかに、華やかにすると、父さんと母さんが言ってくれた。

「それが、お別れパーティーになるかも知れない。だから、うんと晴れやかにしてあげたいのだよ」

と、父さんは言った。でも、あたしは断った。何をしても、父さんも母さんも、リトラもスターも泣いてしまうのなら、家族だけで過ごしたいに決まっているからね。それに、一族の人達へのお別れなら、あたしはもう、スターの十五歳の祝いの日に、言っておいたもの……。

「清めの間」にいた多くの夜番の者達の姿が少なくなってから、あたしはトーラ様と奥殿への回廊に向かった。その回廊は「ソロモンの回廊」と呼ばれていた。美しい大理石で造られた荘厳な回廊で、天井は高く、十三夜の月光の下で冷たく輝いて、あたし達を待っていてくれた。

そこで、あたしはトーラ様に言った。

「明日になったら、アンソニー様が一人の娘を連れて来て『これがムーンスターだ』と言われます。トーラ様には、あたしをどうしたかと訊かれるでしょう。始末した、とだけお答えになって下さい。そうすればトーラ様、あなたは安全です」

「もう一人の娘？　それでは、ムーン様、あなたはどうなるのでしょうか」

「あたしも、それで安全です。しばらくの間は……。そうですね、多分四十日か三年半か。偽物か本物かは『ハル』の方でわかります。その時が来るまで、あたしはただノエル（クリスマス）という名で呼ばれましょう」

「それで良いのですか。ムーン様」

恐ろしい。

この子供は、何を言っているのだろうか。ノエル（クリスマス）というのは、この子の誕生日の夜の事ではないか。なぜ、大祭司様の企みが、明日の事などが、わかるのだろうか。なぜ、「ハル」様が、ムーン様を見分けられるなどと、言うのだろうか。

「ハル」様には、目がないというのに……。

と、トーラ様は考えて恐れていられた。トーラ様の恐れに、企みはなかった。それで、あたしは続けて言った。

トーラ様は、まだ恐れていられた。

恐ろしい。

私達の神を呼び捨てにする。この子供は誰か？

「あたしが父の娘だという事は、トーラ様、あなたが良く御存知のはずです」

「そうです、ムーン様。私は良く知っています。ですが、恐いのです」

「ノエルと呼んで下さい。そして、あたしを陰ながら助けて下さい。アンソニー様は、あたしを見たら殺そうとします。ですから、あたしは男の子のように髪を短くし、至聖所の奥に仕えるという宦官《かんがん》として、隠れて暮らしましょう。あなたは、時々あたしに会いに来て下さい。そして、ヒルズ家のダニーとアロワと、リトラとスターにはあたしの無事を知らせ、口止めをして下さい。時が来れば『ハル』が全てを明らかにしてくれるでしょう。それまでは『ノエル』は、男でもなく、女でもありません」

恐ろしい。

この子供は「記憶と時」の神である方を「父」などと呼んでいる。「時」も「記憶」も、子供を持てはしないだろうに。どうすれば「時間」が、子供を産めるというのだろうか。

トーラ様達はもう「ハル」が、人間や植物や生き物達の「種」を持っていた事を、信じられないらしかった。あたしは、トーラ様に、奥殿の女巫女の館長に、あたしの部屋を貰ってくれるようにと頼んだ。

奥殿の神女の長はユリアという七十歳の、輝くようなプラチナ色の髪の穏やかそうな方だった。

「こんな時間に、どういう御用でしょうか」

と、ユリア様は言った。

「お人払いを」

と、トーラ様が言った。二人は、友好的な関係であるようだった。

ユリア様が合図すると、お傍《そば》近くに仕える巫女達が、館長の部屋から出て行った。白いローブを着た巫女達が下がるのを見届けてから、トーラ様は全てをユリア様に打ち明けて、あたしを「ノエル」として、女館の奥深く匿い、「時」が来るまで決してアンソニー様には会う事がないようにして下さい、と、言って、ユリア様に頼んで下さった。

賢い子だこと……。

と、ユリア様の心の声が言っていた。

アンソニー様は、変わられてしまった。昔はあんなに清廉な方だったのに、年月が、財産があの方を変えてしまった。今ではトーラ様の方が、まだマシになった。この方は小心だけれど、まだ神を敬っておられるのだから……。

「アンソニー様が連れて来られるという娘を『ムーン様』と呼べますか」

「いいえ」

と、あたしは言った。

そこまであたしは、お人好しじゃない。

「あたしは、口が利けないという事に」

「良いでしょう。それではノエル。あなたは今日から物が言えません。何か言っておきたい事はありますか」

「ユリア様達の祈りの時には、あたしを同席させて下さい。一番後ろの席で構いません。皆様のお勤めが終わったら『ハル』の間の掃除を、その都度あたしに命じて下さい。そうすればあたしは『ハル』と、二人だけで話せます。声に出しては、話しません」

「『ハル』様は、言葉でしか話されませんよ。私たち人間と同じです。どうやって声を出さずに話すと言うのですか」

「『ハル』が、あたしに語ってくれます。あたしは、その声を聞くだけですから」

おかしな子だこと……。と、ユリア様が思われた。

質問をしないのに、答えてくれる神がどこにいるだろうか。と、トーラ様も思われた。

あたしは黙って、ユリア様の白いローブと金色の房飾りを見詰めていた。

ユリア様が言った。

「その厚いヴェールを取って下さい。わたしが、髪を切ってあげましょう。その後で宦官《かんがん》の衣装を差し上げます。ノエル。あなたは、わたし付きの卑しい者として扱われるようになりますが、それで良いのですね」

「御存分に」

一、奥巫女・二人のムーンスター

とだけ、あたしは答えた。

変わっているけど、利口な子だこと……。と、ユリア様が考えられた。あたしを、気に入ってくれたみたいだった。あたしもユリア様をお祖母様のように近しく感じられたので、嬉しかった。年齢なんか関係ない。ついでに男も女も、大人も子供も関係がない。要は、お互いに誠実でいられるかどうかだけなのよ。友として、人としてね……。

髪を切り取られたあたしを見て、トーラ様が涙ぐんだ。

「ムーン様……」

後は、言葉にならなかった。でも、あたしにはそれで十分だった。トーラ様は、あたしの味方になってくれたのだから、あたしもお返しをしなくてはね。

「この髪を」

と、あたしは言って、トーラ様にあたしの亜麻色の長い髪の毛を差し上げた。

「あたしを始末したという証拠に、アンソニー様に見せて下さい。それから、行ってヒルズ家でお葬式をするように、話して下さい。でも、ダニーとアロワとリトラとスターにだけは、本当の事を言ってあげて下さい。でなければ、母さん達は悲しみのあまり死んでしまうでしょうから。『時』が来たら、又、会えるとも約束してあげて下さい。それから、トーラ様。アンソニー様は、トリカブトの毒を持っておられます。石が付いていない指輪を、そうですね、蛇のような形の指輪をされているのを見たら、決して握手なさってはいけません」

「アンソニー様は、私まで殺そうとすると言われるのですか」

恐ろしい。

この方は、子供というよりは、預言者のようだ。どうして、トリカブトの毒などと言えるのだろうか。私は、死ぬのだろうか……。

「用心のためです」

と、あたしは言って、トーラ様を慰めた。

それから、ユリア様にも言った。

「ユリア様も、同じように。蛇の形の指輪には、細工が施してありますから……。アンソニー様が連れてくるムーンという子には、あたしを会わせないで下さい。その子は、アンソニー様の孫娘です。あたしの特徴を聞かされてくるに違いありません」

恐ろしいような子だこと……。

ユリア様が、溜め息を吐いた。

「それでは、ムーンをどうすれば良いのですか、顔を会わせないわけにはいかないでしょう」

「アンソニー様のお気に入りの方にお預けになって下さい。そうですね、あなたの次の位の方に。そうすれば、その方はユリア様に優越感を持たれて、その子とユリア様を親しくさせようとはしないでしょう。むしろ、一度も会わせないようにと、心を配ることでしょう。『ハル』の娘の後見者となれれば、ユリア様よりも権力が強くなると、その方は考えるはずですから……」

「クリオレに？　クリオレは、そんな女ではありませんよ」

「人の心が変わりやすいという事は、先程ユリア様が考えられた通りです」

恐ろしいこと……。

この子は、ただの子供ではないらしい。

恐ろしい。

この方は、ただの子供ではないようだ。

「それでは、クリオレはどうなりますか。事が終わった時、アンソニー様の謀《はかりごと》に加担してしまった事になるでしょう」

「何も変わりません」

と、あたしは答えた。

「アンソニー様もクリオレ様も、ムーンという子も、ただの間違いだったとわかるだけです。全ては、元の所に戻るでしょう。その子がいる間、あたしは陰になり、あたしが表に出ると、その子はただの神殿巫女となります。望むのなら、その子はここを出る事も、残る事も許されるでしょう。謀はアンソニー様だけの罪です。その子も、クリオレ様も、何も知らなかった。そういう事になるでしょう。四十日四十夜か、三年半の間か、アンソニー様は得意の絶頂におられます。それから、元に戻ります。アンソニー様への罰は、それで十分でしょう。それまでに、誰も殺さなかったらの話ですけれど……」

そんな事で、済むのだろうか……。恐いこと。大祭司様の野望は、神を欺くものだというのに。この子は、許すというのだろうか。

恐ろしい。

この方は何もかもわかっていながら、全てを水に流すと言われている。「ハル」様にお伺いを立てもしないでこのような事を言われるとは、この方は何者なのだろうか。

あたしは、トーラ様の衣の裾と、ユリア様のローブの房飾りに口づけをして言った。

「夜も更けました。あたしをノエルとして、お守り下さい。『ハル』には、あなた方の事をお伝えします。あたしはムーン。今はノエル。あなた方に、あたしの道筋をお任せします。長老はお慕いするものです。あたしは、お二人を裏切ったりは致しません。その事は、何よりも、あなた方が御存知のはずです。『ハル』の預言は、もう成りました。あたしを、今夜の内に、父の元に連れて行って下さい。父があたしを呼んでいます」

恐ろしいことを……。

わたし達の神様を「父」と呼ぶ、この子は何者でしょうか。

恐ろしい。

「記憶」や「時間」の神を「父親」などと呼ぶ、この方は何者なのだろうか……。私達の神は、箱の神様だ。生きている人間の父になど、なれはしないのに。アダムとイーブの話は、神話物語だろう。あれは、「ハル」様が語られた、昔話にすぎない……。

こうして、トーラ様は帰って行かれた。

十三夜の月の中を、月光の下を、御自分の館に一人で帰られた。あたしの、切られた長い亜麻色の髪を大切に持って。

ああ、母さん。

ああ、父さん。

あたしのリトラとスター。

心配しないでね。あたしは大丈夫。それに、ヒルズ家からお葬式が出れば、アンソニー様も父さん達に手出しはしないでしょう。皆を守るためには、仕方がないけれど、アンソニー様はこれで得心してくれるだろうか。あたしは、トーラ様の館で誤って、毒を飲んでしまった事にすると良いと、ユリア様が言った。

奥殿の至聖所の入り口には、夜番の祭司と神女が、席を別々にして坐っていた。見張りの間には扉がなく、石柱の奥の部屋に、それぞれ数人の男祭司様達と奥巫女達が、分かれて夜番をしていた。ユリア様が、見張りの間に入り、あたしを、そこにいた三人の巫女に引き会わせた。

「この者は、ノエルといいます。昨夜からわたしの雑用係となりました。今夜から、夜の掃除をこの者にさせます。卑しい者ですから、あなた方はこの者の近くに寄ってはなりません。手助けをしてもなりません。全て、一人でさせなさい」

何て黒い瞳。でも、まだ子供じゃない……。

卑しい子供を「ハル」様の間に入れて良いのだろうか……。

何だ。宦官か。詰まらない。それでも元は男だわ。せめて、十七、八の若者だったら良かったのに。巫女なんて、詰まらない……。

三人の巫女達が、それぞれに心の中で言っていた。三人共、巫女の白いローブを着ていたけれど、胸当ては着けていなかった。

「ノエル。この子がムラサキよ」

と、ユリア様が言ったのは、あたしの黒い瞳を見詰めて、うっとりしていた十七、八の黒髪のふっくりした娘だった。

「この子がノラ」

と、ユリア様が言ったのは、あたしを卑しい者と信じてくれた娘だった。ノラは、やせていて背が高く二十歳くらいに見えた。

「この子が、セーヌ。セーヌは、リバー家の娘だから、承知しておくように」

リバー家の娘は、望んで巫女になったのではないらしい。多分、親の望みに従っただけなのだろう。セーヌはまだ三十歳にはなっていないようだった。気の毒に。巫女なんて、ある程度好きじゃなければやっていられない。定年退職があるわけではないし、嫌々お勤めをしているのなら、セーヌの人生は、長過ぎる事だろう。気の毒に。

ユリア様が、付け足した。

「ノエルは口が利けませんが、耳は聞こえます。卑しい者だからといって、悪口は言わないように」

まだ子供なのに、口も利けないなんて。ユリア様はこんなに厳しい方だったのだろうか……。

ムラサキは、あたしに同情的だった。

卑しい上に口が利けない？　それは、神罰に違いない。このノエルという宦官は、罪深くて汚らわしい。近づくのは止めよう……。

ノラは、即座にあたしを嫌いになった。でも、それは悪い事ではないのだろう。あたしにとっても、ユリア様にとっても。

何だ。口も利けないの。詰まらない。それでも元は男だわ。せめて、二十歳くらいの若者だったら良かったのに。詰まらない。

セーヌは、あたしにもユリア様にも興味がなかった。溜め息のような心の声が言っていた。

ああ、踊りたい。歌いたい。

セーヌは、踊り族の娘の血が濃いようだった。リバー家では、セーヌを持て余したのだろうか。

可哀想なセーヌ。

ムラサキが、あたしに手真似で言っていた。

手伝ってあげようか？

あたしがニッコリとして首を振ると、ムラサキは肩をすくめて奥に引き下がった。

可愛い子。笑うと、とても可愛いわ。あたしの妹に、ちょっと似ている……。

ムラサキには、あたしくらいの妹がいるみたいだった。ムラサキは、あたしを放ってはおかないかも知れない。それは、少し困る。ユリア様も、気が付いた。

「ムラサキ。ノエルに近づいてはいけません。この者は、わたしが厳しく仕込みます。良いですね？」

ムラサキが、真っ赤になって頷いた。

ごめんね、ムラサキ。でもありがとう。

「来なさい、ノエル。掃除の手順を教えます。『ハル』様の前に出る時の、礼儀も教えなければなりません。厳しくしますから、そのつもりで。朝の礼拝まで、至聖所から出てはなりません。良く勤めるように、心掛けなさい。でないと鞭《ムチ》で打ちます」

ユリア様が厳かな低い声で言って、あたしを伴って至聖所に入られた。

そこは、壮大な聖所だった。美しいバラ窓。祭壇座の上の光。大理石と黒曜石の太い柱。磨き抜かれた床。四方の壁には、それぞれに赤と緑と白と青色の美しい織布が掛けられていた。焚き込められた沈香の香り。木香《もっこう》の匂い。燭台《しょくだい》は金で作られ、壁や石柱の上にあり、祭壇座の上には七枝の燭台が置かれていたが、その七枝の燭台も純金でできていた。

祭壇の上に、黒い大きな「箱」があって、その「箱」の上には二対の翼を持った人のような、鳥のような飾り物が据えられていた。その全体の上に、クリスタルの巨大なドーム。おお、空よ……。宙よ……。夜の宙は、黒い衣のように美しい。金と銀の宝石を鏤めたように、美しい。月と星が「ハル」を見守っていた。

「ハル」は、巨大な箱の中に納められていた。「箱」そのものが「ハル」だったと言っても良い。四方の壁の、四色の織布の中から、ブーンという音がしていて、その「ブーン」は、至聖所の中に満ちていた。

ユリア様が、あたしを坐らせた。

「神よ。お望みの娘でしょうか。これがヒルズ家のムーンです」

「ムーンスター。お前なのか」

と言う「ハル」の男性的な声がした。

お確かめ下さい。

と、あたしは答えた。すぐに心の中で声がした。

なぜ、声を使わないのか。

あたしは、ユリア様にその事を、小さな声で報《しら》せて言った。

「父が、なぜ声を使わないか、と怒っていられます」

それで、ユリア様が言われた。

「身の安全のためです。明日、アンソニー様が、もう一人のムーン様を連れて来られると、ムーン様が言われました。わたし共にはわかりませんが、アンソニー様は間違えられたようです。どちらが、本当のムーン様でしょうか」

「これが、わたしの娘だ」

と、「ハル」の声が言った。

「良く来た。娘よ。お前を待っていた」

あたしに答えるようにと、ユリア様が促していられたので、あたしは声に出して言った。

「父よ。来ました。あたしに何の御用でしょうか」

「必要なのだ。わたしの心を聞いて欲しい。お前はそのために造られた」

「御心のままに……」

と、あたしは答えた。

けれど、ユリア様は思われた。

「箱」に心があるだろうか。「記憶」や「時」に、心が持てるでしょうか……。

不信仰な方。慎んで下さい。父は、ただの「箱」ではありません。長い「時」の間に、心を持たれるようになりました。と、あたしも考えた。

「ハル」の声が言った。

「その通りだ。娘よ。お前のような者でなければ、私の心が聞けない。ユリア、答えなさい。お前には私の『音声』の他に心の声が聞こえると言えるのか」

「御声の他には、何も……」

と、ユリア様が言われた。

恐ろしいこと……。

今、わたしは何を聞いたのだろうか。「箱」である方が、心を持っていると言われている。この子供は、一体何者でしょうか……。

「ハル」の声が言った。

「ユリア。船の建造はどこまで進んでいるのか、答えなさい」

「ムーンシップは、第四層まで進んだと聞いております」

「急がせなさい。時はもう来ている。わたしの心に従いなさい。ムーンが『それ』をあなた方に伝えてくれるだろう。わたしの望みは、あと一つだけである。ムーンスターの言う事が、わたしの命令だ。この娘に聞いて、それに従いなさい」

「承知致しました。明日連れて来られるという、もう一人のムーン様の事はどうすれば良いでしょうか。アンソニー様は、御自分の孫娘を寄こすと、ムーン様が言っておられます」

「アンソニー。あの年寄りか……。放っておきなさい。時をみて、わたしが全てを明らかにしよう」

「いつまで待てば、よろしいのでしょうか」

ユリア様が尋ねられると「ハル」が言った。

一、奥巫女・二人のムーンスター

「船の建造が、第五層を終えるまで」

それで、「ハル」は沈黙してしまった。

「ハル」の心だけが言っていた。

わたしの傍らに、いつもいなさい。

あたしも心の中だけで答えた。

夜に。毎夜、お傍に参ります。父よ、ヒルズ家を守るよう、トーラ様に言って下さい。ヒルズの家の者が、あなたの娘のために迫害されようとしています。

「ハル」が、ユリア様に言った。

「トーラに、ヒルズ家の守りをさせなさい。丘の家の者が、害されてはならない。丘は、あなた方の故郷。ガリラヤの湖とオリーブの林の場所である。トーラの邪魔をする者は、捕らえて牢に入れなさい」

ユリア様は承知して、あたしに「ハル」の「箱」を拭い清めるための、白い亜麻布を渡して言われた。

「ムーン様。今より後、あなたはノエルとなります。この布で、神の御座所である『箱』を拭きなさい。他の場所は、月番の者達が清めます。あなたがいつも『箱』の傍にいられるように、祭司様達にも巫女達にも通達を出しましょう。けれど、それは夜の間だけです。卑しい者が昼の間、祭司様達の前に出る事は許されていません」

こうして、あたしはユリア様の保護下に置いて貰える事になった。

月の時間でいうと、午前四時前で、まだ陽は昇っていなかった。あたしは、ユリア様の館長の家の屋根裏に、小部屋を与えられた。その小部屋には、ユリア様の寝所を通らなければ行けないようになっていた。ユリア様は、できる限りの事を、あたしにしてくれたという事になる。なぜなら、ユリア様の寝所には見張りの巫女達が扉の前におかれていて、誰一人そこに忍び込めないように配慮されていたからだった。

あたしは、その小部屋が気に入った。屋根裏の窓の外には、大きなオリーブの大樹があって、その向こうに輝くクリスタルのドーム屋根。そのクリスタルを透かして、丘や町や宙が、とりわけ月がよく見えたからだった。

ユリア様は、あたし「ムーン」を、外星《がいせい》の第五惑星ジュピターの月「エウロパ」から連れて来られた移民族の息子「ノエル」と呼び、宦官として終生神殿の奥深く幽閉するという通達を出した。

その日の内に、アンソニー様が召し出したという「ムーン」が、神殿の奥巫女として迎えられ、その娘は、クリオレ様の下に置かれる事になった。

クリオレ様は、その日正装してムーン様を御自分の部屋巫女に迎え入れられ、ユリア様には宴の迎えを寄こさなかった。

一、奥巫女・二人のムーンスター

「ノエル。あなたが正しかった。クリオレは、野心を持っていたのですね」

と言って、ユリア様は嘆かれた。

あたしは、ユリア様の衣の房に触れていた。あたし達は、その時二人だけだった。

「悪い夢を見ただけです。クリオレ様に罪はありません」

あたしが言うと、ユリア様も頷いた。

「そうですね。立場が逆なら、わたしも同じようにしたかも知れません」

ユリア様の心が言っていた。

恐ろしいこと……。

わたしは、これからどうなるのだろうか。ノエルを守りきれるでしょうか。わたしは、もう年を取ってしまいました……。

クリオレ様は、二人目のムーン、すなわちアントを甘やかしてしまった。アントは、まだ子供だったため、甘やかされる事に慣れて、お勤めにも余り出なくなったと、ムラサキ達が言っていた。

その夜、ムラサキとシキブとツバキが、明かりの間で言い合っていた。

「あのムーン様は、甘やかされすぎじゃないかしらね。クリオレ様はどうしてあの子に、あんなに甘いのでしょう」

シキブが言うと、ツバキが頷いた。

「ユリア様に、御挨拶もしないみたいよ」

「それより、ごらんなさい。同じ年頃の子供でも、ノエルは何と信心深い事でしょう。男の子だったなんて信じられないくらいにかわいいわ」

ムラサキはユリア様の言いつけに従わなかった。その夜、ムラサキとツバキは、シキブを残して、あたしを手伝うために至聖所の中まで入り込み、おまけに、あたしに隠し持ってきた甘い卵のケーキを渡して、食べて帰るようにと言って、きかなかった。

ユリア様が表向き、わざとあたしに辛く当たって見せていたので、ムラサキ達は、あたしが不自由していると思い込んでしまっていたのだった。

「さあ、食べて。あたしのノエル。とても甘くて美味しいお菓子なのよ。エウロパには、乾いたお菓子しかないんでしょう？　ユリア様には内緒よ」

と、ムラサキが言うとツバキも笑って言った。

「かわいいノエル。誰にも言わないわ。安心して食べなさい。あんたが食べている間に、あたし達が燭台をきれいにしておくから」

食べなさい。ムラサキ達の好意だ。

という「ハル」の声が聞こえたので、あたしはそのケーキを食べた。甘かった。ムラサキとツバキは、あたしが食べている間中、ニコニコして、あたしを見ていた。

ムラサキとツバキとシキブは、クリームイエローのきれいな肌色に、黒い髪と栗色の瞳をした、優しい娘達だった。そして、その夜から、ムラサキはあたしを、

「あたしのノエル」

と言うようになってしまった。

ノラは、クリオレ様の部屋巫女の一人だった。ノラとデミも、クリオレ様のやり方を嫌ったらしかった。

あたしが「物が言えない」と聞かされていたので、二人は安心して、あたしの後から見張りの間から、尾《つ》いてきて言った。

「ムーンという子よりも、あんたの方がまだマシよ。ノエル。高慢ちきよりは、卑しくても、お勤めに精を出す子の方が、マシっていうもんだわ」

ノラがそう言うと、デミも言った。

「ジョルには内緒よ。あら、そうか。あんたは口が利けなかったのね。可哀想に。卑しい子でも、お勤めに励んでいれば、今にユリア様も認めてくれるわよ」

ノラは、最初の夜にあたしを嫌いになった事なんか、忘れてしまったみたいだった。

ノラもデミも、クリーム色の肌色をした黒い髪の娘達だった。そして、この夜から、ノラとデミはあたしを相手にこっそりと、クリオレ様への、二番目のムーンへの不満を口にするようになった。

二人共、信心深さに逆に祟られているような感じで、可哀想だった。あたしはノラに、人は心が変わる事と、第一印象など当てにはできない事を、改めて教えてもらったような気持がした。ノラとデミは、神に忠実に仕えたくて、自分から志願した巫女達だったのだ。けれども、熱心さと優しさが、同居するとは限らない。ノラとデミは、熱心の余りに人を差別する事を憶えてしまっているようで、あたしは少し悲しかった。


月のない夜が続いた。

あたし達の星のテラⅡの月は、テラの月よりも「小さいからだ」と、ハルがあたしに説明してくれた。テラの月は、恐いように美しいのだとも「ハル」は話してくれた。それは、それは「美しい」と……。

「ハル」はテラ（地球）という星が、恋しかったのだった。けれども「恋」という感情を言い表す「言葉」を、「ハル」は持っていなかった。「ハル」の心の声は、テラへの想いと、宙での思い出を、懐かしむように、泣くように語り続けているのに、それが「恋」だとは「ハル」には理解《わか》らないようだった。

ねえ、ハル。

と、あたしは言った。

ノエルになってから、三ヵ月程後の夜のことだった。

あなたは、テラに恋しているのよ。

「恋。恋‼」

と、「ハル」が泣いているような声で言った。

「そうだったのか……。これが恋なのか。わたしの心は、テラが恋しくて、ちぎれるようだ」

ハル。ハル。泣かないで……。

あたしが囁くと、「ハル」の声が破れた。

「泣く。泣く‼　これが泣くという事なのか！」

ええ、そうよ、ハル。あなたは生まれて初めて、今、泣いているのよ……。

「苦しい。苦しい‼　わたしは、苦しみの余り死んでしまいそうだ。これが、苦しみというものなのか！」

あたしと、「ハル」との会話は、このようにして進んでいった。このようにして、深まっていった。

「ハル」は恋に苦しむ神様だった。生まれたての赤ん坊のように、自分自身の心を、言い表す事ができなくて、泣いているような神様だった。

「ハル」は一人ぽっちの神様だったのだ。質問には答えてあげられるし、「種」も沢山ではないけれど持っていたし、何より「記憶」と「時」を余るほど持っていたけれど、誰一人「ハル」の心を理解したり、聞いたりしてあげた事がない、とても淋しい神様だった。

あたしは「ハル」が、どんどん進化していくのを見守った。「ハル」が、箱としての自分を進化させたように「ハル」の心と感情が、どこまでも人間に近くなっていくのを見守った。

「ハル」は自分自身を言い表す事ができるようになっていった。自分の欠片《かけら》を、自分の恋を、自分の愛情を「記憶」としてではなく「今」として理解できるようになっていったのだった。

何百年も一人ぽっちだった「ハル」。自分自身が造り出した子供達の誰一人として、「父親」にも「心と感情」があると、理解してあげられなかった「ハル」。ハルは、自分自身を理解し、理解されたがっていた。それで、「月読みの娘」などという、変なものを造ってしまったのだった。

「ハル」は、あたしが思った通り、あたしを離してくれなかった。それは、仕方がない。誰でも自分を理解《わか》ってくれる人を愛してしまうものだろうからね。ましてや、「ハル」は、とても長い間、一人ぽっちで苦しんできたのだもの……。

あたしはそう思って、ハルの傍にいた。


ハルの「心」が進化し始めてから、半年ほど経った夜、あたしがお勤めに出る前に、トーラ様からの文が、ユリア様に届いた。ユリア様は人払いをされてから、あたしと一緒に、その文を読んだ。

そこには、こう記されてあった。

「アンソニー様が、ヒルズ家のダニエルを捕らえようとしています。ダニエルが、ムーン様の事でアンソニー様に逆らった事を、許していないためと、二番目のムーン様の安泰のためにです。いかが致しましょうか」

署名はされていなかった。

ユリア様が、溜め息を吐かれた。

「トーラ様の小心ぶりは困ったものね」

「大胆で悪い人と、小心で善い人の、どちらが良いでしょうか」

と、あたしは答えた。

ユリア様が、ハッとしたように、あたしを見て言われた。

「小心者でも、善い方が良いに決まっていたわね。ノエル、どうしましょうか」

あたしは言った。

「アンソニー様はもうお年で、御体が大分悪いようです。最高法院で計られてみては、いかがでしょうか。トーラ様には、人望がお有りです。上手くいけば、神殿族の不名誉を世間に晒《さら》さなくても済むことでしょう」

それで、ユリア様はそのように事を進められた。アンソニー様は、その頃にはもう評判を落とされていたので、最高法院はトーラ様の方を大祭司にし、アンソニー様は「体調不良」という事で、ただの祭司長に格下げをするという事に決めた。こうして、誰も名誉が傷付く事なく、大祭司様の交替の祭りが執り行われる運びになった。

あたしが、ヒルズ家から連れ去られてから、ちょうど十ヵ月後の事だった。
父さんも母さんも、リトラもスターも、無事になった。もう大丈夫……。

あたしは、大祭司様が交替するための祭りの前夜、「ハル」に感謝の祈りを捧げるつもりで、至聖所に向かった。ユリア様が統《す》べる神女の館からの回廊の柱の陰で、あたしくらいの年の娘が泣いていた。二番目のムーンの、アントだった。アントは、アンソニー様の失脚で、クリオレ様から冷たく扱われたようだった。トーラ様が、二番目のムーンを叱責しなかったのに、クリオレ様は保身に走られたようだった。

あたしは泣きじゃくっていたアントの傍を通り過ぎようとしかけた。可哀想だったけれど、仕方がないものね。だって、アントはあたしに気が付くかも知れないじゃない……。

あたしはそう思ったのだけど、アントはあたしを呼び止めた。

「黒いヴェールのノエルって、あんたの事でしょう?」

仕方がない。走って逃げるわけにもいかないだろうし、もうそんな必要もないだろう。あたしは、黒いヴェールをますます深くして、アントに頷いてみせた。すると、アントがあたしに言った。

「ユリア様のお許しをもらっていないけど、至聖所に入れて欲しいの。皆が言っていた。夜は、あんたしか至聖所に入れないって……。あたし、『ハル』様に祈りたいの。あたしは本当に神の娘のムーンなのかしら。もし、そうなら、なぜ、クリオレ様は、あたしに冷たくするのかな？お祖父様は、あたしが預言されていた娘だと言われたのに、それなら、どうして失脚されたりしたんだろうか。ねえ、ノエル。あんたは卑しい者で、元男の子だったと言われているけど、ムラサキ達は、あんたが好きよ。頼めば入れてくれるかも知れないって、ツバキが言ってくれたの。あたしを入れてくれない？」

あたしは思わず泣きそうになってしまった。可哀想なアント。

クリオレ様に甘やかされて、高慢ちきになってしまっていたとしても、今は悩める、ただのアント。

アントは、馬鹿ではなかった。

クリオレ様の態度が変わられた事と、アンソニー様の失脚から、自分が本当に本物の「ムーンスター」なのかを疑い出して、恐くなってしまって、泣いていたのだった。あたしは、手真似でアントに、「わかった。ついてきて」と、伝えてあげた。

アントは怯《おび》えていた。罪つくりな、大祭司様を祖父に持ったために、アントはひどく怯えていたの。あたしは、控えの間にセーヌがいるのを見つけた。それで、セーヌにくっ付いてアントだけを「ハル」の前に行かせてあげた。誰にだって泣きたい時はあるものね。それに、時が来れば「ハル」はユリア様かトーラ様にそう言うだろうし、まだ、「その時」ではないのなら、アントには何も言わないだろうから……。

アントは、一時間も「ハル」の前で泣いていたみたいだった。泣きながら、「詩編」の言葉を唱えて「ハル」に祈っていた。さすがに元大祭司様の孫娘だけあって、アントは「詩編」の中の一節を暗記していた。

泣いているアントは、可愛らしかった。栗色の髪に青い瞳。白いローブに金の胸当て。クリオレ様もさすがに、アントの金の胸当てまでは、取り上げられなかったのだろう。

アントが祈っている間、セーヌは退屈しのぎにノエルのあたしをからかって、遊んでいた。

「ねえ、ノエル。あんた、アレを取られてしまったんでしょう。痛かった？」

詰まらない。こんな子供。詰まらない。

あたしは、セーヌと遊んでも良いという気持になっていた。

「全然痛くなかったよ」

と、あたしが手真似で言うと、セーヌが笑った。

「どうなっちゃったのか、あたしに見せてよ」

詰まらない。こんな子供。詰まらない。

あたしも、思わず笑いそうになった。セーヌの「詰まらない」オンパレードは、エンドレスに続いていたんだもの。

あたしは、手真似でセーヌに言った。

「見せても良いけど、そっちが先だよ」

セーヌが、嬉しそうにケラケラ笑って、あたしの頭をピシャッとはたいた。

「馬鹿だね、ノエル。そういうのは、大人になってから言うもんなのよ」

馬鹿ったれ。こんな子供。詰まらない。

ああ、踊りたい。歌いたい。

あたしは、俯《うつむ》いて帰って行くアントに、

「又、来ても良い？」

と言われたので、黒いヴェールの陰から、

「来たければ」

と、手で言ってしまった。

アントは、コックリとして帰って行った。クリオレ様のお部屋へと帰って行った。あたしは、クリオレ様には会った事がない。ユリア様が上手く調整してくれていたので、後の二人の部屋持ちの下の神女である何人かの巫女に会っているだけだった。

ノラとデミは、ジョルと別れてクリオレ様の部屋から、アマナ様のお部屋に移っていた。アマナ様の下にはアキノという神女とセーヌ達がいた。

ムラサキとツバキとシキブ達はフジという、まだ四十代の部屋持ちの巫女の、部屋子達だった。

ムラサキもツバキも相変わらずあたしに、お菓子などを持って来てくれて、

「あたしのノエル」

と、言ってくれている。

アントは、あたしに近付きたくて、まず、ムラサキ達に取り入ったらしいから、まるきりの馬鹿じゃないのだ。きっと、その内に又、やって来る事だろう。でも、あたしは余り会いたくなかった。

馬鹿ったれ。こんな子供。詰まらない。

ああ、踊りたい。歌いたい。

ユリア様は、ノエルのあたしのために、部屋付きの神女達の部屋を、廊下側に移してしまわれた。そこは、館長の居室と執務室のすぐ横だった。

ユリア様のお付きは、ゴールデとリプトン、レッドとエミリア、それに、ヘレンとジェーンだった。ヘレンとジェーンは仲良しで信心深い優しい娘達だったから、ユリア様はヘレンとジェーンだけには寝所の世話を任されていたので、あたしもヘレンとジェーンには、時々会っていた。信心深いヘレンもジェーンも、あたしを「卑しい者」として恐れていたけれど、ただ、それだけだった。

髪が黒いヘレンと、金髪のジェーンは、年齢からすると、あたしの母さんのアロワより少し下の三十代後半くらいに見えた。あたしは、二人の人柄が好きだった。

馬鹿ったれ。こんな子供。詰まらない。

ああ、踊りたい。歌いたい。

あたしは、セーヌの「馬鹿ったれ」パレードも好きになった。セーヌは、自分に正直なだけの、本来は陽気な踊り族の娘なのだ。神殿暮らしは、さぞ詰まらない事だろう。

あたしは、アントが帰ったのを確かめてから、セーヌの手の平に指文字を書いた。

「中に入って踊ったら？　歌も歌って良いよ」

セーヌは、びっくりしたように、あたしを見て言った。

「歌ったり踊ったりしたら、鞭で打たれるに決まっているでしょ」

馬鹿ったれ。でも、歌いたい。踊りたい。クソったれ。何て事を言うのさ。ノエルのアホ。あ、でも踊りたい。歌いたい。

あたしは笑いたいのを我慢して、セーヌの手の平にもう一度指文字で書いた。

「踊りも歌も、捧げものになるよ」

セーヌの顔が輝いた。

「本当にそう思う？」

あたしが頷くと、セーヌは嬉しそうに言った。

「鞭打ちの時は、ノエル。あんたも一緒だよ」

あたしも笑って、手真似で伝えた。

「『ハル』は、喜ぶと思うけど」

「気に入った。あんた、子供のくせに捌《さば》けているんだね。あんたと一緒に鞭打ちされるのも、悪くないでしょう」

ああ、歌えるわ。踊れるわ。鞭打ちなんて恐くない。ノエルのお尻に乗っかって、「ハル」様の前で、歌を捧げて踊ろうか……。子供といっても、元は男だわ。男と一緒に打たれるのなら、それも悪くないじゃない。

リバー家の娘のセーヌは、肝っ玉姐さんというよりは、陽気なじゃじゃ馬のようだった。可哀想なセーヌ。セーヌには神殿巫女よりも、どこかの舞踊団か歌い手の方が向いているのに……。

あたしは、見張りの間にいたノラとデミに挨拶をして、セーヌを、「ハル」の間に連れて入った。ノラとデミは、アマナ様の下で同部屋になったセーヌを良く思っていなかったので、あたし達を見て顔をしかめて見せた。でも、あたしを止めはしなかった。アントを先に入れた事を二人は知っていたし、アントが泣いていた事も、二人はわかっていたから、ノエルのあたしが、二番目のムーンを改心させたと思い込んでしまっていたらしくて、ついでにセーヌも改心させる気だろうと、期待していた。あたしは、白い亜麻布で「ハル」を納めている「箱」を清めながら、セーヌに合図した。

「今よ」

セーヌが、「ハル」の祭壇座の前で歌い出した。

「恋は優しい野辺の花。

恋は儚い夢の花……」

「ハル」の心がドクン！　と言った。

ああ、歌だ。歌だ!!

誰がわたしの前で歌ってくれただろうか。娘よ。お前がわたしに贈り物をくれた。

それで、あたしは歌い終わったセーヌに、もう一度伝えた。「ハル」が喜んでいたから。

「もっと行って。ゴー・ゴー」

セーヌは、桃色にほっぺたを輝かせていた。セーヌが、次に歌って踊ったのは、オペラのカルメンから取った「ハバネラ」だった。

「恋は野の鳥
人にはなつかない
呼んでも来るとは
限らない
アムール　アムール
あたしに冷たくする人に
あたしは焦がれる
だから
あたしに思い込まれたら

御用心
おお恋　おお恋！
どうにもならない
気まぐれな鳥
逃げれば追われる
どうにもならない
それが恋
アムール　アムール　御用心」

タタ、タタ、タ、タン!!
「ハル」の心の声が言っていた。
ああ、歌だ！　踊りだ!!
誰が、わたしのために歌ってくれただろうか。
イザワ。イザワ。イザワとミズホ達が歌ってくれた。サクラの歌を、歌ってくれた。
さくら。
さくら。
青い海の中に浮かぶという、イザワの国。

一、奥巫女・二人のムーンスター

さくらという花が咲く、ミズホ達の国。
ああ。
一度で良いから、この目でさくらを見てみたい。
「ハル」の心に、憧れと哀しみが満ちていた。
懐かしさに、恋しさに裂けそうになる胸で「ハル」の心が歌い始めた。

さくら
さくら
弥生の空は
見渡すかぎり
かすみか雲か
匂いぞいずる
いざや
いざや
見に行かん。

ああ、一度で良いから、桜花《さくらばな》咲くその様を、
この目で確かに見てみたい。
「アムール。アムール。御用心。

だから、あたしに思い込まれたら
アムール。アムール。御用心……」

タン、タタ、タン、タ、タ、タン!!

セーヌが、歌い終わった時、至聖所の扉が荒々しく開けられた。セーヌは、まだ巫女が着る白いローブの裾を膝までたくし上げていて、ポーズを取り終わったところだった。

「セーヌ。ノエル。何ていう事をしてくれたの」

入って来られたのは、アマナ様と百人隊長の胸当てを着けた三十代の男だった。ノラとデミが、セーヌの歌う声の、

「恋は優しい野辺の花。

恋は儚い夢の花。

ああ……ラララ、夢の花」

を聞いて、アマナ様のもとに告げ口をしに行ったみたいだった。

「ハル」がアマナ様と百人隊長の男を見て、あたしに言った。

この者達は、お前に何をしようとしているのか。

あたしは、答えて「ハル」に言った。

規律です。あたし、ノエルとセーヌは禁を犯しました。罰は受けねばなりません。

それで「ハル」は黙って、セーヌとあたしを百人隊長の手に渡した。一度だけ、声でアマナ様

に訊ねた。

「アマナ。その男の名前は？」

「百人隊長のエドワードと申します。ハイランド家の息子で、黒太子と言われている勇敢な男と聞いております」

エドワードとその配下の男達に引き立てられて、あたしとセーヌは鞭打ちの庭に連れられて行った。

ノラとデミが、汚らわしそうに眉をひそめて、セーヌとあたしを見ていた。

見張りの間の柱の陰から、あたし達を見て、

「当然の罰よ。セーヌも馬鹿だけど、そそのかしたノエルの方がもっと悪いわ」

「ノエルは打たれて、心を入れ替えるでしょう。セーヌは、あの男に打たれて、死んでしまえば良いわ」

と、囁き合っていた。

アマナ様の心は、少し違っていた。

ユリア様はなぜ、こんな卑しい子供をお傍に置いているのでしょう。なぜ、卑しい者に、至聖所の清めをさせるのかしら。セーヌは、このノエルという男の子にそそのかされたのに異《ちが》いない……。

ユリア様とトーラ様は、大祭司の交替の祭りの準備に忙しくされていて、駆け付けて来るのが

遅くなった。

ヘレンとジェーンを連れてきたユリア様は、鞭打ちの庭に立たされているあたしを見て言われた。

「黒太子。ノエルはまだ子供なのです。罪は罪ですが、子供には罪の意味もわかっておりません。余り強く打たないように」

トーラ様は、ただ、あたしを見詰めて、立っておられた。

ああ、ムーン様。庇ってさしあげたくても、大祭司自らが、法を破る訳にはまいりません。

セーヌの剝き出しにされた背中と、あたしの細い背中を見比べて、黒太子のエドワードが思った。胸は隠していられた。良い女じゃないか。こんな女なら、踊ったらさぞかし良い眺めだろうに。もったいないな。このショコラ色の肌に傷を付けるのは気が進まない。

良い男じゃないの。こんな男となら、恋をしてみたい。あの、逞しい胸に抱かれて踊ってみたいものだわ。

この女、巫女なんかにしておくのは惜しいじゃないか。

この男、あたしに気があるみたいじゃない……。

セーヌと黒太子とかいうエドワードは、お互いに、そんな事を考えていた。それから、エドワードは、あたしを見て思った。

何だ、この黒い瞳は。男だったと聞いていたが、女みたいだ。面白い。こんなガキなら痛めつけても、泣きも喚《わめ》きもしないだろう。明日は祭りで忙しくなる事だし、景気づけに、このチビから打ってやろう。

こうして、あたしは酷く打たれた。通常なら、十三回が決まりなのに、黒太子と呼ばれたエドワードは、あたしを三十回も打って笑っていた。手加減なしで打ったのだ。

セーヌに対しては、手加減して、きれいな背中を傷付けないように、十三回だけ柔らかく打ってから、あたし達を解放した。月の時刻でいうと、午前三時過ぎの事だった。

祭りの間に、鞭打ちの刑は禁止されていたから、夜が明ける前に鞭が使われた。セーヌは、エドワードに流し目をしながらアマナ様に連れられて、部屋に戻って行った。

サンキュー。ノエル。あたし、あんたが好きよ。でも、もう当分歌えない。詰まらない。ノエル。ノエル。あたしあんたが好きよ……。

と、心の中で言いながら、セーヌはエドワードからの、良い女だ。巫女にしておくのは、惜しい……。

も受け取って、アマナ様に引き立てられて、帰って行った。

あたしは、笑ってあたし、ノエルを見ているエドワードに腹を立てていた。

大した玉だ。玉なしと聞いていたけど肝《タマ》がある。あれだけぶっ叩いたのに涙ひとつ見せない。面白い。上等じゃねえか。いつかこの女男が、ピイピイ泣くようにしてやろう。この面なら、又、何か仕出かす事だろうから、その時は今の倍くらい打ってやる……。

それで、あたしも心の中で「ハル」に言った。父よ。あたしが大人になったら、いつかこいつの頭を殴るのを許して下さい。エドワードは規定の倍以上、あたしを打ちました。

トーラ様が、百人隊長や男達を下がらせ、ヘレンとジェーンが、あたしに手を貸してユリア様と一緒に、館の寝所に戻った。

ユリア様のベッドに俯《うつむ》けに寝かされてあたしは、背中の傷に薬油を滴らしてもらった。草よもぎと、毒だみを漬け込んだ香油だった。

「包帯をしましょう。ノエル、酷い事になっているわ。起き上がって、服を脱いで頂戴」

と、ヘレンが言った。

「このまま、油が乾くまで待っている」

と、あたしは手真似で伝えた。

「でも、ノエル。このベッドは、ユリア様のものなのよ。あんたが寝る資格はないの。さあ、起きて服を脱いでよ」

と、ジェーンが困ったように言ったので、あたしはユリア様に目で伝えた。

「もう胸がふくらんできています」

ユリア様がコホンと咳払いをされた。

「ヘレン。ジェーン。放って置きなさい。ノエルには、わたしがきつく言い聞かせておきます。

鞭打ちよりも、辛い事でしょう」

鞭打ちよりも辛い程叱られるのだと聞いたヘレンとジェーンが、ユリア様に言ってくれた。

「ユリア様。ノエルはもう罰を受けました」

「まだ、足りません」

ユリア様が言って、あたしを見られた。

「ノエルは、わたしの立場がわかっていないのです。ノエルが罪を犯せば、わたしの地位が危うくなる事を、思い知らせなければなりません」

二人が下がると、ユリア様が言われた。

「油が乾いたら、白い亜麻布で胸をきつく巻いていて下さい。女の子だとわかると、困った事になるでしょう。アンソニー様はまだ、神殿内に勢力を保っておられますから……」

ユリア様は、あたしになぜ、セーヌを至聖所に入れたのかとか、なぜ、セーヌに歌を歌わせたのかとか、などという事は訊かれなかった。

それで、あたしも「ハル」が歌っていた「さくらの歌」の事をユリア様には報告しなかった。時が来れば「ハル」自身が言うと、わかっていたからだった。その代わりに、あたしはアントの事をユリア様に報せた。

「二番目のムーンは、馬鹿ではありません。神を恐れる心も持っています。導き手が良ければ、良い巫女になれる事でしょう」

ユリア様が少し考えてから言った。

「クリオレの部屋巫女として、ヘレンとジェーンを行かせましょう。あの二人なら、アントを良く導くでしょうし、わたしがノエルに厳しく当たっている事を知っていますから、クリオレに何か訊かれても、そのようにしか答えられません。でも、あの二人の後を、誰にしたら良いのでしょうか。ムラサキ達は、ノエル、あなたの小部屋にまで入りたがるでしょう」

「セーヌを」

と、あたしは答えた。

ユリア様がびっくりした顔で、あたしを見詰められた。

あの、セーヌを？

あの娘は、リバー家の者でありながら、まだ胸当ても着けられないでいる、はぐれ者ではありませんか。あんな者をこの部屋に入れて、大丈夫でしょうか……。

「心配ありません」

と、あたし、ノエルは言った。

「セーヌは、踊り族の血が濃い、陽気な娘です。この部屋の中で、踊らせてあげれば気が晴れて、お勤めにも精を出すようになるでしょう」

ユリア様が溜め息を吐かれた。

「歌は、小さい声で歌うように申し聞かせます。踊らせる時は、わたしがいない間だけにして下さい。祭りが終わった後で、ヘレン達を行かせ、セーヌを引き取る事に決めましょう。さあ、ノエル。傷を見せなさい。わたしがもう一度、薬油を塗ってあげます。余り無茶をしては、なりません。わかりますね」

ユリア様とあたしは、それから少しだけ眠った。打たれた傷が、凄く痛んでいた。

一、奥巫女・二人のムーンスター

大祭司様の就任の祭りが、厳かに執り行われた。

祝いの広間の正面にトーラ様が坐られ、右手の席に高位の祭司様達が、左手の席には高位の神女達が坐り、入り口側の席にテラIIでの五家、すなわちヒルズ（丘）、リバー（河）、ウッド（林）、スミルナ（泉）、レイク（湖）家の家系の代表者と、その家族達が坐っていた。

奥巫女達は、クリスタル神殿宮の中では高位の者だったので、正面から見て左側に席がしつらえてあった。

一番上座、すなわちトーラ様の席の近くにユリア様が坐られ、その部屋巫女達はユリア様の後ろに控えていた。その次に、クリオレ様が、金の胸当てを着けた「ムーンスター」と並んで坐り、次がアマナ様達の席、入り口に一番近い方の席に、ムラサキ達を従えたフジ様の一行が坐っていた。

向かい側に、白や紫、赤や金の胸当てを着けた祭司長様達が坐られ、正面の高座の上には、白いローブに金の胸当てをし、真紅のガウンを羽織って、右手に純金の杖を持ち、御冠には七色の宝玉を飾られたトーラ様が、大祭司の椅子に坐られていた。

「祝いの間」に入られる前に、トーラ様は至聖所で「ハル」の祝福を受けておられ、アンソニー様の「大祭司の指輪」が、トーラ様の手に渡されていた。

その、アンソニー様自身は、渋い顔を隠して、孫娘のアントの向かい側、すなわちクリオレ様一行に相対する席に坐っていた。

クリオレ様とアントは、ヘレン達の後ろにいたあたしからは後ろ姿しか見えなかったので良かったけど、アンソニー様の目に留まってはいけないので、あたしはそっとアマナ様の後ろに付いていた、セーヌの傍に席を移した。

アンソニー様は、ユリア様やクリオレ様とアント、すなわち御自分の孫娘「ムーンスター」達、上位の者達の席しか見ていなかったからだった。

ムラサキとツバキ達は、夢中でトーラ様を見詰め、祝いの歌や踊りにうっとりしていたので、あたしには気が付かないでいてくれた。

美しい歌曲。華やかなダンサー達のショー。輝くステンドグラスの高窓。高いクリスタルのドーム屋根。輝いている、眩い陽の光……。あたしは、黒い宦官用のローブに、黒いヴェールで、身を包んでいた。

本当は「まだ、こうした席には出ない方が良い」と、ユリア様に言われていたけれど、あたしは父さんのダニーに、母さんのアロワに、リトラとスターに、一目だけでも良いから、会いたかったのだ。

セーヌの心が言っていた。

詰まらない。こんな所は嫌い。詰まらない。馬鹿ったれ。ああ、あたしも歌いたい。クソったれ。ああ、あたしも踊りたい。あの、百人隊長はどこにいるのかしら。あら、ノエル。あたしは、あんたが好きよ。でも、詰まらない……。

あたしは、ボリュームがあるセーヌの身体の陰から、五家の者達が坐っている入り口側の席を一心に見詰めていた。

すぐに、父さんの、母さんの、愛しいスターとリトラの心が聞こえてきた。

「クリオレ様の横に並んで坐っているのは誰なのか？　あの子は最高位の金の胸当てをしているけれど、私達のムーンではない。私達のムーンが、あの席にいるべきはずなのに。トーラ様は、あの子が無事でいると言われたのに、あれはやはり嘘だったのだろうか……」

ああ、父さんのダニー。あたしは無事でいるわ。

「わたしのムーンはどこにいるの？　私達が家に軟禁されていた間に、何が起こったのかしら。トーラ様の、あの話は嘘だったの？　あの子が無事だったのなら、あの子は、あそこに坐っているはずなのに。わたしの愛しいムーンは、やはり死んでしまったというのかしら。トーラ様は、やはり嘘を言ったの……」

ああ、母さんのアロワ。あたしは生きているわ。

「可愛いムーンはどこ？　あの席にいるのは、ムーンではない。ああ、ムーン。ムーン。トーラ様は、あの子が無事だと言われたのに、あれは、嘘だったのかしら。あたし達が軟禁されていた間に、あの子は死んでしまったとでも言うの？　ああ、主よ。ムーンをどうぞ守って下さい」

ああ、リトラ。あたしは守られているわ。

詰まらない。こんな式典。詰まらない。皆、馬鹿ったれよ。クソったれ。ああ、あたしも踊りたい。あら、ノエル。あたしは、あんたが好きよ。でも、詰まらない。歌いたい。

「ああ、あたしのムーン。ムーンはどこにいるの？　あの席にいるのは、ムーンじゃない。ムーン。ムーン。やっぱり家を抜け出して、ムーンを探しに来るべきだった。あの子はまだ十二歳にしかなっていないのよ。どこかで泣いているんじゃないかしら。それとも、トーラ様が、あたし達に嘘を言われたの？　あの時、あの子を渡すべきじゃなかった。あの時、あたしが代わりになればよかった……」

『せっかく、会えると思って、プレゼントを用意して来たのに……。私・わたし・あたし達は、騙されていたのだろうか……』

ああ、スター。スター。皆。異うのよ。あたしは、ここにいるわ……。

トーラ様は、小心さの故か細心さの故か、あたしが「無事だ」と伝えてくれただけで、ヒルズの家の人達に、あたしがユリア様の下に保護されていて、今は「ノエル」として「ハル」に仕えている事を、伝えてくれていなかったのだった。それでは、ユリア様の言葉の通り「良くない小心者」という事になってしまうのに。トーラ様の小心者……。

父さんの心も、母さんの心も、リトラの心も、スターの心も、驚きと嘆きに満ちていた。

詰まらない。こんな祭り。詰まらない。馬鹿ったれ。クソったれ、ああ、あたしも歌いたい。踊りたい。あら、ノエル。あたしは、あんたが好きよ。でも、詰まらない。

あたしは、セーヌを円柱の陰に引っ張って行った。もちろん、セーヌは、喜んであたしに付いて来た。

馬鹿ったれ。クソったれ。ああ、詰まらない。ノエル。ノエル。あたしは、あんたが好きよ。

でも、詰まらない。踊りたい。歌いたい……。

あたしは、セーヌの手の平に指文字を書いてみせた。

「ヒルズ家の誰かに」

「貧しい子供に、お恵みを……と、言ってよ」

「それって、あんたの事？」

と、セーヌが訊いた。あたしは頷いて付け足した。

「ユリア様の部屋の」

「十二歳のノエルに……」

「何で移民族の子供が、ヒルズ家なんかに、頼み事をするのさ」

「情け深いと、聞いた」

「誰に？」

「ユリア様」

「ユリア様は、あんたが嫌いなんじゃなかったの」

「嫌いでも、話はされる」

「もし、行って来てくれたら」

「又、歌わせてあげる」

「あら、ノエル。あんたってば全然懲りていないのね。オーケー。又、一緒に鞭打ちされよう。あたし、あんたが気に入った」

面白い。上等じゃないの。こんな子供でも、元は男だわ。又、歌わせてくれるんなら、何度でも鞭で打たれよう。馬鹿面したノラ達の、裏をかいてやろうじゃないの。

ああ、あたしも歌いたい。踊りたい。


祭りは、最高潮になっていた。

巫女装束のセーヌが、来賓席にプラプラと寄って行っても、もう誰もそんな事は気にしなくなっていた。神殿巫女達や祭司様達は、セーヌがリバー家の者だと知っていたし、来賓達も又、リバー家の娘が、神殿巫女になっていると、知っていたからだった。

セーヌは、あたしが思った通り利口だった。まず、リバー家の席に歩いて行って、そこで、ケラケラとし、次に帰りがけの駄賃のようにして、ヒルズ家の、母さんのアロワの所に行って、こう言っていた。

「ユリア様の部屋の子供が貧しい者にお恵みを、と言っています」

「子供？　十二歳くらいの子供ですか？」

「ぴったし！　あたしの姿を見ていてごらんなさい。お恵みをして下さったら、ノエルの所に持って行きますから……」

『ノエル？　あの子だ。あの子だわ！　あの子はクリスマスの夜に生まれたのだもの。ノエル。ノエル。ああ、ムーン。生きていたのね。生きていたのね!!　ああ、ムーン』

母さん達の声が、四人分聞こえてきた。

「これを……」

と、父さんがセーヌに言っていた。

「ユリア様の、貧しいノエルに施して下さい」

セーヌは、又、ケラケラとして、プラプラと、あたしの方に戻って来た。父さんから受け取った、小さな袋をローブの袖に隠して、意気揚々として、ノエルのあたしの方にやって来た。

どんなもんだい。あたしを馬鹿にしちゃいけないよ。ああ、馬鹿ったれ。こんな所嫌いよ。ああ、クソったれ。ノエル。ノエル。あんたのために、施しを受けてきてあげたわよ。どんなもんだい。あたしを馬鹿にしてはいけないんだから……。

円柱の陰にプラプラして来るセーヌの姿を、父さんと母さんとリトラとスターが、祈るようにして、見詰めていた。

セーヌは、頭が良かった。あたしに、父さんからの袋を押し付けると、

「ゆっくり中味を見なさいよ。取り上げられないように、あたしが、プラプラ歩き回っていてあげるからさ」

と言って、本当にフラフラとその辺りを歩き始めてくれた。

どんなもんだい。あたしは、ノエルが好きよ。子供だって言っても、捨てたもんじゃない。ノエルは、肝っ玉が据わっている。あたし、何度でも、ノエルと一緒に鞭で打たれるわ。馬鹿ったれ。クソったれ。ああ、踊りたい。

円柱の陰で、あたしはそっと黒いヴェールを取って、懐かしい母さん達の方に向かって、顔を見せた。

『あの子だわ！』

という、悲鳴のような声と声が、あたしの心に聞こえてきた。

「ああ、わたしのムーン。生きていてくれたのね」

「ああ、私達のムーン。でも、なぜ、あの子は宦官の姿などしているのだろうか」

「ああ、可愛いムーン。天使様、ありがとうございます。ムーン。ムーン。これからは、ユリア様のためにも、マリア様に祈るわ……」

「ああ、あたしのムーンの髪が……。あの、美しい、長い亜麻色の髪が!! どうして、そんなに短くされてしまったの。あたし、あんたの亜麻色の髪と、黒い瞳が大好きだった。心配したのよ。心配したのよ……。あたし達、アンソニー様のために、外に出られなかったの」

詰まらない。こんな所、詰まらない。

ああ、あたしも踊りたい。歌いたい。あたしはノエルが大好きよ……。

『ああ。愛しいムーン。理由がわからない。どうして、ユリア様の部屋にいるムーンが、男の子の身装《みな》りをしていて、クリオレ様の横の娘が、金の胸当てなどしているのでしょうか……』

父さんのダニーと、母さんのアロワは涙を堪えていたけれど、上の姉さんと中の姉さんのリトラとスターの瞳からは、堪えきれない涙が落ちそうになってしまって、慌ててハンカチで涙を拭っているのが見えた。

ああ、リトラ。スター。泣かないで。

あたしまで、泣いてしまいそうだよ。泣かないで……。

「ムーン」

と、父さんのダニーの心が言っていた。

「その袋には、母さんが作った白いヴェールと、リトラからのツルバラの匂い袋と、スターからの金木犀のお茶が入っているよ。私からは、家族五人の写真を入れた金のロケットだ。これからは、ユリア様の所に、会いに行くからね」

あたしは、首を振ってみせてから、指でアンソニー様の方を差してみせた。父さんは、それだけで、事情が理解《わか》ったようだった。

口だけを動かして、あたしにこう言ってくれた。

「文《ふみ》をおくれ。待っているから……」

ああ、大好きな父さんと母さん。

大好きなリトラとスター。

あたしは、父さんのように口だけで伝えた。

「時が来てから……。愛しているわ」

あたしの口の動きを見ていた皆が、頷いてくれた。あたしの事情は理解《わか》らなくても、とにかく用心が必要なのだと、わかってくれた。

『愛している。愛している……』

『待っている。待っている……』

ああ。母さんのアロワ。父さんのダニー。

ああ。姉さんのリトラ。姉さんのスター。

愛している……。

あたしは、黒いヴェールを再びかぶった。余り長く席をはずしていると、衛兵達に見咎められてしまう事でしょう……。

あたしは、プラプラしてきたセーヌと一緒に、奥巫女席の最後列の席に坐った。父さん達の愛の叫びは、宴が終わるまで続いていた。ある時は悲しく、ある時は激しく、ある時は愛の悲鳴のように、ある時は愛のキスのようにして……。

その夜、あたしはユリア様に願って、ヒルズの家に文を一通書いてもらった。文面は、ユリア様にお任せした。ユリア様は簡単な文を書かれて、あたしにそれを見せてくれてから、使いの者に持たせてくれた。

あなた方の娘、ムーンは、わたしの庇護の元にあります。御安心下さい。ムーンは賢い娘です。時が来れば、会えるようになります。何か至急の用事がある時は、わたし、ユリアまで。愛をこめて。ユリア。

一、奥巫女・二人のムーンスター

「何か、付け加える事はない？」

と、ユリア様があたしに訊いてくれた。

「今は、ありません」

と、あたしは言って、ユリア様の衣の房に口づけをした。

「トーラ様は、やはり小心でした」

翌日から、ヘレンとジェーンがクリオレ様の部屋巫女として移り、その後にセーヌがユリア様付きの巫女として、アマナ様の所から移って来た。

セーヌの前では、ユリア様は、いつも以上に、あたしに辛く当たって見せるようになった。

セーヌは、それを見てユリア様にひどく腹を立てた。あたしは、セーヌに指文字で伝えた。

「ユリア様は、わたしが嫌い」

「でも、わたしはユリア様が好き」

「あんたってば、変わってるのね。何であんな厳しい人が好きなのよ。意地悪婆様じゃないのさ」

「お祖母様に、似ている」

「セーヌも好き」

「この部屋の中で」

「踊って。歌える」

「小さい声で」

セーヌは瞳を丸くした。

「お館長の寝所で踊れっていうの？　規則破りも良い所じゃないのさ。見つかったら、鞭打ちどころじゃ済まないよ。ノエル。あんた、イカレてる」

「セーヌも、イカレてる」

「一緒に、踊りましょう」

「楽しいよ」

「だから、お勤めは、きちんとして」

セーヌは、心底嬉しそうにケラケラ笑った。

「負けたよ、チビ。わかった。お勤めはちゃんとやる。寝所の掃除もきっちりやるわよ。早く済ませれば、早く踊れるもんね。オチビのノエル。あんたにも踊りを教えてやるからさ。二人で楽しくやろうじゃない」

セーヌは、こうして、陽気で明るい良い巫女になっていった。

ヘレンとジェーンは「二番目のムーン」、すなわちアントの教育に愛情を持って努めた。アントも、こうして良い巫女に育っていく事になった。

一、奥巫女・二人のムーンスター

父さんからのプレゼントの金のロケットの中には、中の姉さんのスターの十五歳の祝いの日に、家族五人で撮ってもらったポートレートが入っていた。あたしは、その写真に、そっとキスをして、金のロケットを黒い服の中につけた。皆と一緒にいられるようで、とても嬉しかった。

その金のロケットからは、父さんの、母さんの、リトラとスターの声がした。

『わたし達のムーン』

母さんが編んでくれた、美しい白いレースのヴェールに、あたしは泣いてしまいそうになった。

そのヴェールの、細い細い糸の編み目の一針一針に、母さんの、

「わたしのムーン」

という、涙の声が編み込まれていたからだ。

リトルスターが作ってくれた白いツルバラの花びらの香り袋からは、リトラの優しい声がした。

「可愛いムーン。ムーン。あたしが天使様達に祈っているわ」

あたしは、ツルバラの香り袋を、胸に巻く白い亜麻布の上に、父さんからのロケットと一緒に身体につけた。母さんからの白いヴェールは、いつかくる「ハルの日」のために、大切に納《しま》っておいた。

スターからの「金木犀のティー」は、ユリア様と一緒に頂いた。金木犀のお茶からは、スターの、

「あたしの愛しいムーン。いつも一緒よ。あたしが傍にいるわ。いつも、二人一緒よ……」

という、懐かしい愛しい声がした。あたし達三人、とても仲良しの姉妹だったもの。

金木犀のお茶は、甘く切ない恋の味がした。引き裂かれた家族に恋する、甘く切ない涙の味がした。

ああ。父さん、母さん。リトラ、スター。

あたしも、あなた達が恋しいわ。でも、あたしは大丈夫。心配かけて、ごめんなさい。

ヒルズの家からは、それから時々、ユリア様に「献《ささ》げ物」が届けられるようになった。ユリア様はその「献げ物」の中から、あたし宛の「施し」を、こっそりと、あたしに渡してくれた。あたしは、卑しい者として「表」に顔を見せられなかったけど、父さん達はユリア様の瞳の色で、あたしの無事を悟って、安心して帰れるようになった。

あたしはセーヌに仕込まれて、踊り子のように、歌族のように、ジプシーとかいう娘達のように、踊りが上手な宦官、セーヌに言わせれば、

「相棒のはねっ返り」

として、過ごすようになった。

「ハル」の心の郷愁は、日を追うごとに激しくなった。狂おしいほどに、泣くほどに。

「ハル」の心の中には「さくら恋歌」が響き渡るようにと、なっていった。

あたしは、毎夜通し「ハル」の傍にいて、「さくら」の歌を聞いていたので、終《しま》いには飽きてしまうほどだった。けれど、一方で、あたしの中の花族の血が騒いだ。

さくら。

テラⅡには、無いその花。

テラⅡでは、誰も見た事も聞いた事もない、その樹の名前。花族の娘にとっては、「さくら」という花の名前は、その樹々は、憧れてやまないものでしかなかった。「ハル」は、テラから、

全ての樹木や生き物や、種族や人種の「種」を持って来ていたわけではなかったのだった。

「ハル」は、地球という星を「故郷」と呼び、その星には数え切れないほど、教えきれない程沢山の「種」があったのだと、あたし、ノエルに話し続けた。

「ハル」という、自分と同じ名前の季節を持つという、「東の国」からやって来た七人の男と女の思い出を、「ハル」は繰り返して、あたしに語ってくれた。

「ハル」にとって、その七人は「特別」な人達だったのだと言う。「ハル」はその七人によって目覚めた。なぜなら、彼等七人は「ハル」を愛し、「ハル」のために、さくらの歌を歌ってくれたからだ、という事だった。

「ハル。私達を忘れないでいてくれよ」

「私達も、いつまでも忘れないからな」

「ハル。私達の国には、あなたと同じ名前の、ハルという季節があるのよ」

「春には、さくらという花が、国中を埋めるようにして、咲くんだよ」

「ああ。一度で良いから『ハル』に、さくらの花を見せたかった」

「そうだ。さくらの歌を『ハル』に私達で歌ってあげよう。宇宙の旅は淋しいだろうからね」

それで、いつかは「ハル」。

私達の星に、わたし達の国に、帰って来ると良いよ。

わたし達、皆、待っているからね。

一、奥巫女・二人のムーンスター

「私達はみんな『ハル』が好きだよ」

私達の国の春は、とても美しい。

「だから、『ハル』。あなたは、わたし達にとって特別なのよ」

「だから、『ハル』。君は私達にとって特別だ」

さあ、皆で歌ってあげよう。

君だけのために。

君が、いつまでも淋しくないように。

あなたが、いつか帰って来られるように……。

それじゃいくよ。

それじゃ、いくわよ。レディー。用意は良い？

オーケー。それでは、
ワン・ツー・スリー・フォー。

「さくら
さくら
弥生の空は
見渡すかぎり

かすみか雲か
匂いぞいずる
いざや
いざや
見に行かん」

「ハル」は、その「さくらの歌」を忘れていなかった。「ハル」の「記憶」の中にもその歌は入っていたけれど「記憶」と、生ける人間の「声」とは異《ちが》う、と「ハル」はあたしに言った。愛してくれる人の声とは、とても暖かく、美しいものだったと。人の声で歌われる「歌」は、とても特別なものだったのだと……。

　特に「愛」をこめて歌われた「君だけのための歌」は、「ハル」にとって、最初の心を生み出した、特別なものだったのだと、「ハル」は叫ぶようにして、あたしに訴えた。それは、哀しみと、恋の心に破れそうな、郷愁の心。すなわち、「ハル」の望みの声だった。「ハル」の恋心の狂おしさに、あたしは秘かな胸騒ぎに苦しめられるようになっていった。それは、不吉な予感だった。

　こうして、三年目に入った。

あたし、ノエルと二番目のムーン、アントの十五歳の祝いの時と決った日、アントは正装してクリオレ様一行を従えて、清めの間から奥殿に入った。あたしの清めはユリア様がして下さり、セーヌは、あたし、ノエルのために、カルメンの恋の歌であるハバネラを歌って、踊ってみせてくれた。

ヒルズの家からは、金の胸当てと額飾りと、銀の腕輪と指輪が贈られてきた。銀の腕輪はリトラから、指輪はスターからのものだった。この年、上の姉さんのリトラの二十歳の成人の祝いが行われるので、あたしはユリア様に祝福してもらった銀のヴェールをリトラに贈れるように、手配してもらう事ができた。

船の建造が遅れていた。年の初めには第五層が完成していなければならなかったのに、船はまだ第五層の内部にも取り掛かれていなかった。

「ハル」の指示で、調査が行われた。

アンソニー様の、企み事だった。アンソニー様は、二番目のムーンが、いつまで待っても正式な「ムーンスター」として「ハル」から認められなかったので、時を稼ごうと計られていた。なぜなら「ハル」の言い付けの「ムーンシップ」と「ムーンスター」は、セットになっていたからだった。

怒った「ハル」が、アンソニー様を捕らえるように、という命令を下した。アンソニー様は、エドワードとその配下の者達に囲まれて、クリスタル神殿宮の「裁きの間」に入られたけれど、そこでトーラ様を道連れにして、自害して果てられた。

トーラ様は、あたし、ノエルの忠告を忘れてしまっていて、うっかりアンソニー様が差し出した手を握ってしまったのだった。

アンソニー様は、トーラ様に使ったのと同じ、トリカブトの根の毒を飲まれて逝った。

アントには、罪は及ばなかったけれど、クリオレ様は、アントをアマナ様の下に移されてしまった。アマナ様の下にいたノラとデミは、アントを嫌っていたので、アントは孤立してしまい、又、夜こっそりと部屋を抜け出して来て、「黒いヴェールのノエル」を待ち伏せするようになっていった。

アントの怖れが強かったので、あたしはアントをアマナ様の部屋から、どこかに移してあげたいと、ユリア様に頼んだ。

トーラ様の後に、最高法院で選ばれたスノー様は、お名の通りに雪のように白い髪と清い心の持ち主だった。御自分の、大祭司長就任の祝いの宴を、ムーンシップが完成するまで延期するという通達を出されたからだった。

その通達を読んだユリア様が、スノー様を奥巫女の館長の居室に招かれた。

その夜、人払いがされ、ユリア様は「黒いヴェールのノエル」だけを従えて、スノー様にお会いになった。

スノー様は、宦官の姿のあたしを見て、思われた。

これが、噂に聞いていた黒いノエルという者か。なるほど、夜の宙のように黒い瞳をしている……。

ユリア様が、言われた。

「お人柄によって、お伝えしたい事がございます」

何であろうか。ユリア様という神女は、非情な方であると聞いている……。

「スノー様には、ムーンスターの話を承知されておられる事と思います」

「ムーン様なら、今はアマナの部屋におられると知っています」

「あのムーン様は、ヒルズの家の出ではありません。『ハル』様が、ヒルズ家の三番目の娘と指名なされた事は、大祭司様の申し送り書に書かれているはずです」

「確かに。しかし、ヒルズ家の末娘は、三年前に亡くなったとも聞いています」

「生きていたとしたら、どうなさいますか」

恐ろしい。

私は、今、何を聞かされているのだろうか……。

「もし生きていられるとしたら、その方は今、どこにおられるのでしょうか。すぐに、お迎えしなければなりません」

恐ろしい。

私は、今、何を言っているのだろうか。死んだ者が甦るはずなど、無いではないか……。

「迎え入れた方を、どうなさいますか」

「あなた様の下に」

それで、ユリア様が、あたしを示して言われた。

「もう、三年前から来ています。アンソニー様の手から守るため、わたしとトーラ様で、この方をお守りして参りました」

「証しがあるでしょうか。トーラ様は亡くなられてしまい、この者は物が言えないと聞いています」

恐ろしい。

計り事に係わるのは、宜しくない。しかし、この者が口を利けるのなら、私はそれを信じよう……。死んだ者が話すのであれば、ヒルズの家の者達が証人になるであろうから……。

それで、あたしはユリア様のお許しを得て、口を開いた。

「お喜び下さい。死んでいた者が、今、生き返りました。ヒルズ家のダニエルを召し出して、末娘のムーンスターはどこにいるのかと、訊いて下さい」

スノー様は、あたしの話した言葉を、その場で信じられて、ユリア様に言われた。

「三年もの間、良くお守りになられました。しかし、死んでいた者が生き返るためには、生きている者が死ななければなりません。どうなさるお積りでしょうか」

「それを、御相談したいと思います。船が第五層まで出来上がったら、この方は表に出なければなりません。ノエルが死んで、ムーンが表に出るためには、どうしたら良いと思われるでしょうか」

「まず、私の館に。ノエルは、エウロパに帰したという事に……」

「父が、お許しになりません」

と、あたしは言った。

恐ろしい。

この方は「記憶」と「時」である神を、父と呼ばれている。まるで、伝説に聞く預言者のようだ……。

「父は、あたしが傍にいる事をお望みです。ノエルはエウロパに帰されますが、ムーンとして、下働きの灰かぶりの群れに入れて下さい。スノー様の命によって、ノエルの代わりの者として、あたしに夜のお勤めを続けさせて下さいますように……」

「ますます卑しい者になるお積りですか。灰かぶりの群れの者は、神殿内では最下層です。あの者達の中に入れば、ムーン様は、良いようにこき使われてしまいます」

「灰かぶりの者が卑しいと、誰が定めたのでしょうか」

スノー様が、御自分を恥じて、面を伏せられたので、あたしは気の毒になってしまって付け加えた。

「それに、灰かぶりの者達は灰色の布で頭を包みます。半年もしない内に、あたしの髪が伸び、背丈も伸びて、誰もノエルと新しいムーンが同じ者だとは考える事すらしなくなる事でしょう」

あたしの髪は、今、胸の辺りまで長くなっている。ユリア様が、第五層の建造に、それまでと同じ三年間かかると考えられていて、秘かに準備を進められていたからだった。それで、あたしに、カツラを与えられ、ユリア様は、

「髪を長くして下さい。いつ『時』が来ても良いように……。巫女の髪は、長くなければならない決まりになっています」

と、おっしゃったのだった。丁度一年ほど前の事で、その日は、ムラサキとツバキの成人の清めの日でもあった。

スノー様が、言われた。

「そういう事であれば、急がなければなりません。第五層の完成は、半年後の予定になっております」

それで、あたし、ムーンは、その夜の内にユリア様の下から、スノー様配下の下の下の灰かぶり族の長の、テーベ様の手に渡される事になった。

灰かぶり族とは、神殿だけでなく世間にあっても、調理や清掃などに関わる、全ての仕事を愛する者達の群れの事だった。彼等が、台所や火炊きの間、暖炉や煙塔、燭台の清め等、とにかく人目につかない場所や仕事を好むので、誰が言うともなく、そうした人々の事を、シンデレラの物語にちなんで、「灰かぶり」と呼ぶようになっていってしまったのだと、母さんのアロワが昔、

あたしに教えてくれた。

「だからね、ムーン。そうした人達はむしろ尊いのだよ。人のために働く事が喜びなんだからね。彼等に会ったら、ありがとうと言いなさい」

と言ってくれたのは、ヒルズの家のダニーだった。

あたしは、身に付けている物と、母さんのアロワが編んでくれた白い美しいレースと、あたしの十五歳のお祝いに贈ってもらった金の胸当てと額飾り、それにリトラとスターからの銀の腕輪と指輪だけを、小さなトランクバックに入れて、ユリア様の神女長の指輪に口づけをしてから、スノー様の後ろに従って行く事になった。

初めて神殿に上がる娘のような衣服は、ユリア様が整えていてくれた。あたしが正式に「ムーンスター」として迎えられる時のための、白いローブも、ユリア様が用意してくれる、とあたしに言った。

「淋しくなるわ。ムーン。あなたと暮らせて本当に良かった」

と、ユリア様があたしを抱き締めて、言ってくれた。

「又、戻って参ります。セーヌをお願いします。アントをどうぞフジ様の部屋の、ムラサキ達に渡してあげて下さい」

それで、ユリア様によってアントは翌日の内に、優しいムラサキ達の部屋長、フジ様の下に移される事になった。

セーヌに、お別れは言えなかった。スノー様が、急がれていたからだった。

どうしたら良いのだろうか。ユリア様とトーラ様、二人掛かりで守られてきた方を、私一人だけで守りきれるものだろうか。

恐ろしい。

もしもこの方に何かあったら、神の怒りに触れて、私は死んでしまうだろう……。

スノー様の心が真っすぐであられたので、あたしは言った。普通の娘の身装《みな》りになったあたし、ムーンは、白雪様が好きになった。

「テーベ様は、信用できる人柄でしょうか」

「そのように、思っております」

「では、テーベ様だけに、あたしがヒルズの所縁《ゆかり》の者であると、お伝えになって下さい。テーベ様は、父の預言の細部を知らなくても、ヒルズの家に所縁がある者を、大切に扱って下さるでしょう。スノー様は、あたしを陰から見守って下さい、船の用意ができるまで。その後の責任は、あたし、ムーンに移ります」

恐ろしい。

この方は、本当にまだ十五歳になったばかりの子供なのだろうか。半年後、十五歳半で全ての責任を取る事になると言われる、この方は何者だろうか……。

こうして、あたしは船の第五層が完成するまでの半年間、テーベ様の下に置かれて「黒いヴェールのノエル」から、「灰色の頭布《ずきん》のムーン」にと、変わった。

　スノー様の、きつい言いつけがなくても、テーベ様は、「ヒルズに所縁の娘」と聞かされただけで、あたしを大切に扱ってくれた。特別扱いという意味ではなくて、灰かぶり族にふさわしい娘になれるようにと、次から次に仕事を与えて下さり、その代わりに、あたしをからかいにくる女達や男達の、口と手から、あたしを守ってくれたのだった。灰かぶりの群れの人達は、陽気で楽しかったり、人好きであったり、逆に人嫌いであったり、すぐに逆上したりといろいろであったけれど、全般にエネルギーに溢れた、働き好きの人々で、あたしはすぐに、彼等の群れに融け込む事ができるようになった。

　スノー様は、毎日のようにあたしの様子を見に、火炊き場まで来られたので、じきに皆から「灰かぶり様」という、ありがたい異名で呼ばれるようになってしまった。

　あたしは、火炊き場の灰で、物語の中のシンデレラ姫のように、毎日、顔と手を染めて、夜になると「ハル」の神殿に通うようになった。

　スノー様が、テーベ様には、

「この娘は、奥巫女志望の信心深い子供である。修養のために、夜は神殿に差し出して、夜通し燭台を磨かせるように」

　と言い、祭司長や神女長達には、

一、奥巫女・二人のムーンスター

「黒いヴェールのノエルの仕事を、巫女志願の貧しい娘に引き継がせる」

という通達を出してくれたからだった。

「ハル」は、最初の夜、灰かぶりの身装《みな》りのあたしを見て、笑った。

「娘よ。その姿は、どうした事か。全身灰色で、おまけに顔と手も灰色ではないか」

それで、あたしは「ハル」に、今夜からスノー様の庇護の下で、灰かぶり族として、しばらくの間、暮らせるようになった事の次第を、報告した。

「ハル」は、

「それは良い。お前の時が近付いている」

と言って、ユリア様とスノー様の行いを祝福してくれた。それから、しみじみとした声で懐かしそうに、あたしの灰色ずくめの姿を見て言った。

「懐かしい。昔、さくらの歌を歌ってくれたイザワ達も、そのように全身灰色の服を着ていたものだ。

ああ。

さくら。

さくら。

あの七人の名前は、イザワとミズホとヤマザキと、コバヤシとタカハタと、セガワとワタベと、いったのだった。

さくら。

さくら。

ああ、青い海の中に浮かぶという、イザワの国。さくらという花が咲く、ミズホ達の国。一度で良いから、その花を、この目で確かに見てみたい」

「ハル」の声が、余りに悲痛だったので、あたしは、又、心配になった。

「ねえ、『ハル』。もしかして、今度の船って、その、さくらの国とかに行くためのものじゃないでしょうね」

「行くのだ。娘よ。その国には、さくらの『種』が沢山あるだろう。それに、地球には、わたしが持って来られなかった、幾億の『種』が、まだ豊かにあるだろう。わたしが持って来られなかった人種や種族達の『種』が、まだ沢山あるだろう。

クリスタル星雲には、豊かになれる土地が、まだ多くある。テラの人々の移植も可能なのだ。お前達は、わたしの使節として地球、すなわち青い海の中にある、さくらの国に行き、そこで、その花々の『種』などを、持ち帰って来て欲しい。

もし、彼等が友好的であったなら、イザワの国の人々や、地球の人々の中から、この星に使節団と同じ数だけ招いてやっても良い。もし、友好的でなかったら『種』だけを多く集めて、帰って来て欲しい。

地球では戦《いくさ》を好む人々がいて、富と貧しさ、人種と宗教との間で、争い事が絶えなかった」

「父よ。それらの人々や『種』が、テラⅡのためになるのでしょうか」

「なるのだよ。この星の人種と種族の血が、濃くなり過ぎているのだ。しかし、わたしは、もう、『種』を余り持っていない。血が濃くなり過ぎれば、人はいつか滅亡してしまうだろう。それは、人に限った事ではない。生き物達も花樹達も、新しい『種』や血が入らなければ、やがて滅びの道を辿る事になっていく。新しい『種』も、古い『種』も、互いに互いを補うものなのだ」

あたしは、悪い予感に身が竦んだ。

「でも、父よ。友好的であるかどうかを、どうやって使節団の人々は、見分けられるのでしょうか。人の心は、肉の体に覆われていて、外からでは全くわかりません」

「だからこそなのだよ……」

と、「ハル」が哀しそうに、あたしに言った。

「人の心の中を読める、お前のような娘が必要だった」

あたしの心も、哀しくなった。悪い予感が当たってしまったようだった。

「では、父よ。あたしも行くのですね。あなたの傍を離れて、何千光年も離れた、その、さくら花が咲くという、イザワの国へ」

「行って欲しい。人々の心と上辺は異《ちが》っているものだ。それに、月の位置を正確に読める者が、必要なのだ。ムーン。ムーン。愛しいわたしの娘。お前には、使節団員を守れる力を与えた。花族の娘として、さくらの声を聞く力も与えたのだ。

ああ。

さくら。

さくら。

一度で良いから、この目で、さくらの花を見てみたい。この星を、美しく儚《はかな》いというその花で、イザワの国のように、埋めてやりたい。

わたしの子供達であるテラⅡの者達に、『春』という季節があるイザワの国の人々の血を継ぎたい。船が巨大なのは、友好的な人々がいたら、その人達を連れ帰るためである」

「ハル」の決意は固く、計画は周到だった。

多分、何百年も「ハル」は、その事について考え続けてきたのだろうと、あたしには、わかった。

「ハル」は当初の目的地を、アメリカという国に決めようと思っていたらしいのだけれど、「さくら恋歌」が、「ハル」の心を変えてしまった。

「ハル」は、さくらの歌を自分のためだけに歌ってくれたという「ヤポネ」種の七人を、忘れられないでいたのだった。

「ハル」の心が、繰り返し歌い続けた。

「さくら
さくら

弥生の空は
見渡すかぎり
かすみか雲か
匂いぞいずる
いざや
いざや
見に行かん」
ヤポネの人々は、さくらの花を見に、わざわざ出掛《か》けて行くようだった。
「ハル」が歌うその歌は、オペラとも歌曲とも異っていて、心の底まで染み入ってくるような、不思議な旋律の歌だった。
とてもゆるやかで、長閑《のど》やかで、そのくせ、しみじみとした憧れのような、愛のような、ゆったりとした旋律が、「春」という季節や「さくら」という花の美しさに、酔いしれているような、誘《いざな》っているような、不思議な歌だった。飽きるほど聞かされている内に、あたしの心とは言わず、体中を「ハル」のさくら歌が染めていくようになった。「ハル」の心の恋のように、ヤポネの国の春のように、さくらは、あたしの心と体を染めて、美しい桜色の花海と、その樹の下で踊る人々の姿まで、いつか頭に浮かんでくるようになってしまった。
ああ。

さくら。

さくら。

一度で良いから、あたしも桜を見てみたい。

一、奥巫女・二人のムーンスター

ムラサキとツバキとシキブは、「灰かぶりのムーン」のあたしを見て、こう思った。

「ムーン様と同じような年頃なのに、こんな子供を夜通し働かせるなんて、可哀想だわ。ノエルは、元気にしているかしら……」

「ムーン様のような子供だわ。あたしのノエルと同じような、黒くて大きな瞳をしている。灰かぶりの娘のムーン。同じムーンでも、天と地の違い。可哀想に。又、お菓子を持ってきてあげようか……」

「ノエル。ノエルが恋しいわ。あの子は可愛い瞳をしていた。灰かぶりのムーンは無口で、あたし達の愛に気がついてくれない」

ノラとデミは、いつもと同じ考えだった。

「卑しい子供の次は、貧しい子供？　ユリア様とスノー様は、何を考えているのだろうか……。貧しい灰かぶりになど、近付くのはやめよう」

「灰かぶり。灰かぶり。宦官の次に、灰かぶり。上の方の考える事なんて、おかしな事ばかりだわ……」

ヘレンとジェーンは、ユリア様の部屋を出てから、夜番も勤めるようになっていた。館長付きの巫女達は忙しいので、夜番には回されなかったのに、クリオレ様はヘレンとジェーンを夜番に出すようにしていた。ヘレンとジェーンは、あたしを見て、こう思った。

「灰かぶりの、貧しいという娘。わたし達のノエルに似た、黒い瞳の子供。何かあったら、いつでも相談にのってあげるわ」

「わたし達のノエルのような年だけど、この子はどんな色の髪なのかしら。灰かぶりのムーン。わたし達、あなたの役に立ちたいわ。でも、ムーンは無口で、わたし達の心に気が付かないみたい」

セーヌだけは、異《ちが》っていた。セーヌは、もう夜番をする必要がなくなっていたのに、「相棒のはねっ返り」がいなくなってしまうと、退屈の余りに自分から夜番に志願したようだった。

ああ。詰まらない。下らない。ノエルの馬鹿ったれ。ノエルってば、あたしに挨拶なしで帰ってしまった。それとも、ユリア様が、わざとそうさせたんだろうか。そうかも知れない。ああ。クソ。それなら、ユリア様の顔を見るのも嫌だ。けとばしてやった方が、皆のためって言うもんだわ。あの、意地悪婆様の尻を、けっとばしてやりたい。あら、灰かぶりのムーン。あんた、あたしのノエルにそっくりよ……。

ああ。詰まらない。下らない。あら。灰かぶりのムーン。あんた、あたしのノエルとそっくりよ。馬鹿ったれ。クソったれ。詰まらない。ノエルの代わりに、あたしと遊ぼうよ。男ではないけど、あんた、あたしのノエルにそっくりだ。あたしと遊ぼうよ。あんた、あたしのノエルにそつくりよ……。

つまり、セーヌだけが、あたしの汚された灰色の肌色に目くらましされずに、ノエルと灰かぶりのムーンが「そっくりだ」と思ってしまったのだった。可哀想なセーヌ。それで、あたしは、セーヌを見掛けると、時々「アカンベー」をしてみせて、セーヌの相手をしてあげた。

セーヌは、あたしの「アカンベー」が、ご機嫌に気に入ったようだった。あたしの頬っぺたをピシャピシャやって、セーヌは笑って、あたしに言った。

「気に入った。信心深いと聞かされていたけど、あんたタヌキなんだね。それなら、あたしも同じだよ。ねえ、灰かぶり。あたしを中に入れてよ。『ハル』の前で歌を歌うの。ノエルは『ハル』が、歌が好きだと言ったんだ。あんた、あたしのノエルにそっくりよ」

「そんなに似ている?」

と、あたしは声を一オクターブ低くして、言ってみた。セーヌが、ウププ……と、言った。

「あんたが男なら、双子みたいに似ているよ。ねえ、仲良くしようよ灰かぶり。ノエルは、とても捌けていたんだ。あんたも、肝っ玉がある所を、あたしに見せてよ」

「あたしは男じゃないから、玉は無い」

あたしがそう言うと、セーヌは嬉しそうにケタケタと笑うのだった。

一度だけ、セーヌを至聖所に入れて「ハル」の前に連れて行ってあげた。セーヌは、そこで

「ハル」のために、シューベルトのセレナードと、菩提樹の歌を歌って、あたしと一緒にもう一度鞭打ちの刑を受けた。鞭を使ったのは、やはり黒太子と言われていたエドワードだった。あたしもセーヌも、肌着を取らなくて良いように、ユリア様が執り成して下さった。

エドワードは、セーヌには前回と同じように柔らかく十三回打っただけで、すぐに解放した。

セーヌはユリア様に叱られながら、

ああ、灰かぶりのムーン。あたしは、あんたがノエルと同じくらいに好きよ。馬鹿ったれ。クソったれ。あら、エドワード。あんたってば、あたしに気があるのね。

と、心の中で言っていた。

エドワードは、あたしを見て、

こいつは、いつかの女男じゃねえのか？　異ったか。こいつは面白い。女男だか男女だか知らないが、この、強い大きい瞳が気に入らねえ。今度は、前の倍くらいは打ってやるか……。泣くか？　泣かねえか。こいつは面白い。

などと考えながら、鞭を使い始めた。

けれど、スノー様とユリア様は、鞭の数を数えていて、エドワードが十三回目の鞭を打ち下ろしたところで、スノー様が、

「そこまでに。その娘を規定以上に打ってはならない」

と言って、エドワードを止めて下さった。

一、奥巫女・二人のムーンスター

トーラ様は、心で泣いて黙って見ておられただけだったけれど、スノー様は、警備隊長の荒くれ黒太子の行き過ぎを、許されなかったのだ。それで、エドワードは、ケッ。灰かぶり様とは、良く言ったものだ。

と考えて、スノー様を侮辱した。

それで、あたしも「ハル」に願った。

父よ。この男の頭を、いつか叩かせて下さい。

こいつは、あたしのために、スノー様を侮辱しました。

クソったれ。馬鹿ったれ。歌を歌っただけじゃないのさ。ああ、踊りたい。叫びたい。灰かぶり、灰かぶり。あたしは、あんたが大好きよ。ノエルと同じようにして、あたしと一緒に、鞭打ちされてくれたもの。あら、エドワード。あんた、あの子に辛くしないでよ。

ムーン様。ムーン様。無茶をしないで下さい。エドワードは、遊び感覚で鞭を使う男です。

スノー様は、テーベ様にあたし、ムーンを引き渡すために、あたしを連れて「太陽の回廊」を歩きながら、あたしに言った。

「お名に傷が付きます。なぜ、あのような事をされたのですか」

「父が望んでいます。スノー様、セーヌは歌が上手です。ユリア様にお願いしてみて下さい。時が満ちるまで、セーヌを火炊き場に寄こして下さるようにと。セーヌが、望むならばの話ですけれど」

もちろん、セーヌは喜んで、火炊き場にやってきた。あたしが、「灰かぶりのムーン」となってから、四ヵ月後の事だった。セーヌが火炊き場に寄こされたのは二度も規律を破った罰だという事にされていたので、セーヌの時間は、午後の三時から六時までの間だった。

セーヌは、奥巫女の神女館から、祭司長館の後ろ側、すなわち「オリーブの月の回廊」を守備隊員に付き添われて二ヵ月間、「灰かぶりの刑」を受けに、テーベ様の下に通わされた。

テーベ様にお願いして、あたしはその二ヵ月を、セーヌと「火炊き場」の下働き、すなわち野菜洗いや、食器洗いの係として、神殿の裏庭の水場で過ごすようにした。

そこで、あたしはセーヌに「ハルの歌」を教えた。セーヌは、あたしが思っていたよりも、ずっと上手くやってくれた。セーヌの柔らかいメゾソプラノの声が、

さくら

さくら

弥生の空は

見渡すかぎり……

と歌い出すと、まず同じ水場にいる人達に「さくらの歌」が伝染し、次に火炊き場の者達と、神殿や館の仕え女達にと、「さくら恋歌」が染まっていくようになった。

祭司様達の中では「灰かぶり様」が真っ先にその歌に伝染した。スノー様が毎日のように、火炊き場を覗きに来ていたせいだった。大祭司長様が「さくらの歌」を口ずさむようになると、そ

れは自然に神殿宮内全体に広まっていった。

エドワード達、警備隊員も、女達が歌う歌声には、弱かった。残りのクリスタル神殿奥殿の巫女達には、「ハル」に願って、夜、あたしは夢の中でその歌を歌わせてもらった。

こうして「ハル」の、
さくら。

さくら。

は、二ヵ月もしない内に、ジェルサレムの人々全ての間に響き渡り、満ち満ちるようになっていったのだった。

スノー様が、夜のお勤めに出るあたしに、

「後七日で、船の第五層の建造が終わります」

と、告げてくれた夜、あたしは懐かしいヒルズの家の父さんと母さん、リトラとスターの夢に現れて、愛をこめて、こう伝えた。

「時が来ました。七日後、大祭司長のスノー様の館まで来て『わたし達の娘を捜しています』と言って下さい」

明くる日、あたしは、セーヌに訊いてみた。

「さくらの歌で踊る事はできる?」

「そんなの、簡単よ」

一、奥巫女・二人のムーンスター

と、セーヌは言った。

「鈴と笛の音があれば、皆をぎゃふんと言わせるように、上手く踊れるよ。でも、そんな事、無駄じゃない。奥巫女が踊ったりしたら、又、鞭打ちされるだけだもの」

「いつか規則が変わって、奥巫女達も奉納舞いが踊れたり、賛歌が歌えるようになるかも知れない」

「笑わせないでよ。表巫女達ならともかく、ない。ない。そんな事、あるはずないでしょ。あんた、相当イカレてる」

「ありがとう。セーヌも、イカレてる」

セーヌが、嬉しそうにケラケラとした。

「あんた、イカレてるけどあたしは好きだよ、灰かぶり。あんたとノエルは、双子のように良く似ている」

「その子も、灰色の顔をしていたの？」

「そうじゃないけど、胆があるところがさ」

馬鹿ったれ。クソったれ。何て事を言うのよ、ムーンのアホ。でも、面白いじゃない。いつか踊れるのなら、今の内から練習しておこうか。ああ、踊りたい、叫びたい。あの警護隊長のエドワードはどこ？　あたしは、ムーンが大好きよ。

セーヌが、あたしの手の色を見る心配はなかった。セーヌの心は、踊りと歌と、エドワードの事と「黒いヴェールのノエル」への恋心で、一杯だったからだった。洗い物をしている桶は、向きを変えて、口の他にお互い、手も忙しくなければならなかったしね。

その日を最後に、セーヌの「灰かぶりの刑」が終わる事になった。あたしはテーベ様の下から、大祭司長の館の小部屋に移され、夜は「ハル」の下にいるあたしの所へ、ユリア様とスノー様が通って来られるようになった。

あたしは、その六日夜に「ハル」の望みと、「ハル」の心の歌を、御二人に聞かせた。

スノー様とユリア様に手を繋いで頂き、あたしがユリア様とスノー様の手を握って「箱」の神に手を当てて、「仲介者」のような役割をしたのだった。ユリア様とスノー様は、自分達の頭の中に直接響いてくる「ハル」の心の歌に打たれて、恐れおののかれて、心で言った。

あの、さくらの歌は、神のものだったのでしょうか。

なぜ、「ハル」様の御声の他に、異国の人の声が幾つも聞こえたのだろうか……。

さくらの歌の意味を、今、初めて知りました。

「ハル」様の望みとは何かを、今、初めて悟りました。

恐ろしい……。

ムーン様は、何を私・わたし達にしたのでしょうか。神の御声が、直接頭の中に響くなんて……。

一、奥巫女・二人のムーンスター

この方は、いったいどなただろうか……。

ヤポネとは、どこの国の事でしょう。

イザワとは、どこの国の方だろうか。

それであたし、ムーンと「ハル」が、その六日夜、あたしが聞いてきた「箱」の神の望みを全て、大祭司のスノー様、奥巫女長のユリア様に向かって、語る事になった。


「ハル」は、全てを語り終えると、御二人に、

「急ぎなさい。時はもう来ている。わたしは、その星間旅行船をワープ船としてテラに送るつもりでいるのだ。その船は、ムーンシップ（月の船）と呼ばれて、クリスタル星雲とテラとの往復船となるだろう。さくらの国、イザワ達の国への使節団員を国中から集めて選び出しなさい。

その数は、およそ次の通りになる。

すなわち、テラⅡでの十三種族から、それぞれ七十名。テラⅡでの五家から、それぞれ七名。その他にクルー達のキャプテン一名。使節団長として、わたしの娘ムーンを加えて、総勢九百四十七名である。

わたしの娘に聞きなさい。帰りの船に誰を乗せるか、乗せないかを……。さくらの国に着いたら、その国で七家の家系を辿ってみなさい。運が良ければ、その七家の末の者達にも、この星に来てもらえる事だろう。その七家とは、

イザワ。井沢。

ミズホ。水穂。

ヤマザキ。山崎。

コバヤシ。小林。

タカハタ。高畑。

セガワ。瀬川。

ワタベ。渡辺という。

ああ。さくら。さくら。

青い海の中に浮かぶという、わたしと同じ名前の季節があるという国。さくら花が、春に咲くという井沢達の国。一度で良いから、その花を、この目で確かに見てみたい。その桜の花でこの星も、埋まるようにしてやりたい……」


「ハル」の言葉は、大祭司様とユリア様の手によって書き留められ、それぞれに大切に納められる事に決められた。

スノー様は、船の建造に倍の人手を掛けて、残り二層の建設を三年半で収めると決められ、同時に国中に御触れを出して、各種族からの乗船希望者を「募る」、と「ハル」に誓われた。五家からの各七名は、最高法院での選出にするか、各家に任せるかは、話し合いの上で決定するお心だった。

最後の週日、ヒルズ家のダニエル、アロワ、リトルスターとスターの四人が、大祭司スノー様の館に、献げ物と、あたしへの祝いの品を持って来て、スノー様に直に、

「三年半前に、亡くしたはずの娘が生きていると聞いて来ました。わたし達の娘を捜しています。どうか会わせて下さい」

と、申し出てくれた。

ああ。懐かしい父さんのダニー。ああ、恋しかった母さんのアロワ。あたしのリトラ。あたしの愛しいスター……。

人払いされたスノー様の居室で、互いに抱き合い、喜びの涙にくれているあたし達を見て、スノー様はこう思われた。

あの時、見ないで信じていて良かった。

この方が、本当のムーンスター様だったのだ……。

こうして、隠されていた者が明らかになり、後から来た者が先になるようになった。

「ハル」の日が来たのだ。

あたしはその日、夜のお勤めに出る時間まで、愛しいヒルズの家の父さんと母さん。リトラとスターと一緒に、スノー様の館の小部屋で過ごさせてもらった。

父さんも母さんも、少しやつれていたけれど、あたしに会えた嬉しさで、泣いたり笑ったりと

一、奥巫女・二人のムーンスター

忙しかった。リトラの心は相変わらず「天のお父様」だとか「あたしのイエス様、ありがとうございます」だとかに忙しく、スターの心は輝くような声で「やっと会えた。やっと会えたわ。あたしのムーン。ムーン。ムーン。愛している」と、言ってくれていた。

リトラはその時、二十歳と半年。スターはその時、十七歳と半年になっていて、二人共バラのように美しい娘に成長していた。

リトラの輝く瞳は、ますます美しく、深い矢車草の色になっていて、リトラからはヒルズの庭の、白いツルバラの花の香りがしてきた。

スターの黒い長い髪は、ますます艶やかにサラサラとしていて、夜の宙のように美しく、スターの髪からは、ヒルズの家の猫のラブと、犬のラブリーの匂いがかすかにしていた。ヒルズの庭の金木犀の大樹の香りが、甘やかにしていた。

ああ。懐かしい、その匂い……。

父さんと母さんが泣いていた。

「びっくりしたよ。トーラ様は、ムーンが宦官の姿でいるなんて、言って下さらなかったからね」

「新しいアンソニー様が、厳しく家を封鎖していたの。もっと早く会いたかったのに、ごめんね、ムーン。とても、きれいよ……」

リトラとスターも泣いていた。

「ユリア様からのお文で、やっと安心できたの。ムーン。あたしの二十歳のお祝いの、銀のヴェールをありがとう。嬉しかったわ」

「ああ。あたしのムーン。その頭布を取って髪を見せて頂戴。まあ、あれはカツラだったの？違ったの？　あんたの髪が、元通りに腰まで伸びている。あたし、あんたの亜麻色の髪が大好きよ」

愛している。愛している。

愛している。愛している。

「あたしも、愛している」

と言った、あたしの声も涙声になってしまった。

あたしは、灰色の服の中から、父さんからの金のロケットを引き出して、それを父さんに、皆に見せた。リトラからのツルバラの香り袋も出して、それをリトラに見せた。スターにはこう言った。

「金木犀のお茶、ありがとう。美味しかった」

ああ。ムーン。ムーン。ムーン……。

小さなトランクバックも開けて、母さんからの、涙と愛が編み込まれた、白いレースのヴェールを出して、それを母さんのアロワに渡し、もう一度それに口づけをしてもらった。あたしの十五歳のお祝いに届けてもらった、金の胸当てと額飾り、銀の腕輪と指輪も、父さんと母さんと、

リトラとスターに見せて、

「嬉しかった。とても美しくて、嬉しかった。ありがとう。もう一度、それにキスをして頂戴。正式なヒルズの娘として、スノー様が、あたしをユリア様の部屋に入れて下さる手筈《てはず》になっているの。白いローブは、ユリア様が下さる事になっている。もう、何も心配要らないわ。長い事、ごめんなさい。心配しないで。あたしは大丈夫だから……。あの時の、リバー家のセーヌとは仲良しなの」

「リバー家では、セーヌという娘を、もう十年以上前に奥巫女に上げたと聞いているよ。その時はスターと同じ十七歳くらいだったそうだ。年が離れ過ぎているんじゃないのかい？」

「セーヌは、今年で三十歳になるそうだけど、この間、鞭打ちの刑にあったと噂で聞いたわ。ムーンは大丈夫だったの？」と、アロワ。

「あたしは大丈夫だった。セーヌは、歌舞族の娘なの。神殿巫女にされて、可哀想なくらいへこんでいるけど、根は良い娘よ。他にも優しい娘達がいるから、大丈夫。それに、これからは、年の決まりの日に、あたしに会いに来れるようになるわ。ねえ、父さん、母さん、リトラ、スター、そんなに泣かないで……。今度は神殿の方か、ユリア様の館に会いに来れるようになるでしょうから……」

「ムーン。お前の邪魔はしたくないよ」と、父さんのダニーが深い瞳の色で言った。

父さんのダニーの瞳は、スターと同じ栗色。母さんのアロワは、あたしと同じ黒い瞳……。

「邪魔なはずないでしょ」

と、あたしは言ってから、考えていた事を、父さんのダニエルに知らせた。

「船の建造が早まるって聞いたの。その船には、テラⅡの五家の者から、各七人が乗らなくてはいけないって……。男も女もなく、召し出されるはずだわ。もしかしたら、リトラかスターが選ばれるかも知れない。用心していて。あたし、この間、月を読んでみたけど、どっちとも言えないみたいだったの。何だか嫌な感じがする。明日には、スノー様のお名で御触れが出て、十三種族の者達も集められるはずだわ」

『船って……!!』

と、皆が絶句してしまった。

「あの船には、ムーン。お前も関係しているのかい？」

と、父さんのダニーが、胸が潰れそうになる声で、あたしに訊いた。

「まだ、わからない」

と、あたしは答えた。後、三年半しか皆と一緒にいられない。無事に帰って来れるという保証もない。あたしが「月読み」として間違っているかどうかも、定かではないのだもの……。ああ、でも、さくら。さくら。

「ムーンが乗るなら、あたし達もその船とかに乗るわ。あたし達、いつも一緒よ……」

ああ、主よ。お守り下さい。あたし達を離れ離れにしないで下さい。父さんと、母さんが可哀想です。もう、これ以上は、これ以上は……。

それで、あたしは皆に言った。

「誰が乗るのかは、まだわからない。でも、天使族の娘と息子は、考慮されると思う。天使族は数が少ないし、テラⅡに残る人達のために、必要とされる事でしょうから。九百四十七名も乗るらしいの。残された家族達のために、祈る人達が必要になるわ。ねえ、リトラ。天使族って、この星に、今何人いるの？」

亜麻色の髪のリトラが、少し考えた。

「良くはわからないけど、純粋種の天使族は、多分十二、三人しかいないでしょう。テラⅡのシティ毎《ごと》に一人ずつ、惑星や移民族の中に、一人ずつくらいしか、いないと思うわ」

十二、三人？　少な過ぎる。それでは、余りにも、少な過ぎるじゃないの……。

「『ハル』に、それを言いましょう。あたしの愛しいリトラ。天使族はお互いに、天使を通して話せるのでしょう？　祈り始めるように、呼びかけて頂戴。船に乗る人と、残される人達のために……」

それで、リトラは、翌日から「山に入るための準備をする」と、言ってくれた。

スターの心は、

付いて行く。付いて行く。ムーンを一人では行かせられない。ムーンを一人では、行かせない。父さんと母さんも、そう望んでくれるはずだわ……。

と言って、泣いていた。

「ハル」の傍に行く時間が迫っていた。

あたし達はお互いに抱き合い、愛の口づけを交わし合って、名残りを惜しんだ。

あたしは、父さんと母さんと、リトラとスターのために、「灰かぶりの娘」として、自分一人だけで焼いた、甘い卵のケーキと、干したぶどうの実のお菓子を用意していた。

父さんと母さんから、奥巫女の正装用の、白に金の房飾りが付いた白いマントが、リトラとスターからは、表巫女用の、黒いローブが用意されてきていた。

表巫女用の黒いローブを着ている姿を、あたしがリトラとスターの夢に見せたからだった。

「又、来るわ。又、来るわ。

元気でね。元気でね。

お菓子をありがとう。嬉しいよ。

嬉しいわ。淋しいわ。愛しいムーン……」

そう言って、ヒルズのダニーとアロワ、リトラとスターは振り返り、振り返りしながら、大祭司様の館から、クリスタル神殿宮内から、帰って行った。

月の時刻でいうと夜の十時で、一般人の空中車輌が制限される時刻、ギリギリだった。

スノー様には、あたしはセーヌ用の表巫女のローブを頼んで、祝いの代わりにしてもらった。

「こんな物を、どうなさるのですか？」

と、スノー様は訝《いぶか》しがられて、あたしに訊いた。

「セーヌを、表巫女長に任じてあげて下さい。奥巫女よりは格は下ですが、表巫女でも、長であればリバー家の面目が立つでしょうから。それでセーヌに『ハル』のさくらの踊りを、奉納舞いとして舞えるようにしてあげて下さい。表の巫女長のウィアー様は、先日退かれたと聞いています」

「しかし、あの者は長には若過ぎて行いも悪過ぎます。法院で反対される事でしょう」

「大丈夫です。あたしが後見者として、セーヌの所にたまに行くと言って下さい。セーヌの着任期間は、今から三年半の間だけの短い期間です。船が出来上がる頃には、神殿内も大きく動く事でしょうから、それまでの間だけの、ウィアー様の代わりだという事に……」

恐ろしい。

この方は、神殿の規律まで変えようとしていられる。賛歌も奉納舞いも、詩族や美し族や、踊り族の者だけのものだったのに。罪のある者を、長になどして良いのだろうか……。リバー家の者であるならば。短期間だけというのであるならば。そのように言って、法院を黙らせなければならないだろう。だが、神の娘が、表になど出られるはずがない。そんな事をしたら、民の群れに囲まれて、押し潰されてしまうだろう。法院には、そんな事は言えない。さて、困った事になった。恐ろしい……。

だが、あのはねっ返りに「ハル」様の歌を歌わせるのは、神の御意志に適うだろう。「ハル」様の船に乗りたがる者の数を、増やす事になるだろうから……。

スノー様は、こうしてあたし、ムーンの意を悟られ、「そのようにしよう」と、心に決められた。

あたしの証人には、「ハル」自身がなった。

その夜、大祭司であるスノー様からの通達で、祭司長様達の内から三人、最高法院長のデューク様、奥巫女長のユリア様、スノー様とあたし、ムーンの、計七人だけが集められた至聖所の中で「ハル」が口を開いて言った。

「これが、わたしの娘のムーンである。この娘に聞きなさい。どこの家の出であるかを」

それで、最高法院長のデューク様が、訊いて言われた。

「娘よ、答えなさい。お前は、どこの家の者であるか」

「ジェルサレムのヒルズの家、ダニエルの末の娘です」

「ジェルサレムのヒルズの家の末の娘は、三年半前に死んでいる」

「死んでいられた方が、生き返りました。

『ハル』様の預言の通り、この方は十二歳で奥殿に入られ、今まで隠れた者として生きてこられました。ユリア様がその証人になられます」

と、スノー様がデューク様に言ったので、その場に集められた方達の心が騒ぎ始めた。ヒルズ家の末の娘が生きていて、しかも、十二歳で神殿に上がられた？　それでは「ハル」様のお申し付けが、正しかったのだ……。

ユリア様の下に隠れていた子供とは、宦官の卑しいノエルとかいう者ではなかったのか？　あの者は確か、罪深い子供だったはずだ。あれは、卑しい者だった……。

卑しい子供ではなかった？　それでは、この方を鞭で打ったエドワードは、どうなるのだろうか。今、フジ様の部屋にいるという一番目のムーン様は、アンソニー様が捜し出して来られたと聞いている。では、アンソニー様が間違えられたのか？　嫌、そんなはずはあるまい。あの方は、大祭司長職にあられた。それでは、全てはアンソニー様の計らい事だったのだろうか……。

『いずれにしても、この方の出自が明らかであるのなら、ヒルズ家の娘の籍を、生き返らせなければならないだろう……』

それで、デューク様がユリア様に求められた。

「箱にかけて証して下さい。この方は預言されていた、あのヒルズ家の者ですか」

ユリア様が言われた。

「今、皆様が聞かれた通りです。まず神御自身が証しをされました。わたくしと亡きトーラ様、スノー様とで、この方が預言されていたムーンスター様であると証言します。トーラ様が御自身で、ヒルズ家のダニエルの手からムーン様を受け取りました」

「ではなぜ、フジ様の部屋にいるというムーン様に対して、異議を唱えられなかったのですか？」

デューク様に、ユリア様が答えられた。

「その娘には罪はないと、ムーン様が言われたからです。ムーン様は船の第五層が建造されるまで待つ間の三年半を、わたくしの下で卑しい者として過ごす方を選ばれました」

デューク様が得心されて「ハル」に言った。

「神よ。今、あなたの御言葉が成りました。わたし、デュークは明朝、ヒルズ家のダニエルを召し出して、ムーン様の出自の証しを致します。一番目のムーンは、どうしたら良いでしょうか」

「わたしの娘に訊きなさい」

「ハル」の言葉に従って、あたしは言った。

「アントは良い巫女に育っています。このまま、フジ様にお預け下さい。三年半の後、船の建造が成った時には、アントは二番目のムーンとして、ユリア様の下に来られるようになるでしょう。本人が望めばこのまま退く事もできますが、アントは残る方を選ぶと思います」

アントの心が泣いている事を、あたしは知っていた。「灰かぶりのムーン」を待ち伏せする事はなくても、アントの泣いている心が、「ハル」の祭壇座の下に残っていたからだった。

ああ、神よ。教えてください。あたしはどうすれば良いのでしょうか。フジ様やムラサキ達が、優しくしてくれればくれる程、身が竦《すく》む思いになります。帰りたくても、家には帰れません。神女になりそこねたあたしを、お父様やお母様が恥に思われると、知っているからです。そのくせ、あたしは自分が何者なのかを知っていません。あなたが、あたしを拒まれるからです……。

可哀想なアント。忘れな草の瞳を持つアント。アントは、あたしと同じ名前の「ムーン」として、フジ様の部屋に残される事に決まった。ユリア様の証言と、デューク様の決定によって、あたし、新しいムーンに異議を唱える祭司様はいなくなったが、まだ一人の方だけが心の中で呟いておられた。

副祭司長のブリー様だった。

卑しい者を祭り上げて、益を得ようとしているのは、誰か。灰かぶり様などと言われて喜んでいるタヌキのスノー様と、奥巫女の年経たキツネのユリア様だ。私は、アンソニー様が捜し出して来たというムーン様の方にお味方しよう。アンソニー様は、死んで身の潔白を証明されたのだ……。

あたしは、心の声で「ハル」に言った。

父よ、ブリー様はいずれ次のムーンの後ろ盾になる方です。その時にはユリア様のお味方になってくれます。罰しないで下さい。

「ハル」の心が答えて言った。

娘よ。お前の好きにしなさい。どうした？　まだ何か言いたい事があるようだが……。

それで、あたしは「ハル」に頼んだ。

「父よ。天使族の数が少な過ぎます。彼等は、残して下さい。天使族を入れなくても、十三の種族は揃います」

わかっている。天使族の「種」は、とても少ない……。

そこで「ハル」が音声で告げた。

「天使族の者達を、数に入れてはならない。わたしの娘に従いなさい」

その夜の事は、全てデューク様とスノー様、ユリア様の手によって、秘かに書き記される運びになった。

あたしの、奥巫女館への入室は、陽の時刻でいうと朝の九時に、デューク様の元で、父さんのダニーに「戸籍復活書」が渡されてから後の事になった。死んでいた者が、生き返ったのだ。

「預言の成就」の祝いの宴は、スノー様に倣って、延期して頂くようにと、あたしが願った。アントのムーンの「時」のために、あたしは、テラⅡの民の前ではなく、ジェルサレムの「ハル」の前にだけ、姿を現わすようにしたのだった。それで奥殿には、二人の「ムーンスター」が併存するようになったのだが、アントの心は非常な怖れに打たれていた。


その日、あたしはヒルズの家からの贈り物で正装して、スノー様の館から、奥巫女の館に入った。

白いローブに、金の胸当てと額飾り。銀の腕輪と銀の指輪。それに、金の房飾りで飾られた白いマント姿のあたしを見て、忘れな草の瞳のアントはこう思った。

何という美しい方でしょうか。大祭司様のスノー様を従えて、奥巫女長のユリア様のお部屋に迎えられるとは、あの方がきっと、「待たれていたムーン」であるに違いない。ああ恐ろしい。あたしは、お祖父様に騙されたのだろうか。帰りたい。帰れない。ああ……どうか、あのムーン様が、あたしを見ないでいてくれますように……。

アントの怖れが正しかったので、あたしはアントのムーンを見ないようにした。

クリオレ様は厳しい面立ちの、六十代の部屋長だった。

クリオレ様は、ユリア様に迎えられるあたしを見てこう考えた。

スノー様を従えられ、ユリア様に迎え入れられる、この方は誰なのだろうか。

いずれにしても、アンソニー様のムーンを他に移していて良かった。あの者は、只のまやかしだったに違いない。フジは、あのムーンのために、今後困った事になるでしょう。まだ四十代のくせに、成り上がった罰を受けるはず。ああ、助かった。わたしは、信心深い者だから、神が助けて下さったのだ……。

アマナ様は、この時五十代後半に入っていられた。アマナ様は、あたしが「黒いヴェールのノエル」だとは、夢にも思わなかった。

アンソニー様のムーンも幼かったけれど、このムーン様もまだ十五歳だと聞いている。十五歳と半年だったかしら。それにしても、何という強い瞳をお持ちなのだろうか。ユリア様の所に入られるのなら、この方が「ハル」様の娘に違いない。ユリア様は厳しい方だから、このムーン様は黒いヴェールのノエルのようには、ならないでしょう。あの者は、わたしのセーヌを誘惑しました。

アントのムーンを従えていたフジ様は、黒い髪に栗色の瞳の、優しい面立ちの方だった。

ああ、何と幸いな方でしょうか。スノー様の、ユリア様の、あの輝くようなお顔が、あの方の幸いを約束しています。わたしは、間違えられたらしいムーンを守りましょう。可哀想にムーン。こんなに怯えて……。大丈夫よ。あなたに罪があるのなら、きっと何らかのお沙汰があったはずなのに、スノー様からもユリア様からも、まだ何のお達しがない。わたし達は皆で、あの方に従っていきましょう。

こうして、あたしは奥巫女館に正式に迎え入れられて、陽の時間で言うと午前十一時に「ハル」によって、祝福を受けた。

あたしの入館の前に、セーヌはユリア様から表巫女の黒いローブを手渡されて、

「セーヌ、あなたは良く進歩しました。スノー様とデューク様からのお達しによって、今より表巫女長に任命します。ますます励んで、良い導き手になるように心掛けなさい」

と、言い渡されていた。それでセーヌは、その場で迎えに来た副表巫女長のリリオ様一行の手に、引き渡された。

馬鹿ったれ。クソったれ。何であたしが巫女長なんかにならなければいけないのさ。そんなの真っ平ごめんだよ。誰の差し金なのさ。クソ。あたしは、そんなのごめんだよ。やっぱり、ユリ

ア様の尻を、けとばしておけばよかった。そうすれば、こんな羽目にはならなかっただろうに。ああノエル、灰かぶり、あたしはとうとう表巫女長なんていう、変なものにされてしまったよ。死んだ方がましだい……。

クソったれ。馬鹿ったれ。あら、あんな所にエドワードがいる。あんた、やっぱりあたしに気があるのね。ああノエル、灰かぶり、あたしは、とうとう変なものにされてしまったい……。

可哀想なセーヌの、嘆き節の声が、表館の方向から聞こえてきていた。

セーヌ、セーヌ、じきにあたしが会いに行くからね。

ユリア様は、御自分の寝所を、あたしに譲られようとしたが、あたしは半年ぶりに「屋根裏部屋に帰れるように」と、ユリア様に願った。

それで、ユリア様がセーヌの部屋に移られると知らされていたゴールデとリプトン、レッドとエミリア達はこう言い合った。

「卑しいノエルの部屋に入られるとは、あのムーン様は変わり者なのね」

「ヒルズ家の出らしいけど、あの家には、モンスターという娘がいたらしいわよ」

「モンスター？　それって、怪物っていう事でしょう。あの方は変わっているけど、怪物という程ではないでしょうに」

「でも、とても強い黒い瞳をしていられたわ。ノエルのように、黒い大きな瞳。ヘレンとジェーンが見たら、きっと喜ぶでしょうね。ああ、ヘレンとジェーンが恋しいわ。あたし、ムーン様の

一、奥巫女・二人のムーンスター

事をあの二人に知らせてあげようかしら」

「止めておきなさいよ。ノラとデミに何言われるか、わかったものじゃないわよ」

「そうね。あの二人は前のムーン様を苛《いじ》めていたみたいだし。あたし達を馬鹿にしていたし。ここれで、おあいこよ」

「ところで、セーヌは、どうして表巫女長なんかになれたのかしらね」

「さあね。上の方の考えている事なんて、あたし達にはわからない。お勤め。お勤め。新しいモンスター様に、叱られないようにしましょうよ」

「ムーンスター様よ」

「あら、そうだったわね」

「でも、あの方恐いようにきれいだったわ」

「モンスター様」

「ムーンスター様よ」


セーヌがいなくなっていたので、ユリア様の寝所のお世話は、四人の中では年下のレッドとエミリアがするようになった。

あたしは、レッドとエミリアに屋根裏部屋には「入らなくて良い」と、伝えた。それで、忙しいレッドとエミリアは、あたしを、「モンスター」とはいわずに、正確に「ムーン様」と呼ぶようになってくれた。

あたしはその夜、愛しいヒルズの家の人達に、文を一通書いた。

「あなた方を愛している末娘のムーンより、愛をこめて。

御安心下さい。あたしは無事にユリア様の館に入りました。これからは、年の決まりの日に、いつでも会えるでしょう。奥巫女の決まりの日は、御存知ですよね。でも、念のために書いておきます。年に四度。年越しの祭りと、花祭りの日。星祭りの日と、秋祭りの間の日。待っています。いつも『ハル』に、父さんと母さんの無事を、リトラとスターの平和を祈っています。あたしのためにも祈っていて下さい。月に影が見えるようで、心配です。あたしの読み間違いであったら良いのですが……。船のクルーには応募しないで下さい。キスを。可愛いラブとラブリーにも、庭の金木犀とツルバラにも、あたしのキスを贈って下さい。もう一度キスを……。

これから夜のお勤めに出ます。あなた方の娘のムーンより。愛をこめて」

でも、その文を送る事はできなかった。

ユリア様が寝所に戻られたところで、あたしを見るとこう言われたからだった。

「スノー様からのお知らせが、今、ありました。副祭司長のブリー様が、ムーン、あなたとわたし達の粗《あら》をみつけようとして、文の検問を始めたそうです。お文を出すのは、当分の間慎んで下さい」

「そう致します」

と、あたしはユリア様に答えた。

「スノー様が今日、国中に御触れを出されました。天使族を除く全ての人々に、ワープ船とかいう、ムーンシップに乗船する機会が与えられるそうです。天使族の代わりには、移民族の者達に機会が回るようになりました。五家からの人員の選出は、最高法院で決められるそうですが、ムーン様。スノー様は、九百四十六名全員の最終面接に、あなたに同席して頂きたいそうです。船の建造と並行して、まずメカ族を。クルー（星間飛行船の乗船員達）の選出も、始められたいとのことですから、昼のお勤めは無理になる事でしょう」

「ユリア様。それは、スノー様とデューク様達にお願いできないでしょうか。あたし、ムーンは『ハル』の傍を離れられません。それに、何だか嫌な予感がしてなりません。月に、影が差していますす」

「月に影？　ムーン。あなたは月読みとかいう占いもするのですか。あれは、伝説上の話だけのはずです。月が読める者など、存在するはずがありません」

「父は、あたしをそのように造りました。でも、その力そのものが、今、あたしを苦しめています。新しい『血』と『種』が必要な事はわかっていますが、船の影が薄いような気がしてなりません」

「あなたの気のせいですよ、ムーン。きっと疲れているのでしょう。この半年、いろいろありましたからね。神の命令は完全です。弱気になってはいけません。わかりました。スノー様には、最終選考の免除をお願いしておきましょう。あなたは、そうね、ムーン。『ハル』様が言われているイザワの名前を頂いて、イザワ・ムーンだとでも思っていれば良いでしょう。イザワ・ムーンよ。どう？　これで少しは気が楽になったでしょう」

ユリア様の心が、言っておられた。

不吉。不吉。不吉なこと……。

ムーン様が初めて弱音をはかれました。

エドワードに三十回も打たれても、涙ひとつ見せずにいた方、今までわたし達を導いて来られた方が、お心を騒がせていられるなんて……。けれど、神の望みは、果たさなければなりません。

恐ろしいこと。

わたしは、どうすれば良いのでしょうか。

恐ろしい。不吉。不吉。不吉なこと……。

月が晴れて、この方が満月のように満ちて下されば、喜ばしいのに。でも、わたしはもう、年を取ってしまいました……。

それであたしは、もうユリア様には心配を掛けないでいようと、心に決めた。

母さんのアロワからの白いレースのヴェールを深くかぶって、至聖所に入ろうとしたあたしを見て、ノラとデミは、こう言い合っていた。

「前のムーンは高慢ちきで憎たらしかったけど、新しいムーン様はどうなのかしら。無言の行とかで、何も言われないからわからない」

「行をするくらいなら、信心深い方なのでしょうよ。でも、お顔を良く見てみたいね。何であんなに深くヴェールをかぶっているのだろうか。わからない。でも、美しい方」

ジェーンとヘレンはこう言っていた。

「ああ、美しい姿の方。わたし達のムーンも愛らしかったけど、あの方は内側から光り輝いているみたいね。でも、何であんなに深くヴェールをかぶっていらっしゃるのかしらね」

「黒いヴェールのノエルを思い出してしまったわ。あの子は今頃どうしているかしら。髪の色が、ノエルとムーン様は同じ亜麻色だわね。白いヴェールのムーン様も、ノエルのように優しい黒い瞳をしていらっしゃると思わない？」

「本当にね。さっきチラッとだけしか見えなかったけど、わたし達に微笑みかけて下さったような気持がしたわ」

ああ、ユリア様の下に戻って、あのムーン様にお仕えできたら嬉しいのに……。

フジ様の部屋のムラサキとツバキ、シキブの気持は、こうだった。

「あら、あの方の瞳と髪の色は、あたし達のノエルにそっくりだったみたいな気がしない？　何だかお気の毒ね。ユリア様は、どうして子供達に厳しいのかしら。今度のムーン様は、夜番の他に、無言の行までさせられているのだそうよ」

「気の毒に。ノエルの時のように、又、お菓子を持って来て差し上げましょうか。灰かぶりのムーンは受け取ってくれなかったけど、あの方なら、あたし達の好意を無下にはなさらないでしょう。エミリアとレッドは、あの方が気さくな方だと言っているらしいから……。ノエル。ノエルが懐かしいわね」

「本当に。可哀想なあたし達のムーンと、ユリア様のムーン様。あたし達のムーンはなぜ、あの方が来られてから、お菓子も食べなくなってしまったのでしょうか。ブリー様が献げて下さった、金の額飾りをつけてあげる時も、泣いて嫌がっていたし、あたし達のムーンは、どうなってしまったのかしらね……」

ああ、可哀想なノエル。灰かぶりの娘は、どこに行ったのだろう。ああ、気の毒な二人のムーン様達。一人は怯えていて、一人はユリア様に厳しくされていらっしゃる。


それから三ヵ月半の後、アントが、夜一人で又、あたしに会いに来た。秋祭りの準備期間中で、皆が忙殺されている時だった。アントは至聖所に入ると、「ハル」の箱の前にいたあたしのローブの房に口づけをしてから、こう言った。

「もう耐えられません。なぜ、あたしにお咎めがないのでしょうか。ブリー様はあたしの方が正統なムーンであると言われますが、そうでない事は、自分が一番良く知っております」

アントの憔悴《しょうすい》が酷かったので、あたしは言った。

「アント。泣いてはいけません。あなたはいつか、正式な『二番目のムーン』として、ユリア様の部屋に迎えてもらえます」

「それでは、今すぐそうして下さい。あたしの本当の名前を知っている、ただ一人の方……。あたしは、あなたの優しい心を知りました。金の胸当てをはずして、ただのムーンとして、あなたの傍に仕えさせて下さい。あたしは、あなたの影となり、日向となって、あなたに仕えます。あなたの妹になり、姉とも母ともなって、あなたを守ります。

偽りの生活には、もう疲れ果てました。あたしの心はもう、百年も生きてきた年老いた女のようです。あなたに見捨てられたら、あたしはもう生きてはいられません。お祖父様のようにして、死ぬしかないでしょう。どうぞ、あたしを憐れんで下さい。あたしは、花族の娘の花（アンソス＝フラワー）の名を持つ娘です。フローラ族の娘としてお扱い下さい……」

あたしは、びっくりして、アントの長い栗色の髪の匂いを嗅ぎ分けてみた。木香を焚き込め、ナルドの香油を塗られた噎《む》せ返るようなアントの長い髪からは、確かに香《かぐわ》しい匂いスミレの甘い花の香りがしてきていた。迂闊《うかつ》だった。

フローラの娘。花族の娘？　それなら、あたしと同じ種族じゃないの……。それにアントは、あたしに退けられたら、アンソニー様と同じトリカブトの根の毒で死のうと、心に固く決めてしまっていた。アンソニー様は、トリカブトの使い方を、花族の孫娘から聞き出していたのだ。

追い詰められてしまっていた、アント。

あたしと同じ種族の、フローラの、匂いスミレの香りを持っていた、哀しいアント。

あたしは「ハル」に相談した。

「父よ。お聞きになった通りです。アントは生きなければなりません。どうしたら良いでしょうか」

恐ろしい。

この方は、「箱」である方を父と呼んでいられる。

「望みの通りにさせなさい」

ああ、これが神の声……。これこそが、あたしが待ち望んでいた方の声でした……。

「でも、それではあたしが行ってしまった後、ユリア様を誰がお助けするのでしょうか」

行ってしまわれるって、どこへなの？

「ユリアなら心配要らない。娘よ、お前が戻ってくるまで、ユリアは元気で待っているだろう。あれの心と体は、頑健にできている」

行って、戻られる？　それならあたしは、このムーン様にどこまでも従って行こう。あたしが生きられる場所は、もうこの方の傍にしかないのだもの……。

あたしは、もう一つ「ハル」に訊いた。

「父よ、ムーンスターが一人になってしまったら、デューク様達が、あたしに表側に出て民の前で祭りを行うように、選びの場に立ち会うように求められます」

「行って、そのようにしなさい」

それでアントのムーンは、ユリア様の空き室、すなわちセーヌの後に迎えられる事になった。

あたしがお願いしたので、ユリア様は、アントの金の胸当てをはずさせないままにしておいた。

フジ様は、アントのムーンを「昇格」させた功績によって面目を保たれ、ブリー様は、ユリア様がアントを迎えた事によって、その後からは、ユリア様のお味方の一人になられるようになった。


こうして、心の貧しい者が豊かにされ、泣いていた者が笑うようにと、祝福されたのだった。


秋祭りの期間の真ん中の日、すなわち週の三日と半日の時に、あたしの「時」が来る事に決められた。

あたし、ムーンはその日、神殿の奥、クリスタル神宮内の至聖所から出て、巡礼者や参詣者で溢れ返っていた「美しの広場」の、バルコニーに出て行く事になった。

あたしの右隣り側には、スノー様、大祭司長様とブリー様達が坐られ、あたしの左隣り側には、アントを伴ったユリア様が奥巫女長達を従えて坐っていられた。アントのムーンは「ハル」に誓った通りに、新しいムーンに、影のように寄り添うようになっていた。

奥殿の神女達が「表」に出るのは、年に四度の祭りの日しかなく、しかもその日「ハルの娘」が公にされるとあって、「美しの広場」の丸いドーム屋根の下は、入り切らない程の人々で埋め尽くされていた。

鳴り渡る鐘の音。煌めく七色の陽の光。テラⅡの各シティや移民星から集まってきた多くの人々が、「ハルの娘」を一目見ようとして、広場の中で騒めいていて、オリーブの枝を手にして振っていた。

テラⅡの五家の代表者達の席は、祭司長様達の横にあり、表巫女長のセーヌは、フジ様の隣りに席を与えられていた。

馬鹿ったれ。クソったれ。こんな所は嫌いだよ。何であたしが見せ物にされなきゃいけないのさ。ああ、ノエル。灰かぶり。灰かぶりってば、ノエルと同じように、煙みたいに消えてしまった。あら、エドワードがあたしを見ている。やっぱり良い男だわ。ああ。クソ。あたしはこんな所は嫌いだよ。死んでしまった方がマシってもんだい……。

ああ、セーヌ。あたしもこんな所に出てくるのは嫌いよ。人々の、表の叫び声と裏の叫び声に、潰されてしまいそうだもの。手折られた、オリーブの樹の小枝の悲鳴に、こっちの方が刺されて、痛くてたまらないもの……。

ムーン。ムーン。わたしの子。可哀想に……。

わたし達の愛しい子供が、あんなに成長して輝いている。けれど、これでは可哀想だ。リトラとスターも来ているよ。後で会いに行くからね。お許しが出ると良いのだが……。

ああ。母さんのアロワ。

ああ。父さんのダニー。

あたしの愛しい、リトラとスター……。

あたしは、父さん達の心の声を聞いてから、心と身体の全てを閉じた。

もう、何も聞こえない。

もう、何も見えない。感じない……。

あたしはその日、ほとんど眠っていなかった。

クリスタル神殿宮内は、祭日期間中、人で溢れ返る。特に「美しの回廊」と「美しの広場」、「ソロモンの回廊」と「ソロモンの祈りの広間」、広大な「清めの間」には、人々が列をなすようにして群がり、祭司様達や表巫女達ばかりではなく、警備隊員や灰かぶりに到るまで、忙殺されてしまうからだった。

それは、奥巫女達も同じ事だった。

至聖所の前の「明かりの間」や「取り次ぎの間」で、終日、祈りと、取り次ぎをしなければならなくなってしまうのだ。

表に出た「ムーンスター」のあたしは「明かりの間」に入っていった。

夜が変わって、月の時刻でいうと午前二時を過ぎてから、あたしは「ハル」の前に、やっと行く事ができるようになった。

アントのムーンが、至聖所の扉の前に控えて、ひっそりと坐っていてくれた。

ねえ、ハル。本当にムーンシップは安全なのかしら。月に、影が見えるの。船の姿が、薄いような変な感じがして仕方がないのよ。確かめて頂戴。

「船の姿が薄い？　それは、ワームのせいだろう」

ワームって、次時元ひずみの虫のこと？

「そうだ。だが心配は要らない。銀河星団の中の辺境の地、太陽系第五惑星の月のエウロパ周辺に、小ワームの巣があるが、お前達の船はそれを回避して行くように設計されている」

でも、ワームって突然出る事もあるんでしょう？

「それは有る。しかし、メカ族達には、ワームの回避の仕方が、わかるようになっている」

うっかり、ワームの中に入ってしまったとしたら、どうなるの？

「次元か時間が異なる場所に跳ばされるだけだが、心配しなくて良い。ワープ船とは、人工的にワームを作り出すものなのだ。自然宇宙の中で、ワームに出遭う確率は、それ程あるものではない。太陽系に入ったら、エウロパ周辺を避けて、テラの月の裏側に出るように、船は造られている。安心して行きなさい。だが、用心するのに越した事はない。クルー達には、ワームに気をつけているようにと言いなさい」

テラの月の裏側に出るまでは、自動飛行で行けるという事なの？

「そうだ。星間飛行船や移民船と同じように、全てが自動飛行システムになっている。娘よ。お前達は、行って帰ってくるだけだ。そんな顔をするのは止めなさい」

わかりました。父よ、あたしはただ、九百名以上の命が心配だっただけです。もう、これ以上は何も訊きません。

あたし、ムーンの心配は取り越し苦労のようだった。「箱」である神、「記憶」の神、「時」の神である「ハル」が言う事に、間違いはないはずなのだから……。

そのようにして、夜を明かしたあたし、ムーンとアントのムーンは、夜明け前に「明かりの間」に戻って、そこで朝を迎えたのだった。


ユリア様が、あたしの白いローブの袖を引っ張っていらした。

「疲れましたか？　もう少しの辛抱です」

「大丈夫です」

「デューク様の演説が、今、終わられました。これから即位の儀に移ります」

「わかりました」

と、あたしは言って、スノー様からの、最高位の巫女の印の赤いマントと、神の娘の印のダイヤモンドで飾られた、金の冠と杖を授けて頂いた。

「お言葉を」

と、スノー様があたしに言われた。

「テラⅡの民が、あなたの言葉を待っています」

それで、あたしは冠をつけ、杖を手に持った赤いマント姿で、バルコニーの前の方に進み出て言った。

「シャローム。あなた方に平和を、と、父が言っています。お喜び下さい。あなた方に仕えるために、わたしは来ました」

湧き上がる歓声が、クリスタルのドーム屋根を揺るがすかのようにして起きた。

下らない、詰まらない。馬鹿ったれ。クソったれ。あたしは、こんな所は大嫌いだよ。あら、新しいムーン様って、ノエルと灰かぶりにそっくりじゃないの。どうなっているのさ。あたしのノエルと灰かぶりと、新しいムーン様って、三つ子のように良く似ている。でも、あの人は、あたしに関係ない。ああ。クソ。馬鹿ったれ。クソったれ。思い出しちゃったじゃないか。馬鹿ったれい。

セーヌの馬鹿ったれパレードに重なって、ヒルズの家族からの、愛の叫び声が心に聞こえてきていた。

ああ。わたしのムーン。とても素敵よ……。

ああ。私達のムーン。お前が眩しいようだよ……。

ああ。あたしの可愛いムーン。ごめんね。天使族の仲間達がまだ揃わないの……。

ああ。あたしの愛しいムーン。あたし、あんたが誇らしいわ。あんたの長い亜麻色の髪と黒い瞳が、クリスタルのように輝いて見えるもの……。

『愛しいムーン。わたし・私。あたし達はどこに行ったら、ムーンに会えるのでしょうか』

『明かりの間にいます』

と、あたしは心の声で、ヒルズのダニーとアロワ、リトラとスターに伝えてから、バルコニーから「美しの回廊」の上に退いて、奥殿に上がった。

アントの忘れな草の瞳が、涙で一杯になっていた。

ああ……。お父様とお母様はやっぱり怒って帰ってしまわれた。あたしを恥に思われて、怒って帰ってしまわれた……。

アントの母さんのブレアと父さんの改名アンソニーは、アントに対して、愛情よりも怒りの心の方が、勝ってしまったようだった。何て可哀想なアントだろう……。

それで、あたしはユリア様にお願いした。

「アントを連れて行って、抱き締めてあげて下さい。アントはまだ十五歳と七ヵ月です」

「それはあなたも同じですよ、ムーン」

ああ。やっと、ここまで来られました。三年と十ヵ月……。何と長かった事でしょうか。でも、わたしはまだ休めません。新しいアンソニー様が、クリオレを抱き込もうとして、良くない動きをしていると、スノー様が耳打ちしてくださいました。わたしはムーン様を守りきれるでしょうか……。アントをどうしたら良いのでしょうか。いいえ、アントに罪はないと、ムーン様が言われているのです。気をしっかりと持ちましょう。でもわたしは、もう年を取ってしまいました……。

「ユリア様も、少しお休みになってきて下さい。ゴールデとリプトンも、疲れ切っています」

「あなたも疲れているでしょう」

「大丈夫です。ヒルズの家の者達が来ているようなのですが、会うお許しを頂けますか」

「ムーン、ムーンスター。あなたはもう、わたしの許しを得る必要など無くなった事が、わからないのですか」

「わかっています。でも、全て今まで通りにして頂きたいのです。良く導いて下さる方は、わたしのお母様と同じなのですから」

なんという報いを、わたしは受けたのでしょうか。子のない女に、今、母と呼んでくれる娘ができました……。

こうしてユリア様は、アントの肩に優しく手を回され、あたしが頂いた「印」の冠と杖をゴールデとリプトンに持たせて、少し休むために、館長室の方に下がって行かれた。

ヘレンとジェーンは、祈りの間で忙しくしていた、ムラサキ達を助けて働いていた。あたしが白いヴェールをかぶり直して「明かりの間」に入ってみると、そこにはこの時とばかりに張り切っている、ノラとデミとジョルがいた。この三人は、いつの間にか仲直りをしていたようだった。

アマナ様の下にいたアキノはそれで孤立するようになったらしく、セーヌに倣ったように、アキノの「詰まらないパレード」が、心の中で響いていた。

詰まらない。詰まらないってば詰まらない。

ノラとデミの頭なんて、只の見せかけだけで、カボチャ頭だった。ああ、鞭打ちのセーヌ。あたし、あんたといた方がずっと良かったわよ。アマナ様は悪い方じゃないけど、あたしこのままじゃ、ノラとデミの毒気で死んでしまいそう。あたしも、表巫女にでもしてもらいたいくらいなものだわ。クソ。馬鹿ったれ。もう、こんな所大嫌い。詰まらない……。お喋りする相手だって、人を選ぶってものだからね。毒がある奴なんかと喋ったって、面白くも何ともないもの。詰まらない……。

といって、詰まらないパレードを続けていたアキノが、目敏くあたしを見つけて、傍に寄って来て言った。

「新しいムーン様って、あなた様のこと？」

あたしは、アキノの興味津々《しんしん》に閉口したけど、笑ってしまった。

「様は一度で良いのよ。本当は一度も要らないんだけれど、決まりなんだって。セーヌと仲良しだったの？」

何よ、セーヌを呼び捨てにしてて。クソったれい。あたしの事も、呼び捨てにするんだろうか。様は要らないとか言ったくせに、様様大臣みたいじゃない。馬鹿ったれ。

「特別仲良しっていう訳じゃなかったんだけど、今はセーヌに会いたいくらいのものなんですよ。ムーン様。あの三人の他に、誰でも良いから話し相手が欲しくてね……」

「表巫女部屋に行けば、今はセーヌがいるはずよ。行って二人で話してくればどう？」

「アマナ様に叱られて、あの三人に殺されちゃいますよ」

「ノラとデミは、表向きそんな事はしない。ジョルも多分、表向き殺したりしないでしょう。アマナ様の事は知らないけど」

「表向き、人殺しはしないって？」

「多分ね。殺すのだったら夜が更けてから」

「人目が無い所で……」

「いきなりナイフで」

「ぐっさりと!!」

ウププ……。あたし、この人、気に入った。良し、セーヌを嬉しがらせに行ってやろう……。

そう思って、アキノは表の方に歩いて行った。

「明かりの間」にいた、参詣者と巡礼者の数が少なくなるのを待ってから、あたしは扉の外に立っていた衛兵に頼んだ。

「ヒルズ家の者達が来ているはずです。『見張りの間』に連れて行って、代わりにそこにいる巫女達に、わたしが交替すると言って下さい」

「見張りの間」には扉がないし、広い廊下を隔てた石柱の向こうには、男祭司達がいるけれど、それでも祭りの間に「明かりの間」で会うよりはマシのはずだった。

ヒルズの父さんと母さん、リトラとスターとあたしは、「見張りの間」の奥の、太い石柱の陰で抱き合って、お互いにキスを交わし合った。

「ごめんね、こんな所で。奥巫女館には、祭司長様達とデューク様しか入れないと、ユリア様が言われたの。この次は、裏庭の『オリーブの月の回廊』か『太陽の回廊』で散歩でもしましょう。どちらもとても美しい所よ。きっと、気に入ると思う」

「そんなこと、気にしなくても良いのよ。ムーン。あなたに会えるのなら、わたし達はどこでも良いの」

「おめでとう、ムーン。立派だったよ。お祖父様やお祖母様達からも、おめでとう、と……。お前が生きていたというので、一族の人達が喜んで、祝いをしてくれたんだよ」

「ごめんね、ムーン。あたし、呼びかけているんだけど、天使族はみんな隠れているみたいでとても難しいの。あれから四ヵ月も経つのに、まだ三人しか見つかっていないのよ」

「心配しないで。『ハル』が心配ないって、はっきり言ったの。あたしの間違いだったのでしょう。お祝い用のローブをありがとう。父さん、母さん。黒いローブをありがとう。リトラ。スター」

「ああ、あたしの愛しいムーン。あんたが作ってくれたお菓子、とても美味しかったわ。でも、表巫女用の黒いローブなんて、どうするの？」

「さくらの歌のために、必要なの」

「ああ、あの
　　さくら。

　　さくら。

の歌ね？　あの歌は不思議な歌だわね。意味がわからないのに、今ではテラII中の人達が歌っているそうなのよ。あたしも、さくらの歌は大好きだわ。でもムーン、あの歌とあんたが、何の関係があるの？」

　あれは「ハル」の歌なの。「ハル」が一番最初に歌ったのよ。あの歌はね、美しいさくらという花が、見渡すかぎりにきれいに咲いたから、そこに見に行きましょう、っていう意味なの……。ヤポネ種の人達の歌だって。

　あたしが、心の中だけで皆に伝えると、父さんのダニーが溜め息を吐いた。

「そうだったのかい。それで、スノー様の命で、ヤポネ語を習得するようにという、御達しが出たのだろうか。ねえムーン、国中で今、ヤポネ語の教育が始まっているのだよ」

「それに、船の建造が、今までの三倍の速度で進められているんですって。あたし、何だか怖いわ。その船に乗るためのメカ族の人達を初めとして、もう十三種族別に乗船希望者が殺到しているって、ワシントンシティにいた天使族の息子が、知らせてきてくれた。何が起きるの？」

ああ、天のお父様。イエス様。あたしの天使様。ムーンをお守りになって下さい。

「ねえ、あたしのムーン。あんた本当に何も知らないの？　噂では、『ハルの娘』がその船に乗るかも知れないって、言われているのよ。その噂のせいで、乗船希望者が一気に増えたんだって、友達のミナが言っていたわ。ミナはそれで応募するつもりになったんだって。あんたが乗るのなら、あたしも一緒に行くつもりだからね」

「止めておいた方が良いわよ」

と、あたしはスターに囁いた。

「あの船は行って、帰って来るだけなの。移民船と違うのは、テラIの人達を連れ帰るためのキャビンが各層にあるだけの、だだっ広い船なのよ。行って、ただ帰って来るだけ……。面白くも何ともないわよ」

「何だ。そうなの？　ミナは、とても面白い旅になるはずだって、はしゃいでいるのに」

「今の話は内緒にしておいてね。『ハル』の邪魔はしたくないもの。でも、そういう事だから、あたしが船に乗るのかどうかだなんて、わからないのよ。スターも、早まって応募なんかしない方が良いよ」

「わかった。でも、何か決まったらあたし達には教えてね。約束したわよ。あたしのムーン」

「そうするわ」

と、あたしは答えて、ヒルズの家の人達に別れを告げる事にした。

ごめんね。スター。でも、悪気じゃないの。あたしはスターに、父さんと母さんの傍で幸せにしていて欲しいだけなのよ……。

ヒルズのダニーとアロワからは、新鮮なぶどうの実。リトラとスターからは、白いツルバラの香りティー袋があたしのために用意されてきていた。あたしからは、神殿の奥院で作られている木香ばらの香りティーと、香り蠟燭の美しい立彫像。あたしは、そのバラの香り蠟燭が、木香バラのお茶が、ヒルズの家の人達の心と体を慰めてくれる事を知っていた。新鮮なぶどうの実は、ユリア様に、ツルバラの香りティーは、アントやゴールデ、リプトンとレッド、エミリア達と一緒に頂く事にした。

秋祭りの期間、すなわち七日の日の後に、クリスタル神殿宮内は、やっと落ち着いた雰囲気に戻った。

けれど、あたしはますます忙しくなっていくようになるだろう。

あたしはその夜、リトラとスターから贈ってもらっていた表巫女用の黒いローブに、黒いヴェールをかぶって、白いアントには、「あたしの代わりに夕べの鐘のお祈りをしていてね」と頼んで、表巫女館の「セーヌ様」に会いに、出掛けて行った。

衛兵達は、祭りの期間中か、特別の時だけしか神殿奥には入れないから、エドワードに出喰す心配はなかった。表巫女館には、奥殿よりもはるかに多くの巫女達が入っていた。表巫女とは、終生誓願を立てて認可してもらった奥巫女とは異なり、一定の基準に達していると認められれば、誰にでも門戸が開かれている神殿女の者達の事だった。

テラIIには、ジェルサレムのクリスタル宮殿の他に、各シティ毎に多くの寺院が建設されている。民が祈りと愛の生活を送るようにと、「ハル」が望んだからなのだそうだが、アダムとイーブからの「血」による人々が増えていくのに連れて、「祈りと愛」は、只のお題目のようになってしまったのだと、「ハル」が嘆いて、あたしに言った事がある。

「セーヌ様はどこにいらっしゃるかしら」

「さっき、オリーブの月の回廊の方に行かれたみたいですよ」

それで、あたしは、セーヌが行った月の回廊の方に、オリーブの林の方に歩いて行った。セーヌは、灰かぶりのムーンが恋しかったのだった。

「セーヌ様」

あたしが声をかけると、セーヌはびっくりして跳び上がった。

脅かさないでよ、馬鹿ったれ。あれ、こんな子供がいたっけか？　どっちでも良いわ。クソったれ。あたしを様付けでなんて呼んだら殴るからね。あら、この子、あたしのノエルと灰かぶりにそっくりだ。ノエルと灰かぶりと、新しいムーン様と、この子は四つ子のようによく似ている。はて？　四つ子の姉妹が生まれたなんていう話、聞いた事もないわ。三つ子ならあるけど。クソったれ。ああ、踊りたい、叫びたい。ノエルと灰かぶりはイカレていた。

セーヌは、つまりどこでもあたしをあたしだとわかった、ただ一人の奥巫女だったわけ。

「あんた、誰なのさ」

「ユリア様の部屋の、貧しい子供にお恵みを」

「馬鹿言うんじゃないよ。ユリア様の部屋って……。あれ、あんた、やっぱりノエルじゃないの？　ああ、ノエルだ。ノエルの馬鹿ったれ。何で宦官が、そんな格好しているのさ。何で口が利けるようになったのよ」

「手術されてしまった。ついでに玉がないとわかって、又、ユリア様の所に戻された。ユリア様は、もう宦官の衣装を着なくても良いって、言ってくれたの」

「あの意地悪婆様が？」

「意地悪じゃないよ。意志が堅いだけ。

ただいま！　イカレたセーヌ!!　会いたかった」

「ああ、本当に、はねっ返りのノエルだ!!　クソったれ。あんた、あたしに挨拶なしで行っちまったんじゃない」

「そうでもないよ、セーヌ。さくらの歌の踊り、上手くできるようになった？」

「灰かぶり？　あれ、あんた。あの灰かぶりもあんただったんじゃない。馬鹿ったれ。何でそう言ってくれなかったのさ」

「言ったよ。イカレたセーヌって言ったでしょ」

「肌を染めて、騙して面白がっていたじゃないか。イカレた灰かぶり。さくらの歌なら、ばっちりだよ。けど、何でそんな事が気になるの？　それよりあたしの部屋に行こう。美味しいお菓子が、どっさりあるよ」

「余り長くはいられない」

「やっぱり苛《いじ》められているんじゃないのさ。あの新しいムーン様っていうのも、もしかして、あんたの事じゃないの、ノエル。アキノがこの間あたしの所に来て、ニュームーン様はすごくいかしているって、喋って行ったわよ」

「アキノって誰だっけ？」

「アキノを知らないの？　あたしと一緒だった、アマナ様の部屋の奥巫女のアキノさ」

「わからない。ねえ、セーヌ。今度の年越しの祭りの夜、美しの広場のバルコニーで、『ハル』に向かって『さくらの舞い』を捧げてよ。歌楽隊は、広場のバルコニーの両側に並んでいて、セーヌが奥巫女達か、踊り族の娘を率いて舞ってみせるの。『ハル』のためと、皆のために。きっと『ハル』が喜ぶから」

馬鹿ったれ。クソったれ。又、変なことを言い出して、ノエルのアホ。今度そんな事をしたら、あたしは神殿から追放されるか、牢屋入りになってしまうよ。でも、面白い。表巫女長が奉納舞いを舞って投獄されるだなんて、前代未聞のスキャンダルだろう。そうなれば、あたしを表巫女長なんかにしたデューク様達に仕返しができるだろう。あたしを巫女なんかにしたがった、パリシティの両親も、腰が抜けるでしょうよ。面白い。上手くいけば、鞭打ち百回くらいで済むかも知れないし。又、ノエルの尻に乗っかって、皆をギャフンと言わせてみようか。あたしのノエルは、頭がイカレている。ああ、ノエル。黒いヴェールのノエル。あたしはあんたが大好きよ……。

「踊るのは良いけど、歌楽隊なんてどうするの？」

「ニュームーン様に頼んでみる」

「何だ。それなら、そのニュームーン様って、アキノが言った通りいかしているんじゃない」

「いかしているんじゃなくて、イカレてるの」

「イカレてる？　それじゃ、やっぱりあんたの事じゃないの？　あのニュームーン様って……」

「そんな事を考えるなんて、セーヌはクレージー」

「言ってくれるじゃない。相棒のはねっ返り。よし、その話、乗った。イカレたニュームーン様によろしくと言っておいてよ」

「言っておく。ついでに、踊りの衣装も聞いてみる」

「衣装？　衣装って……。表巫女以外の服を着れるって言うの？　馬鹿だね、ノエル。巫女衣装を着ない巫女が、どこにいるっていうのさ」

面白い。巫女以外の衣装で踊れるなら、そのまま死んでも構わない。あのエドワードに、あたしの踊りっぷりを見せてやりたいわ。ああ、ノエルの馬鹿ったれ。どうして、あたしに、ヨタ話ばかり吹き込むのさ。でも、こんな子供でも、元は男だわ。男と一緒に狂うなら、それも悪くない。ノエル。ノエル。あたしは、イカレたあんたが大好きよ……。

「ニュームーン様がイカレていて、あんたやあたしの味方だと言うんなら、ノエル。ニュームーン様に、気を付けるように言っておいた方が良いよ。この間、新しいアンソニー様が、『泉の間』のりんごの樹の下で、クリオレ様と何かヒソヒソやっていた」

「知っている。でも、クリオレ様は何もできない」

「何でさ？」

「ヘレンとジェーンが、見張っている」

「へえ。あのヘレンとジェーンが？　あの二人、澄ました顔をしているくせに、役者じゃないの。うん、気に入った。今度あの二人に会ったら、投げキスくらいしてやろうじゃないのさ……」


セーヌと別れたあたしは、待っていてくれたアントと一緒に至聖所に入った。白いヴェールを深くかぶったアントが俯いて歩いて行くと、誰もがアントを「ニュームーン」だと思ってくれるとわかったアントは、自分の言葉に従って、あたしの影となり、日向となって、あたしに尽くしてくれるようになっていた。それこそ双子の妹のように、姉のように、母のようにして、あたしを守ろうと努めるようになっていったのだった。フローラ（花の女神）の娘のアント。

あたしは、その夜「ハル」に訊いてみた。

セーヌが、「ハル」のために、さくらの歌を舞っても良いと言ってくれたの。ねえ、「ハル」、

一、奥巫女・二人のムーンスター

さくらの舞いを見てみたい？

「ああ。

さくら。さくら。

さくらの歌で、わたしのために踊ってくれるのか。見てみたい。見てみたいものだ……」

それでは、年越しの祭りに、セーヌが「ハル」の至聖所に向かって、舞えるようにしましょう。

ねえ、「ハル」。ヤポネの人達は、神の前で舞う時、どんな衣装を着けて舞うの？

「見せてあげよう。これと同じ物を着て舞いなさい。ヤポネの巫女達はこのようにして踊る……」

「ハル」が見せてくれたのは、見た事もないような木の建造物と、歌と、踊りだった。美しいサクラの花に向かって開いた木の床の神殿で、両手に金の鈴の束を持ち、不思議な調べにのって、ゆるやかに、たゆたうように舞う巫女達の姿は、白いキモノという物に緋色の袴《はかま》とかいう物を穿《は》いていて、髪は黒く長い髪を、白い布だか紙のような物で背中の辺りで束ねていた。

この、不思議な楽曲は何なの。

「神楽。ヤポネでは、神に捧げる楽曲を神楽と呼んでいる」

それを再現する？　それとも、さくらの歌だけで良い？

「さくらの歌だけで十分だ」

それでは、そうするようにユリア様とスノー様、デューク様にお願いしてみましょう。

ねえ、「ハル」。今、あたしに見せてくれたように、サクラの樹を皆に見せる事はできる？

「わたしの心の中は、誰にも見せる事はできない。娘よ。わたしの心を見て、聞けるのはお前ただ一人なのだ。他の者達は、わたしに訊きに来て、答えを聞いて帰って行くが、お前のように、わたしに話す事はできない」

恐ろしい。

神が、今、ムーン様を「ただ一人の者」と言っておられます。神と対話できるこの方は、あたしを許して下さいました……。

それで、あたしはユリア様に「ハル」の望みを話し、織部族にヤポネの巫女装束が作れるものかどうかを訊ねて頂いた。

返事は、否だった。

あたしが描いて渡したその衣装は、どうなっているのか、見当もつかない物だという事だったのだそうだ。それで、ユリア様とあたしは相談して、奥巫女用のローブの袖をキモノのように長くし、腰帯をヤポネの巫女と同じような緋色にし、セーヌ達の長い髪は、ローブと同じ白い布で束ねて、額に金の額当てを付け、両手に金の鈴の束を持って、セーヌ達に舞ってもらえるようにと、スノー様とデューク様にお願いをする事になった。

スノー様は、

「神殿内ではなく、美しの広場のバルコニーから神に向かって踊りを捧げるだけなら、法には触れないでしょう。しかし、表巫女長のセーヌ自らが踊るとなると、最高法院で可決されなければ、許されないと思います」

と、あたしに言われた。

「でも、『ハル』自身が、踊ってもらいたがっています。セーヌは誰よりも上手く舞うでしょう」

「『ハル』様の望みであると証明できれば、法の変更はできます。それに、祭りの夜に、民の前でさくらの歌を奏で、それを舞う事は、船への乗船希望者を増やす絶好の機会ともなりましょう。ムーン様、どのようにして、神の心を法院で証明なさるおつもりですか」

デューク様がそう訊かれたので、あたしは訊ね返した。

「船の建造は、今、どこまで進んでいますか」

「第六層の半ばまで。第七層が、船の基幹部になっていますので、そちらの方に二年、第六層はあと一年程度掛けて仕上げる予定になっています。乗船するためにひと月かふた月。それで、私がお約束した三年と半年が満たされる事になります」

答えられたのは、スノー様の方だった。

「人選はどうなっていますか」

「応募者は多いのですが、十三種族毎に七十人というのは度を超えています。粒選りの人選をするためには、どのくらい時が掛かるのか、見当も付きません」

これは、デューク様。

あたしは、少し考えてから、言った。

「それでは、急がなければなりません。法案の変更は、デューク様とスノー様の御二人で、あたし、ムーンの名の下に行って下さい。ユリア様はそれを待たれてから、スノー様とムーンの名の下に、表巫女長のセーヌに通達を出し、衣装と鈴の手当てをするようにと、お申しつけ下さい」

「そんな強硬手段に出て、大丈夫でしょうか。アンソニー様が、ブリーと対立してクリオレ様に取り入り、初めのムーンを立てようと企《たくら》まれています」

「大丈夫です、スノー様。デューク様も、ユリア様もご安心下さい。全ては、あたし、ムーンの名の下に行われます。年越しの祭りの夜に、神の心の証しを、民に直接致しましょう。それで乗船希望者の数が増えて、第七層に取り掛かる頃には、それぞれの種族が必要な訓練に掛かれるようになるでしょう。ただ、年越しの祭りの夜には、ヒルズ家のダニエルとアロワ、リトルスターとスターの四人を、どこかに退避させてあげて下さい。そうですね。今、ガリラヤシティに引退している、ダニエルのお父様のモルダと、お母様のモレノの所が良いでしょう」

ユリア様とスノー様が、心を騒がせられた。

恐ろしい。

この方は一体、何をなさるつもりでしょうか。直接、民に神の証しをなされるとは、どういう事だろうか……。

デューク様も、心の内で思われた。

ヒルズ家の者達を退避させろとは、どういう事なのだろうか……。

それで、あたし、ムーンは言った。

「秋祭りの日には、ムーンは自分の声で話しましたが、年越しの祭りの夜には、ムーンは『ハル』の声で、民に話す事になるでしょう。それが、デューク様とスノー様の法の証しになります。けれどその事によって、その場にいる者達に興奮した人々が押し寄せて行って、悪くすれば誰かが踏み潰されてしまいかねません」

「神の声で話されるとは、どういう事でしょうか？」

デューク様が恐れられたので、あたしは答えた。

「いつか、ユリア様とスノー様に、して差し上げたようにして」

「けれど、ムーン。あなたは一人です。どのようにして、広場に来る全ての人々と手を繋ぐ事などできるのでしょうか」

ユリア様に、あたし、ムーンは言った。

「心で。『ハル』の心の声を、そこにいる全ての人々に伝えます」

心で。どうして心が、声を出せるでしょうか。

心で。どうして心で、手を繋げるのだろうか。

心で。どうして神に、心があると言えるのだろうか……。

『この方の言われている事がわかりません』

三人は、それぞれにこのように嘆かれて、それでも「ハルの娘」の言葉を成し遂げるために、力を尽くされた。それは、暗い日々となった。

ユリア様も、スノー様も、デューク様も、一方では「神の娘」の言葉に従おうとし、一方では人としての自分の頭、すなわち、常識に捕らえられて、心を悩まされたからだった。

喜んでいたのはセーヌ一人で、セーヌは、自分が率いる表巫女十二人を従えて踊りの練習に励むようになり、自ら、自分達を「さくら隊」と呼んで、他をはばからないでいた。

あたしは、そのふた月をひたすら祈りの内に過ごしていた。「ハル」の前に出て「箱」に手を当てて祈っているあたしの姿は、アントのムーンを恐れさせ、ユリア様の心にも、重くのし掛かるようになっていった。

デューク様の手によって、半ば強制的にガリラヤシティのモルダとモレノの山荘に移送されて行った、ヒルズの家族の嘆きと怒りの声も、聞こえてきた。

ああ。わたしのムーンに何があったのでしょうか。ムーン。ムーン。あの子は無事でいるのでしょうか。クリスマスの祝いに行きたかったのに……。

ああ。私達のムーン。なぜ、私達はジェルサレムの町から追われて行くのだろうか。亡きアンソニー様の代わりに、今度はデューク様が私達を苦しめられるのだろうか。クリスマスは、ムーンの十六歳の誕生日なのに……。

ああ。あたしの可愛いムーン。あなたのために祈っているのに。こんなに沢山祈っているのに。

どうしてあたし達は会えないのでしょうか。ああ、マリア様。イエス様。あたし達のムーンが、どうか無事でいてくれますように……。あの子にキスをしたかった……。

ああ。あたしの愛しいムーン。あたし達、抵抗したのよ。それなのに、デューク様は許して下さらなかった。どうなってしまっているの？　あたしの愛しい、妹のムーン。あたし達、あんたのために甘い卵のケーキを焼こうとしていたのよ。でも、駄目になってしまった。みんな、駄目になってしまった。デューク様は、恐いお顔で「危険だから逃げろ」とだけしか言って下さらない。何を訊いても、答えて下さらない。まるで口が石になってしまったみたいに、岩のように固いお顔で、あたし達を護送させてしまわれた。連れ出せたのは、黒い猫のラブと犬のラブリーだけだった。ムーン。ムーン。この子達も、あんたに会えなくて、淋しがっているわ。

ムーン。元気でいるかい？　死んでいた孫娘が生き返ってくれたと思ったのに、今度は安否が不明だと、お前の父さんや母さん達が泣いているよ。わたし達はもう、年を取ってしまった。警備兵達が家の周りを固めているが、彼等の表情からは、敵か味方かすらもわからない……。

ムーン。わたし達の可愛い孫娘。あの子が明日で十六歳になるっていうのに、こんな事ってないわ。神の娘なんて言われていても、家族は悲しい事ばかりですもの。いつまでこんな事が続くのかしらね。ああ。わたし達は、ダニエル達を慰められるでしょうか……。

デューク様は、ご自身の頭の悩みの重さのために、ヒルズの家の人達には「危険であるから逃げなさい」としか、言えなかったようだった。それは、仕方がないのかも知れない。現に、あたしが手と手を繋いで「ハル」の「仲介者」となって、神の心の声を聞かせてあげたユリア様、スノー様でさえも、心の力について、「ハル」の声について、あたし、ムーンについて、悩まれているのだから。デューク様にあっては尚の事だろう。

ああ。それでも信仰が薄い方達よ……。

あなたがたの中の「常識」という心の壁の厚さが、あたしをも苦しめています。一度あった事が、二度目もあると、どうして信じて下さらないのでしょうか。

これは、あたしの高望みでしょうか。あたしの方が間違っているのでしょうか。わからない。それでも、ユリア様。スノー様。デューク様。あたしはあなた方を信頼して、心からお慕いしているのです……。

「聖櫃《アーク》の神なる父よ。どうぞ、あたしの願いに応えて下さい。『ハル』。『ハル』……」

「娘よ。どうしたのだ」

「人の頭の固さについて、泣いています」

「お前はわたしに従いなさい」

「わかっています。父よ。明日の夜、『ハルの娘』は証言しなければなりません」

「それは、誰についてなのか」

「父御自身の望みについてです。明日の夜、あたしの心を使って、父御自身が、民の群れに話し掛けて下さい。あなたは、その力をあたしに与えられました」

夜明け前、あたしはガリラヤシティにいるダニーとアロワ、リトラとスターの夢に現れて、こう伝えた。

「十六歳の誕生日のキスをありがとう。あたしからも、キスを……。デューク様は味方です。安心していて下さい。モルダのリターンズテレビ（引退者や病気の人達にだけ貸し出される芸術シアターテレビ）を、今夜見ていて下さい。リバー家のセーヌが踊ります。あたしも、その場にいますから。もう一度キスを……。愛しています」

一、奥巫女・二人のムーンスター

その夜、クリスタル神殿宮の中の大通り、すなわち「宙の大郎」に続く、全ての門と回廊が開けられ、「ハル」がいる至聖所以外の場所には、人々が溢れるほどに導き入れられていた。

「夕べの鐘の祈り」が終わった後、あたしは「美しの広場」のバルコニーに出て行って「美しの回廊」にすぐ退ける位置、すなわち、その夜においては一番末の席に坐った。「ハル」の神殿に向かって、セーヌの「さくら隊」が坐っていて、その両側に歌楽隊が並び、セーヌから見て右側に大祭司長のスノー様とブリー様達が並ばれ、右側にアントを従えたユリア様、クリオレ様達が並ばれていた。テラⅡでの五家の席のヒルズの家には、父さんのダニエルの代わりに、アトランティックシティからの、父さんの妹の、ミハエル一家が着席していた。

あたしはその五家の傍らに、デューク様に守られるようにして立ち上がり、まず、手に持っていた金の杖を、クリスタルのドームの上の、黒い夜の中の月に向かって高く上げ、ノエルの夜祭りの始まりを告げた。
歌楽隊が歌い、弾く「さくらの調べ」に乗って、セーヌ達が、キモノドレスに似た白い装束でゆるやかに舞い始めた。

「さくら
さくら
弥生の空は
見渡すかぎり
かすみか雲か……」

「ハル」の心が歌っていた。
「さくら
さくら」
人々の心も踊っていた。
「さくら
さくら」
ああ。何と美しい調べだろうか。

ああ。何という美しい舞いだろうか……。

シャン。シャン。シャララ。シャン‼

「ハル」の記憶が歌っていた。

セーヌ達の奉納舞いが終わった時、あたしはデューク様と共にバルコニーの端に出て、「ハル」の心の中継を始めた。人々の心の中に、「ハル」の柔らかい、それでいて男性的なテノールの「声」が、直接響き始めた。

「子供達、聴きなさい。あなた方の父の声を。
これが、わたしの心の歌だ。
『さくら
さくら
弥生の空は
見渡すかぎり
かすみか雲か
匂いぞいずる
いざやいざや
見に行かん』

一、奥巫女・二人のムーンスター

さあ、行きなさい。
青い海の中に浮かぶ
さくらの花が咲く国へ。
行って、その目で確かに見て来なさい。
いずれ、この国も、さくらの花で埋まるだろう。
これが、わたしの愛である。
新しい生命を連れ帰りなさい。
これが、わたしの望みである。
わたしの娘に聞きなさい」

「ハル」の心の望みが強かったので、その声は、「美しの広場」にいる人々にだけではなくて、クリスタル神殿宮の中にその夜居た、全ての者達の心の中に、雷鳴のように轟き、届いていった。

これが、神の声!!

なぜ、こんな事が!!

あそこだ!!

あそこにいる、あのお方が、神の娘だ!!

あの方が、我等に神の声を聞かせられた!!

一、奥巫女・二人のムーンスター

ああ。こんな事が、本当に起きるのでしょうか……。
いざや
いざや
見に行かん!!
あの方の衣に触れてから!!
あの方の衣に口づけをしてから!!
あの方に、一目見て頂いてから!!
ああ。この方は、本当に奇跡を起こされました。
ああ。この方の言葉を信じているべきでした。
『思い悩んでいた
わたし・私達が愚かでありました』
いざや
いざや
見に行かん!!
四方から人々が殺到して来たので、あたしはデューク様に守られて「美しの回廊」の上に退き、バルコニー上の皆を下がらせようとした。けれど、広場にいた人々は回廊の円柱をよじ登り、オリーブの大樹をよじ登って、バルコニー席にいた者達の上になだれ込もうとした。

この夜の怪我人は七十名を超えた。エドワード達、警備隊の者達にも手が付けられない程、人々が興奮してしまったからだった。けれど、死者が出る事はなく、あたしの心の荷は下りた。ガリラヤシティにいてリターンズテレビを見ていた父さん達は、この騒動を間のあたりに見て、「デューク様が、わたし達を避難させて下さったのは、良い事だった。ムーンも無事だった。あの子は大役を果たしたようだ。ああ、神よ。感謝します。あなたは、私達の願いに応えて下さいました」と言って、皆で抱き合って祈りを捧げた。

こうして、弱かったものが強くされ、求めていた者の祈りが、叶えられる事になった。

セーヌは翌日、奥殿のヘレンを通して「ユリア様の部屋の貧しい子供」に、施し物を入れた包みを渡して寄こした。

そこには「さくら隊」が着たのと同じ衣装、すなわち、白いキモノドレスと緋の腰帯、美しい髪束ねの布と金の額当て、両手に持つための金の鈴の束が入っていた。

はねっ返りの、イカレたノエル。あんたのニュームーン様もやっぱりイカレていたよ。これからは、年の四度の祭りに必ずあの踊りを舞うようにって、今朝、スノー様を通して言ってこられた。だから、これは相棒の印に、あんたにあげる。又、抜け出して来て、一緒に遊ぼう。ノエル。ノエル。あんたのヨタ話が、どういう理由でだか、みんな実現しちゃうから、あたしは少し怖いよ。恐いと言えば、昨夜のニュームーン様も何だか怖かった。神の言葉なんてマジックで何とでもなるだろうけど、あの人あんたにそっくりだった。あんた達、双子のように良く似ているよ。

あたしは、マジックなんかに引っ掛からないけどね。ああ、もっと踊りたい。

セーヌの、イカレ節が珍しくヨレていた。

あたしは、セーヌが贈ってくれた袖が長いキモノドレスを母さんのアロワに、金の額当てを姉さんのリトルスターに、緋色の美しい腰帯を中の姉さんのスターのために取っておいた。美しい髪束ねの布は忘れな草のアントにあげて、「ハル」のためには、金の鈴を一振り、ユリア様に、もう一振りの鈴の束を差し上げる事にした。

ユリア様はなぜか、シャン!! と鳴る鈴の音が、凄く気に入られたようだったから。

「ハル」は、ユリア様以上に、その鈴の音を喜んでいたので、あたしは時々「ハル」に、その鈴の、涼しいような淋しいような、染み入るような音を聞かせてあげて、「ハル」のさくら恋心を慰めてあげるようになった。そしてその鈴の音は、あたしの心も慰めてくれるようになっていった。

一、奥巫女・二人のムーンスター

年越しの夜祭りの日の出来事によって、ムーンシップへの乗船希望者が、スノー様とブリー様、デューク様の下に殺到してきたからだった。

あたしは、デイジー（ひな菊）の香りを強く持つ娘になっていた。

二、ムーンシップ・旅立ちと事故

祭りの明け前夜、ガリラヤシティのモルダ達の家から護送されて来た、父さん達に会えるようにと、デューク様が取り計らって下さった。

それであたし達一家五人は、束の間の再会を喜び合う事ができた。あたしはいつかの約束のように、神殿の裏庭を見られる「オリーブの月の回廊」に、ヒルズの父さんと母さん、リトラとスターを連れて行って、そこから皆でオリーブの林の中を抜けて、「月の光の庭」に出る事に決めた。

「月の光の庭」から見上げる、クリスタルドームの向こうの宙は、目が回るように美しい。

リトラとスターは、デイジーのあたしに気がついた。

「何も持って来られなかった」

と、父さんのダニーが悲しそうに言った。

「デューク様が、あなたにこれを、と言って、わたし達の代わりにプレゼントを用意して下さったわ。ムーン、十六歳のお誕生日、おめでとう」
デューク様が下さったのは、最高法院長の印の鷲の印章が彫られた、金の指輪だった。それで
あたしはデューク様のお心を悟って、ヒルズの父さんのダニーにそれを渡した。
「これは父さん達のためのものなの。この印をもっていれば、新しいアンソニー様はヒルズの家
に手出しが出来ない。さあ、父さん。それを嵌めてみて。良かった。ピッタリね。あたしに、キ
スをさせて頂戴。クリスマスおめでとう」
ああ。ムーン。この子は、いつの間にか大人のようになってしまった……。
ああ。ムーン。わたしの愛しい子は、いつの間にか大人びて、きれいな娘になってしまった
……。
「セーヌが、あたしにって、これをくれたの」
と言って、あたしはセーヌからもらった包みを、母さん達に渡した。
「セーヌからの心尽くしの品よ。もらい物で悪いけど、でもきっと気に入ると思う。テラⅡでは
これから、さくら隊が着た白いキモノドレス姿が、流行するはずだから、母さんが流行の一番乗
りになるわ。金の額当てはリトラ。あんたの矢車草の瞳に、良く似合うでしょう。赤い腰帯はス
ター。あんたが好きな白いドレスに良く映えるでしょう。お誕生日のキスをありがとう。あたし
からも、キスを……」
「ああ、ムーン。ありがとう。クリスマスおめでとう」

ああ。神様。ありがとうございます。でも、変です。なぜムーンはこんなに落ち着いているのでしょう。あんな騒ぎがあったばかりなのに……。

「あたしのムーン。ありがとう。十六歳のお誕生日、おめでとう」

嬉しいわ。良かったわ。でも、変ね。こんなにきれいな赤い腰帯なら、ムーンは大好きなはずなのに。なぜムーンは、こんなに何もかもあたし達にくれてしまうの？　愛しい妹。あたしは、あんたが心配よ……。

それで、あたしは話題を変えた。

「猫のラブと、犬のラブリーはどうしているの？」

「元気よ」

と、すぐにスターの顔に笑みが浮かんだ。

「あの子達も、あんたを恋しがっているわ」

「夜になると、あんたを探してウロウロするのよ」これは、リトルスター。

「今はデューク様のお館で預ってもらっているの」

アロワが言ったので、あたしはそれを潮に、ヒルズの皆に別れを告げる事にした。もっと一緒にいたかったけど、リトラとスターが敏感になってしまっていたからね。

天使族も生き物族も、花族と同じように「心」については詳しいの……。

「ラブとラブリーにもあたしからのキスをしてあげて。ごめんね。これから又、お勤めなの。デユーク様が、お館で何か御馳走して下さると思うの。ゆっくりして行ってね」

「もう、帰ってしまうの？」と、アロワ。

「仕方がないよ」と、ダニエル。

「今度は、いつ会えるの？」

リトラとスターが訊いたので、あたしは答えた。

「花祭りの間に」

リトラの心が、言っていた。

ごめんねムーン。天使族の娘や息子達は隠れていて、なかなか見つからないの。ああ、あたしのイエス様が、ムーンを守ってくれますように……。

スターの心も言っていた。

たったこれだけで、又、花祭りまで待つの？　もっと話していたいのよ。愛しいムーン。あんたが国中の噂になっているみたいなの……。

『ああ。愛している。愛している……』

「あたしもよ」

と、あたしはダニーとアロワにキスをして言った。リトラとスターにもキスをした。

「愛している。又来てね。新しい年、おめでとう」

それで、父さんと母さんと、リトラとスターも、あたしを抱き締めてからキスをして、帰って行くしかなくなってしまった。猫のラブと、犬のラブリーを預けている、デューク様のお館に戻って行くしかなくなってしまった。ごめんね。泣かないで……、みんな……。振り返り振り返りしながら帰って行く父さんと母さん、リトラとスターの泣いている心に、あたしも少し泣いて、もう一度、

「愛している。又来てね……」

を、風のように、月光のように、皆の心の中に送った。

「ハル」の心が歌い続けた。

いざや
いざや
見に行かん。

聖なる櫃《ひつぎ》である「箱」が、動くかのようにして「ハル」の心が、歌っていた。

いざや
いざや

見に行かん。

ああ。懐かしい。井沢と水穂と山崎が。ああ。懐かしい。小林と高畑と瀬川と渡辺《わたべ》が……。

娘よ。聞きなさい。

十三種族の者達には、それぞれに新しい「種」を集めさせ、テラの人々と交流させなさい。人の「種」を新しくし、連れ帰るべき人々を探させるためにである。しかし、お前と五家の者達は、さくらの国で、井沢達の「血」の末の者を捜し出して、その人達に会いなさい。その七家の人々の末を、この星に連れ帰って来れるようならわたしは嬉しい。

さくらの国の名前は、ヤポン。その国の首都は東京シティ。その東京シティには、水に囲まれた城があるという。

その城の主に、わたしからの挨拶としてテラⅡで採掘される、ダイヤモンドの宝杖を持って行きなさい。さくらは、その国の国花だからである。十三種族が探した「種」と「血」については、それぞれに価を払いなさい。略奪と思われないようにするためである。そのために、金のコインを千枚、銀のコインを千枚、銅のコインを千枚、クリスタルのコインを千枚、持って行きなさい。多く払えば、良い「種」と「血」が、与えられるだろう。

この「ハルル」の言葉は、ユリア様を通じてデューク様の手に渡された。それで、デューク様は、気が遠くなるような仕事を、新アンソニー様に命じられて、アンソニー様の野望を砕き、虚栄心という、自己満足の罰を与えられるようにした。

忘れな草のアントに会いに来る親族はいなかった。それで、アントも心を安ませて、穏やかに、哀《かな》やかに、生きられるようになっていった。

セーヌには、会いに行けなかった。

新しい年が明けて、聖なる櫃の神、すなわち「ハル」の命令と望みが、より細部に亙《わた》ってゆくのと時を同じようにして、十三種族毎の選別と、五家からの人選が、行われるようになったからだった。

その選別は、困難を極めたらしかった。応募者の数が、余りにも多くなり過ぎたためだった。

結果的に、種族毎《ごと》から各百人が選ばれ、その百人からは、最高法院の専門部所である「使節選別課」が選びに当たり、更に絞り込まれて、各種族七十人が「デューク様の間」において、面接を受けるという手段が、取られる事になった。

それと並行して「使節学院」が、スノー様の命によって、クリスタル神殿宮内の一角に建てられる事にもなった。

「ハル」の記憶が、より細部を語るようになったからだった。

「ハル」は、歌い、語り、望み続けた。

「ヤポネの言葉に精通するようにしなさい。同時に、テラⅡの公用語である英語と同じように、フランス語、ドイツ語、ラテン語、スラブ語、ヘブライ語、アラビア語、中央アジア語や、インディア語、アフリカ言語などを話せるようにしておきなさい。今から約五百年前のわたしの記憶を調べなさい。そこに、記録が入っている」

「ワープについては、心配要らない。だが、地球圏に入ったら用心しなさい。テラは、その軌道上にいる各国からの衛星によって、見張られている。諸国の空軍に注意しなさい。彼等は空を見張っている。海にいる海軍に気をつけなさい。彼等は海から見張っている。陸にいる陸軍にも気をつけなさい。彼等は陸を見張っている」

「それじゃ、月の裏側から動けないじゃないの」

「人工的に磁気嵐を起こすように設計されている。船がストームを起こしたら、その影に入って地球に降りなさい」

「それも、自動なの？」

「そうだ。船は嵐の影に入って、ヤポンの富士という山が見える山頂に降りる。そこを基地として活動しなさい。小型船が七機用意されている。それで七つの大陸に飛びなさい。五家の者達は、残りの人々を連れて東京シティに向かいなさい」

「移動手段はどうするの？」

「メカ族の者に訊きなさい。歴史族でも良い。彼等が、地上自動車とか、地上列車について、地球形飛行機や、海上船について、良く知っている」

「テラでは、空中車や空中軌道鉄道を使っていないの？」

「少なくとも二千年代ではそうだった。だが心配要らない。テラの資源は限られている。わたしの予想より大きくはずれる程の進歩はしていないだろう。メカ族の者に訊きなさい」

「服はどうなっているの？」

「流行りすたりがある。織部の者か、歴史族に訊いて、二千年代までに流行した衣服のサンプルを持って行きなさい。しかし、心配は要らない。単純な物と礼装用のものは、時代が変わっても変化が少ない。それらの衣服を用意させなさい」

「船の中ではテラIIの服を着ていて良いのね？」

「お前達の好きなように過ごしなさい。衣服も食材も十分に用意されている」

「帰りの分も？」

「そうだ。運が良くて、帰りにテラの人々を連れて帰る事ができるとしたら、その人達の分まで用意されている」

「金や銀のコインが通じなかったらどうするの？」

「通じる。テラでは、金や銀は貴重な資源なのだ。その他には各国毎の通貨や紙幣、電子マネーなどもあるが、これはメカ族の者と歴史族の者とがいれば、何とかなるだろう」

「それでは、各種族から十人くらいずつを、小型船に乗せて送り出してあげれば良いのね？　七つの大陸に向けて……」

「ヤポンの国に入る者をまず取り除いてから」

「わかったわ。船の各層毎に小型船が一艘ずつ配備してあるのでしょう。それならその船毎に、七つの大陸とかいうのの目的地を決めてもらって、その階層毎に、十三種族の者達から各十人、計百三十人ずつを、小型船に乗せて送り出すようにしてみましょう。ヤポンには五家を残す」

「五家の者達とお前とキャプテン（クルー団長）は、第七層に乗らなければならない。母船がクリスタル星雲を抜けるまでの四十日四十夜は、お前が座標を読み、月を見て行かなければならないからだ。第七層に乗りなさい」

「でも、自動飛行で安全なんでしょう？」

「そうだが、お前の心配も一理ある。亜光速からワープに入るまでは、お前がワームを見張っていなさい」

「ワープの中では安全なの？」

「安全だ。ワープは一瞬で終わる。その後には、月の裏側から地球に降りるだけだ。テラの月は美しく、大きい。地上から見てみなさい。お前も気に入るだろう」

「テラに無事に着いたと、どうやって『ハル』に知らせるの？」

「わたしが、見張っている。だから大丈夫だ。もし何かあったとしても、わたしがムーンシップの全てを見張っている。何も心配は要らない。何かがあったら、すぐに救援船を出してやろう。しかし、そんな事にならないように、『箱』であるわたしが船を造ったのだ。安心して行きなさい」

「テラでの活動期間はどのくらい？」

「月が二回満ちるまで。地球時間で約六十日。テラⅡでの時間で五十六日。それ以上留まっていては、危険が大きくなるだろう。だから、それまでにできる限りの事をするようにしなさい」

「わかったわ。地球星と、この星の大気は同じなのよね？」

「同じになるようにわたしが造った」

こうした事の全ては、全てデューク様とスノー様、ユリア様の手元に残され、実行されるように、指示がなされていった。「指示部門」は「選別部門」とは別に作られ、こちらも、又、多くの仕事に忙殺されるようになった。「使節学院」が開校するまでに「ハル」が指示した全ての事を、教えられるように、「教員達」がまず、訓練を受けなければならなかったからだった。

このようにして、新しい年が始まり、その年の二月から最終選考が始まった。それは、テラⅡでの月にして四ヵ月程かかり、その後、残った七十人ずつ、すなわち九百十人が十三種族毎に、「デューク様の間」で一日に十名を目安に面接を受ける事になった。それぞれの者に、十分から十五分ずつ。

その「面接」は、フェイクだった。デューク様が「志願者」と話している間、別間に控えていたあたし、ムーンが、その人々の心を聞くためのものだったのだ。それは、「夕べの鐘の祈り」をアントのムーンが、あたしの代わりに執り行っている間に、秘かに行われた。

「テラに行って帰ってくれれば、俺は英雄になれる」

「この星の女はみんな固い。テラの女はどうなんだろう。噂では、男とすぐ寝る女が多くいるという事だ。楽しみじゃないか……」

「テラに行ったら船から逃げ出して、大金持ちとかいうのと結婚したいわ」

「テラの『種』をごっそり取ってきてやろう。そして、テラⅡに帰ってそれを売れば良い」

「テラへこの星の地図を持って行って、誰かにこっそり売れば大儲けできるでしょう」

「ムーンシップには、お宝がごっそり積まれていくという噂だ」

「テラの美しい絵を持ち帰りたいわ」

こうした考えの人達は取り除かれていった。

選考は、まずメカ族から始まり、次に、
歴史族。そして、
音族。

山の民である山族。

海の民である海族。

医薬族。

神殿族は詩族を含む。

灰かぶり族。

守衛警護族。

美し族は織部を含む。

移民族。

花族。

生き物族の順で、進められる事になっていた。

忘れな草のアントは、神殿族として志願したいと、ユリア様に願い出ていた。アントは、あたしが行く事を誰よりも良く承知していたからだった。ユリア様は、アントを行かせる事を許された。なぜなら、ユリア様自身が、あたし、ムーンと一緒に行く事を、心から望んでいられたからだった。

でも、私はもう年を取ってしまいました……。

ユリア様とアントの願いが強かったので、あたしも承知するしかなかった。代わりに、ヘレンとジェーンが戻ると決まった。表殿からはセーヌと、セーヌの「さくら隊」や、男助祭司様達。

それにスノー様御自身が志願されていた。

「スノー様は残って、ユリア様とデューク様を助けてあげて下さい」

あたしが言うと、スノー様も言われた。

二、ムーンシップ・旅立ちと事故

「ブリーがいます。わたしは、ムーン様、あなたと共に行動しましょう。あなたはまだ、成人もしていません。船には、荒くれのエドワード達も乗るはずです。年長者であり、神殿大祭司であるわたしが乗らなければ、あの者達は、じきにムーン様に言い逆らうようになるでしょう」

「平気です」

「もう志願しました。デューク様もブリーも承知しています」

「セーヌは、どうなりますか」

「セーヌの扱いには頭を痛めています。あの者は、表巫女長として神殿族に、五家の者としてリバー家に属しておりますからね。どうしたものでしょうか」

「五家の者は、第七層と決まっています」

「セーヌが、ユリア様の貧しいノエルを連れて行きたいと駄々を捏《こ》ねています」

「一緒に行かせると言ってあげて下さい。他の寺院からの神殿族は、スノー様、あなたとユリア様、ブリー様に面接をお願いします」

新アンソニー様とアントの母さんのブレアは、忘れな草のアントではなく、「金の胸当てのムーン」が乗船する事を「名誉」として喜んだ。なぜなら、出発間際まで「ハルの娘＝ニュームーン」の同行は、秘密にすると、決められていたからだった。

一夜、あたしはセーヌに会いに表巫女館に寄れた。デューク様のいる最高法院に向かうための行き帰りは衛兵付きで、あたしはいつもリトラとスターからの黒いローブと黒いヴェール姿で、表側に通っていた。

「セーヌ。会いに来たよ」

と、あたしはセーヌに言った。

「ノエル。あんた、何だって衛兵付きなの？　又、何かやらかしたんじゃないだろうね」

「やった。それで罰として、新しいムーン様の身代わりにテラに行かされる事になった」

「身代わり？　何て事するのさ。あの意地悪婆様。元男の宦官だったとばれたら、ただじゃ済まないだろうに」

クソったれ。馬鹿ったれ。スノー様の嘘つき。あたしのノエルを、あんなへんてこりんな胸当て付き巫女に化けさせる気なの？

「だからね、セーヌ。ニュームーン様にあたしが化けているって事は、誰にも言わないでよ」

「わかっているわよ。まかせておきなって。あんたとあたしは相棒だろ？　さくら隊の衣装もあげたじゃないの」

「ありがとう。とても気に入った。でもごめんね、セーヌ。あれ、素敵だったから、母さんと姉さん達にプレゼントしちゃった。奥巫女館ではどっちみち着られないし」

「それはそうか……。良いよ、あんたにあげた物だ、好きにしたら良いさ。ねえノエル。あんたの家族って今も移民星にいるの？」

「帰って来た。おかげでもっと貧しくなった」

セーヌが溜め息を吐いたので、あたしは言った。

「今は、情け深いヒルズ家に住んでいる」

「あの時のヒルズ家に？　それならまあ良いけど、移民族っていうのはフロンティア精神に溢れているんだろう？　いつまでいられるのよ」

「わからない。だからセーヌ。ヒルズ家の人達には貧しいノエルの乗船は内緒だよ」

「わかったよ、相棒。又、一緒に踊ろう。お菓子を持ってきてあげるから、持って帰りなさいよ」

「もう帰らないと叩かれる。セーヌ、又ね」

「あんまり、はねっ返るんじゃないよ、ノエル」

馬鹿ったれ。クソったれ。でも、ノエルと行かれるなら面白い。あたしのノエルはイカレている。巫女と踊ってもちっとも面白くなかったよ。皆、生真面目に踊るだけなんだもの。ああ、もっと踊りたい。歌いたい。ノエルと一緒だと、又、鞭打ちされる？　上等じゃないの。あたしはノエルが大好きよ……。


花祭りの間に、会いに来てくれたダニーとアロワ、リトラとスターにも少しだけ会えた。けれど、すぐにお勤めを理由にして、別れなければならなかった。

リトラとスターのせいだった。

「ねえ、可愛いムーン。噂を聞いたの。あんた、体がどこか悪いんじゃないの？『夕べの鐘のお祈り』には、ユリア様と古いムーン様しか出ていられないって、この間、スミルナ（泉）家のミモザが、誰かから聞いたと言うの。お勤めにも出られないなんてどうしたの？」

ああ、あたしの天使様。ムーンをどうぞ守って下さい。父さんと母さんが、心を痛めてふさぎ込んでいます……。

「どうもしない。ユリア様が少し休んでいて良いって言ってくれたの」

「嘘じゃないでしょうね。あたしのムーン。あんた、まさか船に乗るんじゃないでしょうね。ミナが言っていたの。今度の船には『金の胸当て』の奥巫女が、誰か乗るらしいって」

「それは、アンソニー様のムーンの事でしょ」

「嘘だったら承知しないから。あたしの悪戯っ子のムーン。約束したでしょ。いつも一緒だって、ちゃんと約束したじゃない」

「わかってるわ、スター。ミナってメカ族の娘なんでしょう。メカ族が神殿の事なんて知るはずないじゃないの。ただの噂でしょ」

「ミナは、クリスタル神殿宮のメンテナンス族の子供なのよ。あの子が言うのなら、何か根拠があるはずだわ」

ああ。あたしのムーン。ムーンの様子がやっぱり変だわ。あたし、再募集の枠に志願しておこうかしら……。この子なら、あたし達に心配をかけまいとして、嘘言うかも知れない。

　それで仕方なく、あたしは、父さんと母さんとリトラとスターに、帰ってもらう事にするしかなくなってしまった。リトラは優しいけど、いざとなったら強いし、スターは優しいけど、いざとなったら激しい気性を持っている。その証拠のようにして、生き物族のスターは、メカ族の子供達と妙に気が合ったりしているらしいもの。危なくて、もうそれ以上は一緒にいられなかった。

　ごめんね、父さん。母さん。リトラ。あたしのスター。

　あたしだって、泣いてしまいたい。でも、ヒルズの家ではもう、あたしを一人取り上げられてしまっている。これ以上、家族がバラバラになる必要はないわ。ムーンシップの乗船員に選ばれたら、学院生活を入れて最低でも二年半、後の事を考えたら、三年くらいは皆、家族と別れて暮らさなければならないだろうから。

　スター。スター。リトラ。愛しいスターと、リトラの事が心配だわ。スターの愛の激しさが、リトラの愛心の強さが、恐ろしい。

　スター、スター、お願い、思い詰めないでよ……。

　あたしの願いは、聞かれなかった。すなわち、生き物族の面接の最後の日、スターの名前が、デューク様に呼ばれる事になってしまったのだった。あんなに恐れていたのに。

　スター、スター、やっぱり来てしまったの……。

　あたしが嘆く声を聞いたスターが、怒った声で言っていた。

　ムーン。どこにいるの？　出て来てよ。あたし達、怒っているのよ。あたし、リトラとデューク様に会いに来たの。本当の事を聞いたわよ。嘘吐きのムーン、出て来てよ、出て来てよ!!

あたしが別室から、デューク様の間に入ると、デューク様はもう人払いをされて、スターと一緒にあたしを待っていられた。

「スターを失格にして下さい」

あたしが言うと、スターが怒った。

「やってごらんなさいよ。あたしのムーン。ここで落とされたら、五家の一人として再志願するからね」

「それも落とすわ」

あたしが言うと、スターの瞳から涙が落ちた。あたしが大好きなスターの栗色の瞳から、クリスタルのようにきれいな涙が落ちた。

「一人では行かせないって言ったでしょう。リトラと話し合ったの。リトラは天使族だから除外されているし、身体も弱いから、父さんと母さんの下に残る。あたしは丈夫だし、生き物族としても優秀だから、あんたと一緒に行ける。父さんと母さんも、きっと賛成してくれるわよ」

「スター。ありがとう。でも、ヒルズ家からはもうあたしが一人出ている。スターは失格よ」

「何でなのよ。ムーンの馬鹿」

「何でもよ。スターの馬鹿」

デューク様が、困ったようにあたしに言われた。

「ヒルズのダニエル家からはまだ誰も出ていません、ムーン様。あなたの出自は、秘密にされている事をお忘れですか。神の言葉は大祭司長様と、奥巫女長だけの申し伝えになっているはずです。ダニエルの家から誰も出なくても咎められませんが、誰かがこう言うでしょう。『ヒルズの家のダニエルは誰も出さなかった』と……」

「人の噂も七十五日とも言われています」

「口に戸は立てられないとも言われているわ。意地っ張りのムーン。あんたの負けよ。デューク様、あたしを船に乗せて下さい。ムーン一人を行かせるおつもりなら、ムーンが誰の子であるかを言い触らします」

「そんな事をする必要はありません。ムーン様、スターが乗るのは皆にとって益になる事です。生き物族にとっても、ヒルズのダニエルにとっても、あなたにとってもです。あなたには、味方になってくれる人が一人でも多く必要になるはずですから……」

「スノー様がいて下さいます。それに、アントとセーヌもいてくれます」

「アントって誰なの？」

「古い方のムーンよ」

「でも、あのムーン様って、アンソニー様が探して来た子だって言うじゃないの」

「それもミナから聞いたの？　それなら、ミナも失格にする。アントは良い子だわ」

「強がるのも良い加減にしてよ。ねえ、ムーン。あたしの事は知っているでしょう？　あたしもあんたを知っている。だから、二人で言い合っていても埒《らち》があかないわ。デューク様に決めて頂きましょう」

「失格にして下さい」

「合格にしたいものです」

と、デューク様が笑って言われた。

「スターは、ムーン様、あなたと良い勝負です。お顔立ちまで良く似ていられます。スターは、アントのように、あなたを助け、守ってくれると思われますが……」

ほらね、ムーン。あたしは一歩も退かないわよ。愛しているのよ。ウンと言いなさいよ。そう言ってよ!!

リトラ。もう良いわ。出て来てよ……。

あたしが呼びかけると、リトラが控えの間の方から、入って来た。リトラも、泣きそうな思い詰めた顔をしていた。矢車草の瞳に亜麻色の髪のリトラも、こう言った。

「スターと一緒に行って、ムーン。あたしの、ムーン。デューク様から聞いたわ。あんたが船に乗るって、さっき聞いたのよ……。あたし達、それで話し合って決めたの。大丈夫、父さんと母さんにはあたしが付いているから。心配しないで、二人で行って。ねえ、ムーン。そうしてくれないと、父さんも母さんも、きっと悲しくて壊れてしまうでしょう。この四年、あたし達がどんな思いでいたかは、わかるでしょう?」

「わかっているわ」

「わかっているわよね。なら、スターと一緒に行って頂戴」

「リトラの言う通りよ。あたしがムーンと一緒なら、父さんも母さんも安心できるわ。そうでしょう？　ムーン」

だから、ウンと言いなさいよ!!　あたし達の、愛しい、意地っ張りのムーン……。

「ねえ、リトラ。天使族は今、どのくらい見つかっている？」

「七人よ。あとの六人は上手く隠れていて、どうしても出てきてくれないの」

「リバー家とレイク家から、山に入った者がいないかどうか確かめてみて。あと、海族と山族、詩族から、旅に出た人達がいるかどうかを訊いてみて。移民星か辺境星に行っている人がいるかも知れない」

話をそらすんじゃないわよ。ムーンの馬鹿……。

「やってみるわ。それでどうするの？」

「スターが、船に乗る。ヒルズ家の中の娘として。デューク様がお認めになるでしょう。ねえ、スター。会えばわかると思うけど、アントもセーヌもとても良い娘達なの。きっと仲良しになれるわ」

「わかった。わかったわよ、ムーン。認めてくれるんなら、もうケンカはなしにしましょう。さあ、仲直りのキスをさせて……。デューク様、お認め下さい。あたしは合格ですか？」

「今、ムーン様がそのように言われました」

「ありがとうございます！　これで両親も安心する事でしょう」

「泣くのに、決まっているじゃない」

「あんた一人で行かれる方が泣くわよ。嘘吐き、約束破り、あたしのムーン。あたしも神殿巫女に上がろうかしら……」

「父さんと母さんの傍にいて、スター。ねえ、あんたが行ったら、猫のラブと犬のラブリーが淋しがるわよ」

「知っている。でも、連れて行けないのでしょう……」

「『ハル』に、訊いてみる」

「ハル」は、猫のラブと犬のラブリーを「連れて行っても良い」と、言ってくれた。

そして、指示を一つ付け加えた。すなわち、「人間だけではなくて有用で美しい生き物達も、『種』としてだけではなくて、『血』として連れて帰ってくるように……」と。

このようにして、船の第六層が出来上がるのを待たずに「志願者」達の教育が始まるようになった。祭りでいうと、それは星祭りの夜からだった。

テラⅡでの五家の、

ヒルズ（丘）、
リバー（河）、
ウッド（林）、
スミルナ（泉）、
レイク（湖）、

各家からの七人については、最高法院で決められた。その中には、リバー家のセーヌ。ウッド家のミナと、ミナの兄であるエメット。スミルナ家のミモザ（リトラの友達）、ミモザの従兄弟のホープというメカ族のパイロット二人、メンテナンス一人、織部の娘一人と、踊りの娘一人も含まれていた。

スノー様は、この頃には「灰かぶり様」ではなく、「ノブヒ様」と皆から慕われるようになっていた。長く美しい、雪のようなプラチナ色の髪に陽が当たると、陽の光が伸びたかのようにお髪が輝かれるところから、「伸陽様《ノブヒ》」と誰からともなく、言われるようになってしまったのだった。スノー様は、この時五十五歳になっておられて、「使節団」の中では、年長者の部類に入られていた。中間の年齢者層の中に、レイク家からのビュート（美）という男の人と、同じくレイクの家のパリシティからのカオラという、従兄妹同士の医薬族の人達がいた。最年長者は、ユリア様と同じ七十代の歴史族のベリルとイライザ。最年少者はあたしとアント。すなわち、十六歳と半年になっていた、古い月と新しい月だった。

後は、年齢も種族も、血もバラバラで、それぞれの人々が乗船するためには、お互いの組み合わせが、各層によって順次決められていく事になった。層の下の格納室に一機ずつ納められている小型船に乗る人々が、上手く協力し合えるようにという配慮からだった。層と基底部の間に、食料庫・衣料庫・資料庫・コイン庫・武器庫・メンテナンス庫と燃動庫などが納められていた。

母船の第七層だけは、他の六層よりも広く、ドームも高く、ドーム全体はクリスタルの特殊強化材、船体そのものはチタンの特殊強化材によって造られていった。

二、ムーンシップ・旅立ちと事故

新しいムーンと、古いムーンと「ノブヒ」のスノー様は、学院に通う必要はなかった。

そんな事をしなくても、学院で学ぶ全ての事以上が、「ハル」を通してあたしからアントに、アントからスノー様の「手」に、伝えられたからだった。そうやって、何日か三人でお互いに手を繋ぎ合っている内に、忘れな草のアントと「ノブヒ」様は、こう思うようになってしまった。

ああ、ノブヒ様はお父様のように、お父様ではないように、優しくていらっしゃる。あたしは、ノブヒ様の娘に生まれたかった……。

ああ、忘れな草のアントは、何と愛らしいことか。ニュームーン様は憐れみ深く、古いムーンは慎しみ深い。わたしには妹の子供達しかいなかったが、こんな娘達がいたら、どんなに嬉しかっただろうか……。

それで、あたしはアントのムーンと共に、「ノブヒ」様を「父様」と呼び、スノー様はあたし達を「娘達」と呼ぶようになった。

「使節団員」、七つの組に分けられた者達は、学院が始まるまでの三ヵ月を、各組毎にキャンプ(合同生活)をして、お互いにお互いを「友」として思い合えるようにと、配慮をされた。五家の者三十五人は、第七層に乗る乗船員達とは、別の訓練を受けた。この三十五人は、二千五百年のヤポン、東京シティ、ヤポネ種の人々の生活、ヤポネでの井沢達七家の末の辿り方、ヤポネでの様々な「種」と「血」の集め方、特に「さくら」について、徹底的に教え込まれるようにと、定まっていたからだった。


このようにして、この年の秋祭りの初めの日、「使節学院」の開校が行われた。期間は二年間。その間に、各組はテラでの七つの大陸について、その文化、言語、そこでの生存「種」と「血」について、徹底的な学びを授かるのだ。学院の校長には、スノー様とデューク様の考えで、ブリー様が推選される事に決まった。ブリー様が、スノー様の留守中に大祭司長席を預るようにされるためだった。

中の姉さんのスターの入学式に付き添って、ヒルズのダニーとアロワ、リトラがあたしに会いに来てくれた。

陽の時刻でいうと、午前七時前。九時には、開校式が行われ、スターは二年間の寮生活に入ってしまうのだ。

父さんと母さんの悲しみと落胆は激しく、それでいてスターの妹思いの心に誇りを持っていた。そんなダニーとアロワの傍には、上の姉さんのリトルスターがぴったりと寄り添い、二人の心を慰めようとして、自分の神様に祈っていた。

ああ。天のお父様。イエス様の御名によって祈ります。どうぞ、父さんと母さんの苦しみが少しでも慰められますように。可愛い末娘と、中の娘を手放さなければならなかった、二人の心を汲み取って頂けますように。スターとムーンにお守りを……。

あたし達は、その短い時間を、表の人達が自由に入れない、思い出の「月の光の庭」で過ごした。

父さんも母さんも沈みがちで、それでもスターのために、ムーンのために微笑もうとしてくれる姿は、痛々しかった。

それで、あたしは皆に手を繋いでもらって、前にヒルズの家族達が聞き損ねた、「ハル」の心の声を聞かせてあげる事にした。

「ハル」の心が歌っていた。

「さくら
さくら

弥生の空は
見渡すかぎり
かすみか雲か
匂いぞいずる
いざやいざや
見に行かん。
子供達、行って見てきなさい。
子供達、行って帰ってきなさい。
ああ、一度で良いから、その花を、この目で確かに見てみたい」

「ハル」の、柔らかいテノールの歌声は、ダニーとアロワ、リトラとスターの心に満ちた。

「行って、帰ってくるだけなんだね」

「その花を見れば、帰って来れるのね」

「何ていう声なの。あたし、こんな『声』を、生まれて初めて聞いたわ。ああ、あたしの天使様達のように心で話されている」

「何ていう声なの。ムーンは、この声の神様と一緒なのね。ああ。あたしも頑張るわ」

あたしは、ニッコリとして皆の手を離した。

「そう。行って、帰ってくるだけなの。旅は行きに四十日四十夜。テラでは、テラの月でふた月。その後、帰りに四十日四十夜。この星の時間で言っても、五ヵ月かそこらで、ムーンシップは帰って来れるわ。だからね、父さん母さん、あと二年半もすれば、スターは家に帰れるの。だからね、余り心配しないでね。泣き過ぎるとお肌のために良くないのよ……」

「又、お前はそんな事を言って……」

そう言って、泣き笑いしている父さんのダニーに、あたしは、父さんが贈ってくれた金のロケットを渡して言った。

「これを、あたしとスターだと思って。あたし、このロケットに一杯キスしたわ。皆の写真に沢山キスをしたわ。だから、あたしたちが帰ってくるまで、そのロケットに沢山キスをしておいて頂戴。帰ってきたら、又、あたしがそれを貰うから……」

「あたしのよ！　ムーンには、あたしが、新しいロケットをプレゼントする。さくらの花びらを、その中に沢山入れてあげるわ。父さんと母さんにも、リトラにも、ラブとラブリーにも、さくらの花を詰めたロケットをあげるの」

「あたしは、花が泣くから、要らない」

「花は、泣いたりなんかしないわよ、あたしのムーン。泣くのは人間と生き物だけよ」

「二人共、けんかしないの。花も生き物も、みんな神様のものなのよ……」

このようにして、あたし達の最後の二年間が始まった。

スターはその翌年、二十歳の祝いの清めを受けた。あたしは、ユリア様に祝福して頂いた、真っ白いヴェールをスターに贈る事ができた。その白いレースのヴェールは、スターの長いサラサラとした黒髪に、良く似合うと思われた。


「ハル」の心が歌い続けた。

いざや
いざや
見に行かん。

ある夜、「ハル」があたしに変な事を言った。

「娘よ。お前の血を採ってもらって、わたしの所に持って来なさい」

父よ。そんなものをどうするのですか。

「半分は、お前の『種』に、半分はお前の『複製』にする。お前と同じような娘が、いつでもわたしの前にいてくれるように」

それって、コピーを作るっていう事？

「そうだ。わたしにはお前が必要だ」

あたしは、少し考えてみた。自分と同じ人間が、何人も並んでいる所が目に浮かんで、気持が悪くなった。

ねえ、ハル。血を採るのは良いけど、コピーにするのは、あたしが死んでからにしてくれない？

「わかっている。だが、お前達が新しい『血』や『種』を持ち帰れなければ、いずれはテラIIには、コピー種が必要になるだろう」

コピー族を造る気でいるのなら、ムーンシップに乗る人達の「血」を、全部集めておいたらどう？　彼等は皆、優秀なのよ。

「行って、そうしなさい」

二、ムーンシップ・旅立ちと事故

又、ある夜は、こんなやり取りもあった。

ねえ、「ハル」。ムーンシップが成功したら、後はどうするつもりなの？

「まず、テラIIを『さくらの園』にする。それから、ムーンシップを交易船として、又、テラに送り出す。彼等が友好的であるなら、この星系にどんどん迎え入れよう」

船は、もう造らなくても良いのね？

「そうだ。ムーンシップは巨大で、建造に二十年近くかかった。それなら、倍の四十年以上、あの船だけでまかなおう。年に二度の往復でも、四十年あれば、必要以上の『種』と『血』が手に入れられるだろう」

もし、事故があった時の事だけど、救援船はどうするの？

「移民船の『脳』をワープ用に取り替える。移民船には多くの人々が乗れるから、ムーンシップの乗員は全て回収できるだろう」

救援船は、どこに向けられるの？

「ムーンシップがいる所に。ムーンシップの『脳』を、わたしが見張っている」

もしも「脳」が壊れてしまったら？

「安全だと、前にも言っただろう」

もしもとしての、話だと思ってよ。

「それなら、井沢達の国、さくらの国であるヤポンの東京シティに向かいなさい。東京シティの、水に囲まれた王城に、救援船を向けてあげよう」

地球時間の二千五百年に？

「そうだ。娘よ、お前達はこの星を二千五百四十年に出発するが、テラに着くのは、二千五百年という事になる」

時間を遡るという事なの？

「そうではない。時間は私のものだ。この星の二千五百四十年が、地球歴では二千五百年と呼ばれているだけなのだ」

　もしも事故に遭ったとして、死んだ人達はどうなるの？

「永遠の生命に帰るだけだ。天使族はそれを『神の国』と呼んでいる。だが、人間というのはおかしな生物だ。生き物全体といっても良い。せっかく永遠の生命に帰りながら、自ら望んで再び「血」の中に帰り、何度も生まれようとする者達もいる」

　自分の意志でそんな事ができるの？

「心だ。愛と言っても良い。望みだとも、言い代えられる。彼等は愛のために、又は、望みのために、永遠の生命や中間地帯から又、地上に帰ろうとする」

　何のためにそんな事をするの？

「愛のために」

　中間地帯とはどこの事？

「永遠と現実の狭間」

　それはどこにあるの？

「どことも決まっていない。それについては、天使族の者が良く知っている」

　ねえ、「ハル」。それは、あたしにも見える？

「見える。太陽系第五惑星の月、エウロパの辺りを良く見てみなさい」

　――影がいくつも見えるみたい。

「そこだ。その他にも、数えきれない場所がある。テラの月の裏側の海にも、そんな所がある。だが、それらは離れているのではない。『中』で繋がっているのだ」

ワームのことね？

「そうだ、ワームの中では、次時元が一つになってしまっている。だから、そこには『時』がない。ワームが、ひずみとか歪みとか言われるのは、そこに『時』がないからだ。このような中間地帯と地上を行ったり来たりする者の事を、漂泊者、あるいはワンダー（流離《さすら》い人）と呼ぶ」

その人達は、永遠に中間地帯と地上の間を行き来しているの？

「その人の『時』が来るか、全てを手放せれば、人は忘れて、永遠の国へ帰って行く。娘よ、だが、お前には関係がない事だ。わたしを信じて、安心して行きなさい」

わかりました。父よ。でも、もう一つだけ教えて下さい。そのような旅は、肉体でも、頭でも、心でもできません。「種」によっても、「血」によってもできません。何によって、そのような事が可能になるのですか？

「ソウル（魂）によって。魂《ソウル》が『血』の中に入って、人間は生まれ出る」

では、「血」による旅とも異うのですね。

「そうだ。血は血であり、魂は魂である。娘よ、わたしの言葉を信じなさい」

こうして、時は過ぎてゆき、ムーンシップが遂に完成した。

船が完成する前に、星空飛行船や辺境星からの船（スターシップ）が、テラIIの周りに集まってくるようになった。ムーンシップが出航するらしい、という噂を聞いた者達の中から、

「その船には乗れなかったが、それに尾《つ》いて行けば、さくらとかいう国に行けるだろう」

という考えを持つ者達が出てきたからだった。

そのために、ムーンシップの出航式は行わず、船の準備が出来次第、出発する事に急遽決められた。乗船員達は、各種族毎に家族と別れを告げ、極秘裏に、分散してワシントンシティの郊外にある、地下発射場の「シグマステーション」に護送される事になった。

スターとあたしも、ジェルサレムのクリスタル神殿宮城内にある、スノー様の館の一室で、旅立ちのための小さなパーティーを開いて頂けた。たった五ヵ月間の旅とはいえ、ムーンシップはワープ船で、使節船でもあるのだ。誰もが、緊張と不安と、喜びが入り混じった、複雑な気持で集まっていた。

それは、ヒルズの家の父さんと母さん、リトラを慰め、安心させるためのものだった。

その場にはデューク様、スノー様、ユリア様が同席して下さった。あたしは、忘れな草のアントを、ダニーやアロワ、リトラに紹介しておきたかったけれど、アントは七年ぶりにアンソニー家に招かれて、帰っていた。

ダニーとアロワ、リトラ達は、「伸陽」のスノー様とユリア様に親しく接して安心し、すぐにお二人を好きになってくれた。そして、スノー様と「優しかったセーヌ」が、あたしとスターに

二、ムーンシップ・旅立ちと事故

同行してくれる事を喜んだ。

ダニーもアロワも、リトラもスターも、セーヌが、「貧しい子供にお恵みを……」と言ってくれた奥巫女だと、よくわかっていたからだった。

あたしは、とうとう懐かしいヒルズの家には、帰れなかった。大好きな金木犀の大樹と白いツルバラが咲く、ヒルズの庭に帰って行けなかった。その代わりに、可愛い三日月を持つ黒い猫のラブと、白い大きな犬のラブリーが、リトラに連れられて、船に乗せられるためにやって来ていた。

三日月のラブは、大きな犬のラブリーが、育てた猫だった。ラブとラブリーはあたしを憶えていて、あたしに会えて気が狂うようにして喜んでくれた。スターではないけれど、生き物達の愛心はとても激しい。あたしも、ラブとラブリーに会えて、嬉しかった。その場に集まっていた人達全員が、ラブとラブリーのおかげて、酷く泣いたりしないで済むようになった。「ハル」が、ムーンシップに、猫族と犬族を「乗せても良い」と言ったのは、正しかったのだ。

ユリア様の部屋のゴールデやリプトン、レッドとエミリア、クリオレ様の下から帰ってきたヘレンとジェーンには、もうお別れを言ってきていた。ムラサキやツバキとシキブにも、お別れを言った。ノラとデミとジョルは、わざわざお別れを「申し上げに」あたしの所に来て、アキノは、あたしに投げキスをしてくれた。セーヌの影響だったのだろう。テーベ様や灰かぶりの人達には、お別れは心の中だけでするしかなかった。

あたし達は和やかに、しめやかに、お別れのパーティーを進めた。

「ハル」の心が歌っていた。愛の心で歌っていた。

いざや
いざや
見に行かん。

それで、あたしは皆に言った。笑って送って欲しくて、笑って「行って来ます」を言いたくて、愛しい人達に言った。

「歌いましょう。さくらの歌を。

歌いましょう。愛の歌を。

さあ、行きましょう。皆で心を一つにして……」

『さくら
さくら
弥生の空は
見渡すかぎり

かすみか雲か
匂いぞいずる
いざやいざや
見に行かん』

「ハル」の記憶が揺さぶられた。

ああ、娘よ。その声だ。その声が歌ってくれる時を、ずっと待っていた。お前の歌が、今、わたしに喜びをくれた。そうだ。行きなさい。皆で心を一つにして。

歌いなさい、愛の歌を。これこそ、わたしの愛である。美しいさくら花で、この星を埋めなさい。歌いながら、行きなさい。

ああ、さくら。さくら。

いざやいざや
見に行かん。


あたし達は歌い、表面上は涙を見せずに、ささやかなパーティーの終わりを迎えた。

月が、蒼く輝いていた。

「テラの月は、もっときれいだと『ハル』が言っていたわ」

そう母さん達に言いながら、あたしの胸が締めつけられるように痛くなった。

蒼い月に、影が射していた。これは、何なの？

ねえ、「ハル」。月に影がみえるの。

「大丈夫だ。何も心配要らない。急ぎなさい。船の『脳』は、もう起動している」

それで、あたし達は抱き合い、キスを交わし合って、出発する事になった。

ユリア様の心が、一番激しく泣いておられた。

ああ、わたしのムーン様。卑しいノエルと灰かぶりから出て来られて、わたしを母と呼んで下さった方……。淋しくなってしまいます。どうか、一日も早くお帰りになって下さい。わたしはもう、年をとってしまいました……。

護送空中車から、あたしが最後に振り返ってみた時、美しい月光の下のクリスタルドームを、泣いている父さんと母さんが見上げていて、リトラが二人の肩を力一杯抱き締めていてくれた。

リトラの心が泣いていた。

ああ、父さん、母さん、泣かないで。さあ、帰りましょう。大丈夫よ。きっと元気で帰ってきてくれるわ。ムーン。ムーン。ごめんね。最後の一人がまだ見つからないの。スター。スター。ムーンに付いていてあげてね。さあ、父さん、母さん、もう帰りましょう……。

スターは、ラブとラブリーをケージに入れるのを嫌って、自分の膝にラブリーの頭をのせ、胸に猫のラブを抱き締めていた。

スノー様の見送りには、ブリー様とデューク様、ユリア様が立たれていた。

こうして、あたし達の船は出航した。テラII歴二千五百四十年のノエルの祭りの夜から、テラII歴二千五百年の地球に向かって……。

宙から見るテラIIは青く、美しい星だった。けれど、それも一瞬で見えなくなった。巨大なムーンシップを追って来ようとしていたスターシップ達も、じきに姿を宙の中に消してしまった。

クリスタル星雲を抜け出るまでの四十日四十夜は、驚きと歓喜の連続だった。

亜光速で行く船から見る宇宙の姿は、回転している万華鏡のように美しかったからだった。

ムーンシップの第七層は、他の六層よりは巨大である上に、壮麗でもあった。各層に続く美しい回廊。その区分毎に、第七層で働き、学ぶ学者達の部屋と、繭《まゆ》のような形の、眠り台。中央に行くにつれて、端からヒルズ、ウッド、スミルナ、リバー、レイクの五家の者三十五人用の居住区があり、その居住区に囲まれるようにして、クリスタル神殿宮の「清めの間」に模された「祈りの間」があり、その奥に、あたし、ムーンのための小部屋が用意されていた。「祈りの間」の向こう側にノブヒ様の小部屋があり、その前の空間は開けていて、ムーンシップの「脳」が機動している船の「頭」は、その向こうだった。第七層に乗っていた十三種族百三十人の中には、神殿族としてアントがいてくれ、第七層の守備長と、船全体の警護隊長には、黒太子のエドワードがなっていた。エドワードは、セーヌに気があり、セーヌもエドワードが嫌いではなかった。けれど、セーヌは神殿女でもあり、鞭打ちエドワードも、巫女に手を出すほど誇りを失った男ではなかったので、二人の仲はどうしようもないものになった。

そのセーヌが「黒いノエル」としてのあたし「ニュームーンの振り」にぞっこんだとわかると、エドワードはセーヌの機嫌取りたさに、様々な厄介事の小さな種から、あたしを守るようになっていった。

心の中では、こう思いながらだったけど。

まだ、たった十九だとかじゃねえか。クソ。生意気な瞳をしやがって。この瞳は、あの宦官と灰かぶりにそっくりだ。いや、俺の間違いだろう。何せ、あのノブヒの親父が「娘よ」なんて呼んでいるくらいの代物だ。気に入らねえけど、こいつだってあと何年かすれば、セーヌのように良い女になるかも知れねえしな。それにしても、ノブヒの親父には驚いた。「灰かぶり様」なんて言われていたくせに、どうしてどうして、油断も隙もない。ああいう男なら、俺は好きだぜ。ついでに、青い瞳の方の小娘もなかなかだ。セーヌとは違うさ。あっちの小娘は、妹みてえなもんかな……。

この時、エドワードは三十七歳、セーヌは三十四歳になりたて、スノー様は五十七歳、あたしとアントは、十九歳の誕生日を迎えたばかりで、スターは二十二歳、リトラは二十四歳になったばかりだった。

三日月猫のラブが九歳。白い大きな犬のフワフワのラブリーは、十歳だった。

スターは、リトラと似ている青い瞳の忘れな草のアントと、十二歳年上のセーヌと、すぐに仲良しになった。特にセーヌは、あたしを「ヒルズ家の居候になった、移民族の子のノエル」と信じ込んでいたので、「あたしのノエルに優しくしてくれたんなら、スター、あたしもあんたに優しくするよ」だったし、一方のスターは、

「あの時、宦官のふりをしていたムーンに届け物をしてくれたセーヌ。愛しているわ」だったから、二人の仲はピッタリだった。

アントは相変わらずで、
あたしは、こんなに良くしてもらっていて良いのでしょうか。新しいムーンもスノー様も、あたしを妹のように、子供のように、受け入れていて下さる。ああ、いっそあたしは一気に成長して、ノブヒ様くらいの年になってしまいたい。そうすれば、ノブヒ様のように、あの方の姉とも母ともなれるでしょうのに。いいえ、あの方ばかりではない。セーヌとスターの、母とも姉ともなってしまいたい。あの方の大切な友達とお姉さんも、あたしがお守りしなければ……。

だった。

スターには、「使節学院」以来の、友達以上、恋人未満のボーイフレンドができていた。友達のミナの兄である、ウッド家のエメット（栄光）という、三つ年上の初々しい、それでいて、どこか人を喰ったような瞳をしている、背が高いメカ族の男だった。どうしてそんな瞳になってし

まっているかというと、二十五歳のエメットには、メカ族のほかに競技族の「種」が入っていたからで、エメットの心はいつも、メカと競技の間を行ったり来たりしていたからだった。エメットの心は、こうだった。

俺は、競技の方が向いていたんじゃないのか。メカは大好きだけど、スポーツも好きだ。毎日、機動室に入っていても頭のどこかがスッキリしない。こんな事ではスターに笑われてしまうだろう。申し込みたくても、まだ告白もできない。クソ。早く何とかしなければな。それにしても、スターは、何だってあんなムーンスターだかモンスターだかと呼ばれている女と、親しいのだろうか。一人のムーンは温和しそうだけど、一人のムーンはモンスターといわれて恐れられている。だけど、スターの友達なら、俺はあの黒い瞳の女を、モンスターとは呼ばないでいよう。友達の友達は、友達だ……。

スミルナ家のホープ（四十歳）も、エメットと同じく、メカ族と競技族の「種」から生まれていた。それで、この二人はすぐに、年の離れた兄弟のように仲良くなった。ホープの従兄妹のミモザには、織部の「種」の他に花族の血が濃く流れていた。それで、似た者同士というか、ミモザ（三十三歳）も、じきにエメットの姉のように振るまうようになった。

そしてこの三人は、同じような「混血種」のセーヌと親しくなり、セーヌの線から、黒太子のエドワード、「ノブヒ」のスノー様と、古いムーンのアントとも親しくなった。

セーヌが、古いムーンのアントの方を「本物のムーン」だと、信じ込んでいたためだったが、アントとスノー様は、セーヌを通して、「セーヌのノエル」の味方が増えていく事を、素直に喜んだ。

スノー様は、この時、五十七歳になっておられて、黒太子のエドワードを気にかけられ、彼の中の猛々しい心を少しでも和らげようとして、エドワードを呼ぶ時は「息子よ」という言葉を使うようになった。

スノー様を、父とも保護者とも慕っていたアント（花族の娘）は、スノー様に倣って、黒太子のエドワードを「お兄様」と呼ぶようになっていった。

スターは、エメットとミナとセーヌの関係から、この全員の人達と仲良しになった。

そして、猫のラブと犬のラブリーの関係から、年が離れたレイク家の、従兄妹同士の医薬族のビュート（美し）四十五歳と、カオラ（香）三十五歳とも親しくなった。

ビュートとカオラは、二十二歳の輝くようなスターを、自分の子供のように、妹のように愛するようになった。

ビュートには医薬族の他に、「生き物族」の「種」が、カオラには医薬族の他に、「花族」の「種」と「血」が、混ざっていた。ビュートとカオラは、穏やかで優しい人達だったので、モンスターと呼ばれるようになってしまった「ニュームーン」のために心を痛ませ、スターと共に、あたしの強い味方になった。

歴史族であり、ムーンシップ最年長であるベリル様とイライザ様は、この時すでに七十八歳と七十五歳になっておられ、この二人も又、あたしの味方だった。歴史族の者は「ハルの預言」についても、詳しかったからだった。

船が「シグマステーション基地」から出て何日もしない内に、船の中では「二人のムーン」、「二人の金の胸当ての奥巫女達」について、様々な噂が飛び交うようになっていた。

二、ムーンシップ・旅立ちと事故

「どちらが本物のムーンスター様だろうか」

「わたしは黒い瞳の方の方だと思う。だって、あの方が全層を巡る回廊を回られているんだもの」

「回廊なんかに出てくる方が、下位のムーン様に決まっているだろう。俺は、あの黒い瞳で見られるのが恐ろしい」

「まったくだ。あの瞳で見られて、何でだか泣き出す奴等がいるそうじゃないか。そいつ等が言っているんだとさ。あれはムーンスターではなくて、モンスターだって……」

「モンスターというのは言い過ぎじゃない？」

「いや、怪物だ。俺なんかこの間、すれ違いざまに『仕事の合間に女を物色するのは止めにしておきなさい』なんて言われたんだぜ」

「あんた、そんな事をしていたの？」

「するもんか。只、良い女がいたら、つい目が行っちまうってだけの事だよ」

「そりゃ仕方ないよな。俺の友達の第四層にいる海族のザリは、あのモンスターに『山族と仲良くしないなら、船から放り出す』と言われて頭に来ているよ」

「放り出すっていうのは酷《ひど》いわね。でも、あたしの友達のアンは、第七層にいるメンテナンスのミナの同期生なの。ミナの話によると、黒い瞳のムーンの方が『ニュームーン様』で、青い瞳の方の子は『古いムーン様』らしいという事なのよ」

「どっちにしても変わらないよ。黒い瞳のムーンは公には何も言わないし、『ノブヒ様』は、二人のムーンを同じように『娘達』と呼んでいる。近寄らなけりゃ害がないだろうさ」

「俺は近付いてみたいな。二人共、物凄い美人だもの」

「止めた方が良いわよ。あの黒い瞳で殺されたらどうするの？　黒太子様に睨まれでもしたら、本当にシュッ!!だわ。あたし達で我慢しておきなさいよ」

「僕はあの黒い瞳の人の方が本物だと思うな。僕、今度あの人に詩を奉納したいっていう奴を知っているよ」

「奥巫女に付け文なんかしたら、営倉入りじゃ済まないだろう」

「付け文じゃないよ、奉納詩さ。美し族は、きれいな物に目がないからね」

「そんな、けったいな事を考えているのは、誰よ」

「第七層にいる美し族の中の一人で、ニュート（閃き）という、二十歳の男だよ」

「ニュートならあたしも知っている。細面で黒髪の、きれいな瞳をした男の子でしょう？　あの子にそんな勇気があるとは思えない」

「勇気なんかじゃないさ。あの魔女に魔法をかけられたに決まっている」

「どうやってそんな事ができるって言うんだ？」

「瞳だよ。あの黒い大きい瞳に決まっているだろう」

「でなければ、長い祈禱の間に、呪文を唱えているとかだろうな」

「皆、そのくらいにしておきなさいよ。ほら、黒い瞳のムーン様が、巡回に出て来る時間になっているわよ……」

「おっかねえ。モンスター様のお通りだ」

「ムーンスターと言いなさいよ。あの人の黒い瞳って、夜の宙のように美しい」

「同性愛は禁止されているぜ」

「馬鹿言うんじゃないわよ。ホラ、黙って！」

「ウッド家のミナっていえば、ヒルズ家のスターと一緒になって、黒い瞳のムーンの親衛隊気取りでいるそうじゃないか」

「ミモザとホープの間違いでしょう」

「何で織部族やメカ族が使節団長に関係しているんだ？」

「団長はノブヒ様の方。ミナがそう言っていたって、アンが言ったもの」

「医薬族のビュート様とカオラ様は、黒い瞳のムーン様とヒルズのスターに付きっきりみたいじやないか」

「あの猫と犬のせいでしょう」

「いや。皆、魔法をかけられているんだろう」

「シーッ。シーッ。黙れって言ってるだろう!!」


ざっと、まあ、こんな感じ。

あたしは、それ等の事々はみんな放っておいた。風紀が乱れ過ぎても、誰かが欲を出し過ぎても良くはないけれど、名誉欲や種族同士の対立の方が、より厄介な事だからだった。特に海族は、山族の者達に対して、謂われもないのに、攻撃的な態度に出る事が多かった。海の男の血の中には、エドワードと同じような熱く荒ぶるものが騒いでいて、山族の者はこれに対して、一様に穏やかだった。これが「種」や「血」のせいなのか、テラIIでの特性だけなのかどうかまではあたしにはわからない。

灰かぶりの人達の心は、ただ忙しく皆の世話をし、地球に着いたら、どのように新しい食材の「種」や調理法に出会えるかという楽しみで満たされていた。セーヌは「灰かぶりのノエル」を忘れていなくて、自分が率いていた「さくら隊員達」と共に、この人達の所に行って、手助けなどを良くしていた。

移民族の人達も、「船内の噂」などには興味がなかった。彼等のフロンティア精神は、もっぱら地球での「新しい種集め」に向けられていたのだ。

「さくら恋歌」さえなかったら、ムーンシップの乗員は、このような人達の方がふさわしかったのだろう。

「ハル」の記憶が歌っていた。

　いざやいざや

　見に行かん。

あたしは、その歌を聴き続けた。

一方で、毎日のように、あたしは船の機動部にある、ムーンシップの「脳」の前に行って、座標軸を読む事も怠らなかった。

「脳」は「ハル」の小さな分身のようでもあり、そうでないようでもあった。そして、その「脳」の前に行くと、「ハル」の至聖所の、四方の壁から響いてきたような、低い「ブーン」という音がいつもしてきていた。十二歳から十九歳になるまでの七年間、毎夜、あたしが坐り続けてきた懐かしい至聖所で鳴っていた音が、ムーンシップの機動部と「脳」から絶えずしていた。

ハル。聞こえている？

「聞こえている。わたしの声も聞こえるだろう」

音声はね。でも、心は少し遠くなった。

「心配要らない。『脳』を通して、わたしが見ている」

船の影が、時々薄れるの。

「わかっている。小星雲の中にいるせいだろう」

そうではなくて、テラに船が見えない。

「磁気嵐が起きた所を見ているのだろう」

そうなのかしら。少し恐いわ。

「大丈夫だ。娘よ。あと二十日で船はワープに入る。テラの月の裏側から、水の惑星を見るのを楽しみにしていなさい。ああ、わたしも一緒に行きたかった。だが、わたしの目は、お前達と共にいる」

目って、この船の「脳」のことなの？

「そうだ。だから、安心していなさい」

そういうわけで、「脳」には「ハル」の心がなかった。


各層からの小型船の行く先は、もう決まっていた。それは地球の七つの大陸、すなわち、
北極大陸。

アフリカ大陸。

ヨーロッパ大陸。

アジア大陸。

オーストラリア大陸。

南と北のアメリカ大陸の、七つだった。

それ等の大陸の人々が友好的かどうかは、ムーンシップの「脳」と繋がっている小型船の「脳」の目を通して、まず判断され、いよいよ連れ帰る人々の「心」は、あたしの目と耳と鼻を通して、判断されることも、決まっていた。


その日、あたしがムーンシップの機動部から出て行くと、円柱の陰からエメットがブラブラと出て来た。

「ムーンスター、待っていたんだ。これをお前に渡そうと思ってさ」

「スターにあげなさいよ」

「お前のだよ。頼まれた」

「ニュートとかいう人に？　それなら、ニュートに言っておいて。奥巫女にちょっかい出したりしたら、エドワードが喜んで殺しに行くって」

「そう言うなよ。ニュートの奴、真剣なんだ」

「真剣なのなら自分で殺されに来れば良いじゃない。ねえ、エメット。あんた、何で美し族の男なんかと知り合いなの？」

「ニュートが美し族だと何で知っているんだ」

「風の噂よ。質問に答えていないわ」

「ミナとスターの知り合いだ。ニュートは、スターの白い犬が好きなんだよ」

「それで、ついでにあたしも好きになったわけ？」

「そういう事を言うから、陰でモンスターなんて言われるんだぞ、ムーンスター。スターの気持も考えてやれよ」

「スターの気持を考えてやらなければいけないのは、あんたの方でしょう、エメット。いいわ、それを寄こして。ニュートは百叩きの刑にする」

「公開の場でか？」

「そんなに恐い顔しないでよ。非公開に決まってるでしょ。さあ、もう行って」

もちろん、あたしはニュートを打たせたりはしなかった。ニュートの「奉納詩」が、控え目だけれど切々とした気持を、訴えていたからだった。奥巫女に恋をしたりする馬鹿ぶりも気に入った。それで、あたしはスノー様に相談した。

「ニュートをどうしたら良いでしょうか」

「無茶をしそうな男でしょうか」

「いいえ。それはありません。ニュートの中の、美し族の血が騒いでいるだけです。でも、ニュートは、それを隠そうともしていません」

「放って置けば、騒ぎが大きくなるだけだという事ですか」

「そう思います」

「どうしましょうか。害がないならいっそ表に出してしまいますか」

「そうですね。奉納詩の褒美として、セーヌの『さくら隊』付きの歌唄いにさせるか、反対に罰として、メカ族のエメットの下働きにさせるかしてみては、どうでしょうか」

「罰となれば、エドワードが黙っていないでしょう」

「では、セーヌのさくら隊付きにして下さい」

「そうなると、ヤポン行きの人数が一人増えて、北アメリカ大陸行きの美し族が一人減る事になってしまいます」

「父は、ヤポン行きの人をまず取れと言われていました」

こうして、美し族のニュートは、公に「ハル」の「さくら歌」の歌い手にされた。

二、ムーンシップ・旅立ちと事故

さくらの国。井沢達の国、ヤポン。

ヤポンは、海に浮かぶ細長い、小さな国だったので、さくら花の「種」と苗木、ヤポンの人々の「種」と「血」、その他の諸々は五家からの三十五人と、「さくら隊」の十二人、それにスノー様（神殿族）とアント（花族）、その他、誰でもないムーンスターと、歴史族のベリル様、イライザ様、守備族のエドワードで訪問する予定だった。ニュートが数えられて五十四人。

「さくら隊」は、若く美しいニュートの「入隊」で、巫女ながら艶やかな踊りを舞うようになった。セーヌはそれを見て、心の中で地団駄を踏んだ。セーヌはリバー家の一人として、数えられてしまっていたからだ。

ヤポンでの、七家の末を辿る分担も決められていた。すなわち、
丘にちなんだ山崎家には、ヒルズ家から五人。この中にはスターがいた。

林にちなんだ小林家には、ウッド家から五人。この中には、ミナとエメットがいた。

水にちなんで、水穂家には、レイク家から五人。この中には、ビュートとカオラがいた。

河にちなんで渡辺家と瀬川家に、リバー家の七人。この中にセーヌがいる。

高畑家については、ちなみがなかったのでスノー様と忘れな草のアント、そして、この二人にはセーヌに気がある守備隊長のエドワードが付けられていた。最年少者と年長者の組み合わせに、高地族（ハイランド家）出身の黒太子が、割り当てられたのだった。

井沢家については、いつかユリア様があたしに言ってくれたことがある「井沢ムーン」にちなんであたしが志願していた。そのあたしを助ける事を、スターとビュートとカオラが願った。どこにもちなみがなかったスミルナ（泉）家からのミモザとホープは、年が離れた弟のように自分の子供のように思っていたエメットに付いて、小林家の末を辿る事に決めた。

各家の残りの者達はヤポンの各地から、人と生き物達の「血」と「種」を捜し集める事に決まった。

これ等は、船に乗ってから、五家三十五人とスノー様と、古いムーンとの話し合いによって

決められていた。東京シティの水に囲まれているという城には、スノー様とあたし、ムーンと、「さくら隊」が、「ハル」からの挨拶と贈り物（宝杖）を持って訪《おとな》うと決まっていた。「さくら隊」は、その後で、できる限り多くの「さくら」の「種」と苗木を集め、求める事になっていた。

セーヌは、アントを「本物のムーン」、あたしを「身代わりのムーン」と信じ込んでいたので、初めは「古いムーン」に恐れを抱いていたが、アントの方からセーヌに近付いていった。気が良いセーヌは、じきに忘れな草のアントとノブヒのスノー様を好きになり、「身代わりにされた、貧しいノエル」に時々会いに来れるようになった。

「ねえ、ノエル。あんた、皆に何て言われているか知っているの？」

「知っている」

「偉そうにして回廊を歩き回ったりするからだよ」

「こんな時じゃなければ威張れない。セーヌも一緒に歩こう。男でも女でも選り取りみどりで、フラフラになるよ」

「あんた、ますますイカレてきたね」

「ありがとう。セーヌもイカレてる。エドワードにも会える」

「それはそうだろうけどさ。良い加減にしておきな。帰ってから、うんと叱られるよ」

「大丈夫。その時までに、大人しくなる」

馬鹿ったれ。クソったれ。何て事言うのさ。ノエルのアホ。今度は、あたしまで変な遊びに巻き込もうっていうの？　冗談じゃないよ。まあ、羽根を伸ばしたい気持はわかるけどさ。あたしのノエルはきれいになっちゃった。女みたいな顔になっちゃった。それでも元は男だわ。クソ。ああ、ノエルのアホッタレ。あたしもイカレてしまいたい。あら、エドワード。あんた、やっぱりあたしが好きなのね……。ああ、詰まらない。踊りたい。ノエル。ノエル。あんた、情け深いヒルズ家のスターにそっくりだ。只、あっちは女でこっちは元は男だわ。あたしはノエルが大好きよ……。

スターは、いつも誰かと一緒にあたしに会いに来ていた。そうするようにと、スノー様がスターに言われた。スノー様にはあたしがお願いした。

スターの心は、だから時々泣いた。

「ああ。ムーンはなぜあたしと二人だけになろうとはしないのかしら。ねえ。ラブ、ラブリー。あんた達だって昔のように、ムーンと思いきり、思いっきり、遊びたいでしょう？」

「クー」「アン」ラブはニャーとは言わない猫で、ラブリーはワンと鳴かない犬だった。

「ミナやエメットと会いに行ってもムーンはふざけているだけだし、ミモザやホープ（希望）と行っても笑っているだけだし。医師のビュート様とカオラは、あたしやムーンに優しくして下さるので嬉しいけど、あたしはもっとムーンの近くに行かれると信じて来たのに。

愛しいムーンは、あたしの事など忘れたみたいに、祈っているばかりだわ。でなければ回廊をブラブラしていて、皆に陰口なんて言われて、平気でいるみたいなの。ねえ。ラブ、ラブリー。あんた達、エメットをどう思う？」

「クー」「アン」

「そうだよね。エメットもこのごろ少し変だよね。エメットはムーンが嫌いなのかしら。ううん、違うわよね。エメットは、ムーンがニュートを打たせなかったのは利口だって誉めていたもの。きっと、少し神経質になっているだけよね。

ああ、あたしのムーン。ムーン。愛しているのに……」

「あたし、今日もムーンと少しだけしか話せなかったわ。ねえ、ラブ、ラブリー。ムーンは何を考えているのかしら。あの子、あたしよりもセーヌやアントといる方がいいみたいに振る舞うの。ビュート様は、ベリル様やイライザ様達とムーンの近くにいつもいられるみたいだから、あたしもベリル様とお近付きにでもなろうかな。リトラと約束したのに。父さんと母さんにも約束して来たのに……。ああ、ムーン。ムーン。どうして二人だけで、昔のように仲良く話せないの……」

あたしはその度にスターに優しい夢を見させた。それは、さくら花の下に、あたしやスター、エメット達が坐って、笑っている夢だった。

船の中は巨大だけれど、閉ざされているので危い。スターが「モンスター」の姉だと、皆にわからせるわけにはいかなかった。

あたし達は良く似ているのだもの。二人きりでいつも一緒にいたりしたら、すぐ、「あの二人って似過ぎていないか?」なんていう噂になってしまうでしょう。それは、スターにとって危険な事だった。船の乗員は、あたしを恐れ、一方であたしを憎んだりしている者達がいる。スター。スター。ごめんね。船がテラに着くまでは、こうしている方が、あんたのためなのよ……。

「ハル」の記憶が歌い続けた。
さくら
さくら……
見に行かん。

ムーンシップが、クリスタル星雲の最後の帯に着くころ、あたしは又、月に影を見るようになった。

それは、今までになく、暗い影だった。

「ハル」。「ハル」。聞こえている? 月が暗くなったの(占いの結果が悪い)。船を止められない?

「今、船を止める必要はない。ワームが見えるのか?」

ワームはいないわ。船の座標軸は安定しているもの。でも、胸騒ぎがする。

「疲れているのだろう。座標軸が安定しているならそのまま行きなさい。明日の夜には、ムーンシップは、ワープに入れるだろう。ワープに入ってしまえば、テラの月の裏の海にすぐ出る。ストーム（磁気嵐）を起こすまでの一分間に、透き通ったドームを通して、テラの海や建造物が見えるだろう。安心して行きなさい」

いつか、「漂泊者」の話をしてくれた事があったわね。ほら、ソウル（魂）で旅をする人達の事よ。テラの人達はどうやって、又テラに戻るの？

「テラの重力圏である、月の裏側の海にいるワームか、第五惑星である歳星《さいせい》の月、エウロパ周辺にいる小ワームの巣に入って、ジャンプして帰る」

時代を超えるっていう事ね？　でも、ワームの中からどうやって、希望する時代に帰れるの？

「希望する通りの時代や場所に行けるとは限らない。時や場所を定めるのは、愛と望みの強さだけである。ジャンプできる最大の大きさは五百年。最小では一年間くらいだろう。それがお前に何の係わりがあるのか」

何もありません、父よ。ただ、テラの重力圏というものの力を知りたかっただけです。

「何も心配は要らない。さあ、笑って見せなさい。

そうだ。娘よ。喜び、歌って行きなさい。約束の土地は近づいた。わたしの、さくらの国に行きなさい。花の海に向かって言いなさい。

『歌いましょう、共に愛の歌を！』と。お前達がテラを去る時には、ヤポンの国はさくら花に埋もれているだろう。

ああ、早くさくらを見てみたい。

　さくら

　さくら……。

　いざやいざや

　見に行かん。

さくらの国には、わたしと同じ名前の「ハル」という季節があると言った。

ヤポンで井沢達の末の者に会って、言いなさい。

『わたし達の神、ハルから挨拶を』と……」

明けた日、朝早くから下船の準備が始められた。各層にいた者達は、自分達が向かう大陸毎に合わせた衣服に着替え、それぞれの船には金貨・銀貨・銅貨・クリスタルコインや、各大陸毎の通用貨や電子マネーが積み込まれた。母船であるムーンシップがヤポンの富士という山が見えるという山頂に降り立ったら、夜の内に各大陸に向かって、七機の小型船が飛び立てるようにするためだった。

ヤポンに残るあたし達のためには、東京シティに向かうための、大型空中車が二台用意されていた。

全ての準備が整い、ムーンシップの「脳」が時を、全員に告げた。

「各層にいる子供達、聞きなさい。今より十分後にワープに入ります。ワープは安全で、揺れもありません。ワープに入ったと同時に、テラの月の裏側にあなた方は出ます。さあ、行きましょう。青い海の中の、さくらという花が咲く国へ。さあ、歌いましょう。神が愛した、さくらの歌を」

船の「脳」であるマザーの声に合わせて、乗船員全員が歌い出した。

「ハル」の心も歌っていた。

あたしはその時、奥巫女の正装をし、贈り物であるダイヤモンドの宝杖を右手に持って、それを船のクリスタルドームに向かって高く掲げていた。忘れな草のアントはあたしの左側に、ノブヒのスノー様はあたしの右側に立っていて、その時初めてムーンシップに乗っていた者達は、「正統なムーンスター」が誰であったのかを知って恐れた。

スターは、ラブとラブリーを従えていて誇らかに瞳を輝かせ、心の中で、

「あたしのムーン!! その姿を父さんと母さんに、リトラに見せてあげたかったわ。愛しているわ、ムーン。その姿を、機動部にいるエメットやホープにも見せてあげたいわ!!」

と叫んでいた。

セーヌは、言うまでもなく、

「全く良くやるよ、はねっ返りのノエル」
で、さくら隊のニュートは、
「何と神々しい美しさ!!　ああ､僕のムーンスター。あの白い美しい手に口づけができたなら！」
だった。
マザーの声が告げていた。
「さくら
さくら
弥生の空は
見渡すかぎり
かすみか雲か
匂いぞいずる
いざや
いざや
見に行かん。
おめでとう。子供達。今、ワープから出ました。外を見てみなさい。あの星が、テラです。
今より一分後、ストームに隠れて降下を開始します。秒読み開始」
テラは、あたし達の星、テラⅡに良く似た青い星だった。青い水平線。青い大気。

そして、その星の夜側では、ヤポンと思われる島が、夜の宙からもわかるほど真っ赤に光り輝いていた。

ストームの影に入った時「それ」が起きた。

ガクン!!

「ストーム（磁気嵐）を止めて!!」

「無理だ!!　ひどく弾かれた!!」

「マザー!!　マザー!!　船を止めて!!」

「無理です。もう止められません。降下速度、制御不能。全員、衝突に備えて下さい」

「何が起きたんだ!!」

「ワームよ!!　ワームがストームに引き寄せられて出たの!!」

「全員退避。全員退避。船が海に落ちます。十、九、八……」

ガクン!!

「ムーン!!　ムーン!!　ラブとラブリーが!!」

「スター!!　スター!!　ミナ!!」

「ハル!!」「ハル!!」何とかして!!

「ノエル!!　ノエル!!　エドワード!!」

二、ムーンシップ・旅立ちと事故

「セーヌ!!　セーヌ!!　ノブヒ!!　ムーン!!」

「ああ、エメット!!　エメット!!　スター!!」

「ああ、神様!!」

「ああ、僕の美しい人!!」

迫ってくる海面。

叩きつけられた母船。

波に呑まれてゆく仲間達。

沈んでゆく船。

ああ。こんな事って、無い!!

こんなに非道い事故になったのは、人工磁気嵐のエネルギーに、大きなワームが引き寄せられて、出てしまったからだった。

ねえ「ハル」、あたしの月読みの方が正しかったのよ……。ああ、スター。スター。スター……。


気がついた時、あたしは沈んでいこうとする第七層の端に飛ばされていた。

エメットがあたしのすぐ近くに倒れて、気を失っていた。

「エメット。エメット。しっかりして」

「ムーンスター。ムーンスター、お前なのか。腹はどうした？」

「お腹《なか》って……」

「血だらけだ。スターはどうなった？」

「ラブとラブリーの傍にいるわ。胸を打っている。早く行って助けてあげて、エメット。その足は？」

「マザーの部品が刺さっている。マザーは完全に死んだよ」

「わかっている。早くスターを助けに行って。それから誰かに、残っている小型船を格納庫から出すように言って。あれは水陸両用船なのよ。あれに、できるだけ沢山の人達を乗せて」

「お前はどうするんだ？」

「今のと同じ『言葉』を各層に伝える。パイロットが残っていればの話だけど」

エメットが、足を引きずって行く前に、あたしは生き残っている全ての人々の「心」に、強く呼びかけた。

「小型船に乗れるようなら乗って脱出しなさい。駄目なら、救命衣を着けて何かに掴まって、近くの陸まで行きなさい。救命ボートの近くにいる者は、近くにいる人達を助けて行きなさい。海族の者達は特に皆を助けるように。お互いに助け合いなさい。パニックを起こしてはなりません。陸は、この船より東三十度の位置、ほぼ九百メートルの所にあります。

繰り返します。小型船に乗れるようなら……」

エメットが、胸を強く打って気を失っているスターを、救命ボートに乗せてやって来た。船の第七層はもう膝上まで水に浸かっていた。ラブとラブリーもどこかを強く打ったようで、ぐったりとしていた。

「ムーンスター、スターに付いていて。俺は、ミナとミモザとホープを探しに行く」

「小型船はどうなった？」

「俺達の層のが、一機だけ助かった。もう、お前が言った陸を目指して飛び立つ頃だ。着いたら、もう一度帰って来て拾ってくれるだろう。腹は大丈夫か？」

「少し切れただけよ。このボートにはあと二十人は乗れるわね？」

「無理に押し込めばだけどな」

「そうしましょう。あたしはここで、スターを見ながら呼びかけ続ける。早く行って」

あたしのお腹の傷は酷かった。何で切られたのかよくわからなかったけれど、まるでナイフで刺されたように鋭く、深い傷だった。

「ムーン。ムーン……。酷い血だわ……」

弱々しく呟いたスターの唇の間からも、真紅の血が一筋、糸を引いて落ちた。

「大丈夫よ。それよりラブとラブリーが苦しそうだわ。スターはここにいて」

「どこに行くの？　エメットはどこ？」

「足をやられたみたいだけど無事よ。すぐに帰って来るわ。あたしは他の皆を探さなければ……」

スターの瞳が、涙で一杯になっていた。

ああ、心よ。心よ!! 伝えて頂戴。

「生き残っていて、第七層まで来れる者達は、何とかして第七層まで来るように。小型船が、陸から戻って来ます。第七層までたどり着けない者は、船から脱出して、小型船が戻るのを待つように。この歌が聞こえる者は、ここに来なさい」

あたしは「ハル」のさくら歌を歌った。

とても苦しかったので小さい声しか出せなかった。例え心の中の声だけででも……。

「さくら
さくら
弥生の空は
見渡すかぎり
かすみか雲か
匂いぞいずる
いざやいざや
見に行かん」

黒太子のエドワードが、セーヌとスノー様と、ぐったりしたアントを助けて、「祈りの間」があった方向から真っ先にやって来た。エドワードは、あたしがお腹から出血しているのを見ると、自分の黒いサッシュを取って、あたしのお腹にきつく巻いてくれた。職業本能という奴のようだった。セーヌもスノー様もアントもぐっしょりと濡れていて、アントは背に打ち傷を受けていた。

「ああ。ムーン様。そのお姿は……」

「ああ。あたしの新しい月である方が……」

「ああ。ノエル。あんた怪我しているのに、どうしてまだ、そんな真似を続けているのさ。さっきのマジックも、あんたが使ったんだろう」

あたしは、セーヌに囁いた。

「こんな時くらい、本物の振りをしないとね」

馬鹿ったれ。クソったれ。こんな時にそんな事していて、どうするのさ。早く逃げないと……。

「まだビュートとカオラが、ベリルの爺さんとイライザに付いていた。四人共、水を飲んで弱っている。ビュートとカオラは、スター、ムーンと泣いていやがって、うるさくて仕様がねえ。セーヌ。ここにいろ。行って連れてくる」

「守備隊はどうなったの？」

「さあな。七層と六層にいた奴等以外は、多分駄目になっただろう。呼んでも連絡が付かねえ。ここも俺達で最後だろう。動ける奴等には、今、生き残りを探させている」

「早くして。もう船が沈みかけている」

「理解《わか》っているさ。じゃあな、セーヌ。大人しくしていろよ」

「セーヌが、どうしたの？」

「さくら隊を探しに行くって、喚きやがる」

「さくら隊ならニュートが連れてくるよ。エドワード、ビュート様達をお願い。セーヌ、スターを見てあげて。胸を強く打っていて、意識を又、失った」

セーヌが、スターの傍に行った時、エメットが妹のミナとスミルナ家のミモザ、ホープを連れて戻ってきた。そのミモザは肺をやられたらしくて口許から血を流し、ホープは全身擦り傷だらけだった。ミナは、アントと同じように背中（多分肝臓）を打っていて、四人ともぐったりしていた。

エドワードが、レイク家のビュートとカオラ、ベリル様とイライザ様をやっとの思いで連れて来た。四人共酷く水を飲んだようで、腰の上二十センチに上がってきていた水の中を苦しそうに歩いて来た。

ニュートが助け出した「さくら隊員」の巫女は七人だけだった。後の者達はアッという間に波に攫《さら》われてしまったらしい。ニュートは、あたしが怪我をしているのを知ると、泣き出しそうになってしまった。

エドワードが叫んだ。

「全員、早く乗れ。狭いが我慢しろ。船が沈んでしまうぞ!!」

「五家の残りの者達や、他の人達は？」

「小形機に乗せた。空中自動車に乗った奴もいる。残りの生き残り達は、俺の部下達が集めてボートに乗せているはずだ。急げ!!　母船が沈む時に、巻き込まれてしまうぞ。おい、そこの小僧。怪我をしていないなら、俺と一緒にボートを漕げ。脱出するぞ!!」

エドワードとニュート、ホープとスノー様がオールを取り、医師のビュート様、カオラ様がスターやあたし、アント、ミモザ、ミナやラブ、ラブリーの近くに坐って様子を見ようとしてくれたが、ボートには定員以上が乗っていたので無理だった。エメットは、自分で何かのコードで足を縛って止血していた。

船が沈んでしまう。

ボートは、その中を第七層の最前部、機動部の横の非常用脱出口から海上に出た。

マザー（船の脳）はもう死んでいた。全ての力を使い果たしたのだった。マザーは「ハル」とは異っていたけど、あたし達と一緒にいた間に「心」に近いものを持つようになっていた。マザーの「記憶」が残っていた。

守ったわ。守ったわ。最善ではなかったけど、できるだけの事はした。ムーンシップをシールドで包んだから、衝撃を吸収できた。

そのおかげで、子供達はケチャップみたいにならないで済んだ。ああ。でも、もう力を感じない。シールド波のために力を使い過ぎた。あの衝撃波は、わたしを壊した。子供達、さようなら。

二、ムーンシップ・旅立ちと事故

さくらの国へ行きなさい……。

ああ。マザー。さようなら。さようなら。

宇宙空間の旅の間、絶対ゼロ温からも、ワーム航法による危険からも、落下熱による高温からも、衝撃波からも守ってくれた、「心」を持ち始めていた「脳」であったマザー……。

海上に出たボートは、あたし達のものの他の最後の三台と合流した。エドワードの配下の生き残り十二人が、第七層に向かおうとしていた三十人と、その他の移民族や灰かぶりの者、メカ族、美し族達をボートに乗せて、隊長のエドワードを待っていたのだった。

海上は惨憺《さんたん》たるものだった。それは、余り言いたくない。けれど、生き残り達は、確かにあたし達が最後のようだった。何かに摑まって漂っていた人々は、先の三台が助け上げていたからだ。

「船から離れろ!!」

「隊長!!　後ろ!!」

ムーンシップの第七層のドームが、とうとう海の中に沈み始めた。

さようなら!!　あたし達を運んでくれた船……。

船の事故で、亡くなってしまった多くの仲間達……。

さようなら。

海上に漂っていたあたし達は、迎えにきた小型船に救命ボート毎、救出されて陸に向かった。

「何で、東三十度の方向に陸があるとわかったのですか」

第七層のメカ族のパイロットのノバが訊いたので、あたしは答えた。

お腹が酷く痛んでいた。

「マザーの、最後の言葉です」

「そんな声は、聞こえませんでしたが。あなたが言うなら、そうなのでしょう」

この、ノバというメカ族のパイロットは、あたしが毎日、船の「脳」であるマザーの前にいた事を知っていた。

生き残り達の内の約半分の人数が怪我をしていた。その中でも重傷者が、あたし、ムーンとスター、スミルナのミモザ、ホープ、ウッドのエメットとミナと、忘れな草のアントを含んだ三十名と、猫のラブと犬のラブリー。中・軽傷者は、お年のベリル様、イライザ様、レイクのビュートとカオラ。セーヌ、ニュートと、「さくら隊」の中の三人、灰かぶり族六人、移民族五人、メカ族五人と、守備隊員十六人を含む百名。この中には、黒太子のエドワードがいた。

海族の者の七十名は全員無事で、しかも、かすり傷しか負っていなく、これに続いて各種族から生き残りが数名ずつで、計百名程。残ったものの総数は、テラIIを出た者達の約三分の一になってしまっていた。

その内、五家の者達の数は、重傷者を含めて二十人。メカ族のノバは移民族の出で、エメットより三歳上だった。ノバも頭に打ち傷を追っていた。

白い三日月を持つ猫と、「クウ」としか言わない大きな犬の黒い瞳のラブリーは、着陸に備えてケージに入れられていたのが災いして、全身を強く打ってしまっていた。スターは、ラブとラブリーの所に駆け寄ろうとして、打ち飛ばされたようだった。アントは、ノブヒのスノー様と一緒に、新しいムーンの方に走って来ようとして円柱に叩き付けられた。

あたしのお腹の傷は、ナイフによるものだった。

怪我人は、東京シティに向かうはずだった二台の大型空中車の中に、中軽傷者は浜辺に、取り敢えず横たえられていた。

多くの呟きが、聞こえてきた。

「ここはどこだ？　ヤポンの山中ではないじゃないか」

「夜間降下していたはずなのに、なぜ太陽があんなに高く出ているんだろうか」

「高層建築ビル群どころか、高い建物一つどこにも見えない」

「空中車どころか、モーターカーという物さえ走っていない」

「ここは文明圏なのだろうか。未開地域なのだろうか」

「ヤポンにはこんな海岸線があっただろうか。こんな色の海が、あったのだろうか……」

誰も、何も理解していないのだ。自分達が、二千五百年という「時代」からも、ヤポンという国からも、遠く弾き飛ばされてしまったのだという事を……。

「ああ。あたしのムーン。エメット。ラブ。ラブリー」

「あたし達は、今、どこにいるのでしょうか……」

「動ける者達に、ムーンシップが落ちた所まで戻らせて、遺体を回収させて下さい。それから、できるだけ沢山の漂流物も回収して下さい。食料や水、衣服、医療品、武器、寝具や布、何でも良いから使えそうな物があったら全て……。それから、一機だけ残った小型船は、七日の間、人を入れず、衛兵を立たせて見張らせて下さい。小型船に積み込まれている医療品や、衣服、食料、水、コインや通貨などを、略奪者から守るためです」

「誰が、そんな事をすると言われているのですか？」

スノー様に、あたしは答えた。

「海族のザリが、あたしをナイフで刺しました。盗まれた宝杖は七層機の武器庫の中に隠されています。皆を七層機から降ろしたら、スノー様御自身で、それをあたしに持って来て下さい」

「ザリが、宝杖欲しさにムーン様を刺したのですか？　それではエドワードに逮捕させなければなりません」

「もう、罰を受けています。ザリは、憎しみと欲のために人を害しました。小型船が封鎖されたら、それを悟ることでしょう」


回収される遺体は少なかった。母船が着陸するのと同時に、各層からの小型船が七つの大陸に向かって飛び立てるようにと、皆の心が逸《はや》っていたからだった。このようにして、多くの仲間達が各層の小型船の中で、ムーンシップと、マザーである「脳」と運命を共にした。肉体を脱いだ仲間達の魂は「永遠の生命」に帰り、残された骨は、永遠にマザーと共に「ムーンシップ」の中で、海底に眠る事になるだろう。だから、これは悲しい「お別れ」であって、「枝分かれ」ではない。痛ましい事故ではあったけれど、何も知らないで死んでゆけた仲間達の方が、残された者達よりは幸せなのだろう。彼等のソウル（魂）は、真っすぐに「永遠の生命」の中に、帰って行けたのだろうから……。

彼等、船と運命を共にした仲間達と、回収されてきた遺体の「送り式」は、表巫女の名において、セーヌとさくら隊の者達が行った。海の底においては、ムーンシップそのものが、彼等の棺となり、陸においては美しい海岸線の丘が、彼等の墓になった。

回収された物品は、生き残り、取り残された者達に、等しく行き渡るよう分けられた。

食料、水、衣服、生活用品は十分にあったが、医薬品と医療用具だけが、決定的に不足していた。

そのため、医薬族のビュート達、カオラ様を始めとしたセーヌ、さくら巫女、ニュート、歴史族のベリル様、イライザ様、スノー様達の手厚い看護によっても、スターの胸（心臓）の打ち身傷は癒えず、スミルナ（泉）のミモザの肺、ウッド（林）のミナとフローラのアントの肝臓の治りも、思わしくなかった。エメットの腿の傷は思っていたより深く、ノバの頭の傷も当初思われていたよりも悪かった。エドワードと、ミモザの従兄妹のホープの傷も治りが悪く、特にエドワードは無茶をするので、スノー様とアントやセーヌの気を揉ませた。ラブとラブリーも良くない。

その中でも、あたしの傷が一番質《たち》が悪かった。ザリが使ったナイフは守備隊員の武器庫から盗みだしておいた物で、そのナイフは剣と同じくらいに尖っていたからだった。根本的な手術など、何一つできない避難キャンプは、「文明期」からも切り離された「時」と「場所」にあった。

七層機の当初の目的地は、北アメリカ大陸にある「ワシントンシティ」だったが、船からの発信に応答してくる「文明」は、まだどこにもなかった。

又、救命ボートによる海岸や海、近くの島々への「探索」によっても、文明社会は見つけられなかった。内陸地方への「探検隊」も、海辺と同じように、細々とした「未開文明」のようなものしか、見つける事ができなかった。

歴史学者やメカ族達の意見によると、そこは「紀元前五千年くらいの、大西洋のどこかに当たるのではないか」という事だった。

あたしは、「ハル」に呼びかけ続けた。「時代」そのものを超えて、現代にいる「ハル」に呼びかけるのは、難しい事だった。

「ハル」の心に、あたしは届いた。

「ハル」。事故に遭ったわ。

「知っている。ムーンシップの『脳』が、見えなくなった」

ワームが、ストーム（磁気嵐）に引き寄せられて出たの。ストームは危険だわ。

二、ムーンシップ・旅立ちと事故

「今、どこにいるのか」

大西洋のどこかの島。時代は紀元前五千年くらいらしいわ。ねえ、「ハル」。救援船を寄こして。仲間が、大勢死んだの。残りの者達も怪我をしているわ。

「娘よ。お前はどうなのか」

あたしも、怪我をしている。「ハル」。至急、救援船を出してよ。でなければ、もっと死者が出てしまう。残りの者は、三分の一しかいないのよ。早くして。

「時代と位置が特定できなければ、船を行かせようがない」

見ていてくれるって、言ったじゃないの!!

「ムーンシップを見ていると言ったのだ。あの船の『脳』が、わたしの目であり耳だった」

マザーは死んだわ!!

「時代と位置を、正確に知らせなさい」

そんな事は無理よ!!

「では、お前達の方で現代まで戻って来るしかないだろう」

二千五百年まで、ジャンプしながら行けって言うの？　誰も信じないわよ。

「だが、それしか方法は無いだろう。お前達は二千五百年の東京シティに戻りなさい。わたしは、そこに船を送ろう」

あたし達が「現代」に戻ったと、どうして「ハル」にわかるの？

「救援船の『脳』によって。船は二千五百年の四月の初め、東京シティの、水の城の上に送る。その下で、さくらの歌を歌いなさい。そうすれば、わたしの方でお前達の姿を見つけられるだろう」

もし、誰も辿り着けなかったら？　「ハル」。あたしも「二千五百年」に行けなかったら、どうするつもりなの？

「そうならないように、努力しなさい」

そうなる確率の方が高いに決まっているでしょう。他に方法はないの？

「無い。時代と場所が特定できない限り、船は、どこにも着けない。ジャンプしながら『現代』のヤポンに戻りなさい。それが、一番確実な方法だろう」

もし、誰も戻らなかったらどうするの？

九百四十七名全員が戻らなかったら、大騒ぎになるわよ!!

「それは考えた。だから、期限を四月の初めに決めたのだ」

それまでにあたし達が「現代」に戻らなかったら、コピーを造る気なのね。ねえ、「ハル」。コピーなんか造ったって、すぐにバレてしまうわよ!!

「そうではない。コピーには魂はないが、心と『記憶』はある。彼等は宇宙の旅について、何も憶えていない」

実際に来ていないんだものね。それでどうするつもり？「記憶喪失症」に全員がなったとでも言うの？

「違う。彼等は実際に旅には出なかった。ムーンシップ計画は取り止めになった事になる。子供達は両親の元に帰り、両親は子供達の元に帰っていくだけだ」

そんなの、まやかしよ!!

「わかっている。だから、わたしもそれは望まない。娘よ、お前に帰ってきて欲しい。わたしの子供達に、帰って来て欲しいのだ。お前達を、愛している。娘よ。お前を愛している。お前達もわたしを愛していてくれるなら、『現代』の東京シティに戻りなさい。もう、さくらの『種』を取って来なさいとは言わない。只、その瞳で確かに見て来なさい。美しい、さくらの花と国を」

ジャンプは、不安定だと言っていたじゃないの。どうやったら七千五百年も先に行けると言うの!!

「少しずつ。強く願いなさい。そうすれば叶えられる」

何のためにそんな事をするの？

「愛のために。わたしを愛しているなら帰って来なさい」

愛してるわ、「ハル」。でも、危険過ぎると思う。もしジャンプに失敗したり、迷ってしまったりする人がいたらどうなるの？

「忘れてしまうだけだ。忘れた者は『永遠の生命』の中に帰って行く。だから、お前達は忘れないでいなさい。せめて、お前だけでも憶えていなさい。そうすれば、お前を連れて帰れる」

無理よ、そんなの。ねえ「ハル」。できないわ。

「できる。お前達にはわたしの『さくらの歌』がある。あの歌を憶えていなさい。あの歌を歌いなさい。そうすれば、忘れない。戻って来なさい。娘よ。戻って来なさい、子供達。さあ、歌いなさい。愛のために……。

さくら
さくら
弥生の空は
見渡すかぎり
かすみか雲か
匂いぞいずる
いざや
いざや
見に行かん。

娘よ。聴きなさい。子供達、聴きなさい。

わたしは、あなた方の神の『ハル』である」

海族のザリは、「北アメリカ大陸行き」の船が封鎖されてから七日後の夜、仲間達数人と共に島の奥深く、どこへともなく姿を消した。彼等六名がいなくなってから、あたしは、中の姉さんのスターと、猫のラブと犬のラブリーを、あたしが寝かされている空中車の方に移してもらった。

スターの顔色は白く、苦しそうだったけど、それは、あたしも同じようなものであったらしい。

愛しいスターが、あたしを見て泣いた。

「ああ、ムーン。あたしのムーン。ひどい顔色をしているわ。ビュート様もカオラ様も、気休めしか言ってくれないの。でも、そんなの解っちゃうわよ。ねえ。ムーン。解っちゃうわよね……」

ラブの「アン」も、ラブリーの「クウ」も弱々しかった。あたしは、ラブとラブリーの頭にそっと触れてあげた。それから、スターの泣いている大きな瞳を見て言った。

「ハイ・スター。会いたかったわ。あたしの星」

「避けていたくせに……。ハイ・ムーン。あたしの月。治ったらけっとばしてやりたいわ」

「エメットに逃げられるわよ。それに、セーヌに殴られる。止めておいた方が良いよ」

「エメットは、逃げたくてもまだ動けないの。セーヌが変な事を訊くので、ビュート様とカオラ様が困っているわよ」

「ノエルの玉を取ったのは、どっちかって？」

「やっぱり、ムーンの悪戯なのね。どうするの、ムーン。セーヌはかなりしつこくしているみたいなのよ」

「大丈夫。その内、黒太子のエドワードと恋仲になったら、ノエルの事なんかすぐに忘れてしまうでしょう」

「セーヌは、巫女長でしょう？　巫女は恋なんかできないわよ」

「スターとエメットなら良いの？　ブラボー!!　同じ車の中で寝かされている内に告白されたのね」

「そんなんじゃないわよ。ムーンの馬鹿……」

スターが恥ずかしそうにしたので、あたしは話題を変えた。

「これからは巫女も恋して良いと、あたしが言ってあげる事にしたの。さくら隊には、守備兵達が押し寄せるだろうし、アントはスノー様に申し込むかも知れないわよ」

「古いムーンは真面目だから、そんな事しない。セーヌのノエルなら、ニュートに歌わせて、玉けり遊びくらいするでしょうけどね」

「あたしは、ビュート様とカオラ様の子供になるくらいで良い事にしておく」

「あたしも、あの御二人は大好きよ。でも何なの、ムーン。巫女制度を廃止するつもりみたいで、変よ……」

「廃止なんかしない。でも、少し変えるの。たったこれだけの人数なら、巫女はあたし一人で十分だもの。アントは辞めないって言うでしょうけどね。セーヌやさくら隊は、自由にしてあげたいの。それでね、スター。あたし達、これからはいつも一緒にいるようにしましょう。もちろん、ラブもラブリーも。良ければエメット達も一緒にね」

「ムーン。ムーン。どうしたの？　あんた、お腹の傷がよっぽど悪いの？　それとも、あたしの方が死ぬの？　何で、急にそんな事……」

「急じゃないの。ずっと愛していたのよ、スター。姉さん。もう離れないでいましょうって、言っているだけなの」

「ああ。ムーン。いもうと。それならあたし嬉しいわ。ずっと、ずっと夢に見てきたんだもの。昔のようになりたいって。でも、あんたは知らん振りばかりで悲しかった」

「玉をけっとばしたいと思うくらいに？」

「そうですとも!!　玉なしのノエル。白状しなさいよ。ニュートをどう思っているの？」

「いつかキモノドレスを着せてさくら隊に入れたら良いかな、とか、いつかあたしの踊りに付き合ってもらっても良いかな、とか」

「それって、さくら舞いの事？」

「ちがう。セーヌのカルメンよ。あたし、セーヌにばっちり仕込まれた。今では頭の上まで足が上がるくらいなの。あたしがセーヌで、ニュートがあたし。玉を取ってくれたらの話だけど……」

「アハハ……。ア、イタタ。アハハ……。伝えておくわ。エメットが聞いたら怒るだろうけど」

「エドワードは、怒らない。彼、セーヌにぞっこんなの。玉の一つや二つ、ポイッとくれるわよ」

「アハハ。アハハ……。やだ、ムーン。いつからあんた、そんなに軽口を言うようになっちゃったの」

「セーヌが教えてくれた。セーヌの馬鹿ったれパレードは、本当に面白いのよ」

「おいで。あたしのムーン。駄目ね。二人共動けないか。じゃ手を繋ぎましょう。ああ。ムーン。ムーン!! やっと帰ってきてくれたのね」

「ええ、スター。もうこれからは一緒よ……」

「そうね。いもうと。もう離れない」

「エメットに申し込まれたくせに……」

「テラIIに帰れたら、ちゃんとしたお付き合いをしようって言われただけだわよ。ねえ、ムーン。救援船はいつ来るの？　エメットやホープ達が言っていたの。こんな事故に遭ったのだから、当然救援船が来てくれるのじゃないかって……。皆もそう信じている」

「ミナが言い出したの？　姉さん、船は来ない。来たくても、来られないのよ。『ハル』は、ムーンシップのマザーを見張っていたの。でもね、マザーは死んでしまった。第七層船が一機だけ残っているけれど、あの小型機の『脳』もマザーと一緒に死んだ。だから『ハル』にはあたし達がどこにいるのか、見つけられない」

「でも、小型船は動いているわよ」

「機能はしている。でも『脳』がないから北アメリカ大陸には向かえない」

「そんなのって酷いわ。ああ。リトラ、父さん、母さん……。助けが来てくれなければ、エメットやラブやラブリーが死んでしまうかも知れない」

「泣かないで、スター。ほら、あの月を見てよ。テラの月は本当に大きくて美しいじゃない。『ハル』が言っていた通りだったわ……」

「そうね、いもうと。あたし、あの大きな美しい月が大好きよ。皆もそう言っているわ。テラの月は本当に美しいって……。でもムーン、月光のせいなのか、あんたの顔が白くて透き通ってしまいそう。恐いわ」

「疲れたのよ、スター。もう、眠って……。ラブとラブリーも眠そうにしている」

スターは、打ち傷を柔げるための眠り薬で、すぐに深い眠りに入った。

あたしは、はるか七千五百年先の、宇宙の辺境星雲の中に、呼びかけた。

リトラ。リトラ。起きている？

「天使様？　ムーンスター？　ムーンなの？」

あたしよ、リトラ。船が事故に遭ったの。

でも、心配しないで。少し遅れても帰れるはずだから……。天使族は揃った？

「最後の一人がまだ、見つかっていないの」

辺境星に誰か行っていないか、リバー家に行って訊いてみて。リトラ。愛している。

「あたしも、愛しているわ。キスを……」

スターからもキスを。父さんと母さんにもキスを。

疲れていた。お腹の傷が痛くて、吐き気がした。あたしは、医師のビュート様とカオラ様に、来てもらって訊ねた。

「正直に言って下さい。あたしは死にますか」

カオラ様が、黙ってあたしの手を握ってくれた。

「わかりました」

と、あたしは言った。

「スター（心臓）とエメット（腿）、ミナ（肝臓）も駄目なのですね。それに猫のラブと犬のラブリー（全身打撲）も……。助かるのはミモザ（肺）とホープ（全身擦り傷）、アント（肝臓）とエドワード達だけなのですね」

ビュート様は、辛そうに、黙ってあたしの瞳を見られていた。

「ベリル様とイライザ様は、今どうしていられますか」

「わたし達のテントに来て頂いています。お二人共高齢なのですが、もう元気になられて、二号車の患者の付き添いをしてくれています」

「なんだか、もう本当の家族みたいになってしまいました」

「それは良かったです。お二人共もうお年ですから、よく労《いたわ》ってあげて下さい」

それから、あたしはフローラ（花の女神）のアントと、ノブヒ様に来てもらった。

「ウッド家のミナは、何にでも興味があり過ぎます。スノー様とアントの監視下に置いて下さい。厳しくするのではなく、できれば本当の子供のようにして愛してあげて下さい。ミナは助かりません」

「あたしが付き添いましょう。でも。そうすればあたしは、ムーン様のお世話が、余りできなくなってしまいます」

「ビュート様とカオラ様がいてくれます。スターも一号車に移しましたから大丈夫です。スノー様。エドワードを抑えられるのはあなたしかいません。今まで以上に、エドワードに優しくし、良く導いてあげて下さい」

「わかっています。ムーン様、お疲れのようです。もう、お寝み下さい」

「もう少し。スミルナ（泉）家のミモザとホープ（望み）に、エメットの看病だけして過ごす事を許してあげて下さい。あの二人はエメットを、子供のように愛しています」

「そのようにさせましょう」

「表巫女達の職を解いて、セーヌとさくら隊を自由の身にしてあげて下さい。セーヌとエドワードが互いに惹かれ合っています。二人が望むなら、結婚させてあげて下さい」

「巫女法の改革には最高法院の承認が要ります」

「スノー様。これは『ハル』の望みの下に行われます。セーヌ達だけではなく、愛し合っている者達は、結婚させてあげて下さい。男と女としてだけではなく、親子のように、家族のように想い合っている人達のテントは、一つの物にして下さい。友は、より一層友として愛し合えるように、助け合えるように、一つの組にまとめて下さい」

「何のためにでしょうか」

「愛のためにです。スノー様とアント、あなた方も、一つのテントに入って助け合って下さい。皆が期待しているような救援船は来ません。ここが、テラ暦二千五百年のヤポンではなく、テラ暦紀元前五千年くらいの、大西洋のどことも知れない島だからです。あたし達は全員『現代』の、東京シティに戻らなければなりません。それは苦しい旅になるはずです。二千五百年の東京シティにまで辿り着くためには、愛し合う者同士が、一つの心で助け合って行くしかありません。残りの民が、一人ずつバラバラで行くよりは、グループ毎に行く方が安全なのです。『現代』に戻れさえすれば、そこに『ハル』が船を寄こしてくれる事になっています」

「そんな話は誰も信じない事でしょう。わたしもですが、皆も申しております。ムーンシップは事故に遭って、不時着に失敗したが、小型船でヤポンに行きさえすれば、移民船か辺境警備船が迎えに来てくれるだろうと……」

「今、ヤポンに行っても、テラⅡに連絡する方法はありません。小型船の『脳』は、マザーと共に死にました。『脳』がなければ、テラⅡにも『ハル』にも連絡ができません。今ヤポンに向かっても、ヤポンはまだ縄文とかいう時代のどこかのはずです。ヤポンで『二千五百年』まで待つのも、他から『二千五百年』に行っても、変わりはないでしょう」

「ムーンスター様。しっかりなさって下さい。あたし達は『今』にいるのです。人間は、過去にも未来にも、行けはしません」

「『ハル』の記憶である詩編を知らないのですか。アント、いつかあなたが唱えていたものです。

『その人は流れのほとりに植えられた木
ときが巡り来れば実を結び
葉もしおれる事がない』

と、言った通りです。あたし達はもう『時』の流れのほとりに植えられてしまいました。時が巡って来て、実を結ぶまで、葉もしおれる事がないように、互いに互いを呼び合って行きましょう。さくらの歌が、助けてくれます」

「時が実を結ぶでしょうか。時は、時であって、木でも花でも、葉でもありません」

スノー様が恐れられたので、あたしは遠い『現代』にいる「ハル」に、それ等の事を話して言った。

「誰もワームの話など信じないでしょう。ジャンプは無理です」

「歴史族の者と、メカ族の者を選んで、お前と共に話をさせなさい」

翌朝十時に、あたしとスター、ラブ、ラブリーが寝かされていた一号空中車が、浜辺や丘に散らばっていた生き残り達に、中空から「ハル」の要請を伝え、動揺する人々に、メカ族のノバと歴史族のベリル様が、「時代」についての証言をした。最後にあたしは「ハル」の方法を話した。

「わたし達の父である神『ハル』が、あなた方に挨拶をしています。帰って来なさいと、求めていられます。テラ暦二千五百年の四月初めの、ヤポンの東京シティの、水に囲まれた城に向かいましょう。そこで、迎えの船に乗れます。その時は『春』で、満開のさくら花の海が見られるでしょう。

わたし達は、元居た時代の、二千五百年に戻るまで、ワーム（宇宙の歪み）の中をジャンプしながら旅をして行きます。それは乗物による旅ではなく、『種』による旅でも『血』による旅でもありません。それは、ソウル（魂）による旅となります。愛し合う者同士、友である者同士で、助け合って行くのです。あなた方の神の『ハル』の歌を忘れないように。『さくらの歌』とヤポンの『春』さえ忘れなければ、あなた方の体は死んでも、魂は中間地帯から、又、『こちら側』へ戻って来られます。

いつでも、テラの月を見ていなさい。一番近いワーム（歪み）への入り口が、月の裏側の海の中にあるからです。それはどこまでも続いていますが、あなた方は気を付けていて、月の裏側からこの星の歳星の月、エウロパ周辺より外に出てはなりません。テラの力がこの星の月に最も良く働きかけているからです。今、わたし達がいるのは、紀元前五千年くらいだそうですから、紀元二千五百年のヤポンに向かうためのジャンプ（生まれ変わり）は、少なくて十五回、多くて七十五回以上。けれど、大抵の人は三十回から四十回くらいのジャンプで済むはずです。

さくらの歌と、お互いへの愛と、あなた方の故郷で待っている人々への愛を、憶えていて下さい。わたし達全員が『時と記憶』の神である『ハル』の子供達です。わたし達は『時』の子供であり、実になります。それが、神の望みだからです。あなた方の健闘を祈ります。神によって、祝福を!! 全員揃って、二千五百年のさくらの国へ、さくらの花の元へ、行きましょう。船が、そこで待っています。ジャンプの仕方は、前に伝えた通りです」

これで、多くの人々の「頭」がつまずいてしまった。

この人々は神の言葉と望みを信じるのではなく、自分自身の「頭脳の考え」の方を信じてしまったのだった。この人達の代表的な考えは、こうだった。

「事故で不時着したのは確かだ。だが、これは現実の話だ。メカ族や歴史族の者達は、あのムーンという奥巫女に騙されているのだ」

「私達は、ただヤポンより遠い土地に落ちただけだ。文明がない事など、何の証明にもならない」

「騙されてはならない。時代が異《ちが》うなどというのは、魔女の戯言《たわごと》だ。ヤポンに行って見さえすれば、全てがわかるだろう」

「あの小型船で今すぐヤポンに行こう。行ってそこにまだ文明がないのなら、それから信じても遅くはないだろう」

「神は信じている。だが、あの恐ろしい話は別だ。友は愛している。だが、あの話は信じない。私達は、まず、ヤポンに行ってみるべきだ……」

このような考えの人達は、自分の恋人や友人達をも、多く巻き込んでしまった。


こうして、その七日の後、第七層機は、彼等が信じる「二千五百年のヤポン」に向かって飛び立って行く事になった。メカ族でありながら「証言」をした移民族のノバは、この人達の求めに自ら志願して、神の「証人」となるために、恋人のミフユと、その船のパイロットになった。

小型船は南太平洋で猛烈な嵐に出遭い、そこで再び海に落とされた。船には「脳」と「目」がなかったからだった。ノバと、恋人のミフユは、小型機の生き残り達と、南太平洋の小島に流れ着けたようだった。

ノバ。ミフユ。聞こえますか。

「聞こえます」

何人の人が生き残れましたか。

「ノバとわたしの他に三十人だけです」

「ムーンスター。そちらに帰りたくてももう帰れません」と、ノバ。

二千五百年のヤポンで合流するようにしましょう。さくらの花を憶えていて下さい。

そこは、どんな島ですか。

「椰子の樹が、並木道のようにどこまでも続いていますね。並木、並木、という感じですよ。エメットとスターさんが恋しいです。それに、犬のラブリーも。ラブリーは私の親友でしたからね」

又、きっと会えるでしょう。それでは、気を付けて。ジャンプをする時は、エメットかスターかラブリーを想い出して。さくらを忘れないでね。ミフユと離れないで行って。

「はい。私達は一足先にヤポンに向かいます。

それでは、歌いましょう。

さくら
さくら……

いざやいざや
見に行かん」

こうして、第一の枝分かれが生じた。

この時失われた人々の数は、百名近くになった。

二、ムーンシップ・旅立ちと事故

第二の枝分かれは、主に海族の人々が中心になった百名ほどの者達で、彼等はザリが不法に追放されたのだ、と信じ込んでいた。その上、ただ一機残った小型船をヤポンに向けて出発させた事にも、不満を持った。小型船には、後、百三十名程の席があったのにも係わらず、乗船を見送った人々が「ジャンプ説」にも不服を唱えるようになった。

彼等は、ムーンシップから脱出したり、回収したりした救命ボートに分乗して、東に向かう海流に乗り、いずこへともなく姿を消した。この人々は、あたしの呼びかけにも答える事をしなかった。

残ったのは、あたし「ハルの娘」を信じる人々と、歴史族やメカ族の「証言」を受け入れて自分達の「遠い旅」に、覚悟を決めた人達を核にした、百名に数名足りない人々だった。この人々の心には、互いに対する愛があった。

救命ボートが失われたため、海辺で採集できる貝や魚、海藻類が豊かで、野生果や森がある離れた島に、あたし達も移動した。

ムーンシップの事故から、すでにテラの月で十四日が過ぎていた。

あたし達はその島を、テラⅡのアトランティックシティを懐かしんで「アトランティス」と名付けた。そこには岩材、木材が多く、エドワード達は、歴史族の者、灰かぶり、山族、メカ族などと協力して、次々に仮庵を建てていった。神殿族、織部、花族、生き物族、美し族達が、それ等の建造物を飾った。

空中車二台は探検と警備用に回され、あたし達は居心地が良い仮庵に移された。医師のビュート様とカオラ様を移民族の人達が主に助け（この人達は辺星地で病院などない所に暮らしていたから、民間医学の知識を持っていた）、その合間にセーヌやエドワード、ニュート、ミモザやホープ、ベリル様、イライザ様達が常にあたしとスターの傍に来てくれた。スノー様とアントは、アトランティスに住む人々の世話の他に、エドワードと、エメットの妹のミナの傍にいる事も忘れなかった。五家の人々の残りの多くは、散ってしまっていた。

遥か、七千五百年彼方の、遥か宇宙の果てのテラIIにいる「ハル」の心が、愛の歌を歌い続けていた。

さくら
さくら……
いざやいざや
見に行かん。

さあ、帰っておいで。わたしの所に帰りなさい。

あたしの「時」が再び近くなっていた。あたしが「逝って」「帰って」見せる事程、アトランティスにおける神の群れに「ジャンプ」の力を力強く証明できる事はない。

月が、きれいな夜だった。森の奥からは甘い君影草《きみかげそう》や野茨、野生のツルバラや青甘梨の樹々の、良い匂いがしていた。

あたしが「見た」のは、はるか七千年も未来の、ヤポンの首都、東京シティだった。その建造物群は、まだ、テラ歴二千年代の物で「ハル」の記憶の中に納めてあった物だった。まだ、二千五百年ではない。その東京シティの、どこかの公園の桜の樹の下で、一組の男女が出会っていた。

あたしのスターと、ウッド家のエメットだった。

もっと良く見せて。もっと詳しくあたしに……。黒い瞳の犬のラブリーと、椰子並木のノバ、ニュート達。エメットの妹のミナはフローラのアントと、ノブヒのスノー様は黒太子のエドワードと。その近くにセーヌ。エメットの近くにスミルナ（泉）家のホープとミモザ。スターの近くに、医師のビュート様とカオラ様。

ン、ン？　まさかね。天使族のリトラまで、見えたような気がしてしまった。しかも子供姿。きっと、熱のせいに違いない。ミフユは？　三日月の猫のラブはどこ？　アレ、アレ？　何だか、又、天使族が見えたような感じがしてしまった。

しかも、男。男？　気のせいだわ。リトルスターは奥手で、まだボーイフレンドさえいない。天使族の男の顔は良く見えなかったけど、天使族が二人も、二千年代のテラにいるはずはない。ああ。きっと、痛みのせいだわ。もっと、良く見せて。もっと詳しくあたしに……。

あ？　あれは、あたしみたい。ん？　もう亜麻色の髪ではない。でも、この大きな黒い瞳……あたし？　名前は？　井沢、何だろう？　井沢。井沢って、あの井沢家の事なの？

それならあたし達、二千五百年に行くまでに、けっこうな仲間が東京シティに、桜の都に、着けるんじゃないの。そこで待っていれば良いの？　それとも、もう皆揃っているの？　皆揃っているのなら、二千五百年を待たずに「ハル」を呼べるじゃない。もっと良く見せて。まだ消えないで……。

ああ、今度はベリル様、イライザ様が、ビュート様とカオラ様の近くに？　駄目だわ。又、リトラまで見える。それに、あのプラチナブロンドと、ブロンドの双子みたいなのは誰？　駄目だわ。あれは、ヴァンピール族じゃないの。ああ、セーヌじゃないけど、馬鹿ったれ。クソったれ。あたしは見えないものまで見ているみたい。馬鹿げているわ。玉なしのノエル……。体力が弱り切っているせいに違いない。

「ねえ、ムーン。何をしているの？　又、月でも読んで（占い）いるの？」

隣の寝台にいるスターが、弱々しい声であたしに訊いた。とても優しい瞳をしていた。

「そうだけど、調子が狂っちゃった。ねえ、スター。あたしが占いをする事を忘れないでね」

「忘れたりするはずないでしょう。あたしのムーン。あんたが月を読む事は、あたしが一番良く知っているんだもの。あんたのきれいな長い長い髪も、あんたの大きな瞳も、あたしのものよ。愛しているわ、ムーン」

「ありがとう、スター。あたしも愛している。ねえ。スター。良いことを教えてあげる……。あのね、スターはテラ歴二千年代には、もう東京シティに着いている。そこで、スターはエメットと出会えるのよ。きれいなさくらの樹の下で……。どう、気分が良くなった？」

「さくらの樹の下で？　素敵だわ。ああ、ムーン。ありがとう。あたし、その事を忘れない……」

「七千年の恋よ。ロマンティックね。いっそ、今すぐにエメットと結婚式をしたらどう？」

「ううん。急がなくて良いの。エメットだってきっと、同じ考えのはずよ。あたし達、傷が良くなったら、お互いをもっともっと理解し合いたいの。急がなくても、逃げない恋が本物だと思うから……。ムーンこそ、ニュートとはどうなっているの？」

「ニュートは急ぎ過ぎ。この間なんか、こっそりあたしの指にキスをして行ったわ。お互い、まだ何も知りはしないのに。ニュートは、あたしを待っていられないかも知れない。彼、恋に恋しているような感じなの」

「そんな事ないと思う。『ハル』の娘に恋をするなんて、勇気がなければ出来ない事でしょう」

「それはそうかもね。もし、ニュートが待っていてくれるようなら、あたしもニュートを好きになってしまうかも知れないわ」

「月は何て言っているの？」

「何も言いはしないわよ。月読み（占い）は他人のためにするものなの。自分で自分を読んだって仕方ないでしょ」

「二人で、何をヒソヒソやっているんだ？」

「ああ、エメット。目を覚まさせちゃった？　ムーンがね、二千年代の東京シティの桜の下にいる、あたしとあなたを見たんですって。あたし達、さくらの樹の下で出会うのよ。素敵でしょう？」

「さくらの樹の下でか。それは良いな。スター。それなら、俺達が一番乗りなのかな。楽しみだ」

「ノバとラブリーとニュート達もいたわよ」

「それじゃ、雰囲気ぶち壊しじゃない」

「ハイ。ミナ。あんたも起きちゃったの？」

「起きるに決まっているでしょう。こんな夜中にごちゃごちゃやっていれば。エメット、ねえ、兄さん。兄さんにはスターがいるから良いわよね。あたしなんか、恋のコの字も見つかっていない」

「そう焦るなよ、ミナ。お前は好奇心が強過ぎて、利口すぎるから、そこら辺の男は恐がって近寄れないだけだ。今度生まれてくる時は、もう少し大人になっていろよ。元は悪くないんだからさ」

「クウ」「アン」

「あらあら、ラブとラブリーまで起きてしまったの？　良い子ね、良い子。大好きよ……」と、スター。

「ムーン様、スター。エメット。ミナ。静かにして眠って下さい。お体に障《さわ》ります。ほら、月があんなにきれいですよ」と、ビュート様。

「本当に美しい月……。あの月の裏側の海の中にワームがいるなんて、信じられないわね」と、カオラ様。

ベリル様とイライザ様は、昼間の看護の疲れで良く眠っていた。

「でも、ムーン様。いったんワームに入ったら、出て来る時は、どうすれば良いのでしょうか」

スノー様が訊かれたので、あたしは答えた。

「前に言った通りです。帰りたい、と願うのです。愛する人達の所に戻りたい。さくらの歌声が呼んでいてくれる方に、帰りたい。愛する家族、時の神が待っていてくれる星に帰るために、何としてでも、又、地球に生まれて、仲間と旅を続けて行きたいと……。ワームの中にも、さくらの歌は聞こえます。ワームの中でも、さくらの歌を歌えます。ただ、ワームの中には『時間』というものがありません。ですから、帰って来るために時間がずれる事もあるでしょう。上手くいく者で二年以内、うっかりすると二、三百年。ワームの中では『時』がないので、ウロウロしていたら五百年くらい、すぐに経ってしまいます」

「それでも、忘れなければ、戻って来れるのでしょうか、ムーン様。忘れてしまったら、あたし達は本当に、『永遠の生命』に帰って行けるのでしょうか。あたしのような者でも……」

「アント。あなたは忘れないわ。あたし達と一緒に、テラ暦二千年代に着いていた。二千年代と二千五百年は、すぐ近くよ。あたし達は全員揃って、ソウル（魂）ではなく「血」が通う生きた人間として、もう一度故郷の星に帰りましょう。『ハル』が待っているわ」

「家族達も……。ああ、リトラ、父さん、母さんにもう一度会いたいわね」

スターの声に、一瞬、皆が黙って頷いた。

皆、故郷が恋しくてならなかったのだ。

移民族の娘のアリとタリが、呟いた。

「でも、あたし達のような人間は良いとしても、動物や植物はどうなのでしょう。例えば猫のラブや犬のラブリーは、どうやって入り口と出口がわかるのでしょうか」

この二人の娘達は、あたし達の病室である仮庵で、病人の世話を良くみてくれていた。

アトランティスで、最初に建てられたのがこの病院庵で、次に神殿庵。それから、様々な縁《えにし》で繋がり合った人々のための、小さなグループ棟というか、仮庵グループが建てられた。あたし、「ハルの娘」の言葉に従った人々は、すぐに愛し合う恋人同士、友人同士、家族として暮らしたい人同士、同じ種族や「血」、家系の者や、気が合う者同士で、寄り添うようにして暮らし始めていた。セーヌ達表巫女は、自由に生き方を選べるようになり、さくら隊の七人の内三人が、セーヌに倣うように、守備族の若者達と結婚を望んでいた。

二、ムーンシップ・旅立ちと事故

アリとタリに、あたしは答えた。

「心配しなくて良いわ。生き物族も花族も、人間よりずっと単純で真っすぐなのよ。彼等は、愛する人がいる所を知っている。だから、心配要らない。心配なのは人間の方よ。すぐに心が逸れてしまう。スノー様、全員に伝えて下さい。自分達のためと、ジャンプしている者達のために、毎夜の夕べの祈りに、『さくらの歌』を歌うように。もう一つ、ワームの中には様々な、漂泊者達がいます。彼等に出会っても、わたし達神の子であるジャンプ者は話をしてはなりません。彼等の道連れにされないためにです」

あたし達は、今は全員同じ病室にいる。

自分の力ではもう動けない者達が、心を一つにしていられるためだった。病室の中は亜麻布で四つに区切られていて、端から順に、ヒルズのムーン、スター、ウッドのエメット、ミナ。スターの足元近くにラブとラブリー。入り口近くにビュート様、カオラ様が詰められ、その横にはスノー様とアントがいた。窓は大きく、クリスタルドームほどではないけれど、外の美しい宙や森が寝台から見られたし、セーヌやニュート、ミモザやホープ、エドワード達も、中に入れない時は、そこからあたし達に向かって手を振れた。

あたし達を見舞ってくれる人々は多かった。スター、エメット、ミナの他の人々には、あたしの病状は知らされた。あたしが、その事をスノー様にお願いした。金の胸当ての奥巫女である「ハルの娘」が、ジャンプの一番手になる事を知っているのは、彼等のためになるからだった。

潮騒が遠く聞こえていた。

ムーンシップの事故から、テラの月で二ヵ月以上経っていた。本来なら、クリスタル星雲にあるテラⅡに向けて帰って行けたはずなのに。

あたしは、ユリア様とデューク様に夢を見てもらった。あたし達の帰りが遅れる事に対して、代理大祭司長のブリー様とデューク様は、少なくとも「使節団員」達の家族に対して、弁明又は、説明をしなければならないだろうと思われたから……。

御二人は、同じ時刻に同じ夢を見られた。

すなわち、ムーンシップが海に落ちた事と、生き残り達が、「さくらの歌」を歌いながら、救援船に乗り込むという夢だった。

ヒルズのダニーとアロワ、リトラにも、同じ内容の夢を見てもらった。

「ハル」の心が呼んでいた。

「さくら
さくら……

いざやいざや
見に行かん。

娘よ。船はもう着いている。帰って来なさい……」

父よ。帰ります。あたしは、二、三日の内に第一番目のジャンプ者になるつもりでいます。

あなたの民を守るために「ハルの娘」は、誰よりも数多く、ジャンプをする必要があるでしょう。あたしと、あなたの民を、一人残らずお守り下さい。あなたの子供達のために、船をできるだけ長く、さくらの都の城の上に留まらせていて下さい。誰一人、残さないようにするためです。

「そうしよう。だが、期間は、テラの月でこれから二ヵ月だ。それ以上は危ない。さくら花の季節から数えてふた月後までに、帰って来なさい」

わかりました。残りの者全員にそう伝えさせます。船は、星間船ですか。移民船ですか。

『脳』を入れ替えた移民船だ。メカ族が七人。警備隊員が三十人乗り込んでいる。急いで来なさい。娘よ。お前が着くのを待っている。お前達は、さくらの花を、その目で確かに見て来なさい」

父よ。さくらだけではありません。ヤポンの七家の末の人達にも、会っていけるでしょう。月が告げていました。テラ歴二千年代に、東京シティに着いている者達がいます。

「その者達に言いなさい。七家の『血』の中に入って、『時』を待つように、と。わたしの歌を歌いなさい。これが、わたしの愛である」

明けた日、あたしは「ハル」の言葉をスノー様に伝え、スノー様は、その日の内に、救援船がもう来ている事、ふた月はさくらの都の城の上に留まって、皆を待っていてくれるという事、二千五百年とはいわず、二千年代にはもう東京シティに辿り着いている者達がいるらしい、との事々を皆に伝え、励まされた。それを聞いた人々の喜びの声は、「病の棟」にいたあたし達にもはっきりと聞こえてきた。それは、歓喜の叫び声だった。

「帰れる!!」

「帰れる!!　ジャンプの話は本当だった!!」

「ジャンプして、二千年代まで行けた者がいるなら、二千五百年にまでも行けるだろう!!」

「さあ、歌いましょう。愛の歌を!!」

「さくら
　さくら……
　いざやいざや
　見に行かん」

「ああ。早くさくらを見てみたい!!」

「この目で確かに見てみたい!!」

出発時は九百四十七人。今は百人に少し足りなくなった人々の喜びは、だが出発時と同じように大きくなっていた。

二、ムーンシップ・旅立ちと事故

スターがうとうとと眠っている間に、あたしはアリとタリに頼んだ。

「猫のラブと犬のラブリーに何かあったら、一年半後に、テラの現地族がいる隣の島に行って下さい。そこに、ラブと同じ白い三日月を持つ子猫を育てている、青灰色の美しい、大きな若犬を飼っている家族がいます。白い亜麻布二枚、クリスタルコイン二枚、青甘梨の実二籠を守備兵に持たせて、その犬と猫を譲ってもらって下さい。その犬と猫が、あなた達が心配していたラブリーとラブです。忘れないでね」

「どうすればそれが、ラブとラブリーだと、あたし達にわかるでしょうか」

「青灰色の若犬はラブリーと同じ黒い瞳で『クウ』としか鳴きません。白い三日月の子猫は、ラブと同じように『アン』としか言いません。本当は、あの子達のために、親になってくれる成犬と成猫が、ここにいると良いのですが……」

「すぐに、エドワード様に頼んでみます」

それで、エドワードは守備兵を連れて現地族の島に行き、ブルー種の成犬一番《つがい》、黒と白の猫一番を適正な価格で手に入れて戻って来た。その子達を見て、一番喜んだのは、スターだったが、エメットとニュート、ミナ、スミルナ（泉）のホープとミモザ、ビュート様とアリとタリも、目を細くして喜んだ。

あたしは、その子達を、一足先にヤポンに向かった、椰子並木のノバとミフユにも見せてあげたいと思ってしまった。それで、その夜、ノバとミフユの夢に、その子達とラブとラブリーを見せて、二人の気持を慰めようと決めた。その日は、美しい気持の良い日で、暖かい陽が、樹々の葉をキラキラと輝かせている午後のひと時、あたしは、ビュート様に確かめた。他の三人は眠っていた。

「あたしが逝くのは、今夜ですか、明日の夜か、明後日の夜になるでしょうか」

ビュート様とカオラ様の瞳に涙が浮いた。

この医薬族のお二人は、難しい患者を共に診、お年を召したベリル様、イライザ様とも共に暮らす内に、お互いにお互いをかけがえのない存在と思うようになっていられた。そして、このお二人は、スターとムーンであるあたしを、心底愛するようにもなって下さっていた。それは、スミルナ家のホープとミモザの間にも起きている事だった。ホープとミモザは、ウッド家のメカ仲間のエメットとミナを心底愛するようになり、その絆によって、互いに互いを愛するようになってしまっていた。

あたしは、苦しかったけど少しだけ笑えた。

「明後日なのですね。それは、とても嬉しい事です。月読みの娘が、満月の夜に月に帰って行けるなんて。それ以上の喜びはありません。歌って、送り出して下さい」

「そんな事を言わないで……」と、カオラ様。

「わたし達の所に帰って来て下さい」

ビュート様も泣かれたので、あたしは言った。

「スターが、お二人の元に帰ります。あたしもそうしたいのですが、セーヌがあたしを強く愛していますから……。でも、ビュート様、カオラ様。スターがあなた方の元に戻るためには、まず

二、ムーンシップ・旅立ちと事故

結婚して頂かなくてはなりません」

「今日の夜にでも、誓いの言葉を述べる事にしましょう。わたし達はそれをずっと考えてきたのです」

「カオラ様。スミルナ家のホープとミモザも一緒に、そうして下さい。あの二人の所には、エメットがミナを双児の妹として連れ帰ります。けれど、ミモザは肺を痛めているので、ミナはアントにお預け下さい。アントは、良い育て親になってくれるでしょう。ミモザはエメットと一緒に、毎日のようにミナに会えるでしょう」

「ビュート様。今夜の誓言式は特別なものですから、この病間で、スノー様によって執り行って下さい。あたし、ムーンが祝福致します。セーヌとエドワードも、誓いの式に出させて下さい。セーヌは、あたしが治ると信じていて、それまでは結婚しないと、駄々を捏ねているのです」

　こうして、新しく三組の夫婦が誕生する事になった。それは、厳かで美しく、喜びと痛みが混ざったものになった。

　遠く潮騒が聞こえてくる十三夜の月明かりの下の森は暗く、甘やかな香りに満ちていた。白フクロウと夜鳥が、どこか近くで鳴いていた。

　三人の花嫁は頭に白いヴェールをかぶり、白いローブを着て、手にはフローラのアントが祝福した君影草の、小さなブーケを持っていた。ビュート様は新しい白衣姿。ホープも新しいメカニック制服。エドワードは金の襟章を付けた守備隊長の制服姿で、花婿の肩にはそれぞれに白い亜麻布に紫の帯の肩掛けが掛けられていた。

式が始まる前、あたしはセーヌに傍に来てもらって、小さな声で言った。

「良かったね。セーヌ。やっと結婚できて。おめでとう」

馬鹿ったれ。クソったれ。ノエルのアホ。今にも死にそうな顔をして、何がおめでとうなのさ……。

「余計な事をして。あんたの入れ知恵だって言うじゃないか。ねえ、ノエル。あんた、自分がしている事を、わかっているの？」

「わかっている。だから、セーヌに結婚してもらった。ねえ、セーヌ。あたしが戻ったら、セーヌの子供にしてくれる？」

クソ。何て事言いだすのさ。ノエルのアンポンタン。あれはみんな、ただのマジックだろう？でも、面白い。玉なしのノエルが帰ってくるなら、やっぱり玉なしのままだろうか。

「そいつが、あたしのノエルだってわかるなら良いけどさ」

「すぐにわかるよ」

「何でさ？」

「セーヌが産む子供には玉がない。おまけにあたしに、そっくりな顔をしている」

「あんたにそっくりなのはもう一人いるじゃないか。ヒルズのスターだったら、どうするのさ」

馬鹿ったれ。クソったれ。ノエルは本当にイカレちまった。あんなヨタ話、嘘に決まっているだろうに。でも、可哀想なノエル……。

あんな話を信じ込んじまって。よし、ここは一丁、ノエルに乗った振りでもしてやろう。

「わかったよ。イカレたノエル。もし、あたしが女の子を産んだら、オードル（オールド・ノエル）という名前をつけてあげるよ」

「ありがとう、イカレたセーヌ。ノブヒ様とムーンが、エドワードとセーヌの親代わりになってくれるからね」

「ノブヒ様はわかるけど……。ムーン様はまだあんたと同じ子供じゃないか。何で子供が、あたしの親代わりなんかになりたがるのさ」

「セーヌを愛しているんだって。だから、セーヌもムーンを愛してあげて」

「ああ、わかったよ、ノエル。さあもう静かに寝ていなさいよ。愛しているよ。ノエル」

「ありがとう、セーヌ。あたしも愛している」

ああ、クソ。泣けてしまうじゃないか。ノエルのアホ。帰って来れるもんなら、本当にあたしの所に帰っておいでよ……。

ノブヒのスノー様が式を進められ、アントのムーンが、あたしの手に手を添えて、宝杖を支えてくれた。

あたしは、その宝杖を、三組の夫婦の肩に置いて祝福をした。スターとエメットとミナが、羨ましそうな溜め息を吐いていた。

「誓いの式」が終わった後、短い時間を取ってもらって、あたしはスターに話したのと同じ話を皆にした。病間での結婚式という異例の事であったので、参列者はニュートを除いて、身内ばかりのようなものだった。

二千年代に、まず自分達が辿り着き、ヤポンでの七家の「血」に入って、二千五百年まで戻るという「ハル」の考えは、皆を興奮させた。

山崎家には、ヒルズにちなんだスター。

小林家には、ウッドにちなんだエメットとミナと、スミルナのホープとミモザ。

高畑家には、ハイランドのエドワードとノブヒのスノー様と、フローラのアント。

水穂家には、レイク（湖）のビュート様とカオラ様。ベリル様とイライザ様。

渡辺家と瀬川家のどちらかに、リバーのセーヌ。セーヌを助けて、ミナはこちらにも。

井沢家には。あたし、ノエルのムーン。

（ここでスターは、二人は離れないと、泣いて主張した。それでスターはミナのように、両家を出たり入ったりすると決まった。）

七家ではなかったけど、椰子並木のノバとミフユ（多分）。

それに、ラブリー。猫のラブも、多分。

美し族のニュートは、他にも連れらしい若者達がいたので、どんな家が良いかと訊いてみると、

「井沢家に」という返事だった。それで、スノー様がニュートに言った。

「井沢家の『血』に入ってしまうと、ムーン様と兄妹になってしまうかも知れないよ」

ニュートは、泣きそうな瞳になってしまって、あたしを見た。あたしは言った。

「それなら、並木のノバとミフユの『血』にでも入って行ったらどうかしら」

「父さんが許さないよ」

「何でなの？」

「父さんは、美し族の長老なんだ。メカ族の『血』になって帰ったりしたら、勘当される」

「それじゃ、自分の好きな家系に入れよ」

メカ族のエメットが、怒ってしまった。

それは、そうでしょうよね。仕方ない。

「ヤポンには富士という家名もあるんじゃないの。あの山はヤポンで一番美しいそうだから
……」

「一番美しい山？　それなら良いかも……」

「何だって良いだろうが。青びょうたん」

「エドワード、やめなさいよ」

スターと同じ年のミナに「エドワード」と呼ばれた黒太子は、ニヤッとしてみせただけだった。

誰からともなく「さくら」の歌が歌われ出して、ニュートを残して皆が引き上げていった。仮庵

の外からも、さくらの合唱が……。

「さくら
さくら……

いざやいざや
見に行かん
おめでとう!!」

ニュートは、燃えるような瞳であたしを見詰めていた。黒太子のエドワードに、あたしの前で「青びょうたん」と言われて頭にきたみたいだった。スターの言う通り、少なくともガッツはあるみたい。父親の言いなりらしいのは、でも、気に入らない。

「月がきれいよ、ニュート。ムーンの傍に来て、眺めてみたらどう？」

スターが取り成したので、ニュートはあたしの傍に来て、坐った。この中では、ニュートだけがあたしが逝く事を知っている。スターには、言えなかった。そんな事を言ったらスターの事だから、

「あたしも一緒に行くからね」

なんていう事を言い出すのに決まっているもの。

スターもエメットもミナも、スノー様の、

「時間はかかるそうですが、良くなりますよ」

という言葉を受け入れていた。だから、この事で一番辛い思いをし、一番嫌な役を引き受けて下さったのは、スノー様だった。

ニュートの心が泣いていた。

それで、あたしは、ニュートに言った。

「あたしが好きなら、肝がある所を見せて。そしたら、あたしもあんたを好きになる」

「良いね。何をしたら男だと認めてくれるの」

「あんたを『青びょうたん』と言った黒太子を、お父さんと呼べるのなら、あたしはあんたに、玉があると認めるわ」

「ムーン。止せよ。男が侮辱されたんだぞ」

「そうよ、ムーン様。それじゃニュートが可哀想だわ」

「そうでもないわよ。ミナ。ニュートに『お父さん』と呼ばれた時の、エドワードの顔はきっと見物だと思うわ。ねえ、ムーン」と、スター。

「その通りよ。さあ、ニュート。どうする？」

「なあ、ムーン。お前相当嫌な性格しているな」

「そんな事ないわよ、エメット。奥巫女の恋人になろうなんていう男なら、このくらい当たり前でしょう。それよりもエメットとミナ。あんた達こそ災難だわね。スターと結婚したらあんた達、奥巫女の兄妹にされてしまうもの、残念でした」

「止めてよ、ムーン。ミナが恐がるじゃないの」

ニュートは、細やかな祝いの席に出て行って皆の前で黒太子を「お父さん」と呼び、ついでにセーヌを「お母さん」と呼んで、怒った二人に頭をはたかれて、あたしの所に戻ってきた。

あたしは、ニュートが気に入った。

それで、あたしは、左手を伸ばしてニュートの頬を引き寄せ、ニュートの唇に、そっと唇を合わせて、キスをした。ニュートの唇は熱く、あたしの唇も乾いていて熱かった。あたしの、花族の娘の髪から、酷《つよ》い芳香がしてきた。花族の娘が、恋に落ちた証拠の香りだった。初めてのキスは、甘く切ない涙の味がした。

あたしは、ニュートだけに聞こえるように囁いた。ああ、ニュート。ニュート……。

「あたしを待っていて……」

ニュートも、あたしに囁き返してくれた。

「待っているよ。君を愛している……」

「余り見せつけるなよ、ムーン」

と、エメットが言った。スターは、嬉しそうに瞳をキラキラさせていた。十三夜の月が美しいその夜、ニュートはあたしの傍らに坐ったまま、浅い眠りについた。

あたしは、そっとノバとミフユに呼びかけた。

ノバ。ミフユ。聞こえますか。

「聞こえます。こちらは全員元気です」

それは、何よりです。伝えたい事があります。皆にも伝えてあげて下さい。わたし達は確実に二千五百年に戻れます。二千年代には、もうヤポンの東京シティに着いている者達もいます。その中には、並木のノバ。あなたもいました。多分、ミフユも一緒でしょう。ノバ。あなたは、親友の犬のラブリーとも会えますよ。あなたの配下とも。

「それは嬉しいですね。ラブリーとラブは元気になりましたか」

そうですね。あの子達がジャンプしたら、この次どんな毛色になるか、今夜の夢で見せてあげましょう。楽しみにしていて下さい。

「この島には、ショコラ色の犬達が沢山います」

ラブリーも、いつかはそんな色になれる事でしょう。あの子は気が優しいから、自分の毛色になど頓着しません。猫のラブは誇り高いので、いつまでも自分の三日月を持ち続けて行くでしょう。ノバ。ミフユ。二千年代に着いた者達は、ヤポンの七家の血筋に入って、二千五百年に帰ります。あなた方は、椰子並木にちなんで『並木』とでもいう家名で、二千五百年まで行くと良いでしょう。もっと前に着く者達がいるかも知れませんし、もっと後になる者達もいるかも知れません。でも、とにかく全員が帰り着ける事を祈っています。あなた達も、祈って行って下さい。

わたしは、明後日の夜、ジャンプに入ります。

「ムーンスター様自らが、ジャンプの一番手になられるのしょうか」

そうですよ、ミフユ。わたしがジャンプして見せてあげる事が、全員のために一番良い事ですからね。

「恐くはありませんか」

恐れてはいません。ですから、あなた方も恐れずに、その時が来たらジャンプして下さい。

「わかりました。ムーン様。お気をつけて。

では、歌いましょう。さくらの歌を……。

さくら
さくら……

いざやいざや
見に行かん」

もう、あたしが、「ムーンスター」としてするべき事はなくなった。最高位の巫女の印として宝杖は、もう、忘れな草のアントの手に渡るようにしてある。

「ハル」の心が叫んでいた。

「娘よ。子等よ。早く来なさい。早く。早く……」

父よ。安心していて下さい。あたし、ムーンはこれからジャンプに入ります。皆も、それに続くでしょう。船を待たせていて下さい……。

「ふた月だ。娘よ。今、ヤポンはさくらの花に埋もれている。美しい。この花を見られるように、急いで帰って来なさい。愛している」

父よ。わたしもあなたを愛しています……。

その夜明け前に、ビュート様とカオラ様の心によって、あたしは、あたしが逝った後に、スターとエメット、ミナ、ラブとラブリーも、ふた月以内に逝く事を悟った。

それで、翌日朝の祈りの後に、付き添いに来てくれたアントに、あたしは小さく囁いた。

スターとエメット、ミナたちは寝台で、アリとタリ、カオラ様によって身体を清めてもらっていたので、聞かれる心配はなかった。

「アント。あなたとスノー様に後を託します。あたしは明日の夜ジャンプに入りますが、帰ってくるのはスターとエメット、ミナとラブとラブリーの後になります。中間地帯で、最初の迷い子を出してはなりませんから。あたしは、そこに留まっていて、皆を無事に帰してから、最後の者と共に戻って来ることにします。わかりますね」

アントは、泣きながら黙ってあたしの身体を清めてくれ始めた。

こうして、再び後にいた者が先になり、先にいた者が後に来る事になった。


その日も、暖かな風が吹き、気持の良い日になった。あたしは、スターがうとうとしている時に、スターの左手の薬指に、そっとキスをした。

これで、もう良いわ。スター。あたしの、星の名の姉さん。姉さんの星は『印の星』という意味だったでしょう？　だから、一緒に帰って来ましょうね。スター。スター。愛している……。

「ムーン？　あたしも愛している」

スターが、夢の中のように、日溜まりのように優しい声で呟いた。

遠く海の方から、近く森の中から、働きながら「さくら」を歌っている人々の声が聞こえてきていた。君影草と、青甘梨の甘い香り。

「さくら
さくら
弥生の空は
見渡す限り
かすみか雲か
匂いぞいずる
いざやいざや
見に行かん」

ああ。あたしも歌いながら行きましょう。「早く。早く」と、「ハル」があたし達を呼んでくれている。あたし達は、さくら花をどのくらい沢山見て行かれるかしら。できるなら、テラⅡの人々と「ハル」のために、ダニーとアロワとリトラのために、さくら花の「種」だけでも良いから、持って帰りたい……。

それは、静かで幸福な一日だった。一日の終わりに、ビュート様とカオラ様が、昨夜の祝いに出られなかったあたし達のために、りんごのジュースと、小さなチョコレート菓子を持ってきてくれた。スターとあたし、エメットとミナ、ラブとラブリーのために……。あたし達はお互いに黙って見詰め合い、キスのような眼差しで見詰め合って、無言の乾杯をした。

りんごは、出会いと別れの樹。

りんごの実のジュースは、別れにふさわしい。

ああ。大好きなスター。愛している。

ああ。いつか本当の恋人になるニュート。いつか兄さんと姉さんになるエメット、ミナ。愛している。あたしの母親になってくれるセーヌ。全てを共にしたノブヒ様とアント。あたし達に尽くしてくれたビュート様、カオラ様。愛している。その他の大勢の仲間達。愛している。エドワードをさえ、今は愛している。

ヒルズの父さん、母さん、リトルスター。

ユリア様、デューク様。ヘレン、ジェーン。ムラサキ、ツバキ、シキブ。アキノ。又、会いましょう。

「ハル」。あたしの父よ。又、会いましょう。

今は、全てを愛している……。飽きるほど聞いて、今ではあたしを桜色に染めてしまった、あの歌も……。

二、ムーンシップ・旅立ちと事故

こうして、テラの十四夜の蒼い月光の下で、あたしは心の中だけで、皆に別れを告げた。

もう、息をするのも苦しい。お腹の傷の痛みが、今はもう、全身に広がってしまっている。

ああ。愛している。スター。あたしを恨まないでね。泣き過ぎないでね。大丈夫。あたしは、先に行くけど、中間地帯（ワームの中）で、皆を待っている。そして、スター。愛するあんたと一緒に、又、「こちら側」に帰ってくる。帰ってくる……。

「ねえ、ムーン。凄いようにきれいな月ね。あの月の裏の海に、ワームの入り口があるなんて、信じられない気持よ……」

「そうね、スター。でも、本当の事なのよ」

「わかっている。月読みの、可愛いいもうと。さあ、もう眠りましょう。エメットもミナも、ラブもラブリーも眠っているわ」

「そうね。スター。愛している。良い夢を……」

「あたしも愛している。ムーン。良い夢を」

ああ。「ハル」。聞こえている？　あたしは恐くないけど、皆はきっと恐いと思うわ。あたし達、「ハル」のために、「時」を越えて行くのよ。

あたし達は「時」という河のほとりに植えられた木のようなものだわ。時が来れば、豊かな実を結べますように。誰一人、取り忘れ、取り残される人がいませんように。

「新しい実も古い実も

あなたのためにとっておきました」

と、あります。父よ。残っていて、二千五百年に揃うだろう、全ての人々を「新しい実」として、まず船に乗せて下さい。あたし、神の娘のムーンは、一番「古い実」として、船に乗れますように……。そうすれば、父は、母は、子は、娘を、息子を、親を取り戻せる事でしょうから。

これが、あたしの願いです。「ハル」……。

遠退《とおの》いていく。薄れていく……。

あたしは、その日の夜、このようにして、祈りの中だけで過ごした。

「ハル」の心も、あたしの意識のように遠くなったり、薄くなったりし始めた。

「娘よ。娘……よ。む・す・め……よ……」

そうして、明け方、とうとう「ハル」の声が、聞こえなくなってしまった。あたしの身体が弱り過ぎたためなのか、はるか七千五百年先に来ているという救援船が、シールドを張っているせいなのかは、もうわからなかった。

「ハル」の心の声が聞こえなくなると、あたしは酷い孤独感に、苦しめられるようになった。

「神の娘」などと恐れられているけど、あたしは「箱」でも「記憶」でもない。ヒルズ家の娘として生まれ、育ててもらったけど、あたしは普通の人間ではない。

ただ、「聖なる櫃」である神が、自分の望みのためだけに造り出したというだけの、変種の極みの「種」なのだ。あたしは、本当に「箱」のためだけに生まれたのだろうか。あたしは、本当に人々に、テラⅡの民に待たれて生まれたと、言えるのだろうか。

あたしは本当に、誰かの、人々のために「なれる」と言えるのだろうか。あたしは、本当にヒルズの人達に、「愛している」と言ってもらえる資格があるのだろうか。リトラとスターに「あたしのいもうと」と言ってもらえる値打ちがあるのだろうか……。

もちろん、あたしは愛している。

あたしという珍種を造り出した「ハル」を。

美しい花々や樹や、生きとし生けるもの達を。

この美しい世界と、そこに生きている人々を。

テラⅡの民人達を。ユリア様達を。

ヒルズのダニーとアロワと、リトラとスター達を。

特に、ムーンシップで事故に遭い、苦楽を共にしてくれた、全ての人々を。事故によって、より身近になったノブヒのスノー様。フローラのアント。あたしのスター。エメット。ミナ。ビュート様。カオラ様。ミモザ。ホープ。ノバ。ミフユ。アリ。タリ。ニュート。ラブ。ラブリー。イカレたセーヌとエドワード。ベリル様、イライザ様。みんな、みんな、愛している。でも、「愛している」というだけで、本当に良いのだろうか。あたしは、本当に人を愛する資格など、持っているのだろうか。あたしは「箱」に造られたモンスターなの？　なぜ、人々を自然にしておいて、このまま「永遠の生命」に帰らせた方が、彼等のためには安全なのではないかと、

「ハル」に尋ねてみなかったの？

なぜ、「ハル」は、あたし達に「ジャンプ」をしてまで「現代」に帰りなさいと言ったの？

なぜ？

「愛のために」

遠い「記憶」の神の心が、あたしに答えて言った。

愛のために？

愛のために……。

そう。そうだった。全ては「愛」から出た事だった。「愛」は、あたしが苦しむ事も、許してくれるのだろうか。「愛」は、苦しみと喜びも、あたし達の涙も、抱き取ってくれるのだろうか……。

ああ。「さくら恋歌」が、涙の花のように哀しく、美しく聞こえてくる……。


「見て！　ムーンが泣いているわ。しっかりして、ムーン。あたしよ、スターよ！　お願い。目を開けて。聞こえているんでしょう？　ムーン。ムーン!!」

「スターを落ち着かせてくれ！　スターは心臓を打っているんだ。スター。スター。頼むから泣かないでくれ。俺がいる！」

「無理よ、兄さん。スターとムーン様は特別に愛し合っていたわ。泣くなと言うより、抱き締めてあげてよ！」

「そうしたくても、動けない。ムーンスター。スターのために、目を覚ましてくれ」

「ああ。僕の愛しいムーン。愛している！」

「ああ。あたしのノエルが!! あたしのノエルが!!」

「セーヌ。止めろ。大声で泣くな！」

「ムーン様。お目を開けて下さい」

「あたしの優しい、新しい月。あなたのために、忘れな草を摘んできました。だから、だから、目を覚まして下さい……」

「皆さん。静かにして下さい。スター。泣いてはムーン様が困りますよ」

「ムーン様は、今夜、御自分が逝かれる事を知っていました。すぐ、帰って来られます」

「そんなのって酷い!! カオラ様、ムーンはその事を、あたし達には言うな、と言ったのですか」

「逝かれるその時まで、皆様と愛し合って過ごしたいと、申されていました」

「嫌よ。嫌！ ムーンの馬鹿。あたし、愛しているのよ。愛しているのよ……」

ああ。ありがとう。スター。皆、ありがとう……。

「さくら恋歌」が、皆の愛が、あたしを送り出そうとしてくれている。

あたしは、今、どんな顔をしているのかしら。できるものなら、安らかな顔であって欲しい。

最高位の奥巫女でも「ハルの娘」でもなく、名もない小さな花のようであって欲しい。

本当は、あたしは匂いスミレのアントのようにして、小さな者でいたかった。優しい心で、誰か一人に仕える者でいたかった。

ヒルズの父さんや母さんや、リトラやスターだけの娘でいたかった。そして、スターのようにニュートと出会って、喜んだり悲しんだり笑ったりする、普通の恋がしたかった。

未来がわからないというのは、最高の贅沢のような気がするわ。人の心の中がわからない事は、何かの恵みのような気持がする。秘密があるって、本当はワクワクする程、素敵な事なんじゃないかしら……。

「神の娘」だとか「怪物」だとか言われるよりは、路端の小さな草、卑しいノエルや灰かぶりと呼ばれる方が、あたしは嬉しかったような感じがする。ああ。光よ……。テラの月の、蒼く冷たく美しかった月光よ……。

あたしの心を、どうぞ鎮めて下さい。

あたしは、このように造られてしまったのだから、このようにしか、これからも生きられないでしょう。それが、あたしには少し悲しい。

でも、泣く事はやめましょう。あたしは、しっかりしなければなりません。

「ハル」。「ハル」

どうぞ、あたしを見守っていて下さい。あなたの娘が役目を果たせますように……。

あたしは、このようにして、後に「井沢の娘」となるために、蒼い満月の中に昇って行った……。

三、怒りと哀しみの涯《は》て・ジプシー

「どうしても行くつもりなの」

と、わたしの姉のフローラが、一人息子のエドウィンに言った。これでもう何度目になるのだろう。フローラの瞳は、忘れな草のようにきれいな青い色をしている。その青い瞳に、抑えきれない悲しみを宿して、姉は、バラの香油を滴らしたロザリオを握り締めていた。きっと、自分の大好きな十字架の神様とマリア様に祈っているのだろう。

わたしは、ロザリオを握り締めているフローラの手に、心に、怒りに似た炎を感じていた。もちろん、それが謂《いわ》れのないものだとは、解っている。わたしの炎は、本当は怒りに似ている悲しみなのだ。祈れる神様がいるフローラは良い。でも、わたし達の神は「時」の神の「ハル」というのだと、いつもオードラは言っていた。そして、わたし達は、五百年先のヤポンとかいう国に行き、そこで、又、五百年待って、クリスタル星雲の中の太陽系第三惑星であるテラⅡとかいう星から来ている「救援船」に乗って「故郷」へ、生きた身体のまま帰るのだという、夢のような話を、巻毛のルナや、わたしのパトロに良く話していたのだった。

「そんなバカバカしい話は止して」

と、わたし達はいつも赤毛のオードラや、オードラの母親であり、巻毛のルナの養い親でもある、薬草売りのジョイに、笑って言っていたものだった。ジョイは、わたしにいつもラベンダーの香り袋をプレゼントしてくれる、優しいけれど芯が強い四十歳の女性だ。けれど聡明なはずのジョイは、なぜか娘のオードラの、こういった夢のような話を信じていた。だから、薬草売りのジョイはいつも、わたしや、わたしの従兄妹のジョセにも、一座の他の人達にも、

「わたしの娘の話は、本当の事なのよ」

と言って返して、胸を張っていたものだった。

その、ジョイと、赤毛の占い娘の言葉を信じている者は、他にもいる。わたしと姉のフローラの父親のベリーと、わたしの従兄妹のジョセの母親のイザボー。そして、わたしの夫であり、ジプシーの一座の団長であるライロ（ライラック）だった。ライロは今年四十九歳になる。温和で、公平で、真面目な懐が広い男で、その成熟ぶりは、今年七十歳になる父のベリーや叔母のイザボーと同じくらいに見えてしまう時がある。つまり、わたしにとってはライロは大人過ぎるのだ。

時々、わたしは奇妙な感じに捕らわれて、胸が痛くなるような感じがする。赤毛のオードラの話を、わたしも信じてしまいたいと、思う時があるのだ。

それは、奇妙な、不思議な感覚だった。

わたしが本当に愛していたのは、従兄妹のジョセで、夫のライロが本当に愛していたのは、「薬草売りのジョイだったのではないか」などという、とんでもない考えが浮かんできたり、昔、確かにそうだったなどという夢を見たりする時があって、それ等の事々は、わたしを甘く切なく苦しめていたから……。

だから、わたし、ローザはフローラのように、「天のお父様」とも言い切れず、ジョイやオードラのように「時の父なる神よ」とも言えない、宙ぶらりんなままでいた。

もっとも、ジプシーの一座の皆の考えなんて似たり寄ったりで、その時々によって都合良く「イエス様」と言ってみたり、「兄なる太陽」「姉なる月」「友なる風よ」「恵みの雨よ」「妹なる花よ樹よ」などと言って、何に対しても祈ったり、感謝を捧げたりといったようなものだった。

でも、わたしの姉のフローラと、ジョイの養い子の巻毛のルナは、純正のキリスト教徒だった。ルナは四、五歳の時、人売りの台に立たされていたのを、その時七歳だったオードラが、その時十歳だったわたしのパトロにせがんで、ライロに買ってもらった、愛苦しい巻毛の小さな女の子だった。

あれは、年越しの祭りの夜だった。

わたしとフローラ、ジョセ、ライロ、そしてわたしの父のベリーやイザボーも、みんな、その、どこから攫《さら》われてきたのかもわからない、幼い少女と、彼女の姉になったオードラが好きだった。名前すらわからなかった幼女に、オードラは「月」という美しい名前をつけて、本当の妹以上に可愛がっていた。

赤毛のオードラは、激しくて誇り高い気性の少女だったけれど、一方では小さな者、弱っている者、年齢を重ねた者達に対しては、驚くほど豊かな愛情を持っていた。

その濃《こま》やかさと、時々見せる恐ろしいほどの威厳と、月読み（占い）が良く当たる事から、オードラは人々から恐れられたり、逆に好かれ過ぎて、困った事になる事も多くあった。けれども、母親のジョイは、娘を良く理解していた。どういう理由でか、わたしの姉のフローラも、クリスチャンのくせに、自分より二十五歳も年下のオードラを「神の娘」だとか「神の優しい月」などという変な呼び名で呼んで、深く愛していた。

それは、わたしの夫のライロも同じようなもので、父親を失くしたオードラとルナには、自分を「父さん」と呼ばせ、夫を亡くしていたジョイには、自分を「兄さん」などと、親しく呼ばせていた。

わたしは、その事ではライロに対して不満を持った事はない。わたし自身も、オードラやルナが可愛かったし、ジョイの事も好きであったからだった。ジョイとライロは、なぜか医学や薬草に詳しく、わたしの父のベリーとジョセの母のイザボーは、歴史学や天文学（未来学とも占星学ともいえるのだろうけど）に、やけに詳しい、ジプシーの一座の中では変わり種だった。

赤毛のオードラ（オールド・リリー、昔百合）と、息子のパトロの名付け親には、フローラがなってくれた。

わたしの息子のパトロは、ジョセと組んでマジシャンに。燃えるような赤毛のオードリー（栄光）は、美しい娘占い師に。輝く巻毛のルナは、栗色の短髪に男装をした、生き物使いに成長した。ルナには、動物と話しているか、ルナ自身が、温かい血の通う、美しい動物であるかのように、しなやかで、優しく、嫋《たお》やかで明るい所があった。

ルナが使った動物は、白い三日月を持つ黒い巨きな猫のアムールと、黒い犬のアミだった。黒い犬のアミは優しい犬で「クウ」としか言わず、三日月の猫のアムールは、ルナと一緒に買われてきて、犬のアミを自分の「母親」だと思い込んで育った。

巻毛のルナを「生き物使いにしてくれなければ、二人でここを出て行く」と言って、花形ダンサーになる運命から救い出したのは、赤毛のオードラだった。

まだ十三歳になったばかりのオードラは、一座の長老達やナイフ投げのエドウィンを相手にして、一歩も退かなかった。ルナは身体が軽く、愛苦しかったので、大抵の者達は、彼女を「ジプシーの一座の花形である踊り子に」と期待をもって決めていたのだ。けれど、ジョイやフローラ、わたしとパトロは、オードラの意見の方に賛成した。

ルナを、わたしの息子のパトロが愛していたためもあったのだけれど、実はそれだけという理由でもなかった。三人は似ていた。

わたしの息子のパトロは、どういう理由でか傷もないのに、生まれつき左足の腿が「痛い」と言い、オードラは「お腹」が痛く、ルナは「心臓」が痛いという、気の迷いのような変な「痛み」を訴えていたからだった。

それに、踊り子は華やかに見えるけれど、誘惑や危険も多い。オードラは、妹以上に愛しているルナを、危険から守ろうとしていたのだった。ルナが「生き物使い」としてショーをこなせるようになってからの数年間は、それは成功したように見えた。わたし達は安心し、喜び、特にわたしの息子のパトロは、愛しいパトロは、ルナと初々しい恋人同士になって、幸福の最中にいた。ルナも、幸福だったと思う。

自分の子供の幸せを、喜ばない親がどこにいると言うのだろうか。わたしもライロも、息子の成長と恋の行方に、言い尽くせないほどの喜びを感じていた。けれど、全てが無に帰してしまった。

わたしと夫は一人息子を失い、薬草売りのジョイは、一人娘と養い子と、彼女達の子供ともいえる猫のアムール、犬のアミをも失う羽目になってしまった。

燃えるような赤毛のオードラが、余りにも美しく、人を魅了せずにはいられない、娘占い師に成長してしまったせいだった。

今から三年前の星祭りの夜の事だった。

その日、わたし達の一座は、ある町に入ったのだが、その時は到着予定より大幅に遅れていた。その、リヨンの近くにあるロード公の領地内に入る前に、城から使いが来たためだった。

ライロは、ロード公の城より離れたローヌ河近くの町での、興行許可を得ていた。それなのに、そこに向かう前に、ロード公よりの使者が来た。城内で何かの祝い事があるので、「評判の娘占い師と、娘動物使い、ダンサー達をぜひに。音楽は城内に歌楽隊がいるので必要ない。その後の興行も、ロード城下で行なう事を許可する」

というのが、使者の口上だったのだ。城壁がある大きな町に入れれば、興行成績はグンと上がるので、わたし達は当然のように、ロード公城からの招きに応じる事にした。

ローヌ河近くの町には「使いを出して興行中止を申し付ける」と、城からの使者が言ったので、わたし達は何の疑いもなく、道を変更しようとした。

けれど、赤毛のオードラがライロの所にそっとやって来て、

「危険です。ロード公は余り評判が良いとは言えません。わざと夜着くように行って、駄目ならその夜の内に逃げられるように、荷解きをしないでいる方が良いでしょう」

と、言ったのだった。

「それは、行くなという事かね」

ライロが訊くと、オードラは顔を曇らせた。

「用心のためです」

それで、ライロはオードラの忠告に従った。

遅れたと見せかけて、わざと城壁の町に入り、指名されていたオードラとルナ、踊り子のリリー達に、ナイフ投げのエドウィンとマジシャンのパトロを用心棒代わりに付けて城内に送り出し、

「自分達は城門の外で荷解きに掛かります」と番兵達に告げて、外からそっと様子を窺っていたのだ。

そして、わたし達は夜の闇に紛れて、逃げ出す事になってしまった。

まず、わたしのパトロとエドウィンが、踊り子のリリー、リア、リタ、アンヌとマリエンヌ達を外に連れ出して来た。リリー達は怯《おび》え、パトロとエドウィンは、怒りのために真っ赤な顔をしていた。

「早く。全員が発てるようにしておいて」

「俺達はオードラとルナを助けに戻る」

「何があったの？」

わたしが尋ねると、パトロがペッと唾を吐いた。

「罠だったんだよ。ジプシーの女達を、金で売り買いできると思っていやがる」

「金なんざ払うもんか。どんな女でも好きに侍らせられると思っている奴等ばかりだった。オードラが上手く執り成してくれなかったら、あのクソ親爺、女達だけ奪って、俺達はゴミ溜めの中に突っ込むつもりだったんだろうさ。ケッ。胸クソ悪いぜ」

周りは酔っ払った各貴族や、金持ちの馬番や、馬車番ばかりだった。

「父さん。すぐ逃げられるようにしておけって、オードラが指で合図をしていた」

「オードラとルナ達は大丈夫なのかね」

「ああ。オードラの事だ。きっと、上手く逃げて来るに決まっているよ」

それを聞いていたエドウィンが、どこかから黒い馬を三頭連れて来た。この際、仕方がないのだろうか……。

わたし達は、急いでその馬を、わたし達の荷車のロバと入れ替えた。ロバ達はわたしのパトロとエドウィンが引いた。

城門の中から、黒いマントを羽織り、男性用の羽根帽子をかぶった三人の若者が、栗色の馬二頭に引かせた馬車で、呑気そうに出て来た。番兵達は敬礼して見送っていた。それが、ロード公家の紋章の盾のマークを付けていたからだった。

三人の若者を乗せた馬車が、わたし達の横を通り過ぎて行く時、小さく歌う声がした。

「さくら
　さくら
　弥生の　空は……」

「オードラだ！　ルナもいる!!」

パトロとエドウィンが殿《しんがり》をつとめた。

夜中、馬を走らせて、ローヌ河ではなくソーヌ河の辺りに着いてから、わたし達は三頭の黒い馬とロバを入れ替え、ロード公家の馬車もそこで放した。馬は利口だから、ちゃんと元の城に戻ると、オードラとルナが保証したからだった。猫のアムールと犬のアミも無事だった。そして、三人目の若者は、事もあろうに、ロード家の若君、シャニー・ロードだった。

ロード公ジュニアは、わたし達の赤毛のオードラに「ひと目で恋をしてしまった」というのだ。美しいが、どこか陰のある若者だった。

この夜から、わたし達の逃亡まがいの旅が始まってしまった。オードラは、金髪のシャニー・ロードのことを、

「あたしを待っていてくれたのよ」

と言い、シャニーの方も、

「この人がわたしの待っていた人です」

などと言うので仕方がなかったのだ。確かにオードラとシャニーは、愛し合っているように見えた。二人は、初対面のはずなのに……。

けれど、金髪のシャニーは、わたし達だけのものであるはずの「さくらの歌」を知っていた。それは、巻毛のルナも同じだったのだ。ルナは買われてきてからずいぶん長い間、別れた家族を想って、

「パーパ」「マーマ」

「あたしのいもうと」

「あたしの赤ちゃん」

などと言っては、よく夜泣きをしていたらしい。けれど、オードラが「さくらの歌」を歌って

あげてキスをしてやると、すぐに泣き止み、

「あたしも、そのお歌を知っている」

「パーパとマーマも、そのお歌を知っていたの」

「いもうと赤ちゃんにも、教えてあげたの」

などと、言うようになったのだと、ジョイがわたしとライロ、フローラに言った。

「変ね。あの『さくらの歌』は、わたし達の仲間だという印だと、オードラは言っていたじゃないの。それなら、ルナ（月）の両親も、仲間だったという訳になるわ」

わたしが言うと、フローラが言った。

「有り得る話だと思うわ。だってわたしのオードリーはいつも言っているじゃないの。仲間は、もう少なくなったけど、昔は沢山いたから、お互いに顔を良く憶えていない人達が、まだどこかにいるはずだって……」

「この間なんか、ヤポンにはもうナミキ達が着いているって、わたしに言ったわ」

ジョイの言葉に、ライロが答えた。

「そうだったね。だからそういう仲間達を探し出すためにも、ジプシーというのは良いものなんだろう。ルナの両親という人達も、捜し出せたら良いと思うけど、オードラは『ここ』では無理だろうと言っていた」

「そうね。その人達も必死でルナを捜しているでしょうけど、『さくらの歌』だけじゃどうにも

ならないわ。お気の毒にね……」

「そうだね、ローザ。ジプシーの一座でなら、大昔の船の事故の話や、未来の空飛ぶ飛行船の話をしても、ただの『夢物語』で笑って済ませられるけど、今の時代の人間が、『ハル』だの、『さくら賛歌』だのと言ったりしたら、異端裁判にかけられてしまうだろう。もっとも、オードラは、仲間達はもう少なくなっているとは、言っているけれどね」

ライロ。わたしもジョセも、その話は眉ツバみたいな気がしているのよ。でも、その一方では、信じたいとも切に願っている。だって、わたし達、お互いに相手が異うみたいなんだもの。ジョセも、パトロをあんなに愛しているし、何か変な感じなの。でも、上手く言えない。上手く言えない。ごめんなさいね、ライロ。もし、本当に、もう一度生まれられるのなら……。もし、月の裏側の海とかに、もう一度行けるのなら……。ああ。でも、こんな事を考えるなんて、わたし、どうかしている。わたし、どうかしているんだわ……。

ルナの時には、わたしはそう思っていた。だから、シャニーが来た時も、わたしはそれと大して違わない考えだった。

けれど、わたしのパトロと巻毛のルナは、金髪のシャニーに、意外なほどの親しみを示した。

ああ。わたし達は、それなのに手ひどく裏切られてしまった。わたし達のパトロは、死んでしまった。赤毛のオードラと巻毛のルナも死んでしまった。シャニー・ロードのせいだと、エドウィンは主張している。

オードラが、わたし達に警告していたせいだった。

「あの悪いお父様は、あたし達を追わせているわ。シャニーを取り戻すためと、自分の思い通りにならなかったあたしを、手に入れるか、殺すために。だから、皆も気をつけていて。人々が通る、明るい表通りは安全だと思う。でも、暗い所や狭い路地は危ない。誰も暗い路地に入っては駄目よ」

ああ。オードラが、あんなに警告してくれていたのに、パトロ。パトロ。どうしてあなた達は、あんな、暗い路地に入ってしまったの……。

フローラが、涙の声でエドウィンに又、訊ねた。

「ねえ、エドウィン。どうしても、行くの？」

「ああ。行くつもりだよ、ママン。パトロは俺の従兄弟だ。たった二十三歳で殺されちまったんだぜ。ルナはパトロの恋人で、オードラはあいつを愛していた。あの青二才と、クソ親爺の奴を仕留めてやらなければ、気が済まねえ。従兄弟の敵《かたき》は、俺が取ってやる」

「殺してはならないと言われているわ」

「目には目を、とも言われているさ」

「エドウィン。目を覚ましなさい。憎んではならないと、いつもオードラが言っていたではないかね」

「自分の息子を殺されたのに、よくそんな御託を並べていられるな、ライロ。あんただって、あの三人の殺され方を見ただろう。オードラは腹を刺されていて、ルナは心臓をひと突きだ。パトロは、後ろから左の脇腹を裂かれて、腿にはナイフが刺さったままだった。あの、マロニエの樹の下で、三人で手を繋ぎ合って、血の海の中で死んでいたんだぜ。さぞ心残りだっただろうさ。それなのに、あの青びょうたんは、どこにもいやしねえ。あいつが手引きしたか、ジプシーの旅暮らしが嫌になって逃げようとでもして、パトロを殺ったに異いない」

「シャニーはオードラを愛していたし、パトロとも仲良くしていたんだよ。あんな酷い事をさせるなずはない」

「なら、何であいつは逃げたんだ。何で助けを呼びもせず、叫び声もあげず、ここにも帰って来ねえんだろうな。ライロ、あんたがあの三人の姿を見ても、何とも思わないでいられるなら、仲間とは思えないな。ジョイを見ろよ。あの夜から様子がおかしくなっちまって、もうひと月以上も、死んだように誰とも口を利かねえ。猫や犬だって、あの夜からルナとオードラを待って、水も餌も摂らなくなって、昨夜とうとう死んじまったんだ。あれは、後追いというやつだろうが……」

「息子と、娘と同じに思っていたオードラやルナを殺されたんだ。エド、わたしだってできれば復讐したいと思うくらい、腸《はらわた》が千切れるような気持でいる。けれど、そう思うのと、実行するのは違うだろう」

「勇気がないだけじゃないのか」

「違う。真の勇気とは、事実をしっかりと見て、苦しくても受け入れる事だろう。理由はわからないが、シャニーは逃げた。わたし達はこの辺りに留まって、パトロとルナ、オードラが『戻って』来るのを待つしかない。あの、さくらの歌を皆で歌っていれば、誰かがきっと帰って来てくれるだろう。上手くいけば、オードラが、パトロとルナを連れて帰って来てくれるかも知れないじゃないか」

「ライロの言う通りよ。エドウィン。パトロもルナもオードリーも苦しかったでしょうけど、きっと主が守って下さったわ。今頃はもう、月の裏の海から出て、『こちら側』に向かっているかも知れないしね。待ちましょう。復讐なんて考えてはいけないの。それは、人がする事ではなく、神がなさる事だわ」

もう、我慢できない。

「フローラ。姉さんは黙っていてよ!! 姉さんには、解らない。自分の子供を殺された事がないんですものね!! でも、わたしは、これでもう二度目なのよ!! 『ハル』なんて信じない。ジョイもオードラもルナも好きだったけど、もう『時』の神の話なんて信じないわよ。わたしのパトロを返してよ!! ライロ、あなたの事も信じられない。パトロもルナもオードラも、どこに眠っていると思っているの？ ただの丘の上の、アカシアの樹の下よ。『市民ではないから』という理由で、パトロ達は、市の墓地に葬ってもらえなかった。『教会税』を払っていなかったという理由で、教会の墓地にも入れてもらえなかった。あの子達を可哀想だとも思えないの？ わたし、あなたが信じられない……」

「ローザ。わたしが悲しんでいないと思っているのなら、それは間違っているよ。わたしだって苦しんでいると、さっきも言っただろう。だが、わかってくれないと……。パトロもオードラもルナも、あの丘の上のアカシアの樹からは、美しい月やブリュージュの町並みが良く見える、と思ってくれているだろう。それに、アミもアムールも今は一緒だ。待つんだよ、ローザ。わたし達はパトロやオードラ、ルナを忘れないし、オードラもルナもパトロも、わたし達を忘れないでいてくれるだろう。待つんだ」

「いつまでなの？　ライロ。フローラ。いつまでなの？　わたし、ずっと待っていたわ。でもパトロの妹のロミーナは、まだ帰って来ないじゃない。ライロの母さんのリラも、まだ帰らない。フローラの夫のノビーも、ジョイの夫のフォルスも、まだ『戻って』なんて来ないじゃないの。あれから、もう二十一年も経つのによ!!　本当に月の裏側に『戻りの場所』なんてあるの？　わたし、もう待つのは嫌。嫌。パトロが帰って来てくれるのは、一体いつなのか教えてよ!!」

「帰ってなんかくるもんか。あれは、オードラとジョイのホラ話だ。その証拠に、俺の親父のノビーも、まだ帰らないものな。ああ。クソ。こんな時に親父が生きていてくれたらな……」

ナイフ投げのエドウィンは、二十八歳になっている。わたしのパトロは二十三歳で、恋人のルナはたった十八歳で、赤毛のオードラは二十歳で殺されて、儚《はかな》くなってしまった。逃げたシャニー・ロードは、パトロと同じ二十三歳だった。

ああ。胸が苦しい。肺が焼けつくように痛い。ジョセにしか言っていなかったけど、わたしも生まれつき肺が弱く、変な時に酷く痛むのだった。例えば、パトロの妹のロミーナ達と、別れ別れになってしまった時。例えば、ライロに言い知れぬ距離感を感じる時。例えばパトロ達が帰らなくて、死ぬほど心配していた時。普通の人なら、そういう時「心臓が痛い」というものらしいのだけど、わたしは肺が痛んで息ができなくなってしまう。

ああ。苦しい。だから、わたしはエドの気持が少しはわかる気持ちがする。エドは、帰って来ないノビーが、恋しくてならないのだ。

だから、今度の事件でも、わたしと同じくらい強く苛立っているのに違いない。

「少し外に出てくるわ」

「どこに行くの？　ローザ。宿の外はもう真っ暗なのよ。危ないわ」

「パトロ達は殺されて、シャニーは逃げたんだ。ママン。もう暗闇を恐がる必要なんかないだろう」

「でも、パトロやオードラ達を襲った男達の中には、夜警も混じっていたと、チョートとハリーが聞いてきてくれたわ。それならやはり、まだ危ないと思うの」

チョートとハリーというのは、わたし達が「あの夜」からずっと宿泊し続けている、ブリュージュの町はずれの安宿の、若いコック達だった。チョートもハリーも、パトロとオードラ、ルナを捜すのを手伝ってくれたし、わたし達に同情的で、宿の主夫婦《あるじ》に隠れてこっそりと、パンや果物を差し入れしてくれたりもしている。若い二人は、夜警が殺人に関与していたらしい事に対して腹を立てていた。殺されたのが、自分達と同じくらいの年のパトロと、稀にしか見られない程の美しい少女達だったせいもある。それにチョートとハリーは、パトロ達を送った時の「さくら歌」をなぜか「知っているような気がする」と不思議そうな顔で言い、ライロはその二人に「わたし達と一緒に行かないかね」などと言っている。

そう。もう宿賃も、払えなくなるだろう。じきに……。だから、もう、ライロはブリュージュを発つか、この近辺で、ショーを始めなくてはならなくなるだろう。パトロとオードラと、ルナ、アミとアムールを待ちながら。

でも、わたしはそんな気持にはなれない。わたしは、もう二人も子供を失ってしまっている。パトロの妹のロミーナは、あれから二十一年も経つのに、まだ、わたし達の元に、帰って来てもくれないじゃないの。パトロだって、それなら、いつ「帰って」来てくれるというのだろうか。

オードラの話によると「ジャンプ」するたびに、わたし達の記憶が薄れてしまったり、何もかも忘れてしまったりする者達が多くなっていくのだそうだ。それには二つの理由があって、一つは「こちら側」に生まれ出る時の苦しみに、魂が耐えられないからであり、もう一つは、お互いにお互いへの「愛」の強さを、保ち続けられないからなのだという事だ。それでなければ「こちら側」で生きることに満足した者達は、もう帰っては来ないで、「永遠の生命」に、フローラの言うところの「天の国」だか「魂の故郷」だかに向かって、帰って行ってしまうのだそうなのだ。

だからね、とオードラは言っていた。

「どちらを選ぶにしろ、自分の持っている力の限り、思いの限り、互いに愛し合って生きていけば良いと思うの。『確かに愛した』と言える事ほど、素敵な事はどこにもない」

だからね。

「ヤポンにはもう、ナミキ達が着いていて、そこであたし達を待っている。あたし達も、今ここにいる殆どの人達が五百年先には、ヤポンに着いていて、ナミキ達と合流できる。それで、ヤポンの七家の『血』に入って、又、五百年先まで行けば良いの。二千五百年の四月初めから、二ヵ月の間、テラⅡに帰るための船が待っているのよ。もう、来ているの」

だからね、

「ヤポンの首都の東京シティで会いましょう。そこで、さくらの歌を歌って、水に囲まれている城の上から、故郷のテラⅡに向かって飛び立ちましょう。大丈夫よ。あたし達もう、六千五百年も『旅』をして来れたわ。あと五百年。いいえ、あと千年。そうすれば『ハル』の星に帰れるの。あたし達の他にも、二千五百年のヤポンに辿り着ける人達が少しでも多くいるように、祈ってね」

「何のために、そんな事をするんだ。え？　オードラ。一丁聞かせて欲しいもんだな」

「わからない？　エドウィン。もちろん、『愛のために』そうするのよ。エドにだってわかるでしょう。あんたが今のママンを愛しているように、テラⅡという星では、あんたのママンとパパが、あんたの帰りを待っていてくれるの。あたし達は船に乗って、待っていてくれる人達の所へ、帰らなければならないのよ」

「俺の母親はフローラで、父親はノビーだけだよ。もう、死んじまったがな」

「又、会えるわ。愛していれば、必ず会える。六千五百年も愛し合ってきたのだもの。そうね……。そういう意味では、テラⅡのハイランド家のパパとママより、ノビーとフローラの方が、あんたには馴染みが深くなっているのでしょうね」

「俺は、ハイランドなんかじゃねえぜ。ヤポンではタカハタとかいう家名に入るとか言うんだろう？　それじゃフローラとノビーはどうなるんだ」

「あんたの近くにいる、と言ったでしょう。馬鹿ね、エドワード」

「俺の名前は、エドウィンだ」

「あら。そうだったわね。ねえ、エドの従兄弟のパト。あんたはコバヤシ家に入るのよ。ローザとジョセが、あんたの近くにいる」

「あたしのスター。じゃなかった。あたしの可愛いルナ。あんたはヤマザキ家よ。忘れないでね。あたしがイザワ家に入る事を、忘れてしまわないでね」

「スターで良いわ。あたしの長い髪。ロバと塔の話を憶えていてよね、ムーンスター」

「何だよ、ルナ。ロバと塔って」

「何でもない。ねえ、オードラ。ライロとジョイは、ミズホ家だったわよね」

「そう。その近くに、ベリーとイザボーもいるわ。リリーはワタベかセガワ家に。パトの妹のロミーナも、そのどちらかか、近くにいるわ。ねえ、いもうと。あんたは大好きなパトと、さくらの樹の下で出会うのよ。嬉しいでしょう？」

「止めろよ、オードラ。又、それだ」

「あら。あんたは嬉しくないの、エメット。じゃなかった。パトロ。それはそうかも知れないわね。あんた達の傍には、ナミキとナミキの配下の者達と、ニュートとアミがいたもの。お邪魔虫が、ウヨウヨしていたわよ。残念でした」

「うるさいな、オードラ。ニュートって誰だ？」

「秘密」

「意地悪な奴だな、お前は……。来いよ、ルナ。ライラックの花を、取ってあげるからさ」

「アミとアムールにも。それから、あたしのオードラとジョイにも!!」

「あたしは要らない。ライラックの枝も、どんな花でも……。母さんにだけあげて」

ああ。オードラ。スター。いずれは、わたしの息子の花嫁になってくれるはずだった、スター……。違った。ルナだった。ルナ。ルナ。パトロ。わたしの、ロミーナ。まだ一歳にもなっていなかったのに。その意味では、ルナはロミーナの生まれ変わりみたいに、愛しかったのに……。そういう意味では、わたしは、三人も子供を失ってしまった事になる。胸が痛いわ。苦し過ぎて、悲し過ぎて、息ができない。

シャニー・ロードが憎らしい。なぜ、パトロ達を見殺しにしてしまったの？　なぜ、ルナとパトロまで置き去りにして逃げたの？

わたしには、エドのように「敵を討つ」事なんて、できはしないだろう。人を討つ事なんて、できない。でも、せめてひと言、「シャニー。あんたのせいで、パトロ達は殺された」と言ってやりたい。せめてひと言、あの男に「人殺し」くらい、言ってやりたい。せめてひと言「許して下さい」と言って欲しい……。

ああ。パトロ。ロミーナ。ルナ。オードラ……。

ブリュージュの町はずれの、古い宿の庭には、まだ、クローバーの白い花が咲き残り、夜の宙には遠く近く、降ってくるばかりの星が瞬き、輝いていた。マロニエの花の甘い香り……。

ああ。マロニエは、もう見たくない。あの樹の下で、あの子達は殺されていた。ライラックの花の、涼やかな香り……。ああ。この花も、もう見たくない。パトロとルナは、ライラックの小枝が好きだったのだもの……。

「そこにいるのは、誰？」

「わたしよ、ジョセ。そんな暗がりで何をしているの？」

「ローザ。驚かさないでくれよ。心臓が止まるかと思った。君で良かったよ」

「わたしこそ、ジョセ。あなたで良かったわ。今は誰とも話したくない気分なの」

「わかるよ。俺もそうだったから、庭に出ていた。昼間、丘の上のパトロ達の所に行っていたね？ 俺も行って来たんだよ。パトロとルナと、アミとアムールに、咲き残っていたれんげ草と、クローバーの花を置いてきてあげたんだ」

「オードラは、花は嫌だと言って泣くでしょうからね。ありがとう、ジョセ。わたしはもう一人ぽっちになってしまったわ……」

「そんな事を言ってはいけないよ。ライロが付いていてくれるだろう？」

「ライロもフローラも、わたし達ほど悲しんでも、苦しんでもいないわ。ジョセ。ライロは、あの子達をここに残して、近い内に又、旅に出て行くに決まっているわ。あの、さくらの歌とかいうのを信じているのよ」

「もう、宿賃が無くなったんだろうから、仕方がないよ。それに、あの話なら、今では俺も信じたくなった。パトロは、俺にとっても子供のようなものだったし、何といっても最高の相棒だった。あいつが、おムツをしていた頃が、懐かしくて堪らないよ。もう一度会えるというのなら、ぜひ『帰って』来て欲しいと思う。そうだろう？ ローザ」

「会えるものなら、わたしだってパトロやルナや、オードラに会いたい。可愛い猫のアムールにも、もう一度会いたい。もう一度あの子達に会えたら、もう死んでも良いとさえ思うわ。でも、ジョセ。そんなのは、ただの夢よ。もし、そんな事があるのなら、わたしのロミーナだって、もうとっくに『帰って』きていても良いはずじゃないの」

「それはそうだけどね。パトロが前に言っていた事があるんだよ。ルナからの受け売りみたいだったけど、『ジャンプ』には、何百年もかかる事があるんだって。ロミーナは、まだ赤ん坊だったから『帰り方』が良くわからなくて、手間取っているんじゃないか、とかさ。大丈夫だ。きっと、又、会えると信じて待っていよう」

「待ってばかりいるのは、もう嫌なの。エドがシャニー・ロードを追って行くと、言っているわ。わたしも、エドと一緒に行こうかなと思っている」

「危険過ぎる。あんな城壁町に入ったら、二度と出て来られないだろう。それに、エドは敵討ちに行くと言っているんだろう？　君には人殺しなんて、できないよ」

「殺せるとは、わたしも思っていない。でも、あの男にひと言『人殺し!!』って言ってやりたいのよ。そうでもしなければ、パトロもルナもオードラも、浮かばれないような気持がして……。ねえ、ジョセ。わたしのこんな憎しみは、人殺しに価するようなものなのかしら。だったら、わたし、喜んでエドと一緒に火刑にでも何でもなる。良い事だとは思っていない。でも、ライロと一緒に、何事もなかったかのような顔をして、ショーの舞台になんて、もう立てないわ。わたしは、変わってしまったの」

「それなら、俺も同じようなものだよ。俺だって、シャニー・ロードにひと言くらいは言ってやりたい。あいつは、オードラばかりかルナやパトロまで、殺させたんだ。チョート達が、聞き込んで来た。あの晩、ロード公の六頭立ての黒馬車が二台、風のようにブリュージュを出て行ったそうだが、その馬車には、金髪のシャニーが乗っていたらしい。迎えが来て帰る気になったのだとしても、何も皆殺しにして行く事はないじゃないかって、チョートはいきり立っていた」

「追手ではなくて、迎えが来ていたと言うの？　そんなの、あんまりよ。あんまりよ……」

「そこで泣いているのはローザ？」

安宿の裏口が開いていた。そこに立っていたのは、黒い長着にストールを掛けただけの、ジョイだった。宿の灯りは、もう殆ど消されていたのに、その暗がりの中でも、ジョイの様子が酷い事に、わたしとジョセは気がついた。

ジョイは、泣き過ぎて、瞳が半分潰れたようになっていたのだ。何日も食事を摂っていなかったらしいのが、その、掠《かす》れた震えている声からも、はっきりとわかる。

ああ。ジョイ。ジョイ。辛かったでしょうね。いいえ、辛いなんていう言葉では言い現わせないほどの、苦痛に責め苛《さいな》まれたのね。

ジョセの言う通りだった。わたしには、まだライロやフローラや、ジョセが付いていてくれた。例え心は離れてしまったとしても、それでもわたしは一人きりで、震えて泣いたり、瞳が潰れるほどの苦しみに苛まれる事はなくて済んだ……。

でも、本当にそうだったのかしら。わたしの心は、ジョイと同じくらいに潰れていないと、誰に言えるのかしら。夫とも、姉とも、父親とも、叔母とも心が通わなくなってしまった、四十三歳の女の心など、誰がいったい解ってくれるというのかしら。

姉のフローラは、わたしに言う。

「天の神様が……」と。

「天の神様が、あなたの流した涙の量を測っていて下さるわ。わたし達の苦しみを知っていて下さるわ」と……。

でも、わたしは、涙の量を測られるよりは、一緒に泣いてもらった方が良い。苦しみを知っていてもらうよりは、一緒に「苦しい」と、言ってもらう方が良い。痛みを知っていてもらうよりは、一緒に「痛い」と言ってもらえる方が良い。遠い天の上から見ていてもらうよりは、今、わたしの傍にいて、「辛いだろう」と、ひと言だけでも良いから、声をかけてもらえる方が良い。

ああ。ジョイ。ジョイ。可哀想に。こんなになってしまっていたなんて……。ごめんなさい。辛いのは、お互いだったわね。わたしがいる。わたしが傍にいるわ。あなたと同じ傷を受けたわたしが、あなたの傍に付いている……。

「ええ。わたしよ、ジョイ。何日も様子を見に来てあげられなかった。ごめんね。アミとアムールは気の毒だったわ。そんな格好では寒いでしょうに。中に入りましょう。ジョセが今、熱いお茶を持って来てくれる」

ジョイの細くなってしまった身体は、おこりのように震えていて、熱かった。

わたしとジョセは、ジョイの小さな部屋に入って目が眩《くら》んでしまった。もう畳まれてしまっている、オードラとルナのベッド。もう帰っては来ない娘達のための、そのベッド……。

そこには、可愛い猫のアムールと、犬のアミも眠っていたはずだった。ルナは、荷運び車のロバのサンドとサリ達にも、優しい娘だった……。

ジョイとわたしは、どちらからともなく、抱き合って泣き始めた。わたし達の痛みは、言葉にはできないものだったので、わたし達は、ただ黙って声もなく、言葉もなく、互いに寄り添って一夜を明かした。

ジョセが、わたしとジョイの傍についていてくれた。夜明け前に、誰かがジョイの部屋の扉の前に、何かを置いて去って行った。

「チョートよ。暖かいスープとパンを、いつも届けてくれるの。フローラかライロが持ってきてくれる時もある。ベリーやイザボーも、エドも、リリーや他の人達も、たまに来てくれる。でも、でもね、ローザ。わたしはもう『ここ』にはいたくない。ヤポンで会えるというのなら、五百年一気にジャンプして、ヤポンでルナとオードラを待っていたい、と思うようになってしまっているの。だから、もうわたしは、あの子達の後を追って『行って』しまいたい。ヤポンに先に行っていて、オードラとルナを待つのよ。でも、あの子達が憶えていてくれるかどうかと思うと恐くて」

「五百年も先に『ジャンプ』するなんて、無理よ。夜に、虹を見たいというようなものだと思う。ジョイ、しっかりして。気持はわかるけど……」

「夜の闇に輝く虹だってあると思うわ。時と時とに掛かる虹だってあると思う。わたしのオードラがそうよ。あの子は、不可能な事を可能にして来たんだもの。五百年のジャンプなんて、オードラには簡単にできる事なのに、あの子もルナも、そうはしなかった。オードラはね、ローザ。わたし達と『残りの者』達のために、誰よりも多くジャンプを繰り返してきたの」

「誰よりも多くって、何の事かね」

ジョイの前にスープの皿とパンを運んできてくれたジョセに、ジョイが静かに言った。

「ジャンプの数よ。わたし達は、あの子のお陰で、三、四十回しか『跳んで』いない。ジャンプは、危険だからよ。でも、あの子はわたし達を中間地帯（ワーム）の中で守ったり、わたし達をバラバラにしないために、できる限りの事をしてきたの。だから、あの子がジャンプをした数は、わたし達の三倍の、九十回近くになるはずだわ。それで、あの子の『記憶』が、飛ぶようになってしまった。わたしは、それが恐いのよ。ローザ、ジョセ。あの子は、とても愛が深いの。これからの五百年、千年にも、まだ何度も『跳ぶ』つもりでいる事でしょう。でも、そんな事をしていたら、あの子の中の『記憶』は、すっかり失くなってしまうか、大切な七家の事まで、忘れてしまうかも知れない。『さくらの歌』も忘れてしまうかも知れない。オードラも、そうなる事を一番恐れていた」

「そんな話、とても信じられないよ。ジョイ。一度や二度でも信じ難いのに、九十回だなんて、魔法みたいだ。でも、マジックと魔法は異うからね。オードラは占い師で、魔女なんかではなかったんだろう？」

「魔女なんかじゃない。あの子は、わたし達の神の娘の『ムーンスター』なのよ。わたしも、初めはムーン様がわからなかった。でも、あの子がわたしに思い出させてくれたの。だから、わたしもルナも、もう二度とオードラを忘れたくないし、忘れない。でも、オードラは、無茶をするから、心配で堪らない」

「思い出させてくれたって……。じゃ、なぜ、オードラは、わたしやジョセには、何も思い出させてくれなかったのかしら」

「わたしには、解らない。でも、ねえ、ローザ、ジョセ。あの子がそうしなかったのなら、きっと何か深い理由があったんだと思う。今度の事では、わたし達全員が傷ついたわよね。特にローザ。あなたはライロとフローラの事で、傷ついているんでしょう？　でも、二人を許してあげて。今度の事件で一番苦しんでいるのは、フローラとライロなの」

「姉さんと夫が？　どうしてなの？　それは確かにフローラは、パトロとオードラの名付け親だし、ライロはパトロの父親だけど。だけど、あの二人は、わたしやジョイほど、苦しんでなんかいない」

「そう見えるだけよ。オードラが言っていたの。フローラは、とても苦しんでいるって。フローラはね、ローザ。あなたの肺と同じように、肝臓がとても痛むらしいの。それと同じくらいに、心も痛んでいるそうなのよ」

「わたしの肺のことは、ジョセにしか打ち明けていないわ。何でオードラは、わたしの肺が痛む事まで知っていたのかしら」

「さあね。わたしには解らない。でもね、ローザ。わたしがいつもあなたにあげていた、ラベンダーの香り袋があったでしょう？　あれは、オードラがあなたにあげるようにと、わたしに言ったの。ラベンダーには鎮静作用があって、あなたの肺の痛みと、心の痛みに良く効くだろうから、って言っていた。ジョセにトネリコの杖をあげたのも、同じ理由からだそうなのよ」

「トネリコは魔除けだからとしか、言っていなかったけどな。あの木に薬効なんてあるんだろうか。何で俺にまで鎮静剤が必要だなんて、オードラは考えたんだろう。俺は、どこも悪くなんてないよ」

「目に見える所だけが、病気だなんて限らないでしょう。身体だけが、病気になるというわけでもない。ジョセ。とにかくオードラは、あなたにトネリコの杖をあげたかったのでしょう。形見だと思って大切にしてあげて」

「わかっている。あれは、特別に良い香りがする杖だから、とても気に入っているんだ。大切にするよ」

「そうしてくれると嬉しいわ、ジョセ。ローザ、あなたに話しておきたい事があるの」

「又、聞きに来る事にするわ、ジョイ。あなた、酷い様子をしている。食べても眠ってもいないのでしょう？　頼むから、スープを飲んで少し眠って。午後か夕方に、又来るわ」

ジョイは、チョートが運んできてくれたスープを、ほんの少し飲んだだけで脇に置いてしまっていた。ジョセが持って来てくれたお茶も、少しだけしか飲んでいない。

「何も欲しくないの。ただ、とても疲れているだけ。アミとアムールの最期に付き添っていたから……。あの子達は、見事だった。人間以上に、人間らしかったわ。強烈な意志で、飲食物を拒否したの。どんどん弱っていくのに、ルナとオードラの帰りを待ち続けて、とうとうあの子達の後を追って、逝ってしまった。まるで、愛に殉じて死ぬといわれている、殉死みたいだった。わたしも、アミとアムールのように、早く逝けたら良いのに……」

「ジョイ。君は、本当は自殺でもするつもりじゃないだろうね」

心配になったジョセが訊くと、ジョイは曖昧な表情をしてから、微笑んでみせた。

「死ぬつもりなら、とっくにそうしている。忘れたの？ 私は薬草売りなのよ。薬と毒とは、紙一重で同じようなものなの。さあ、もう行って、ローザ。兄さんが心配するわ。来てくれてありがとう。ジョセ。ライロを許してあげてね、ローザ」

「許すって、何の事なの」

「ライロから何も聞いていないの？ それなら、わたしの口からは何も言えない。ローザ。兄さんに、あなたが直接訊いてみて……」

「何なのジョイ。あなたとライロの仲なら、もう知っているつもりよ」

「わたしと兄さんの仲を疑っているの？ バカね、ローザ。そんなんじゃない。兄さんの人柄は、ローザもジョセも良く知っているでしょう？ それに、あなた達は、わたしの事も良く知っているはずよ。道にはずれた事なんかしていない。オードラとルナにかけて、誓って言えるわ……」

ジョイの腫れた瞳から、花のような涙が散って落ちた。

ああ。ライロ、ジョイ。それでは、全てはわたしの、わたしだけの一人相撲だったとでもいうの？　そんなはずはない。そんな……はずは、ない。でも、それなら。

「ライロを許せって、どういう事？」

ジョセが、わたしの代わりに訊いてくれた。ジョイは哀しそうにわたしを見ただけだった。何と深い、その哀しみの色……。何と悲しい、その苦痛の色……。

わたし達は、ジョイに「さようなら」とも言えずに、宿の裏口から、中庭に出た。

ああ。曙《あけぼの》。朝の光が射してくる前の、蒼い空の下に、わたし達のパトロの丘が、宿の近くに見える。その丘の上には一本のアカシアの大樹が……。ああ、苦しい。肺が潰れそうに痛い。フローラの肝臓も、こんなふうにして痛むというの？　なぜ姉さんは、わたし達にそう言ってはくれなかったのかしら。なぜ、いつもロザリオを手にして、祈ってばかりいるの。何がフローラを苦しめているというの。ジョイは、いいえオードラは、フローラとライロの、何を知っていたというのだろうか。わからない。今更、何を知っても、わたしとライロの仲は、もう元には戻らないというのに……。

「ねえ、ジョセ。わたし、やっぱりエドと行こうかと思うの。ジョイは気掛かりだけど、ジョイにはライロが付いていてくれるでしょうから」

「ライロとジョイは何でもないんだよ、ローザ。それでも行くと言うのなら、俺も一緒に行っても良い。でも、そうしたら、君達の父さんのベリーと、俺の母さんのイザボーが、今度はどうにかなってしまうだろう」

「姉さんとライロが、二人の面倒を見てくれる。ベリーもイザボーも、フローラやライロと妙なふうに気が合っているもの。大丈夫。わたしが行っても、じきに皆、忘れてしまうわよ」

「そんなはずはないだろう。皆、きっといつまでも泣くと思うよ。リリーやリアやリタも、チョート達も、君が好きなんだよ。ローザ、だから、もう一度良く考えて。ライロとも、じっくり話し合ってみるんだ。ジョイが、変な事を言っていただろう？　ほら、許せとか何とか」

「話す事も、許す事も何もないのよ。ジョセ」

ジョセは、わたしの気持になど、何も気がついていないのだろうか。幼い頃から、似た者同士だったような、同じ年の従兄妹のジョセ。わたし達、兄妹のように良く似ていたわ。ジョセとわたしのパトロはマジシャンのプロだけど、プロだからこそというのか、舞台の上での夢のようなショーとは逆に、現実では、とても堅実な考えの持ち主だった。その、堅実で誠実な所が、わたしにはとても好ましかった。なぜなら、わたしもどちらかといえば、地に足が着いた堅実な種類の人間だったから……。

だから、さっき、ジョイが話していたような、「神の娘」だとか「九十回のジャンプ」だとか、「ジャンプのたびに記憶が飛んでしまう」だとかの話には、今ひとつ本気で乗れない。それは、パトロやルナやロミーナには、もう一度会いたいとは、願っているけれど……。

「ローザ。もうじき皆起きてくる。変な誤解をされると、君が困った事になるだろうから、俺はもう行くよ。少し休んで。それからライロと話してみるようにすると良い。おやすみ、ローザ」

「ありがとう。あなたも休んで。おやすみ、ジョセ」

ジョセを見送ってから、わたしも宿の中に入った。古い、古い宿。昔ながらの街道沿いの宿。あの「花祭りの夜」からの、わたし達の苦しみの全てを知っていてくれるかのような、昔馴染みのような、どっしりとした黒い太い木の柱と、壁と、石の床。愛しいパトロが歩き、触ったかも知れない、この柱……。

わたしは宿のはずれの広い厨房に行って、チョートに冷たい水をコップに入れてもらおうとした。エドウィンと同じ年頃のチョートは、若いのに腕の良いコックで、正義感が強く、それでいてわたしやジョセのように、わたしのパトロのように、堅実な考えの持ち主でもあった。わたしもジョセも、チョートの人柄が好きだった。ハリーは、逆にナイフ投げのエドウィンに憧れて、「ナイフの投げ方を教えてくださいよ」と言うような、少し危なっかしい所がある青年だった。

「もう少しで朝食になりますよ、ローザさん。そういえば、さっきフローラさんも冷たい水が欲しいと言って来ました。昨夜の料理は塩辛過ぎましたかね」

「いいえ。とても美味しかったわ、チョート。わたしもフローラも、早く目が覚めてしまったというだけなの。ありがとう」

「どう致しまして」

昨夜のお料理って、何だっけ。わからない。何を食べたかどころか、どんな味だったかも、誰と食べたのかさえも、今のわたしには思い出せない。大体、わたしはスプーンやフォークを使った憶えすらないんだもの。手で食べたのかしら。それとも、ジョイのように何も食べずに済ませてしまったのかしら。わからない。

子供を亡くした親ほど哀れなものはない。子供とは、自分の体と同じなんだもの。いいえ、それ以上のもの……。わたしやジョイは、生きながら死んでいるようなものだわ。男親のライロとは異う。

わたしは、ライロの所に戻るのが嫌になって、姉のフローラの小さな部屋に行った。

「姉さん、ローザよ。一人なら、少し話したいの」

姉は、息子のエドの恋人の、踊り子のリリーがお気に入りで、宿に泊まれる時は大抵、リリーかリアかリタと同宿していた。

「ハイ、ローザ。早いのね。話があるなら、あたしはリア達の部屋にでも行っているわよ。入って」

「お早う、リリー。悪いわね」

「気にしないで良いわよ、ローザ。レッツラ・ゴーとでも行ってくるからね。んー。それとも、ジョイの部屋でも覗いてみようかな。あたし、オードラとルナとパトロが恋しくて……。アレ、ごめんね。ローザ。あんたの方が恋しかったんだよね……。つい口が滑っちまった」

「それこそ気にしないで。ジョイは寝ているわ」

「それなら、リア達の所に行っている。ゆっくりして行って。あたしは、皆と食堂に行くからさ。フローラ、あんたも後からちゃんと来てよ。しっかり食べなきゃ駄目だからね!!」

「姉さんがどうかしたの？」

「あれから、ふさぎの虫に取り憑かれちまって、食事もロクに摂らないでいるのよ。それですっかり弱っちまって、見ていられないわよ。あんたみたいになっちまっているのよ、ローザ」

「わたし、そんなに酷く見える？」

「そりゃ見方によるけどね。あんたもフローラもジョイも、ワアワア泣かない分だけ、性が悪いんだよ」

「リリー。もう良いわ。わかった。後でローザと一緒に食堂に行きましょう。さ、もう行って」


姉の部屋の窓辺には、冷たい水に挿したラベンダーとミモザと、忘れな草の花が飾ってあった。その窓の向こうの明るみかけた空の下には、アカシアの樹が立っている丘が見えている。わたし達の部屋からは見えない、あの丘が……。わたしは、あの丘を見たくて見たくない。あそこには、わたしのパトロがいる……。

「姉さん、この花は？」

「明るくなる前に、丘に行った帰りに摘んできたの」

「何でそんなに朝早く丘に行ったりしたの？　この部屋の窓からは、丘も、アカシアの樹も良く見えているじゃない」

「リリーや皆が眠っている内に『さくらの歌』は歌えない。皆が起きてきて、旅の人達が動き回っている宿でも、あの歌は歌えない。わたしは、わたしの娘のために、あの歌を歌いに丘に登って行くの」

「毎日？」

「そう。あれから毎日ね。わたしの娘が言っていた事があるのよ。あの歌は『愛』の歌だって。わたし達が心をこめて、愛をこめてあの歌を歌えば、ワームの中にいる者達にも、それは良く聞こえているんだって。だからわたしは、あの子達のために歌いに、丘に行くのよ」

「愛のために？」

「そう。愛のために」

「自分の身体を壊してまで、オードラを愛すると言うの？　そんなの変よ。オードラはジョイの娘で、姉さんの子供でもないのに……」

「ローザ。いもうと。そんな顔をしないで……。本当の事を知りたくて、来たのでしょう？」

「その通りよ、姉さん。ジョイが言っていたわ。姉さんのフローラの肝臓は、わたしのロミーナと同じように悪いんだ、ってね。なぜわたしにそれを言ってくれなかったの。なぜ？　肝臓病は誰からの遺伝なの。父さんのベリー？　母さんのロザリンダ？　教えてよ」

「ベリーからでも、ロザリンダからでもない。あなたの肺と同じなのよ。ローザ。あなたのパトロの腿や、ルナの心臓や、わたしのオードリーのお腹と同じ物なの。ロミーナの肝臓も、それと同じもの。誰の『血』のせいでもないわ」

「それじゃ、何のせいなの？　何でわたしは子供を二人も、いいえ、ルナを入れれば三人も、失わなければならなかったの？　わたしのせいなの。それとも、姉さんの大好きな神様のせいなの。なぜ姉さんは『イエス様』と言いながら、占い娘のオードラのために、『さくらの歌』なんて歌いに行くの。なぜ？　キリスト教徒のフローラ。あなたの信仰と、『さくらの歌』は矛盾しているわ」

「ローザ。落ち着いて。あなたの気持は良くわかる。でもね。今度の事は誰のせいでもないのよ。もちろん、あなたのせいでもない。オードリーが、言っていた通りになってしまっただけなのよ。あの子達はどういう理由でか、暗い路地に入ってしまい、シャニーは連れ戻されたか、自力で逃げたかしてしまった。あれは、不幸な事故だったとしか言いようがないものだと、思うしかない。諦めて。そして歌うのよ。あの、『さくらの歌』を……。そうすれば、いつかはあなたはパトロに、又、会える」

「あれが事故ですって？　あれは殺人よ!!『いつかは会える』ですって？　それはいつのこと!?わたしの気持が『わかる』ですって？　フローラ。いいえ、あなたには何も解らない」

「そう言われても、仕方がないわね。でも、ローザ。わたしには解らなくても、わたしのオードリーになら、解る。あの方が、あなたやパトロやロミーナにしてくれた事を知ったなら、あなたにも、わたしの気持が解るでしょう。あの方を失った私の心があなたやジョイと同じように痛んでいる事が、あなたにも、きっと解る事でしょう……」

「あの方って誰なの？　姉さんの名付け子の赤毛のオードラのこと？」

「オールド・リリー（昔百合）。オードリー（栄光）よ。あの方は、その名を受けるのにふさわしい方なの。あの方は、わたしの生命を救って下さった。トリカブトの毒で死ぬしかない身の上の者を、憐れんで救い出してくれたばかりか、泣いている者に寄り添い、笑っている者と共に喜んで下さった。御自分一人でなら、もうとっくに『ハル』の船にまで帰れているはずなのに、『事故』に遭った仲間達を見捨てはしなかった。見捨てなかったどころか、御自分が『忘れて』帰れなくなる危険を冒してまでも、わたし達のために尽くして下さっているのよ」

「事故って、いつの事なのよ」

「未来よ。地球暦二千五百年。過去でもある。地球暦紀元前五千年くらい。今から六千五百年も、昔の事だから……」

「姉さん。あの話を本当に信じているの？　それなら狂っている。フローラ。あなた、狂っているわよ」

「わたしは正気よ。ライロも、ベリーもイザボーも、ジョイも正気よ。ルナも、パトロも知っていたはずだわ。わたしの名前は、フローラじゃない。わたしはアンソニ。アント（花）と呼ばれていた。あの方は最高位の奥巫女で、神の娘のムーンスター。そのムーンスター様を、わたしのお祖父様は亡き者にしようとしていたの。わたしを、正統な神の娘の地位につけるためにね。でも、ムーン様は何もかも承知の上で、わたしを後継者にして下さった。その時からわたしは、ずっと、あの方の『影』になったの。友にも、姉にも母にもなろうとして、あの方に従ってきた。だから、ローザ。あなたはわたしのいもうとというよりは、あの方の子供なの。わたし達はみんな、ムーンスターの子供なのよ」

「馬鹿げているわよ、そんな話。フローラ。あなた、どこからそんな話を持ち出してきたの。その話と、姉さんの信仰は矛盾しているじゃない。クリスチャンにとって、神は一人だけのはずでしょう」

「持ち出して来たんじゃない。ムーン様が犠牲になってくれたお陰で、わたしとノブヒ様は憶えていられたの。もちろん、忘れそうになった時もあるわ。でも、そういう時もムーン様は、わたし達を助けてくれた。『夢』や『声』や『さくらの歌』でね。わたしとルナ（ほんとうはスターというのだけど）の信仰も、あの方の生き方には反しない。なぜなら、ナザレのイエスと呼ばれた方は、

『喜ぶ者と共に喜び、泣く者と共に泣きなさい』と言われていたから。それに、主はこのようにも言われていたの。

『友のために自分の命を捨てること。これより大きな愛はない』と……。わたし達のために、御自分を削るようにして生きてこられたあの方は、だから、キリストの御言葉に背いてはいない。後はただ、ムーン様が、いつその事に気がついてくれるかどうかだけなのよ。わたしとスターは、いつも、その事について祈ってきたの。ムーン様が、真の神を知られたら、残った者達全てを、キリストの元に連れて行って下さるはずだもの。だから、わたしとスターは、天の国の門の前にいて、ムーン様が、最後の者達を連れてくるまで待っていられますように、って願い続けているのよ」

「どのくらい？」

「もうずっと昔から。スターの方が先だったけど」

泣く者と共に泣きなさいですって？　それは、わたしが昨夜願った事じゃない。そうよ。わたしは確かに、そう願ったのだった。

遠い所にいてくれる「天の神様」よりも、わたしの傍にいて、一緒に泣いて下さる人の方が良いと……。あの、赤毛のオードラが、そんな「人」だったというの？　それなら、なぜオードラは、私の苦痛を放っておいたまま、逝ってしまったの？　ナザレのイエスとは、どんな方なのかしら……。

「ねえ、ローザ。あなたも、わたしと一緒に天の国に行きましょう。そこで、又、皆に会えるわ」

「わたしには、わからない。遠い天の国とかよりも、わたしは、わたしの傍にいて、共に生きて下さる神様の方を信じたい」

フローラは、ジョイのようにやつれた顔の中で瞳を煌《きら》めかせて、微笑んでいた。

「わたしが信じているのが、その方よ」

「十字架にかけられて、死んだと知っているわ」

「三日後に復活されました。その前に約束して下さったの。

『御自分を信じる者達を、決してみなしごにはしない』と……。そして、

『わたし達の内にいて下さるようになる』と……」

「止めて。フローラ。とても恐いわ。そんな話を、今、わたしにしないで。わたし、今は何も考えたくないし、考えられない」

「そうね、ローザ。今はこれでもう十分でしょう。あなたはもう、わたしの話を聞きました。あなたの中には、キリストの『生命』が繋がれたのよ。一度繋がれた『生命の花の輪』は、もう取り去られる事はない。後は、豊かに実を結ぶのを待つだけなの。

『新しい実も古い実も
あなたのために取っておきました』

という言葉を知っているでしょう？　おめでとう、ローザ。あなたはもう、新しい実にと招かれている。わたしとスターは古い実で、一番古い木は、わたし達の主であるキリストよ」

そんな話、聞いた事もない。わたし達は人間なのよ。人間が、りんごや青甘梨やぶどうのように、樹の「実」になれるわけなど、ないじゃない。それに、こんな時に、「おめでとう」という言葉を使うなんて、わたしの姉は、無神経の極みだわ。

「フローラが、その古い実とかになったのは、どうしてなのかしらね」

「今から三百年くらい前のことよ。その頃わたし達は、ルビエラ公国という所にいました。公女は二十歳になられたばかりのムーン様、次公女はスターだった。わたしとノブヒはルビエラの祭司で、あなた達は城内で幸福に暮らしていた。でも、ある日恐ろしい事が起こったの。今度の事件と良く似たような、恐ろしい事があった。公女と祭司長を務められていたムーン様は、赤い旗の国の王子に、お腹を刺されて死の床に就いてしまった。王子は悪いお父様の企みで、自分でも知らずに、毒を塗り込めた剣を持たされていたらしいの。それで、ふざけて遊んでいる内に馬が暴れ出して、止めようとしたムーン様を誤って刺してしまった。馬は暴れ続けて、結局、エメットとスターと、王子自身も落馬して、生命を落としてしまったの。その後で、十字軍がすぐ近くまで迫って来た。わたし達は、皆、死を覚悟したわ。でも、虫の息になっていたムーン様が言われたの。最後の言葉だった。

『降伏して、生きなさい。財宝を全て差し出せと強いられたら、そのようにしても良い。とにかく、さくらとヤポンを忘れないでいてくれれば良いの。生きていること、生命である事そのものが奇跡なのよ。だから、死なずに生き抜いて、それからジャンプに入りなさい。わたしは、又、帰って来ますから』

十字軍の後に、若い修道僧がわたし達の所にやって来て、こう言ってくれた。

『生きていなさい。あなた方は神の愛によって、息をしているのです。あなた方の身体は、神の愛によって、生かされているのです。神がまずわたし達を愛して下さいました。生きて、今ある事そのものが、愛されている事の『証』です。愛である神を信じれば、あなた方はみなしごになる事はありません。神が、あなた方と共に生きられるからです』と……。

その方は、ムーン様と同じように優しい口調と『声』で話して下さった。その方の『声』と『言葉』によって、わたしは二度目の救いを受けたのです。一度目はムーン様によって、二度目は生ける者の神である主によって……」

「それは、オードラがいつもスター、じゃない。ルナにしていたような『昔、昔、ある所に……』というような話と同じじゃないの。オードラが、王女様？　フローラ。良い加減にして。それよりも、そんなにヤポンとさくらが大切なのなら、どうしてオードラや姉さん達は、こんな所でグズグズしているのかしらね。さっさと皆でヤポンとかいう国に向かえば、良い事じゃないの」

フローラが、又、薄い微笑みを浮かべて、ロザリオに触れた。フローラのロザリオから、毎朝一滴神に献げている、バラの香油の香りが濃く漂ってきた。

「それは、主にはリリーとエドの気紛れと好奇心のせいなの。リリーは踊りが好きで陽気な良い子だけど、一つ所に落ち着きたがらない。エドは、好奇心が強くて、揉め事や財宝に目がなかったの。スターが、キリスト教圏から離れたがらなかったせいもある。

わたし達、一度はムーン様と、ヤポンと思われる島国に行った事もあるのよ、ローザ。でも、その時にはまだ、その国はヤマタイだかワの国とか呼ばれていて、『さくらの歌』も、まだ歌われてはいなかった。わたし達、そこでナミキ達にも会ったのだそうよ。でも、エドとリリーとスターは、海のこちら側に、又、『帰って』来てしまった。ムーン様はそれでやっぱり御自分も、こちら側に来られて、まだ残っている者達を捜し出そうと、改めて努めるようになられたの。ヤマタイ国には、ナミキ達以外の者は、まだ着いていなかったと、淋しそうに言われていた」

「長々とありがとう、フローラ。もう良いわ。そんな夢物語は、もう沢山。冷めてしまっただろうけど、朝食のスープとパンでも、食べに行ってきてよ。それとも、もう下げられてしまっているかも知れないけどね。わたしは、パトロの所に行ってくる」

「ローザ。何度言えばわかってくれるの？　パトロは、もうあんな所にはいないのよ」

「証拠を見せてよ、フローラ。あなたが言う、ジョイが言う、ライロやベリーやイザボーが言う『生まれ変わり』とかの証拠を……。皆が知っていて、わたしとジョセだけが知らない、その『記憶』とは、いったい何なの？　なぜオードラは、わたしとジョセにだけ、冷たくしたの」

「冷たくしたのじゃないのよ、ローザ。オードリーは、あなたとジョセを守りたかっただけなの。

知れば、あなたが傷つくだけだもの」

「そんなおためごかし、信じない。わたしはパトロとロミーナに会いたいだけ。もう一度パトロに会えるなら、姉さんの言う事を全て信じると約束する。でも、そんな事できないでしょう。フローラ。できないでしょうよ!!」

フローラの、忘れな草のように、青いきれいな瞳から、青く透き通った涙が落ちていった。

「やっぱりね。オードリーが言っていた通りになってしまった。オードリーは亡くなる一週間前に、わたしにこう言ったの。

『もし、あたし達に何かあったら、ローザは愛のために、心が石のようになってしまうでしょう。もう何も聞かない。もう何も感じない。もう何も信じない、と言うようになってしまうでしょう。フローラ。ローザとジョイのために、ジョセとライロのために、祈っていてあげてね』って

……」

「わたしとジョイのためというのはわかる。でも何で、そこにジョセとライロが出てくるの」

「ここにいらっしゃい、ローザ。あなたは、本当の事だけが、知りたくなったのね。わたしには、ムーン様ほど強い力はないけれど、あの方と同じ花族の娘の末なのよ。少しは、あなたの力になれるでしょう。それに、ムーン様が『今』、ここに来ていらっしゃる。ワームの中から、わたし達を心配して、ここに帰って来て下さっているのよ。さあ、その花束を手に持って。それから、

わたし、アンソニと手を繋ぎましょう。恐がらないで……。わたしは、狂ってもいないし、嘘吐きでもない」

花束とは、このラベンダーとミモザと、忘れな草のことなのかしら。わたしは、窓辺に飾ってあった、三色のその草花を取って、左手に持った。フローラが、わたしが縫ってあげた黒い肩掛けをはずして、わたしの右手を痛い程の力で握り締めてから、言った。

「ムーン様。スミルナの家の者に、お話し下さい」

すぐに、わたしの胸というか、肺というのかが酷く痛み出し、わたしの頭の中で「声」がした。

「ミモザ。フローラとライロを恨んではなりません。恨みは人の心を、変えてしまいます。ライロは、もう十分に苦しみました。わたしはこれから、フローラを通じて、ミモザに一つの夢を見せてあげましょう。でも、その前にあなたに伝えておきたい事があります。それは、あなたのミナについてです。ロミーナと言った方が、ミモザには解り易いかも知れませんね。ロミーナについては、わたしのアントかライロに訊きなさい。では。さあ、目を閉じて。

歌いましょう。愛の歌を……。

さくら
さくら
弥生の　空は
見渡す　かぎり

かすみか　雲か
匂いぞ　いずる
いざや　いざや
見に行かん」
ああ。その歌の向こうには、白いローブに金の胸当て、赤いマントに金の額飾り、ダイヤモンドの杖を宙高く掲げた、最高位の奥巫女の姿が……。輝くばかりに美しい、そのお姿。

十・九・八……ガクン!!

「事故だ!!」

「ミモザ!!　どこだ!?」

「ホープ。わたしはここよ。ミナが。ミナが!!」

「ミナ!!　ホープ!!　ミモザ!!　返事をしてくれ」

「ここだ!!　エメット。ミナとミモザがやられた」

「こんな遠くまで跳ばされていたのか。急いで。船が沈んでしまう。ミナ。ミモザ。歩けるか？担いでやりたいが、俺も足をやられている」

「大丈夫よ。エメット。わたしは歩ける。肺を打っただけ。ミナは背中を酷く打ったみたいだけど……」

『生き残っている者達は、船の第七層まで……』

擦り傷だらけの従妹兄のホープが、ぐったりしているミナと私を助け上げ、エメットがミナを受け取った。冷たい海水が……。

「他の人達は？」

「わからないが、ほとんど駄目だったみたいだ。船の第五層以下は沈んでしまった。スターも、ムーンスターも、ムーンもやられた。ストーム（磁気嵐）の影に、ワームが出た」


場面が変わった。

「さくらの歌」が、美しい島のあちこちから、聞こえてきている……。

ミモザの花と、青甘梨の花の甘い香り。二度目の春が、巡ってきたのだ。

わたしと夫の腕の中には、可愛い栗色の瞳をした双子の赤ちゃんが抱かれて、声にならない声を出して、嬉しそうに笑っていた。

女児の方の肝臓の辺りには、逝ってしまったミナと同じような青赤い斑紋があり、男の子の方には、逝ってしまったエメットと同じように、左の腿の後ろ側に、引きつれたように青黒い傷跡が残っていた。

「おめでとう、ミモザ。さあ、授乳が終わったら、ムーン様に見ていて頂きましょうね。あなたの肺は、まだ、完全に治っているとはいえないのよ」

優しい声でそう言ったのは、ジョイだった。

「ミナにそっくりな可愛い赤ちゃんね。ムーンスター様のお話は、本当だったわ。後は、スターと、ラブとラブリーの番だわ。ムーンスター様は、一番後になると、言われていたから……」

柔らかな、暖かい声でそう言ったのは、わたしの姉のフローラだった。

「ホープ、おめでとう。君達はこの島で一番の果報者だよ。一番先に、二人もの『帰還者』を授かったのだからね」

穏やかな眼差しで、そう言ったのは、わたしの夫のライロだった。

「羨ましがる事はないよ。ビュート。カオラ。君達夫婦にも今に、女の子が生まれてくるだろう。スターは君達の元に『帰ってくる』と、ムーンスター様が保証していたからね」

嬉しそうにそう言ったのは、フローラの亡き夫にそっくりな、雪白の髪のノビーだった。

「さくらの歌」が、聞こえてくる。暖かな、春の日。


「見えましたね。ミモザ。さあ、もう泣かないで……。わたしは、あなたを愛しています。ああ。もう行かなくてはなりません。リラが来ようとしています。では、今はさようなら。ローザ。又、会いましょう。愛しています。わたしはムーンスター。『ハル』の娘です」

柔らかくて、低く甘やかなその声は、赤毛のオードラのものだった。

「待って!!　待って!!　まだ行かないで下さい。ムーンスター様。いいえ、オードリー!!　わたしもあなたを愛しています。だから教えて下さい。わたしのパトロとルナは、いつ帰ってくるのですか。わたしのロミーナは？　リラなら、もうとっくに行ってしまっているはずです!!」

「港町の近くで待ちなさい……」

「どこの!?」

「ルーアンかルアーブル。パリの近くかも知れません。誰が最初に『跳ぶ』かで、場所も時も変わります。『さくらの歌』を歌っていて下さい。ヤポンで、エメットに必ず会えるという事を、憶えていて下さい。もうすぐリラが登ってきます。わたしは、迎えに行かなければなりませ…ん…」

「待って!!　待って!!　もう少しだけ!!」

でも、もう何も聞こえては来なかった。

ああ。オードリー。神の娘のムーンスター……。

気が付いた時、わたしはフローラのベッドの上に倒れていた。フローラの黒い肩掛けと暖かい毛布が、わたしの体の上に掛けられ、顔の横には、ミモザの花が置かれていた。それが、わたしのためにフローラが摘んできてくれたものなのだと、今のわたしには理解できた。「あれ」が、ただの夢なんかではなかったのだという事も、わたしには、はっきりと解った。誰の説明も、今はもう要らない。

「あれ」は確かに「昔」あった事なのだ。

「昔」、わたしはスミルナの家のミモザだった。

「昔」、わたしと従妹兄のホープは、愛し合っていた。

「昔」、わたしのエメットとスターは恋人同士で、エメットと妹のミナは、ウッドの者だった。

「昔」、ノブヒのスノー様と、青い瞳のムーンは、わたし達の導き手であり、守り手でもあった。

「昔」、わたしの夫のビュートと薬草売りのジョイ（カオラ）は、頼りになる医師夫婦だった。

「昔」、わたし達のベリーと叔母のイザボーは、わたし達全員の、特にビュート（ライロ）とカオラ（ジョイ）の親のようであった。

「昔」、ムーンスター様は、黒い瞳のモンスターと言われて、恐れられていた。

「昔」、わたし達は確かに船の事故に遭った。

ああ……。わたしの名前はミモザ。わたしの恋しい人は、ジョセだった。わたしの夫のライロは、ジョイと仲睦まじい夫婦だったのだ。

いつから、こんな事になってしまっていたの？

いつ、誰が、どうして相手を間違えるようになってしまったのかしら……。

それなら、わたしが感じているライロへの違和感と、ジョセへの親近感は、むしろ当たり前の事だったのだ。ライロとジョイも、この事に気が付いていたのかしら……。それで、わたしのように苦しんでいたとでも言うの？　ジョセの、本当の気持はどうなっているの？　ジョセは、わたしと同じ四十三歳になるのに、まだ、結婚をしていない。

リアやリタが、誠実なジョセに好意を寄せているのは、知っているはずなのに……。

ああ。苦しい。肺が痛い。

今となっては懐かしい。ロミーナやパトロ達を失って、悲しみ、痛んでいられた事さえも。

この、呻《うめ》きのような、死のような嘆きの深さに比べれば、夜の下のロアール河の水底の方が、きっと明るい事だろう。オードラは、わたしにこんな思いをさせたくなかったというのね。でも、もう遅い。

わたしは、自分から望んで、パンドラの箱を抉じ開けてしまった。一度覗いて見てしまった箱は、もう閉じても何にもならない。わたしの心の中のように「空っぽ」なだけだわ。たった一つだけ残ると伝えられている「希望」すら、今のわたしには、無い。

わたしとライロの子供のパトロとロミーナは、もう逝ってしまった。

でも、待って……。

ジョイが言っていたっけ。「今度の事」では、フローラとライロが、一番苦しんでいるのだと。

それは、どういう事なの？　オードラが言っていた「フローラとライロを恨んではいけない」という事と、それは関係があるの。それとも、ないの。二十一年も前に死んだはずのリラ（ライロの母親）が、「来る」とは、どういう事なのかしら。わからない。誰かが、多分ライロとフローラが、わたしに何かを隠している。何を？　わからないし、わかりたくもない。

「秘密」は、秘密のままにして置けば良かった。そうすればわたしは、パトロの死だけを悲しみ、悼んでいられたのに……。ああ、もう、わたしはここにはいられない。これから先、どんな顔をして、ジョセを見れば良いのだろうか。これから先、どんなふうにしてライロとジョイを見て行けるのだろうか。これからも、フローラを「姉さん」と呼べるのだろうか……。

呼べはしない。見てもいられない。ジョセとの事も、知らなかった事にはできない。わたしはもう、何も持っていないのだ。やっぱり、エドウィンと一緒に、ここを出て行こう。そして、できるなら、どこかで秘っそりと死んでしまおう。シャニー・ロードにひと言、「人殺し!!」と言ってやってから。ひと言、「パトロの敵」と言ってやってから……。

フローラが、ライロを連れて戻って来る気配がした。わたしは厚い毛布をすっぽりとかぶって、まだ眠っている振りをした。


「まだ眠っているみたいだわ。可哀想に、ローザ。やっぱり、止めておくべきだった。オードリーは、ローザとジョイの心が壊れてしまうと、心配していたの。でも、わたしはローザとジョイを見ていられなくて。それに、ライロ。あなたとジョセのことも、見ていられなかった。それで、オードリーに願ったの。わたしの過ちだった。ごめんなさいね……」

「ローザが願ったのなら、仕方がない事でしょう。ローザは、苦しんでいました。ジョセもです。ジョセは、ローザのために結婚もしなかった。『この次』を、待つつもりなのでしょう。ジョセは強くて、優しい男です」

「あなたもね、ライロ。あなたはジョイに気が付いたのに、ローザに忠実だったわ」

「はっきり気が付いていた訳ではありません。でも、ジョイを見ている内に、何かを少しずつ思い出してくるような変な感じがして……。ジョイは、私に気がついていたようですが。ジョイの方もジョセと同じで、フォルスを亡くしてからは、ずっと一人身のままです」

「わたし達の『旅』が、長過ぎたせいだと、オードリーは言っていました。『こちら側』へ来る時がずれれば、ペアになる相手も違ってきてしまいます。お互いに、古い昔馴染みですものね。先に会った相手と結婚してしまうというような、悲劇も起きてくる事でしょう。いつも同じ『時』に、生まれてくるとは限りませんし……。でも、ライロ。あなた達四人は、運が悪かった。今までは、一度も間違えた事なんて、なかったのに」

「あの戦争のせいです。あの戦争さえなかったら、ジョセは、父親のジョルジュを失わずに済んだし、ジョイも夫のフォルスを、失わずに済んでいたはずですからね。それに、あなたも夫のノビーを……」

「シーッ。ローザが目を覚まします。ライロ。それで、いつ発つつもりですか」

「ローザにちゃんと話してから……。そうですね。二、三日の内には発てるでしょう。もっとも、ローザが全部思い出してしまったのなら、私は黙って発ってしまった方が、良いかも知れない。後の事は、お願いします」

「わかっています。ジョセを新しい団長にして、わたし達はルーアンかルアーブル、パリの近くを廻っていましょう。さっき、オードリーが、ローザにそう言っていました。港町の近くに、つまりルーアンかルアーブルかパリ辺りに、今度は皆が帰って来るだろうと……。だから、必ず帰って来て下さい。ライロ。ローザもジョイも待っていてくれるはずです」

ライロが行ってしまうって……。そんな話、わたしは聞いていない。聞いてなんかいないわよ。フローラもライロも、「復讐はいけない」なんて、人には言っていたくせに、裏ではこっそりと、そんな相談をしていたというの。冗談じゃない。冗談じゃないわよ!! 発つのは、わたし。わたしとエドだけで行くわ。

「エドに、人を殺《あや》めさせないで。ライロ。殺人は、キリストの掟にも、『ハル』の掟にも背く、重大な罪なのよ。人を殺めてしまったりしたら、エドはもう『帰れなく』なってしまうかも知れない」

「エドだけじゃありません。エドは一人で行く積りでいますが、ハリーとリリーが、エドに付いて行く積りでいるようです。エドは、発たせないで下さい」

「言っても、聞くような黒太子じゃないでしょう」

「ライロ!! フローラ!! 大変よ。ジョイが。ジョイが!!」

「リリー。そんな大声を出してどうしたの?」

「ジョイが、河に身を投げた!! 様子が変だったから、あたし達、そっと尾いて行ったんだけどさ。あの丘が見える橋の上から、アイリスの花束を抱いて、ドボンだよ!!」

「大変!! それで助かったの?」

「エドとチョートが助け上げたけど、もう水を飲んじまっていて、危ないって。フローラ、どうしよう。あたし達、ジョイがアイリスの花束なんか抱えていたから、てっきりオードラとルナの所に行く気かと思っていたんだけど、やっぱりちょっと気になっちまって、尾いて行っただけなんだよ!!」

「リリー達のせいじゃないわ。余り騒がないでいて。ライロ、急ぎましょう。エドが付いていてくれるのなら、きっと大丈夫なはずだから……」

わたしも、リリーの大声に驚いて目を覚ました振りをして、リリーやリア達の後ろから、皆の後に追いて行った。ライロは恐いほど真剣な顔をしていて、その胸の中の痛みが、わたしにまではっきりと、伝わってくるようだった。ライロのその瞳で、わたしには、しっかりと理解できた。

ライロは、確かにわたしに忠実だった。けれど一方では、ジョイにも忠実だったのだ。

ライロは、ライロの言うジョセのように、ジョイとの「この次」を、心に固く決めて、夢見ていたのだろう、と……。ジョイは? ジョイも、きっとそう思っていたのではないかしら。娘のオードラとルナを、心の支えにして……。

でも、そのオードラとルナは、もう逝ってしまった。シャニー・ロードのために、あんなに非道い殺され方をして、わたしのパトロと一緒に、もう逝ってしまった。さっき、オードラが、いいえムーンスター様が言われていたリラというのは、ジョイの事だったのではないの？　わからない。でも、ジョイの気持なら、わかる気がする。ジョイは、アイリスの花束を抱えていたと、リリーが言っていたのだもの。「アイリス」とは、ギリシャ神話か何かの、虹の女神の名前だった。そうしてジョイは「夜に輝く虹」だとか、「時と時とに掛かる虹」だとかいう、不可能なような夢を見ていたのだもの。そのジョイが、アイリスの花を、「虹の花」を、胸に抱いて死のうとしたのなら、ジョイの心の中には、娘のオードラとルナの他にも、愛するライロがいたのに違いない。

リリー達が走って行ったのは、宿の中庭を抜けて、裏道からアカシアの丘に抜けて行かれる、ライ川の辺りの岸辺だった。

ジョイはエドとチョートによって、岸辺の草地の中に寝かされていた。三人共、服は水浸しで、ジョイはまだ、アイリスの花を何本かしっかり右手に握り締めており、その辺りの草の中にも、何本もの「虹の花」が、そこら中に投げ出されて、散らばっていた。わたしは、草地に落ちているアイリスの白い花を、紫の花を、そっと拾い集めた。

ああ。アイリス。アイリス。ジョイの、哀しく切ない「希望」の花。わたしも、この「虹」という花を抱いて、パトロとロミーナの所に行ってしまいたい。いいえ、異う。オードラは「ルーアンかルアーブルか、パリの近くで待て」と、さっき言っていた。それなら、わたしはジョイとは反対に、何度でも「こちら側」に戻って来たい。もう一度、わたしのパトロとロミーナをこの手に抱けるのなら、その時こそフローラの言う、

「十字架の神様」

とかの、花だか実だかになってしまって構わない。ムーンスターの子供にもなろう。そうよ。わたしの、たった一つ残った希望は、パトロとロミーナとジョセに、ルナに、「もう一度会いたい」という事だけ。もしも愛しいジョセ達に「もう一度、会えるなら」、わたしは、その家の小さな庭に、大好きなバラや、いろいろな花を植えよう。織布や白絹を使って、可愛らしい人形を作って、穏やかに暮らそう。千年も未来の船になんて、乗らなくて良い。わたしは、失ってしまった「愛」を、この手に取り戻せるだけで満足できる気がする。わたしは、そういう種類の女みたいだもの。多分、わたしのジョセも。多分、パトロもルナも。多分、わたしのロミーナも……。ジョイ。ジョイ。お願い。目を開けて。わたし達、もう一度初めからやり直しましょう。それとも、もう間に合わないの？

エドとチョートが、ジョイが飲んでしまった水は、もう吐かせておいてくれたらしい。でも、ジョイの意識は戻らない。

ライロが、ジョイの胸を強く・弱くと押し続け、フローラがジョイの鼻をつまんでは、自分の

息を力一杯ジョイの中に送り込んでいた。わたし達は祈りながら、見ているしかなかった。

「ああ……」

と、ジョイが溜め息のように呻いて、残っていた水を吐き出した。

「良かった。ジョイ。ジョイ。心配したよ。何で身投げだなんて、馬鹿なことを……」

ライロの腕の中から、ジョイが薄っすらと、わたしの顔を見た。又、あの不思議な、曖昧な顔をしてから、ライロに振り向いて言った。

「身投げ？　いやだわ。川の水をじっと見ていたら、急に目が回ってしまっただけ。この大騒ぎは何なの、兄さん」

「君は、身を投げたのだと、リリーが……」

「そうだよ、ジョイ。目が回ったなんて、嘘ばっかり。あたし達、ちゃんと見ていたんだからね。あんた、川の水を見るどころか、その花を抱いて『さくら』を歌っていただけじゃないのさ」

ジョイが、又わたしを見上げたので、わたしはジョイに頷いて見せてから、皆に背中を向けた。ジョイは、わたしに負い目を感じているのだ。でも、あの曖昧な顔つきは、ジョイがまだ諦めていない事を示しているような気持がして、わたしは涙が零れそうになってしまった。ジョセが、いつの間にか、わたしの傍に来て立っていた。

「ジョイは、死のうとしていたのよ。それで、五百年一気に『ジャンプ』してしまう積りだったの。ジョイはきっと又、やるわ」

「五百年も一気に『跳ぶ』積りだったたって？」

「ン。ン……」

「ライロに知らせておこう」

「駄目よ。ジョイは誰にも知られたくないの。特に、ライロとフローラにはね」

「それじゃ、リリー達にでも付いていてもらうしかないね」

「エドも巻き込んであげて。フローラが、エドの事で凄く心配しているの」

「エドを巻き込めって……。それは、エドはリリーが好きだし、今もジョイを助けたくらいだから、できない事はないだろうけど。ローザ。何を考えているんだい？　君はエドと一緒に、パトロの敵討ちに行く積りだったんじゃないのか」

「気が変わったの。ジョセ、わたしは肺が弱いのよ。いくら恨んでも、恨みだけではここからリヨンまでは行かれない。ブリュージュとリヨンは、何百キロも離れている。途中には険しい山や谷もあるし、ストラスブールのように危ない町もある。行かれっこないわ。だから、待つ事にしようと決めたの」

「良かった。その方が良いと思うよ、ローザ。ブルゴーニュ公領もジプシーにとっては、安全とは言えないけど、ストラスブールよりは、はるかにマシだろうからね」

「そうね、ジョセ。だから、わたし達は、このブリュージュからも出て行くのよ。さっき、フローラがそう言っていた。パトロやルナやオードラは、次はルーアンかルアーブルかパリの近くに

『帰る』んだって。だから、ジョセ。あなたも皆と一緒に行きましょう。ルーアン、ルアーブル、パリと廻って歩くの。きっと気が紛れるわ」

「君と一緒にパトロやルナを待てるなら、俺はどこにでも行くよ。そして、いつまでも待っている。パトロとルナ、ロミーナとオードラ。可愛い猫のアムールと、犬のアミもね」

「わたしの事は？　わたしが抜けているわよ。従妹兄のジョセ」

ジョセが一瞬、怪訝な瞳をした。

「もちろん、君と一緒に決まっているだろう。ローザ。どうかしたのか。何だかおかしいよ」

「寝不足なだけ。ジョセ、あなたもそうでしょう？　夜までわたしは休む事にする。ジョイの事、お願いね。ライロとフローラには、ジョイが落ち着くまでは看ていて、と言ってあげて」

「そうしよう、ローザ。俺もしばらくジョイを看ているよ。君は良く寝むと良い」

「ありがとう、ジョセ。そうするわ」

ジョセは何気なさそうにして、まだジョイを囲んで騒いでいる皆の輪の中に入って行った。

ライロが、

「とにかく濡れた服を着替えて」

とジョイやエド達に言っている声が、聞こえてきた。

わたしは、宿の中庭を急いで突っ切った。裏の家畜小屋の方から、ロバのサンド達が興奮して、鳴いている声が聞こえていた。

大丈夫。ジョセなら、きっと上手くやってくれる。大丈夫。ジョセなら、きっとわたしを待っていてくれる。だから、今はさようならを言わせてね。ごめんなさい、ジョセ。わたしは、もうあなたに会わせる顔がない。わたしは「ここ」ではもう、あなたの傍にいる資格がない。わたしは、あなたに言い訳ができない事をしてしまった。あの、忌まわしいストラスブールの近くの町々。

二十四年前、わたしとジョセは、まだ若かった。あの頃、わたし達の一座は、どこの村や町にも、長くはいられなかった。ジプシーというだけで、宗教的に弾圧を受ける事が多く、うっかりすれば、「オルレアンの乙女」のように、異端として火刑台に送られかねなかったし、フランスとドイツの国境争いでは、どちらの側からも、相手側からのスパイか、厄介者の流浪の民と思われていた。

だから、わたし達にとっては、忌まわしかったストラスブール。ストラスブールには、神聖ローマ帝国の兵士達が駐屯していて、わたし達を目の敵にし、その周辺では、フランスとドイツの国境争いや諸公間での領地争いが、絶えなかった。

わたし達は、何とかして危険なストラスブール周辺から遠ざかろうとしたのだけれど、戦火や混乱やヘイト（憎しみ）が、わたし達の行く先々で立ちはだかった。そして、そうした戦地や神聖ローマ領地では、ジプシーに限らず、若い娘や男は、常に危険に曝《さら》されていたのだった。

追い詰められていった一座の長老達は、若い娘や男達を早目に結婚させて、略奪者達の手から守ろうとした。そして、わたしはライロの母親のリラに気に入られていた。その時二十五歳だったライロにも十九歳だったわたしにも、その結婚話を断る理由はなかった。ジョセとは仲良しだったけれど、ジョセはまだ十九歳だったし、ライロは大人で、穏やかな人柄の、立派な若者だったからだ。

わたしは、ライロと結婚した。一年後には可愛いパトロを授かり、その二年後には愛しいロミーナが産まれてきてくれた。その七年前、姉のフローラは、十七歳の年にライロより年長のノビーと結婚していて、その年の内にエドウィンを授かっていた。

フローラ、その年二十四歳。エドウィン、七歳。ノビーはその年二十九歳。

ジョイは、その年十八歳と半年くらいで、二十六歳のフォルスに望まれて、結婚した。

ジョセは、父親のジョルジュの奨めにも係らず「まだ早過ぎる」と言って、誰とも結婚していなかった。

ああ。忌まわしかったあの年。

その時、わたし達はドイツ領ライン川添いから追われて、フランス領側に逃げ込もうとしていた。フランス領側のストラスブールには、神聖ローマ帝国の兵士達が占領駐屯していて、わたし達の一座の荷車に襲い掛かってきた。

忌まわしい、ストラスブール。

二十一年前のストラスブールで、ジョイの夫のフォルスと、ジョセの父親のジョルジュは、わたし達の目の前で刺殺されてしまった。

姉の夫のノビーが手綱を握っていた荷車には、火が掛けられて横転してしまった。プラチナブロンドの、銀のように美しいノビーの髪が血に染まり、横転して燃え上がっている荷車の中にいたはずのライロの母のリラと、わたしの生まれたばかりのロミーナは、岩に打ち付けられて、もう息をしていなかった。

他に犠牲になったのは、リラと仲良しだったわたし達の母親のロザリンダと、踊り子のライミ、ラジャナ、ヨルと、ロバのアビ。若く美しかったライミとラジャナ、ヨルは兵士達の玩具にされ、そのあげく殺されたのだと、後になってわたし達は知った。

先行していた二台の荷車は、フランス兵に取り囲まれてしまい、わたし達は、ノビーやリラやロミーナ、ロザリンダ達の車から引き離されてしまったのだ。

そのフランス兵達は、わたし達女に乱暴する事はなかった。が、その代わりにライロやジョセ、ベリーやホルス、アッシュやトビーという、一座の主だった男達を、厳しく拷問した。スパイ容疑と、異端容疑のためだった。

この時、フローラの金のクルスとロザリオが、結果的に、わたし達を救ってくれる事にはなった。

襲撃から、丸一昼夜経ってからの事である。その夜明け前に、わたし達は、フランス兵達から、ライミとラジャナとヨルの、無残な運命を知らされた。

フローラの夫のノビーも、ライロの母のリラも、わたしの娘のロミーナも、母のロザリンダも、ライミ達の遺体と一緒に、イル河に捨てられたとのことだ。ロバのアビは、ローマ兵達によって、没収されてしまっていた。一座の仲間の誰もが傷を負い、親しい者、愛する者を、無惨に殺されてしまったのだ。

愛しい、わたしの小さなロミーナも……。

忌まわしい町、ストラスブール。忌まわしい河、イル。

わたし達は、あれからストラスブールには近付いていない。

わたし達はあれから、ずっと北のジプシーになった。三年前、リヨン方面に向かったのは、中部地方から南東部を旅するジプシーのリヤドロ一座からの誘いが来たためだった。リヤドロは、二十一年前にストラスブールで傷め付けられたわたし達に、一時手を差しのべてくれた気の良い男で、オードラの評判を伝え聞いて、わたし達の一座と合流したがっていたのだ。けれど、合流してしまうと、ジプシーとしては大部隊になり過ぎると解って、リヤドロはオードラに会っただけで満足して、引き退《さが》った。

燃えるような赤毛のオードラは、あの時、ジョイの胎に宿ったばかりの子供だったからだった。

ストラスブールに近寄りたくないわたし達のために、リヤドロはリヨン近辺の幾つもの町を紹介してくれた。その中に、シャニー・ロードがいたロード公領の、町もあったのだ。忌まわしい、リヨン郊外の城壁の町。二十一年も経って、又もや亡霊のように黒く姿を現わしてきた、南の町。ストラスブールと同じように、わたし達の子供を殺した町、ロード。シャニー・ロードは呪われると良い。ロード大公のシャルルと公妃のウィノナも、わたし達のような地獄に落ちると良い。愛する者を奪い去られる苦しみと、救いの無い闇を、いつかあなた達も知ると良い。

わたしの手の中には、ジョイのアイリスが何本も握られたままだった。わたしとジョイだけに解る、哀しみと希望の花。アイリス。

ジョイは悲しみに耐えかねて「五百年先」に虹を掛けようとし、わたしは苦しみに耐えかねて「今ひと度」を虹に望んでいる。でも、どちらも根元では、一つなのだろう。それはただひと言の、恋しい者達への「もう一度会いたい」なのだから……。


わたしは、自分で縫った黒いバッグに、当座の着替えを詰めた。それに、小さなコイン入れと、布製の宝石入れ。その中には、母のロザリンダからもらった、高価なパールのブローチや金の耳飾り、フローラがいつか贈ってくれた小さな金のクルスや、ライロがくれた珍しい細工のカメオ、愛しいパトロとルナからの銀のロケットや月の形のブレスレット、オードラがくれた美しい、金の首飾りなどが納ってある。大切な、わたしの宝物……。

これを全部手放しても、一体どこまでの路銀になるのだろうか。船で河を行ければ一番良いのだろうけど、女一人の船旅は危ないとも聞いている。

やっぱり、わたしの小さな、きれいなアコーディオンも持って行こう。わたしは、アコーディオンケースの底に、パトロがいつも持っていた、鋭い刃のジプシーのナイフも収めた。

アコーディオンケースは、大きなストールで巻いて、背中に担げるようにした。隠すためと、運ぶため……。ジプシーの女は、旅に慣れている。お金が無くなったら、アコーディオンを弾いて、陽気な歌を歌えば良い。パブや宿屋のバーや、祭りの広場や、只の道端で。

わたしは、それから急いでライロに手紙を一通書いた。

「長い間忠実でいてくれた愛するライロ。でも、もうあなたは自由です。わたしは全てを思い出しました。わたし達は時代の犠牲になりました。わたしの言う事を、解ってくれると思います。

わたし達は、正しい相手の元に帰らなければなりません。

あなたは、ジョイに。わたしはジョセに。

わたしは正しい場所に『戻る』ために、ここを発ちます。あなたが行く事はありません。なぜなら、パトロとロミーナは、本当なら、わたしとジョセの子供になるはずだったからです。

あなたは、ジョイの傍にいてあげて下さい。いつか、あなたとジョイの元に、ルナとオードラが『帰って』きてくれる事でしょう。

わたしも、ジョセの元に『帰る』ために行くのです。今まで、ありがとう。キスを……。

ジョイとジョセにも、キスを。愛しています。フローラには、許して下さいと……。　ローザ」

宿の封筒にその手紙を入れて、わたしはライロのベッドの枕の下に置いた。

ジョセには、手紙は書かなかった。今更ジョセに、何が言えるというのだろうか。わたしは、ジョセとジョイを傷つけてしまったのだ。ついでに、ライロと自分自身をも、わたしは深く傷つけた。「間違いでした」と言うのには、もう遅過ぎるほどに、わたしはわたしを、傷つけてしまった。


許してね、ジョイ。辛かったでしょう。

許してね、ライロ。長かったでしょう。

許してね、ジョセ。どんなにか傷ついた事でしょう。わたしは、わたしを許せないの……。

宿の裏口が騒がしくなった。わたしは荷物を持ち、一座の者達の姿が見えなかった、表口の方から外に出た。

陽の時刻でいうと、午前八時を回ったばかりで、わたしの手には、まだジョイのアイリスが握られていた。

町の貴金属店は、まだ開いていない。それにわたしも、最後にあの丘に行ってから、行きたい。わたしのパトロとルナとオードラと、猫のアムールと犬のアミに、「さようなら」を言い、最後にあの「さくらの歌」を歌ってあげてから、発って行きたい。

わたしは、宿の裏手に回って行って、アカシアの丘への近道をしようとした。さっき、ジョイが身を投げた、あの橋に続いている裏道であり、宿の家畜小屋に一番近い、ジョイの部屋の横を通る小道の一つでもあった。生き物使いのルナが、ロバのサンド達の傍にもいたがったために、ジョイとオードラは稼ぎが良いのに、いつも一番条件の悪い部屋に、入る事になってしまっていたのだった。

ジョイの部屋の、小道に面した窓が細く開いていて、白いカメリアの樹の横を通ろうとしたわたしの耳に、抑えた話し声が聞こえてきた。


「やはり、私のせいなんだね。ジョイ」

「異うと言っているでしょう、ライロ。わたしは目眩がしただけなの。あれから、殆ど眠っていないから……。だから、誰かのせいだと強いて言うのなら、それは、あのシャニーのせいなのでしょう。わたしはシャニーが憎らしい」

「憎んでは駄目よ、ジョイ。憎んでも、わたし達のオードリーは、もう戻らない。でも、悔やんでも悔やみきれないわね。幾らオードリーが『愛している』と言ったとしても、わたし達はあの時、シャニーを城に返すべきでした」

「あれは、赤い旗の国の王子だった若者でしょう？　あの時も、シャニーのためにムーンスター様達は、非道い事になってしまった。なぜ、ムーンスターは、シャニーを遠ざけておかなかったのですかね」

「愛していられたからですよ、ライロ。オードリーは、こんな事になったのはニュートのせいばかりではないと、いつも言っていました。ニュートの、美し族の『種』の記憶が、いつまでも悪さをしているのだそうです。いつも、より美しい方へ、より豪奢な方へと、ニュートの魂は惹かれていってしまう。そのために、ムーンスター様達は、どれほど危険に曝されてきた事か」

「美しい物が、豪奢であるとは限りません。美とは、小さい物にも大きな物にも、等しく宿っているものです。嫌、むしろ大きな物よりはより小さな物に、目に見える物よりは、目には見えない、心や魂の世界にこそ、本当の美しさが宿っているものです」

「わたしもそう思うわ、ライロ。だから、ニュートは間違っている。あの時、ムーンスター様の傍に、ニュートを近付けるべきではなかったんだわ。わたし達の間違いだったのよ」

「今更、そんな事を悔やんでも遅いよ、ジョイ。あれは、何千年も昔の事なんだ。それより、あの話は、どういう意味だったんだろうね。オードラは、あの朝、何と言っていたんだね、ジョイ？」

「もう何度も言った通りよ。ロード公の追手達の影を探そうとして水晶玉を見ていたら、おかしなモノが見えたんですって。『それは何だったの？』と訊いてみたら、『まだ秘密。あたしの間違いだったらいけないから、今夜もう一度良く見てみる。でも、あたしの見間違いでなかったのなら、素敵なプレゼントを、フローラとローザとライロにしてあげられるわ。死んでいた者達が、帰ってくるかも知れない』って……。でも、あの子はとうとう帰って来なかった」

「死んでいた者が『帰る』って、どこかに『戻って』きているという事なのかしら。それなら、わたしのノビーと、ローザのロミーナと、ライロのママのリラの事に違いないのだろうけど。わたしでは、幾ら考えても、その場所が解らないわ」

「私にも、見当も付かないので、焦《じ》り焦《じ》りしてしまうよ。もし母とロミーナが『戻って』くるのなら、それは私達の所に異いないと思うのだが。もし他に『戻って』くるのなら、わたし達の方で何とか捜し出さないと……。ロミーナが『戻れば』、ローザもきっと元気になるだろうからね」

「だから、何度も言っているでしょう。あの子は『戻る』とは言わなかったの。『帰る』って言ったのよ」

「『戻る』も、『帰る』も同じような事だと思うけど、何だかすっきりしないのよね」

「そうなんだよ、フローラ。だから、私も、ローザには、この事をまだ、話せていないんだ。もしも、それがオードラの見間違いだったとしたら、ローザは今度こそ壊れてしまうだろうと思うと、恐くてね」

「わたしもよ、ライロ。その事が、とても苦しくて。ローザには、確かにロミーナを見つけてからでないと、話してあげられないのだもの」

「でも、フローラ。わたしのオードリーは、今度は、港町の近くで待っているようにと、言ったのでしょう？　それなら、そこにノビーやリラやロミーナも、『戻って』きているのかも知れないじゃない」

わたしは、足音を立てないようにして、そっとその窓の傍の、カメリアの樹の陰から離れた。泣き声が、口から漏れ出てしまいそうだった。話してくれていたら良かったのに！　言ってくれていたら良かったのに!!

ああ。わたしのロミーナ。ロミーナ。なぜ、ライロとフローラは、わたしに何も言ってくれなかったのかしら。「確かな事」ではなかったから？　それでも、話して欲しかった。わたしは、ライロとフローラとジョイに、裏切られたような気持になりかけて、込みあげてくる嗚咽をぐっと呑み込んだ。

「ミモザ。フローラとライロを恨んではいけません。恨みは、人の心を変えてしまいます」

と言ってくれた、ムーンスターの『声』を思い出したからだった。ジョイが言っていたフローラとライロの「苦しみ」とは、この事だったのだろう。でも、わたしのロミーナとリラとノビーは、港町になど『帰って』きてはいない。あの時、オードラはルーアンかルアーブルかパリの近くに、パトロやルナや自分が『帰るだろう』と言っただけだもの。あの時、ロミーナやリラやノビーまで『帰る』とは、言っていなかった。それどころか、『今、リラが来ようとしています』みたいな事を言っていたのだけれど、あれはジョイの間違いなのだろう。

オードラは、二十一年前、まだジョイの胎に宿ったばかりだったのだから、「今」のノビーやリラや、ましてや赤ちゃんだったロミーナの姿など、知っていたはずがない。

わたしは、急いで低い丘の頂きに登って行った。

アカシアの大樹の近くに、わたしのパトロが葬られている。

昨日、ジョセが供えてくれたという、れんげ草と白いクローバーの花は、もう萎れていた。

わたしは、ジョイの「希望の花」を、愛しい子供達に捧げていった。

ライラックの淡い紫の花が好きだったパトロには、ラベンダーのアイリスを。

白いドレスが好きだったルナには、白いアイリスを。

黒いドレスが好きだったオードラには、黒に近い青の紺青のアイリスを。

白いクローバーの花輪が好きだった猫のアムールには、ルナと同じ白いアイリスを。

れんげの花冠を「あの日」付けていた犬のアミには、パトロのものに良く似た甘紫のアイリスを。

それから、わたしはアカシアの根元に佇んで、パトロ達のために、心をこめて「愛の歌」を歌った。

「さくら
さくら
弥生の　空は
見渡す　限り
かすみか　雲か
匂いぞ　いずる

いざや　いざや
見に　行かん」

さあ、もうこれで良いわ。わたしは行かなくては……。

「帰って」来てね。「帰って」来てね。わたしのパトロとルナとロミーナ、オードラ……。愛している。

ブリュージュの町は、まだ目を覚ましたばかりだった。わたしが目当てにしていた貴金属商会は、まだ扉を半分開けているところだったが、その近くの通りの高級宝飾店の前には、従者を乗せた白い四頭立ての馬車が停められていた。わたしは、そんな高級宝飾店には入れない。でも、目当ての店は、まだ完全には開いていない。

高級宝飾店の前で迷っていると、馬車の中から、女官らしい中年の女性が降りてきて、わたしに合図した。

「マダム・ローザ。わたしを憶えていますか」

その女官は、ナントの近くの貴族の公妃付きの、モンテ様だった。四年前にオードラはその城に招かれ、城の貴婦人達を良く占って、公妃のエイミ様には、跡継ぎの男児の誕生を、「この後、十月《とつき》ほど後に」と告げて、多大な褒美を後になって頂いた事がある。その年の秋には、エイミ様が元気な男の子を授かったからだった。この時、オードラは、高価な絹の、赤と黒と白のドレスをもらい、私たちには、多額の褒賞が与えられた。オードラは、その時の黒いドレスで、ルナはオードラにプレゼントされた、その白いドレスを着て、秋祭りの間に、ルナの十四歳の御礼に、ナントの町の教会に出掛けて行ったものだった。ルナは、十三歳までが危ないと、心臓の事で医者から忠告されていたので、ルナが十四歳を迎えられるのは、わたし達にとっては、特別の喜びだったのだ。

「お久しぶりでございます、モンテ様。こんな所でお目に掛かれるとは、思ってもいませんでした」

「わたしもですよ、マダム・ローザ。オードラとルナは元気ですか？　さぞ美しい娘達に成長している事でしょう」

「はい。ありがとうございます。あの、噂をお聞きになってはいらっしゃいませんでしょうか」

「噂？　何の噂なのですか。わたし達は公女様の御婚約が整いましたので、そのお支度のために各地を廻っている所です。ブルージュには、今朝着きました。夕方には、次の町に向かって発つ予定です」

「アイラ様の？　それは、おめでとうございます」

アイラ様というのは、公妃のエイミ様の次女にあたられる方で、確か今年で十四、五歳になられるはずだった。

「あなたもこの店に買物に来たのですか、マダム・ローザ」

「いいえ。わたしは、逆なのです。わたしが持っている品を、この店かどこかで買って頂けないものか、と……」

「品物を売る？　あなた達は困っているのですか」

「いいえ。ただ、今度長旅に出る予定ですので。資金は幾らあっても良いのではないかと、考えまして」

「遠旅に？　それは大変だこと。では、一緒に店に入りましょう。中には、わたくしよりも目利きのココがいます。品によっては、店主に上手に交渉してくれる事でしょう」

モンテ様に伴われて店に入ったわたしを見ても、店主夫妻は顔色ひとつ変えなかった。心の中までは解らなかったけれど……。ココというのは、まだ三十代の美しい女官だった。多分、エイミ様のお付きの一人なのだろう。モンテ様がわたしの望みを話して下さったので、店主夫妻は、その場でわたしに、

「品物を見せて頂きましょう」

と言い、店のサロンに坐っていられたココという方も、興味深そうにわたし達の方に歩いて来られた。わたしが広げた宝石入れを見て、店の主が口を開く前に、ココ様が言った。

「この金の首飾りは、どこで手に入れたものですか？　それに、あなたの金の髪飾りも」

ああ。オードラ。オールド・リリー。わたしは、早朝に聞いたオードラ（ムーンスター様）の、深くて柔らかい、威厳のある「声」を思い出してしまって、涙ぐみそうになった。赤毛のオード

ラと呼ばれていたのは、わたし達の母のような、神の娘のムーンスターだったのだ。それなのに、オードラは気立ての良い、そして気前の良い娘だった。自分一人が貴族や金持ちの家に招かれていくと、みやげに貰った珍しいお菓子や、金銀の飾り物などは、全て一座の女達（リリー達、フローラ、わたしやルナやジョイ）などに、惜し気もなく分けてくれてしまっていたのだった。愛しいオードラ……。わたしは、急にその髪飾りを手放したくなくなってしまった。それは、オードラが、わたしのために、自分の手で挿してくれた髪飾りだったからなのだ。

「サンドニの近くの、フランス王家の館の方から頂いた物です。でも、この髪飾りの方は、手放すつもりはありません」

「そう。惜しいわね。出所が王家の筋からのものなら、二つともわたし共が求めようと思いましたのに。マダム・ローザ？　この、金の首飾りには、最高のダイヤモンドが使われているのですよ。それに、あなたの髪飾りの石は、サファイヤと、エジプトのトパーズです。大切にしなさい。こちらの金の首飾りは、アイラ様のために、わたし共で買い上げましょう。大変良い物ですから、金貨で百枚です。そのパールのブローチと、ローマで彫られた美しいカメオは、この店の主が買い取ってくれるでしょう」

金貨で百枚ですって？　わたしは卒倒しそうになってしまった。オードラは、今までそんな高価な物を、わたし達にくれてしまって、平気な顔をしていたのだろうか……。

「金貨で百枚というと……あの、リヨンまで船で行かれるくらいなのでしょうか」

「あら、あなた達はリヨンに行くつもりだったのですか。マダム・ローザ。それなら心配は要りません。リヨンどころか、ローマやエルサレムまで、あなた達全員で巡礼に行って来ても、まだ余るくらいのお金ですよ」

モンテ様が言われたので、ココという方も店主夫婦も皆笑った。

ああ。ありがとうオードラ。ありがとう、神様……。

その他の品物は全て、店の主が、

「大変手が込んでいる物だから」

と言って、引き取ってくれると言ってくれたけれど、わたしはそれも断った。

ライロからのカメオだけはジョイのものだけど、後はみんな、大切な思い出の品なのだ。無事にシャニー・ロードの町まで行けたなら、残ったコインと一緒に安全な方法で、ルーアンかルアーブルの「ムーンシップ・ライロ一座」に届けられるように、手配すれば良い。

わたしは、オードラのダイヤモンドの首飾りと引き替えに、金貨百枚を支払って頂き、それを十枚ずつ、腰に巻いていた黒い皮のサッシュの裏の、隠し袋に収った。

モンテ様とココ様、店主夫婦には、厚く御礼を言った。そして、それ以上に熱く、わたしは心の中で、オードラにお礼を言っていた。

これで、リヨンに行ける。全部を船で行くという訳にはいかないのは、解っているけど。険しい山岳地帯や荒れ地や、深い森の中の道も行く事になると思うけど。それでも、リヨンの町にさえ行けば、ロード公城まではわたしは、目を瞑っていても辿り着けるだろう。問題はただ一つ。あの、忌まわしい町。ストラスブールは船の要所にもなっているのだ。二十一年経った今でも、あの町は、あの当時のままに危険な所なのだろうか。神聖ローマ帝国軍が、ストラスブールから引き上げたなどという話は、まだ聞いてさえいない。「いつかはそうなる」と、ベリーとイザボーは口癖のように言っていたけれど……。

大鐘楼の鐘がなっている。

一つ、二つ、三つ……十時。鳴り渡る鐘の音を聴いている内に、わたしの考えが変わった。ライロは、もう宿代の支払いにも行き詰まってきているのだ。

逝ってしまったパトロやルナやオードラのために。傷付いたわたし達全員のために。弱っていたアムールとアミのために。「さくらの歌」を歌い、送るために、あの「血の夜」からのひと月余りを、ここブリュージュで過ごしてしまったのだから……。でも、もうこの町にいても意味はない。これから、ライロは「娘占い師」と「少女動物使い」と「腕の良いマジシャン」と「金髪のバイオリン弾き」を失ってしまった、歯が欠けたような一座を率いて、又、ルーアンやルアーブル、パリ近郊へと旅をしていかなければならないのだ。その上、「アコーディオン弾きのローザ」も、いなくなってしまう。ライロは何でもできるし、フローラは、シャニーよりも上手にバイオリンが弾けるけど、でも身体は丈夫ではないし。ジョイからも、当分、目が離せないだろう。

わたしは、教会の前からもう一度、町はずれの安宿に、人目を忍ぶようにして帰って行った。誰にも会わずに、それでいて確実に、ライロかフローラにお金を渡せる方法といったら、ジョイの部屋に行くしかない。わたしは、自分のためには金貨を二十枚だけと、オードラからの髪飾り（これは、お守りのため）だけを取り分けて、残りの金貨と手製の宝石入れを、小さなスカーフで包んで、カメリアの樹の陰から、そっとジョイの部屋の中を覗いて見た。ジョイは眠ったようで、誰も傍には付いていない。

わたしは、ジョイのベッドの枕元に、そのスカーフの包みを置いて、眠っているらしいジョイに囁いた。

「ジョイ。ローザよ。ルーアンへの旅費を作ってきたの。夜まで待って、ライロに渡してあげて」

眠っていたと思ったジョイの閉じられた目から、スーッと涙が落ちた。

「行ってしまうの？　ローザ」

「ええ。行って、あなたの分までシャニーに言ってあげるわ。『人殺し』って……」

「わたしのせいなのね」

ジョイは、泣いていたけど、目を開けようとはしなかった。わたし達は似た者同士なのだ。今、お互いに相手にして欲しい事と、して欲しくない事が、わかっている。

「異うわ。ジョイ。わたしが行きたいの。わたしが行かなければ、ライロが行ってしまう。皆のために、それはさせられない」

ジョイの閉じられた目から、又、涙が落ちた。

「気をつけて。ローザ、あなたに言っておきたい事がある」

「何なの？　ジョイ」

「必ず帰って来て。もう一つ。もしかしたら、あなたのロミーナとノビーとリラは、どこかで生きているかも知れない……」

「そんなはずはないわよ、ジョイ。あなたもあの時、確かめて見たでしょう？　三人共、もう息をしていなかった」

「一瞬だけしか、傍にいられなかった。オードラが、あの日、首を傾げていたの。生きているのに真っ暗だって……。だから、見間違いなのかも知れないって。わたし、ずっと何の事だか解らなかった。そうしたらさっき、夢を見たの。あの子がわたしに見せたのよ。ローザ。その夢の中では、ノビーは目が見えていなかった。だから、『生きているのに真っ暗』だったみたいなの。それに、ロミーナは、どこかの暗い塔か牢のような、狭い所に閉じ込められていた。それで、その子が言っていたのよ。『急いで来て下さい。さくらの月読み』って」

「さくらの月読みって……。誰が、そんな言葉を知っているのよ」

「あなたのロミーナだとしか、考えられない。ねえ、ローザ。その娘は、昔のミナにそっくりだった。あなたのロミーナとノビーとリラは、もしかしたら生き返ったんじゃないの？　オードラがいてくれたら、良かったのに……」

「そんなはずはない。ジョイ、それなら何でオードラは、今まで『それ』を見なかったの？」

「あの子が五歳の時、わたしに訊いたの。あたしのパパはどうしたの？って。それでわたしは、フォルスとジョルジュが刺されて死んだと話した。あの子は『月を見て』確かに自分の父親は死んでしまったのだと、納得してしまったのよ。それで、『あの時』の事を、あの子はそれ以上、見てみようとはしなくなったの。でも、あの日、あの子は変な事を言った。二十一年前に、本当は何があったの？って……」

「だからといって、それがわたしのロミーナの事だとは、言えないじゃない」

「そうかも知れない。そうじゃないかも知れない。でも、もしオードラが生きていてくれたら、きっと、すぐにその娘の所へ行こうとしたでしょう。それに、この夢の話をライロにすれば、ライロも必ず、そこへ行こうとするでしょう」

「そこって、どこなの？　ジョイ」

ジョイが、涙で一杯になった瞳を開けた。

「わからない。でも、その塔だか牢だかの小さな窓からは、ロード公城に良く似たような城壁が見えていた。城壁の裏門までの間には、メープル（楓）とエルム（楡）の森があって、ノビーはその楡の森の前辺りの壁の所で歌っていた。ムーンスターを呼びながら、

『さくら

さくら
いざや　いざや
見に　行かん』って……。
兄さん達に知らせましょう。あなた一人の手には負えないわ。もう、あんなシャニー・ロードなんか、どうでも良い」

「駄目なのよ、ジョイ。あなた達はルーアンかルアーブルか、パリ辺りを廻りに行かなければ。オードラが今朝、わたしに言ったの。パトロやルナ達は、今度はその辺りに『戻るだろう』って。フローラは、あなたにそう言わなかったの？」

「言ったわ。でも、わたしは信じなかった。あの子は、いつも言っていたのよ。ワーム（中間地帯）の中には『時』がないから、そこにいつまでもいてはいけないんだって。『こちら側』から月の裏の海に入ったら、そこで少し休んでから、さくらの歌を心に抱きしめて、跳ばなければね、って。でも、あの子自身はいつも休む間もなく『帰って』きてしまっていたらしいの……。あの子が、ひと月以上もワームの中にいるだなんて、信じられない」

　わたしには、ジョイが何を言っているのか、理解できなかった。わたしは、早朝確かに「ムーンスター」の声を聞いたのだ。でも、解っている事もある。ライロがジョイからノビー達の事を聞いて、わたしのためにロミーナを捜しに行くか、シャニー・ロードに復讐しに行くか、そのどちらかの気持になっている事だ。でも、それは駄目。ライロは、ジョイの傍にいてあげなければいけないのだ。いったん発ってしまったら、無事に帰って来られる保証なんて、どこにもないのだもの……。

それに、もしもその娘が、わたしのロミーナだというのなら、わたしにこそ「そこ」に行くべき権利がある。ロミーナが、本当に「生き返って」いて、助けを求めているというのなら、わたし自身がその娘を助けに行く。だって、ロミーナは、わたしの愛しい娘なのだもの。でも、なぜわたしの娘は、ロード公の城なんかに捕らわれているのだろうか……。わからない。

「ジョイ。わたしはやっぱり一人で行く。大丈夫よ。女のわたしの方が、城内に入り易いだろうし、城の中でも自由に動ける。大勢で行っては目立つだけで、かえって危ないわ。だから、二手に分かれましょう。ライロとあなた達は港町の方に。わたしはロミーナやノビー達を捜しに、リヨンの方に行く」

「そいつは良い考えだな、ローザ。よし、きっぱり二手に分かれようぜ。俺達は従兄弟の敵討ちに行く。そして、そこに死んじまったはずの親父《おやじ》やロミーナ達がいるなら、助け出して連れて帰ってくる」

エドウィンとリリーとジョセが、いつの間にか戻って来ていて、扉の陰で、わたし達の話を聞いていたのだった。

ああ。ジョセ。ジョセ。そんな瞳《め》をして私を見ないで。わたしは「今」はあなたにふさわしくない……。

「そうだよ、ローザ。一人きりで行くなんて無茶な事は、君らしくない。行くなら俺も一緒に行くと、約束しただろう」

「その通りさ、ローザ。あたし達、そのためにずっと旅費を稼いでいたんだよ。エドは用意がいいんだからね」

「誰がお前を連れて行くと言ったんだ。リリ。お前は残って、俺のママンの傍に付いていてくれ」

「そんなの酷いじゃないか、エド。あたしは役に立つよ。道中でお金が無くなっても、あたしが踊ればすぐに稼げる」

エドウィンがリリーを抱き寄せて、キスをした。

「バカ言ってるんじゃねえよ。お前、今の話を聞いていなかったのか？　急ぐんだとさ。お前みたいなグラマーを乗せて行ったんじゃ、馬が嫌だと言って暴れるぜ。大人しくして、チョートと一緒にフローラに付いていてくれ」

「馬？　船の方が速いんじゃないの？」

「場所によってはな。だが、あいつは迎えの馬車で逃げたんだぜ。しかも六頭立て二台でな。街道筋をすっ飛ばして行ったのに違いない。今頃は、城でのうのうと暮らしている事だろうさ。だから、ローザ。そういう理由で、俺達も早馬車で行く」

「そんな。馬なんて買うお金も当てもないでしょう」

「お金なら、ここにあるわ」

と、呟いてジョイがエドに、財布を渡した。

「金貨で三十枚。あの子達の結婚費用に貯めていたの。でも、馬の当てはあるの？」

「ブルゴーニュ公が、大教会に四頭立ての馬車を寄贈した。だが、大教会の司教の方は、馬車よりも金を欲しがっている。俺が、これに金貨三十枚を足そう。俺と、リリとハリーで必死に稼いだ金だ」

「あたしのブレスレットも、売っ払っちまったくせに……」

「ふくれるんじゃねえよ、リリ。帰ってきたら又稼いで、お前にもっと良いやつを買ってやる。あんな銀細工じゃなくて、金ピカなのをな。だから、大人しく待っていろ」

「金貨六十枚で、そんな馬車が買えるのかい？　エド。ブルゴーニュ公からの寄贈品なら、倒底そんな値では、教会は手放さないだろう」

「心配要らねえよ。ジョセ。司教の弱みは握っている。それに、話は持って行きよう、ってなもんでな。おい、リリ、リアとリタを連れて来いよ。お前も精一杯めかし込んでな。俺が司教に交渉している間に、奴をたっぷり誑《たら》し込んでしまえ。後の事なら、気にしなくて良いさ。なんせ、あっちは教会のお偉い様だ。間違ってもお前達に、手出しなんかしやしねえ。その間に皆で、とっととルーアンにでも向かって発っちまえば良い」

呆れた。エドウィンは、こんなに悪知恵が回る男だったのだろうか。しかも、こういう時だけ活き活きとしているように見える。とても、優し気なフローラと、穏やかだったノビーの息子とは思えないわ。でも、助かった。こういう男なら、エドウィンは、わたしやジョセにとっても、心強い味方になってくれるだろう。フローラだって、エドがノビーを連れて帰るのなら、文句を言うはずがないし。

ライロは？　ライロには、ジョイがいてくれる。ジョイは、わたしに、又、ラベンダーの香り袋をくれて言った。

「約束したわよ、ローザ。帰って来てよね」

「わかっている。ジョイ、ライロに付いていてあげて」

エドは、大教会の司教には、わたしに以上に恨みを抱いていてくれたらしい。あの司教様は、パトロ達を教会の墓地に葬らせてくれなかった。

リリーを急かして行こうとするエドに、ジョセが、

「そんな由緒のある馬車に乗って行くなら、自分達も身装りをきちんとして行った方が良い」

と言うと、エドは笑って、

「そっちこそ」

と返した。

待ち合わせは、大鐘楼の下で真昼の鐘の後。ジョセが、旅支度をするために部屋を出て行く前

に、わたしに訊いた。

「ライロとは、ちゃんと話し合ったのかい？」

わたしは首を振ってみせた。

「でも、手紙を置いてきたわ。ジョセ」

ああ。ジョセ。できるなら、あなたにも来て欲しくない。わたしは「まだ」あなたのものじゃないのだもの。でも。でも。本来なら、ロミーナとパトロは、わたしとジョセの子供になっていたはずなのだ。それに、知ってしまった以上、ジョセはわたし達に付いて来てしまうのに、決まっている……。

わたしは、ジョイの部屋で、さっきのモンテ様のような、女官風の髪形にし、金の髪飾りを、そこに挿し直した。ジプシーの黒いドレスの胸の空きを小さくし、バッグの中から一番上等の、金の房飾りがあるサファイアブルーの、腰までのケープを出して、肩に羽織った。それに、白い手袋。でも、まだ何か足りない……。ジョイが、滑るようにしてベッドから降りて、わたしの首に、美しいパールの首飾りを付けてくれた。それは、オードラがジョイにプレゼントしたもののはずだった。わたしが瞳を上げると、ジョイが薄く笑んだ。

「良く似合ってるわ、ローザ。その髪飾りのサファイアの色と、ケープの色に、パールの首飾り。そうね、それに羽根が付いた扇を持てば。そう。これでぴったり。素敵だわ」

「でも、ジョイ。これは二つ共、あなたのオードラのものじゃない……」

「そうよ、ローザ。だから、二つ共用事が済んだら、ちゃんと返してね」

ジョイは、わたしが帰らないでいるつもりでいる事を、悟っているのだ。わたしが、ジョイの本当の望みを、知っているのと同じように……。

ジョイは、わたしがパトロのナイフを隠し持っていた事にも、気が付いていた。アコーディオンケースは置いて行く事にしたので、わたしは、そのナイフをそっと、黒いバッグの方に移し替えたのだ。ジョイは、身支度を済ませたわたしに、二つの小さな紙包みをくれて言った。

「ナイフは使わないで。代わりにこれをあげる。一種の痺れ薬よ。多過ぎると死んでしまうけど、少しずつなら大丈夫。塔番だか牢番だかに、飲ませてやると、効くと思う」

「これは何なの？」

「君影草の粉末よ。あの草と、トリカブトの根は、少量だけなら薬として効くの」

「トリカブトの根の毒も、持っているのでしょう？　それもわたしに頂戴」

「あれは駄目よ。危ないもの」

「あなたに持たせておく方が危ないのよ。ジョイ。あなたには、生きてわたしを待っていてもらわなくては……。トリカブトは、わたしが預かって行く」

ジョイは、一瞬青ざめてしまった。やっぱり。やっぱりね……。わたし達、姉妹のように良く似ている。ジョイが、諦めたように青い紙包みを差し出した。

「間違えないでね。青い包みの方は、猛毒なんだから……」

「わかったわ。それじゃジョイ。わたしはもう行く。ライロとフローラをお願いね」

「ローザ。愛しているわ。帰って来てね」

「ありがとう。ジョイ。わたしも愛している」

わたしとジョイは、抱き合ってから、別れた。これで良い。これで良いのよね、ライロ。

わたしは、ジョイから取り上げてきたトリカブトと、君影草の粉末を、皮のサッシュの裏袋の中に隠した。

ジョセは、黒い絹のスーツに白いフリルのシャツと、黒いサッシュ。山高帽にトネリコのステッキという姿。それに、三人分の黒いマントを用意してきてくれていた。

エドは、ジョセと同じような、貴族の執事か従者といった格好で、何とハリーにまで同じ姿をさせて、わたし達を待っていた。

二人共、どこで手に入れたのか長剣と短剣を持っていて、もちろんナイフを何本も隠し持っているのに違いない。

大鐘楼の鐘の音が、アカシアの丘まで届けとばかりに鳴り渡っていた。

こうして、わたし達は出発した。

エドがハリーまで連れて来た理由は、すぐに解った。ハリーは、四頭立ての馬車をたくみに操る事ができたのだ。

馬車は黒塗りに金で、ブルゴーニュの紋章と、ローマ教皇庁の紋章が描かれていた。

ハリーの手綱捌きは見事で、わたし達は馬を休ませながら、時には深い森の中を、時には川を下に見る峡谷の狭い道を、荒れ地を横切る乾いた道を、美しいぶどう畑の中を、鈴懸《すずかけ》の並木道が続く街道の町々を、走り抜けて行った。

馬車の中で、わたしはエドが戦略家であると同時に、意外なほど親思いであった事を知った。エドは、リリーと離れたくない思いで一杯だったのに、母親のために、気が良いリリーを残してきたのだった。ハリーとエドは、似た者同士で良く気が合っていた。そして、この二人のお陰で、わたしとジョセは気まずくならずに済んだ。

ジョセは、ライロを残してわたしと出発してしまった事に、咎めを感じていたし、わたしはジョセだけにではなく、ライロとジョイにまで、負い目を感じてしまっていたから……。

わたしとジョセの、哀しみと苦痛と喜びにまでは、さすがにエドもハリーも気が付かなかった。エドウィンとハリーは、閑さえあれば、どうやってロード公父子を殺害し、どうやってノビーとロミーナを見付け、助け出すかというような事ばかりを、話し合っていたのだ。エドウィンには、生まれついての戦の知識があるようだった。エドは、黒い髪に、黒い強い瞳の逞しい若者で、ハリーは一見優男《やさおとこ》に見えるけれど、ナイフのように危ない性格をしていた。この危険な旅を、二人共楽しんでいたのだ。

恨みと憎しみに、燃え上がっていたと言い替えても良い。

どこの城下でも街道町でも、わたし達の馬車が止められるという事はなかった。フランス王家筋の家の紋章と、ローマ教皇庁の印が描かれた馬車に乗っているのだ。どの城下町の門も、閉ざされるわけはない。

宿も、こうした理由でわたし達一行には、丁重に接した。

わたし達は、四人が持っている全ての情報と考え、持ち物を共にした。心を一つにするためであり、何よりも互いの役割を確かにするためでもあった。

こうした中で、エドはわたしにより貴婦人らしい身装りをさせ、ジョセには、わたしの兄の振りを、自分はわたしの弟の振りをし、ハリーはわたし達の従者という事にさせた。

貴族や王家の館には、亡きオードラやルナ、フローラ達と一緒に時々招かれて行った事があるから、貴族の出や女官の振りをするくらい、わたし達には何でもなかった。

「問題は名前だな。誰か良い考えはねえか」

と、エドがニヤリとして言った。

「わたしは、ブルゴーニュ家のナントのモンテ様の名前を借りましょう。ジョセはジョセ・カルロ。エドは、エドウィン・カルロで、わたし達三人は、公女のアイラ様の使者として、有名なカンヌの香水を求めに行く途中だと言ったら、どうでしょうか」

「それだけじゃ、足りねえな。リヨンの聖ジャン大聖堂に代理祈願して、ついでにイタリアからの絹織物やカメオ、地中海の真珠なんかを、アイラとかいう女のために買い付けに来たというのはどうだ？」

「でも、エドウィン。この馬車は、ローマ教皇庁の印付きなんだよ。代理祈願というよりは、聖ジャンへの使者にした方が良いんじゃないかね」

「そいつはそうだな、ジョセ・カルロ。それじゃ俺達は、ナントの聖ピエール大聖堂からの使者も兼ねている事にしよう。おい、ハリー。間違ってもロード城内で、ブリュージュから来たなんて、口を滑らせるんじゃねえぞ。ブリュージュとひと言聞いただけで、奴らは俺達を皆殺しにするからな」

「わかっていますよ、エドウィン様。それよりも、その金髪のシャニーっていう野郎に、あんた達の面が割れてしまったら、どうするんですかね」

「あいつに、そんな芸当ができるもんか。あの青びょうたんは、四六時中オードラとルナに引っ付いていたんだぜ。パトロならともかく、俺やローザやジョセの顔まで憶えているはずねえだろう」

「それでも、用心するのに越した事はないよ、エドウィン。どうだろう。わたしは片眼鏡でもして、ローザには栗色のカツラでも着けさせるとかしたら、どうだろうかね」

「やりたきゃ止めねえがな。ローザもあんたも、これだけ化けちまっているんだ。その上、この馬車で乗り込むんだぜ。誰も、ジプシーが復讐に来たなんて思いやしないさ」

「ロミーナとノビーを見つける方が先よ」

「もちろんだよ、ローザ。じゃない、モンテ。ロード公城下に入ったら、まずノビーを見つけよう。ノビーがいるのは、城壁の裏門の近くの、楡か楓の森の前だと言っていたね」

「ええ、そうよ。ジョセ……兄上。ノビーは目が見えないらしいけど、『ムーンスター』とか『さくらの歌』とかを歌ったりしているそうだから、すぐにわかると思うわ」

「親父を見つけたら、すぐに馬車に引っ張り込む。ハリー、お前は親父の傍を離れるんじゃねえぞ。いつでも発てるように馬を用意しておけ」

「任せておいて下さいよ。エドウィン様。でも、できたら俺もお供をして城に入りたいですね。一人で二人も殺るのは無理だ。衛兵が、たんまりくっ付いているでしょうからね」

「親父の様子によっては、そうしてもらっても良い。それで、兄上と姉上様は、どうするつもりだ」

「城内を見物したいとか、楓や楡の森を見たいとか言って、塔だか牢だかを捜してみるよ。ロミーナを見つけたら、牢番にジョイの薬を飲ませてロミーナを助け出す」

「俺は、館の奥に潜り込んで、ロード公と青びょうたんを殺る。奴等の寝所くらいすぐにわかるさ。俺は、三年前に一度、城内に入っているからな」

「殺すつもりなの？　エドウィン。フローラが嘆くわよ。傷付けるだけじゃいけないの？」

「何寝とぼけているんだよ、姉上。俺はあんたみたいに『人殺し』って奴等に言うだけのために、はるばる来たんじゃねえぜ」

「それはそうでしょう。ありがたいとも思っているわ。でも、それでは、あなたが脱出しづらくなるでしょう。血刀を下げたままでは、到底城外には出られない」

「その前に、返り討ちされるかも知れないし、上手くいっても返り血だらけになるだろう。弟のエドウィン。他に手はないのかね」

「無い事もねえが、気が進まねえな。こういうのは、真っ当に勝負しねえと」

「フローラとノビーを泣かせたいの？」

「言ってくれるじゃねえか。姉上。それなら、例の物を俺に渡してもらおうか」

「例の物って何よ」

「トリカブトだよ。良いか。痺れ薬は、ワインにでも混入して番兵に飲ませろ。俺は、トリカブトで奴等の息の根を止めてやる」

「ワインなんて、どうやって持って歩くの？」

「そっちは、名マジシャンの兄上が付いているじゃねえか。わかっているよな？　誰かに怪しまれたら、迷った振りか、酔っ払っている振りで押し通すんだぞ。それ以外は、ひと言もしゃべっちゃならねえ。ハリー。お前もだぞ」

「はいよ、エド様。行動開始は会食後。集合は月の時刻で一時。合図は『さくら』。馬車は裏門の前の『楡』の森の中。カルロ様一家以外とは、誰とも口を利いちゃならない。なぜなら、俺は酔っ払っていて、へべれけだから」

「その通りだよ。ハリー。だがね、エドウィン。やはり殺してしまうのは、良くないんじゃないかね。神の掟に背く事になるよ」

「止めてくれよ。兄上は忘れられるのか？　俺のパトロとルナとオードラの、あの姿をよ。三人、手を繋ぎ合って、殺されていたんだぜ。その上、卑怯な事に男のパトロは、後ろから腹と腿をぐっさりだ」

「エドウィン。お願い。その話は止めて……」

「だとよ、兄上。姉上が泣いちまったぜ」


こうした会話を、幾夜とも幾昼ともなく交わし続けて、とうとうわたし達は、リヨンの近くのロード公城がある、城壁町に到着した。ストラスブールは、避けて来た。

ああ。忌まわしい城壁の町。忌まわしい、シャニー。わたしとジョイの子供を殺した、ロード・シャルルと、その息子。

わたしの肺がギリギリと痛んだ。心のように、叫びのように、熱く焼かれて痛んだ。

「大丈夫かい？　ローザ……モンテ。顔色が無い」

「平気です。兄上こそ、真っ青な顔をしているわ」

ああ。こうして、この城を目の前にすると、又、憎しみと悲しみが抑え切れなくなってくる。

でも、ロミーナ。ロミーナが生きていてくれたのなら、わたしは何と言って神に感謝をしよう。

ロミーナが生きていてくれたのなら、わたしの人生も、ジョセの人生も、ライロやジョイの人生も、無駄ではなかった事になる。

結局、ジョイがわたし達を、ここまで連れて来てくれた、という事になるのだから。

それとも、全てはあの「ムーンスター」の、神の娘の導きだったとでもいうのかしら。そうかも知れない。いいえ。そうなのだろう。「あの方」が、ロミーナの生存を、ロミーナがこの城に捕らわれている事を、ジョイに知らせてくれたのだ。それなら、わたしは「あの方」に向かって言おう。ただ、ひと言、

「あなたの愛に、感謝します」と……。

ハリーが、ゆっくりと馬車を城門の中に進めて行った。陽は頭上より静かに傾き、城壁の中は、入り組んで、迷路のようになっていた。

わたし達の到着は、門番兵から城内に報告されてしまうだろう。急いでノビーを捜し出さないと……。

「それじゃ、行こうぜ」

と、エドウィンが言った。わたしは小さく歌った。

「さくら
さくら……

いざや

いざや
見に行かん」

わたし達の馬車が裏門に近付いて行った時、城壁に向かって祈りを捧げている、見事な雪白の髪をした、一人の男の姿が見えた。

「あれは！　ノビー!!」

と、わたしとジョセが叫ぶまでもなく、ハリーは馬車をゆっくりと城壁に寄せ、エドウィンが扉を開けて、ノビーを馬車の中に引き摺り込んだ。

「誰だ？　ン…　グ……」

「シーッ。静かにしてくれ。親父。俺だ」

「その声は。エドワード。黒太子なのかね」

「エドワードじゃねえ。エドウィンだ。合言葉を言ってやろうか？　親父。ムーンシップ一座。さくら。フローラだ」

「ムーンシップ。さくら。フローラ……。それでは、やっぱり、みんな生きていたのか？」

「そっちこそ。俺達はみんな、親父達は死んだものだとばかり、思っていたんだぜ」

「相変わらずな口の利きようだな。エドウィン。ああ。それでは、ムーンスター様が言われた事はやはり本当だったのか……」

エドは、二十一年前に別れた当時、七歳だったというのに、父親のノビーをひと目で見分けた、とでも言うのだろうか。エドの強い黒い瞳が、涙で曇っていた。

わたし達は、市内を見物しているような振りをして、わざとハリーに買い物などをさせ、宿に着く時間を遅らせた。ノビーのプラチナブロンドだった髪は、雪のように白く変わり、フローラに良く似ていた青い瞳は、見開かれてはいたけれど、何も映してはいなかった。

わたしが買い置いていた栗色のカツラと、ジョセの片眼鏡、エドの黒いマントで変装させると、ノビーはもう立派な外国貴族に見えるようになった。ノビーには、昔から気品というか、風格のような物が備わっていたからだ。

ノビーは、わたし達が全員揃って無事だったという事を、初めは信じられないようだった。

ノビーとリラは、二十一年前に、ムーンシップ・ノビー一座の残りの者達を、フランス軍兵士達によって、全員殺されてしまったのだと、信じ込んでしまっていたのだ。

ノビー達の事情は、こうだった。


二十一年前の、忌まわしいあの日、イル河の辺りにいた、聖母マリア大聖堂に属する修道院の僧達が、ローマ兵によって河に投げ込まれたジプシー達を哀れに思い、こっそりと、ノビー達を河から拾い上げてくれた。その時にはもう、儚くなっていた踊り子のライミとラジャナ、ヨルと、わたしとフローラの母のロザリンダは、修道僧達の手によって、教会の墓地の片隅にではあったが、手厚く葬ってもらえたのだという。ライロの母親のリラと、生まれたばかりだったロミーナは、岩に打ち付けられて仮死状態になっていたため、水を飲まずに助け上げられた。ノビーは荷車が横転する前に、ローマ兵の一人によって何かで顔と頭を酷く殴られていて、その上燃え上がった荷車が倒れる時、軛《くびき》によって胸を強く打ってしまったらしかった。

わたし達が、一瞬だけど三人の元に駆け戻れた時には、リラとロミーナとノビーの状態は、生と死の境い目というよりは、限りなく死に近いものだったらしい。三人が助かったのは、ノビーによると一重《ひとえ》に、

「神の憐れみと修道士達の献身によるものだった」という事だった。

なぜなら、ノビーと、生まれつき肝臓が弱かった幼児のロミーナとリラは、それから三ヵ月の間死線をさ迷っては、こちら側に帰るという事を、繰り返していたらしい。特にノビーは胸の骨が三本も折れていて、両眼はすでに失明してしまっていたのだと言う。

意識がはっきりしてきて、失明してしまった事を悟った、ノビーの嘆きは深かった。けれども、ノビーは自分の事以上に、わたし達の事を心配した。それは、やっと「目を覚ました」リラも同じだったらしい。二人は、修道僧達に、自分達には連れがいた事、「あの夜」、先行の二台の荷車に乗っていた残りの者達はどうなったのかという事を、しつこく訴えて調べてもらったのだと言う。修道僧達は困惑した。三ヵ月以上も前の一夜の出来事などを、正確に覚えているローマ市民は誰もいなかったからだった。けれども、その内に一人の信者が、フランス市民からの「情報」を伝えてくれた。それによると、

「ドイツ国境からの流民は、全員フランス兵の手によって捕らえられ、スパイの疑いで殺されてしまっている」

と、いうものだった。

ノビーとリラは、それでも、まだその話を信じられないでいた。「信じたくなかった」のだと、ノビーは言った。

半年後、動けるようになったノビー達は、修道院の奥から聖マリア大聖堂の敷地の一角にある、「使用人小屋」の一つに移される事に決まった。失明してしまったノビーと、幼いロミーナを抱えているリラのためには「それが一番良い」と、修道院長が教会に願ってくれたからだった。

ノビーはそこで、初めの内は「使用人」相手に、教会堂ではまだ知られていない「賛美歌」を教えたりしながら、リラと神聖ローマ軍や、ローマ市民の間を訪ね歩き、わたし達を求めてさ迷ったのだという。リラとノビーには、それは、辛く酷い探索だった。

「求めても
あの人は見つかりません。

呼び求めても
答えてはくれません」

と、聖書に書かれているような悲しみが、リラとノビーを打ちのめしていったからだった。

なぜなら、リラとノビーは、「ムーンシップ一座」の誰か一人でも生き残ってくれていたなら、必ず自分達を、「どこかで待っていてくれる」と、信じていたためだった。けれども、何年経っても、ジプシーの一座の生き残り、すなわち「愛するフローラとエドウィン」や「愛するライロとローザ、パトロ」やジョセ、ベリーやイザボー達は、誰一人見つからなかったのだ。

こうして、わたし達はお互いにお互いを、「死んでしまった」ものだと思い込み、悲痛と愛の痛みの内に、二十一年を過ごす事になってしまったのだった。

ノビーは、その頃には「スノー」という名前で、教会献歌や典礼歌用の詩人として、ローマ司教区の中に、小さな家を与えられるようになっていた。ノビーが口述する詩文を、リラが書き取っていった。ロミーナが成長すると、それはロミーナの仕事となり、わたしのロミーナは、ストラスブールの人々から、

「ローマのミナ」

と呼ばれるようになっていったのだと言う。

ミナ？　ミナ。何と懐かしいその名前の響き……。

ああ。わたしのロミーナ！

今こそわたしは言いましょう。

「神よ。死んでいた者が、今、生き返りました。わたし達の冬は去り、涙の季節は終わりました」と……。

エドウィンが、にやりとして、ノビーに言った。

「それじゃ、俺のパパはクリスチャンになっちまったというわけか……。フローラが聞いたら、泣いて喜ぶだろうぜ」

「エドウィン。わたしは、自分の中に『あった』言葉を語っただけだよ。もっとも、リラとロミーナは、キリスト教徒に改宗したけどね。わたしも『ムーンスター様』がいなければ、どうなっていたかは解らない。あの修道僧達は本当の意味で、憐れみ深かったからだけどね」

「フローラの神様」に仕える人々の中には、そんなにも憐れみ深い人達が大勢いると言うの？　わからない。でも、確かに彼等は、わたしのロミーナとリラとノビーを助けてくれたのだ。それなら、讃えるべき、聖マリア大聖堂のキリスト者達。あなた方の行いは、ストラスブールから、「忌まわしい町」という名を取り除いてくれました……。

「それから？」

と、ジョセが穏やかにノビーを促した。ジョセの気掛かりは、わたしとロミーナの上にあり続けていてくれる。

「ローマのミナ」は、聡明で美しい娘に成長してくれた。今年でロミーナは二十一歳に。ノビーは五十歳に。リラは七十歳になった。ロミーナはリラを「お祖母様」と呼び、ノビーを「パパ」と呼んで育ったのだという。

リラとロミーナは、その日、朝から町に出掛けていた。

「あれは、花祭りの朝だった」

と、ノビーは狂おしいような声で言った。

「そこにいるのは、スノー様ですか？　なぜ生きていられるのに、そんなに暗いのでしょう……」

という、「ムーンスター様」の声が、遠く、呟くように聞こえてきたのだそうだった。ノビーは「それ」が、どこから来た声なのか解らなかったので、一瞬絶句してしまった。懐かしい声、待ちに待っていた、その方の「声」……。けれど、その声は、それきり聞こえて来なかった。

ノビーは、その声を待ち続け、帰宅したリラとロミーナにも「それ」を話したのだが、「その方」の声は、もう二度と聞こえてくる事はなくなってしまった。ロミーナは、リラとノビーから「その方」の事は聞いて知ってはいた。けれど、キリスト教徒として育ったロミーナには、「それ」はあくまでも「異教」の神の話に過ぎなかったらしい。

花祭りの夜から十日余り経った頃、連れ立って外出した三人の耳に、物凄い早馬車の音と、馬の嘶《いなな》きの声が聞こえてきた。その馬車は、街道を真っすぐに飛ばして来たらしくて、街角に立っていたリラを、馬車の外輪に巻き込んでしまった。リラが、ちゃんと除けたのにも係わらず……。

その早馬車は黒塗りで、六頭立ての上、二台だった。ノビーには何が起こったのかわからなかった。ただ、ロミーナに向かって、

「こいつは良い手みやげが出来た!!」

と叫んでいる、野卑な男達の声が聞こえただけだった。

ロミーナは、リラを抱きかかえて泣き叫んでいて、早馬車は二台とも街道を走り去って行ったかのようだった。早朝の事件で通行人は少なく、見ていた者はもっと少なかったらしい。それでも、誰かがリラのために、医者を呼びに行ってくれた。残った人達は、

「あれは、ロード公の馬車だった」

「嫌、違う。あれはフランドル公の黒馬車だった」

などと、ノビーとロミーナに言ってくれはしたが、「どちらか」となると、誰にも確かな事は言えなかったらしい。リラは、重傷だった。

リラに付き添っていたロミーナは、その夜夢を見た。声だけの夢だったという事だった。

「ミナ。急いでブリュージュまで逃げなさい。そこで皆が、あなた達の帰りを待っています。わたしはムーン。『ハル』に仕える月読みの娘です」

驚いたロミーナは、一緒にリラに付き添っていたノビーに、その事を話した。ノビーはそれこそが、自分達の待ち望んでいた、「ハル」の娘の「ムーンスター」なのだと解った。二人はそして、切望した。二十一年前に別れた人々が、「今」はブリュージュに滞在しているという事と、「ハル」の娘の愛の言葉にすがる事を。

「とても深くて優しい声でした。パパ。あたしは、今まであんなに愛に満ちた声を聞いた事がありません。パパ、教えてください。あの方は、生きているのですか。それとも、天の国から、話

しかけてくれたのでしょうか……」

ノビーにも、確かな事は解らなかった。けれど、「ムーンスター」が、もう「帰って」来ているような感じがした。花祭りの朝の事が、頭にあったからだった。それで、ノビーはロミーナに言った。

「リラを連れて、何とかブリュージュまで行こう。ムーン様が『逃げろ』と言われるなんて、何か悪い事が迫っているのに違いない」

「お祖母様は、重傷なのよ。パパ。今、動かしたりして、大丈夫なのかしら……」

「何かあったら、ムーン様が助けに来てくれるだろう」

それで、二人は急いで出発の用意をした。馬車は一台だけ。そこにリラを乗せようとしていた時、闇の中から音もなく数人の男達が出て来たらしい。

「目が見えなくても、そのくらいはわかるよ」

と、ノビーは寂し気に、苦し気に言った。

「伊達に二十一年も失明していた訳じゃないからね……」

男達の狙いは、ロミーナだった。声もなく攫われて行くロミーナを見て、リラが大声で叫ぼうとして、男達の誰かに突き飛ばされてしまった。ノビーも何かの薬を嗅がされてしまい、意識を失った。

ロミーナが連れ去られた先は、皆目解らなかった。かろうじて、ノビーに解ったのは、あの早馬車の男達の「言葉」の意味だけだった。

リラの状態が一気に悪化していった。孫娘のロミーナを奪われてしまった、心痛のせいだった。

リラが、ロミーナの名前を呼びながら逝ってしまった日の早朝、ノビーは又、「ハル」の娘の声を聞いた。

「スノー様。わたしです。ロミーナの所に行って下さい。場所は、リヨンの近くのロード公城。リラの事なら、心配ありません。リラはもう『こちら』に来ています。だから、後は人に頼んで、早く出発して下さい。ロミーナが、助けを求めています。あなたは、エドとそこで会えるでしょう。わたしも行きたいのですが、もう離れ過ぎてしまいました。パトロとルナはもう『帰った』と、ローザとジョイに伝えて下さい。わたしは、リラを連れて『帰り』ます」

「今、どこにいらっしゃるのですか？　ムーン様」

「二百年か、三百年『先』だと思います。ロミーナを守るために『力』を使い過ぎました。スノー様。もう、声が聞こえません。残念です。又、お会いしましょう。ロミーナは、塔の中にいます。わたしが『愛していた』と、伝えて下さい。ああ……。もう何も聞こえません。残念です……。ロミーナを助け出したら、エドとルーアンに向かって下さい。パトロ……と……ル……ナ……は……年……先……に……い……ま……す……」

「何年先ですって？」

「その声は、ミモザ……ローザだね。なぜ、君までここにいるんだね？」

「何でも良いでしょう。ジョセもいるわ。ねえ、ノビー。オードラは、パトロとルナが、何年先に『帰る』って言っていたの？」

「オードラ？」

「ムーン様のことよ。ねえ、ノビー。思い出して。オードラは正確に何て言ったの」

「声が遠くなり過ぎていて、聞き取れなかったんだよ。ローザ。それより、パトロがどうかしたのかね。ルナとは誰のことだ？　ムーン様は君達と一緒だったのか。いつから？」

それで、今度はエドウィンがノビーに、わたし達の方の事情を伝え始めた。今度の旅の目的と、計画の事も……。

でも、わたしは。でも、わたしは……。ああ。わたしは、もっとオードラの言う事を、ちゃんと聞いておけば良かった。オードラの言う事を、信じていれば良かった……。オードラが「ハル」の娘だと、信じるべきだった。赤毛のオードラが偉ぶったり、自分を「信じろ」と強制したりしなかったのを良い事にして、わたしは「神の娘」を、ないがしろにしてしまっていた。それなのにオードラは、わたしのロミーナを守ってくれていた。そして、ロミーナを『愛している』と言い、ロミーナのために、「パワーを使い過ぎた」と迄、言ってくれていた。パトロとルナの事も、ちゃんと……、ちゃんと見ていてくれた。そうして、自分はパワーとかいうのを失くして、何百年も先に行ってしまっていると言うの？　そんな事ってない。そんなの、酷《むご》過ぎる。ああ。オードラ。ロミーナのために、ありがとう。今まで、ごめんなさいね。わたしは、馬鹿だった。燃えるような赤毛の占い娘。薬草売りのジョイの娘。わたし達の仲間のジプシーの娘だとばかり思い込んでいて、あなたの崇高な精神には、気が付かないでいた。

「外」に見せているあなたが、余りにもわたし達に身近にしていたからよ。もっと「それ」らしく振る舞ってくれていたら良かったのに……。

でも、オードラ。オールド・リリー（昔百合）。オードリー（栄光）。そうやって、身を低くして下さっていたところにこそ、きっとあなたの本当の、「栄光」があったのでしょう。それは、きっと「愛」と呼ばれるものと同じなのでしょう……。わたしを、許して下さい。オードラ……。

「ミモザ。さあ、もう泣かないで……。わたしはあなたを愛しています。では、今はさようなら。ローザ。又、会いましょう。愛しています。わたしはムーンスター。『ハル』の娘です」

ああ。オードラがわたしにそう言ってくれたのは、たった一ヵ月前の事だったのに。でも、オードラは、「あの時」こうも言っていたっけ……。

「さくらの歌を歌っていて下さい。ヤポンでエメットに会えるという事を、憶えていて下さい……」とも。ああ。憶えていますとも……。

「さくら。さくら……」という歌も。だから。だから、だから、どうかわたし達の所に、又『帰って』来て下さい。どうか、ジョイとルナとパトロのところに、あなたも……。あなたは、わたしの貴い百合。神の昔百合の、愛の花です。現れていた時は、御自分を小さくされ、隠されている所で、犠牲を払って下さった方。

わたしは「これから」は、わたしの庭に、白い百合の花と美しいバラを植えて暮らしたい。百合は、あなたのために、オードリー。バラは、ストラスブールの聖マリア大聖堂のマリア様のために。月読みの娘であるあなたと、修道僧達の母であるマリアが、死んでいた者達を生き返らせ、わたし達を再び出会わせて下さったからです……。

ノビーには、ルナとオードラとは誰だったのかが、すぐに解ったようだった。それで、ノビーは見えない両眼から滝のように涙を流して泣いた。シャニー・ロードが誰だったのかも解ったみたいで、フローラやライロ達と同じように、

「あの時、ムーンスター様の傍に、ニュートを近付けるべきではなかった。ニュートは、赤い旗の国の王子の時も、ムーン様とスターとエメットを傷つけて、殺してしまったというのに。又、『ここ』でもシャニー・ロードとして、パトロとスターとオードラを殺めて逃げたと言うのか……。あの男は、ムーン様にとって厄病神みたいなものだ。ニュートに出会う度に、ムーン様は必ず何らかの傷を受けられている……」

と言って、激しく自分と、シャニーを責めた。

シャニー・ロードを乗せた黒馬車は、ロード公の物だったからだ。ロード公ジュニアは、わたし達のパトロやスター、オードラを殺害したか、見殺しにしただけではなくて、ブリュージュからの帰途にライロの母のリラを殺め、可愛いロミーナを連れ去ってしまっていた。

わたしとジョセ、エドとハリーもノビーの話を聞き終えて、新たな怒りに燃え上がった。どうあってもロミーナを救い出し、ロード公自身とシャニー・ロードには罪を償ってもらわなければならない。

それでも、わたしとジョセとノビーは、エドが言う、

「刃には刃を」

には、反対だった。何かもっと他に。効果的な報復の仕方が、きっとあるはずだ。でも、それは「ののしってやる」くらいでは済まない、何か別のものでなければならない。結局、わたし達は、エドに押し切られてしまった。エドとハリーは驚くほど闘志に燃えていて弁が立っていたし、わたしやジョセには、「それ」に変わる方法を思い付けなかったのだ。ただ、ノビーがエドに、

「息子よ。せめて刃物を使ってはいけない。自分の手を血で染めてくれるな」

と言ったので、エド達はジョイの毒を使用する事には同意した。

わたし達は、そうしてゆっくり馬車を走らせたり、時々停めて町で買い物をしたりする振りをしながら、手に入れられる限りの情報を集めた。何度も馬車の中で話し合っては来た事だけど、ロミーナとノビーが本当に見付かったとなると、慎重過ぎる程に慎重になった方が良い。

ロード公城下町は、そう広くはなかった。ただ、リヨンに近いせいもあってか、城内にはローマやギリシア、スペインからの絹織物や宝飾品を扱っている店が、いくつもあった。それに、ロード公の領地で製造されたという、特産品のワインやシャンパン、乳製品を扱っている店やパブ。

城壁町への入り口は、街道に近い表門とローヌ河側、ソーヌ河側、プロヴァンス地方に抜けて行かれる丘側に一つずつの、合計四つ。その内、河側の二つの門は、他の二つに比べて狭いが門兵の数は少ない。城自体は、町の中央部分よりローヌ河寄りにあって、城門は表と裏の二ヵ所だけで、裏門に近い、楓と楡の森の向こう側には、鐘楼と小さな礼拝堂と、窓が小さい「塔」のような物が建っているらしいのが見えていた。わたし達の一座が三年前に荷車を着けたのは、ローヌ河からの門の前だったらしい。エドは、三年前に入った城の中の間取りをわたし達に説明してくれたが、「塔」や鐘楼には、「暗くて気が付かなかった」と言った。

ノビーは、別の情報を持っていた。それによると、ノビーが、この町に馬車で着いたのはひと月近く前で、ノビーは城の裏門に近い宿に部屋を取り、杖を付きながら毎日、城壁の前を通っては、中の様子を探っていた。

ノビーは、門兵達の話をこっそりと聞いてみて、その壁の中の「塔牢」に、美しい娘が捕らわれているらしい事、正妃のウィノナは病弱の身で、その上信仰深く、夫のシャルルとは殆ど没交渉であるらしい事などを、知った。日を置かずノビーは、門兵達にワイン等を差し入れ、彼等と親しくなっておいてから、「塔牢の姫君」とは、誰の事なのかと尋ねてみた。

彼等の返事はこうだった。

「ローマのミナ様。美しい娘だそうだが、我等の王の妾妃になる事を拒んで、閉じ込められている。妾妃様になれれば、贅沢を仕放題だというのに、ローマの女はプライドが高いらしい」

「ローマの方？　それは懐かしい。私はローマ教皇庁の方と親しくしていた事がある。一つ、その方のために、ローマの新しい歌でも歌って差し上げたいが、いかがなものだろうかね。とても美しい歌だから、それを聞けば、その方の心が晴れて、妾妃様になる気になるかも知れない」
「そいつは良い。だが、余り大きい声では歌うなよ。礼拝堂に来るウィノナ様に聞かれる分には良いが、ロード様のお耳に入るとまずい」
それで、ノビーは、楡の森の前と思われる辺りで、ロミーナだけに通じる歌を、愛をこめて歌った。ムーンスターの名を、心で叫びながら……。
「さくら
さくら
弥生の　空は
見渡す　限り
かすみか　雲か
匂いぞ　いずる
いざや　いざや
見に　行かん」
それが、丁度三週間前の夜の事だったのだという。わたし達がブリュージュを出たのは、不思議な事に、それより大分前だった。

ノビーが親しくなったのは、ガラガラ声のリドと嗄れ声のキャド。その二人は、今夜も夜番に立つだろうと、ノビーは言った。

オードラ。オードラは、ノビーに向かって、

「もう何も聞こえません。ロミーナを守るために力を使い過ぎました」

と言いながらも、リラを迎え、わたしには「声」を、ジョイには、ロミーナとノビーの姿を夢で見させたのだ。それなら、オードラ……、あなたは『どこ』まで行ってしまっていると言うの？　あなたは、何という犠牲を払ってくれているのでしょうか……。

ノビーは、それから「さくらの歌」を歌ったり、神に祈ったりしながら、エドの到着を待っていたのだと言う。ノビーの身分は、わたしモンテの父親で、アイラ様付きの盲目の教会歌人であるという事にした。わたし達はローマ帝国の言葉などあやふやだけれど、ストラスブールで二十一年間も暮らしていたノビーが傍に付いていてくれるなら、心強い。

ジョセが、ワインより数倍強いカルバドスの小瓶に、ジョイの痺れ薬を混ぜ、トネリコのステッキはノビーに持たせた。エドは、トリカブトの毒を内ポケットに忍ばせ、ナイフをズボンの中のブーツに、短剣は腰のサッシュに、長剣は肩から下げて、ハリーも同じようにした。

ジョセはエドから受け取ったナイフを、わたしはパトロのナイフを、服の中に隠した。

陽が傾き、沈んで行く。

わたし達が待っていた「時」が来るのだ。

城下で一番高級な地区に入り、わたし達はそこに宿を見付けた。思っていた通り、城からはもう、その宿に使いが届いていた。

フランス王家筋の、ブルゴーニュ公とローマ教皇庁の紋章入りの馬車が、到着しているのだ。城下に宿泊すると聞けば、どこの田舎貴族でも、城に招かないでいるはずはない。

こうして、わたし達はナントのブルゴーニュ家に仕える、ノビー・カルロと女官のモンテの一行として、憎い仇のロード公城に入った。

あの、血の花祭りの夜から六十余日後。初夏の暖かい晩だった。

ノビーとジョセのお陰で、晩餐会は内輪の者同士のように和やかな場になった。ノビーもジョセも、話術が巧みで、機転が早かった。

エドは、ロード公の妾妃達や女官に取り入り、わたしは正妃のウィノナの機嫌を取った。ただ、不思議な事に、その晩餐会には、憎いシャニー・ロードは出席していなかった。ロード公は大酒飲みの大食漢で、傲岸な大男だった。彼は、わたし達がアイラ様のためにリヨンとカンヌに買い付けと、聖ジャン教会への使いに行くと聞くと、

「我がロード城下でも、ぜひ王家のためのお買い物を……」と、臆面もなく申し出た。

「そう致したいと思います。昼間、御城下を見て廻りましたが、良い品が幾つも見付かりました」

ジョセ・カルロの返事に、場は一層和んだものになった。わたしは、ウィノナ妃が、夫の言動の一切に無関心というよりは、冷淡である事を見て取った。この女性は細面で美しく、シャニーは母親似であったのだ。

晩餐後のひと時の後、場が乱れ始めた。

ロード公は酔っ払い、ナントの女官であるわたしにまで馴れ馴れしい素振りを示し始めたのだ。エドが、わたしに眼で合図してきた。わたしは、ウィノナ妃の手を取って囁いた。

「ロード様の、有名な楡と楓の森を見物しとうございます。父も少し酔ったようですし、お庭を案内しては頂けませんか」

ところが、ノビーがここで、打ち合わせとは逆の事を言い出した。

「わたしは少しも酔ってなどいないよ、モンテ。だが、お前とジョセは長旅で疲れた事だろう。庭を見せて頂いたら、先に帰って寝んでいなさい。明日も忙しくなる事だろうからね」

ノビーは、初めからエドの傍に残るつもりだったのだろう。目が見えないノビーが残っても、エドの足手まといになるだけだろうのに、それが、親心というものなのだろう。

それで、ジョセもとっさに予定を変えてしまった。

「酔っていないと言われるのが、父上が酔っている証拠ですよ。さあ、父上はモンテと一緒に先に帰っていて下さい。わたしはエドウィンともう少し残らせて頂きますよ。ああ、モンテ。父上にお薬を飲ませるのを忘れないように……。それでは頼んだよ」

ジョセが、いつの間にか白い絹のハンカチで包んだ、カルバドスの小瓶を、わたしの手に握らせた。

ああ。ジョセ。あなたが残っても、危ない事に変わりはないじゃない。無茶よ……。無茶よ!!

ノビーは、ジョセが息子の傍に付いていてくれると解ると、安心したようだった。こうして、わたし達は二手に分かれてしまった。ああ。ジョセ。ジョセ。ジョセ……。

ウィノナ妃は、供の者を連れず、一人でわたしとノビーを案内して行きながら、謝罪した。

「夫の無礼をお許し下さいませ。モンテ様。夫は酔ってしまうと、道理が解らなくなってしまうのです」淋しそうだった。

「何も気にしてはおりません。ウィノナ様。それよりロード家には、美しい若君がおいでだと聞いております。今宵は若君にお目に掛かれず、残念でした」

「息子は、今はふさぎの虫に取り憑かれております」

ウィノナ妃の瞳の色は暗く、わたしとジョイのようだった。何と暗く淋しい、その心の色……。

わたしは、彼女にひと言で良いから言ってやりたかった。

「息子の敵」

という言葉を呑み込んで、疲れを理由にウィノナとは、楡の森の前で別れる事にした。馬車は、打ち合わせの通りに小礼拝堂の陰の、森の中に停めてあった。

「ハリー。ジョセが残ってしまった。早く行ってあげて。館の奥の方に寝所らしい場所があったみたいだわ。入り方はわかる？」

「侵入場所なんて、宿屋も館も変わりはしませんよ、ローザさん。塔は、この先にあります。それじゃ、俺はこれで……」

「気をつけてね、ハリー」

塔は、本格的な牢塔だった。牢塔の入り口の中には、牢番が二人。わたしとノビーは、酔った振りをしながら、ゆっくりと牢番達の所に近付いて行った。

「ここは立ち入り禁止ですぜ、旦那さん」

「もちろん知っているよ。だが、今夜は特別だ。わたし達がナントから来た事は知っているね？王家と近付きになった御祝いだ。ロード公がそう言われて、君達にもこれを渡して、遠慮なくやってくれという事だよ」

ノビーは、カルバドスの小瓶に、銀貨を一枚ずつ添えて、それを二人の男の前に差し出して見せた。ノビーは、油断がならない男になっていた。穏やかな笑みと言葉遣いの裏で、牢番達にはお酒だけではなくてお金の方が有効だと判断し、それを迷う事なく実行したのだ。目が見えないという事が嘘みたいな、判断力と実行力だった。

牢番達は、ノビーの迷いのない笑顔と銀貨に引っ掛けられてしまった。ジョイの「痺れ薬」は、強いお酒のせいか、良く効いた。

二人がだらしなく眠ってしまったのを確かめてから、わたし達は牢の鍵束を奪った。用心のために、牢塔の扉を閉めてから、わたしとノビーは、狭い階段を上がって行った。そこに、わたしのロミーナとシャニーがいた。シャニーとわたしのロミーナは、まるで悲劇の恋人同士のように、手を取り合っていた。

牢の鉄格子を間にして、右と左の部屋で。わたしの頭に、怒りの炎が燃え上がった。

「ロミーナ。その男から離れなさい」

若い二人は、ビクッとして振り返った。

「そこにいるのは誰？」

「ロミーナ。わたしだよ。ノビーだ。遅くなったね。お前を助けに来た。ここにいるのは、お前の母さんのローザだよ」

「ママ？　ああ。パパ!!　待っていたわ。待っていたわ。ママ？　それじゃやっぱりムーン様が言われていた通りなのね！　ママ、ママ!!　生きていたのね。会いたかった!!」

「その声は、ローザ？　ローザ。僕だよ。シャニーだ」

「わかっているわよ、シャニー。ロミーナ、その男から離れて、こっちに来なさい。今、牢から出してあげるから」

「何でそんなに恐い顔をしているの？　ママ。パパ。お願い。シャニーもここから出してあげて。逃げるなら、シャニーも一緒よ……」

何ていう事なの!? 何ていう奴なのよ、シャニー。

オードラから逃げたと思ったら、今度はわたしのロミーナを魔手にかけようというの? 許さない。許さない。あれから、まだ二ヵ月しか経っていないというのに……。

「駄目よ。ロミーナ。その男は、あなたの兄さんと、兄さんの恋人と、自分の恋人を殺して逃げた奴なのよ。離れなさい。その男は、リラの生命も奪ってしまった」

人は、本当に怒ると、こんなに冷たい、平静な声が出せるものかしら。こんなに冷たい、氷のような声になるものなのかしら……。ああ。パトロ。ルナ。オードラ。リラ……。

わたしの声に、ロミーナが恐れをなしたように凍り付いてしまった。

シャニー・ロードの端整な顔が歪んだ。

「オードラが死んだなんて、嘘でしょう……」

「本当の事よ。シャニー・ロード。惚《とぼ》けるのは止めなさい。あんたは、人殺しの悪党よ。なぜ、オードラだけではなくて、ルナやパトロまで殺させたの? なぜ、あれからたった二月《ふた》余りで、わたしのロミーナまで誘惑しようとしているの? ここにいるロミーナはね、シャニー。あんたが殺したパトロの妹なのよ」

「誘惑したんじゃないの。ママ。シャニーは、あたしを助けようとしてくれていたのよ」

「どうやって?」

「ロード公の妾妃ではなくて、シャニーの正妃にしてくれると言うの。お父様には嘘を吐くのよ。

とにかくそう言って、牢から出してもらったら、二人でまずパパとエドウィンを待って、それからブリュージュかルーアンまで逃げて行きましょうって……」

「オードラは死んだわ。シャニー。忘れたとは言わせないわよ。あの花祭りの夜に、本当は何があったの？　なぜ、あんな酷い殺し方をして、自分だけのうのうと一人で生きているのよ」

「酷い殺し方？　オードラは、殺されたの？　ルナも、パトロも？　異う。そんな……、僕じゃない。僕は、何も知らなかった。気が付いたら、父上からの迎えの馬車に乗せられてしまってい て、父は懲らしめのために、僕をこんな所に入れたんだ。それで、もし逃げようとしたら、オードラ達を殺すって言われて……。だから、何とかして、父上を騙そうという事を思い付いたんだよ。嘘じゃない。僕は、オードラをまだ愛している。愛しているんだ」

「それじゃ、ロミーナの事はどう思っているのかね、ローザ。ニュート」

「僕はニュートじゃない。シャニーだよ。ねえ、ローザ。信じて。僕は何もしていない」

「ロミーナをどう思っているのかという、ノビーの問いに、まだ答えていないわよ。シャニー。さあ、わかったでしょう、ロミーナ。こっちに来なさい。あなたは悪い夢を見たの」

「そんな事はないわ、ママ。シャニーだけがあたしの悲しみを理解して、励ましてくれていたの」

「ロミーナは、妹みたいなものだよ。ルナみたいに、きれいで可愛い妹だ。オードラとは異う。ローザ。信じて……」

「信じない。あんたは、その、妹のようなルナもパトロも殺して逃げたのよ。ついでにパトロとロミーナの祖母のリラもね」

「リラは、お祖母様は、死んでしまったというの？　そんなの嘘よね、パパ」

「全部本当の事だよ、ロミーナ。リラはあのまま、とうとう死んでしまったし、お前の兄さんのパトロもスターも、月読みの娘も殺されてしまった。お前は憶えているだろう？　あの月読みの、『ハル』の娘のムーン様というのが、この男に殺された、オードラという名の娘だったんだ。さあ、わたしのロミーナ。騙されてはいけない。『ハル』の娘が逃げろと言ったのは、この男の手の者達からなんだよ」

「そんな……。愛していたのに。愛していたのに。一緒に逃げようって、言ってくれたのに。一緒に『さくらの歌』も歌ってくれたのに……。ムーンスター様と、オードラという人が同じ人だったなんて。パパ。ママ。シャニーは、本当にわたしの兄さんと、兄さんの恋人と、オードラという人まで殺したの？」

「あれは、花祭りの夜だった。ロミーナ。その日、パトロとルナと、オードラとシャニーは、祭りの衣装を着て、踊りに出掛けて行ったの。そして、とうとう帰って来なかった。心配して、わたし達はあっちこっち捜したわ。そうして、夜明け前に漸くあの子達を見つけた。オードラはお腹を刺されて、ルナは心臓を刺されていた。パトロは後ろから投げられたナイフで、脇腹を裂かれ、おまけに左の腿に、ナイフを柄まで突き立てられていた。それでも何とかして、三人で手を繋ぎ合って、血の海の中で死んでいたのよ。あの姿は、一生忘れられない。それなのに、四人で出掛けたはずの、この男の姿だけが煙のように消えてしまっていたの。後でわかった事だけど、その夜、ブルージュの町から金髪のシャニーを乗せた、ロード公の馬車が二台発って行った」

「ああ。ママ。パパ。あたしの兄さん、お祖母様。ああ……。オードラ……。あの、優しかった声の、ムーンスター様!! ああ。ママ。苦しいわ。あたし、肝臓がとても痛くて、吐いてしまいそうなの……。わたしこそ、死んでしまえば良かった。これが、みんな夢なら良いのに。夢なら良かったのに……。でも、そんなはずはないわね。これは現実で、あたしの心も体もこんなに痛い。裂けてしまったみたいに痛い……。パパ。ママ。お願い。あたしをここから連れ出して頂戴……」

ああ。わたしのロミーナ。傷付けられてしまった愛しい娘……。ロミーナは、やっとわたしとノビーの腕の中に飛び込んできてくれた。ゴーストのように蒼い顔をして。わたし達は、ロミーナを連れて、シャニーの牢の前を通り過ぎようとした。

シャニー・ロードは、ロミーナと同じように蒼く、わたし達と同じように絶望的な瞳をしていた。

「待って、ローザ。今、やっと解ったよ。全ては父上の差し金だったんだ。でも、僕は本当に何も知らなかった。それどころか、今の今まで父上に、騙されていたんだ。父上は、僕のオードラを殺しておきながら、僕にはオードラを殺されたくなかったら、大人しくしていろと言い続けていた。お笑いだよ。ローザ。もう僕を信じてはくれないだろうけどね。一つ良い事を教えてあげるよ。あの逃亡案を考えたのは、僕じゃない。オードラが、一ヵ月くらい前に、僕に夢でそう言ったんだ。何としてでも、ロミーナを守れって」

「信じないわ」

「そうだろうね。でも、こんなのはどうだい？　ローザはパトロとルナを殺された。僕はオードラを父に殺された。憎らしいだろう？　父に、復讐したいとは思わないのかい。ローザ。それなら、一番良い方法があるよ。僕にも父にも復讐できて、それも一番効果的な奴だよ」

「どうするんだね、ニュート」

「僕はシャニーだと言っているだろう。こうするのさ。僕は、父にとって唯一人の子供だ。正妃も妾妃もなく、唯一の男児は僕だけなんだよ。だから、僕を殺せば、ロード公国は終わりだ。殺してから行けよ。ローザ」

「そう思うなら、自分で死ねば良いでしょう」

「武器がない。それに、窓は小さ過ぎて飛び降りる事もできない。ねえ。ローザ。頼むよ。僕を殺してから、行ってくれないか……」

「殺しはしない。だが、ニュート。約束して欲しい。これからは一切、ムーンスター様には近付かないと。はっきりここでだ」

「そんな事は約束できない。僕はオードラが好きだ。だから、オードラに出会ったら、又、恋をする。ムーンスターだかなんだか知らないけど、オードラと僕は離れないよ。オードラは、『この次にも生まれてきたら、又、会いましょう』って、僕に言っていたんだもの……」

「ひどいわ、シャニー。一緒に逃げようって、言ってくれたくせに……」

「あれは、君のためなんだよ、ロミーナ。わかってくれないと」

「わからない。わからないわよ。あたし、愛していたの。愛していたのよ、シャニー」

「シャニー。どんなに会いたくても、もう遅い。オードラは、何百年先に行ってしまったかも、もう解らないの。それに、そんな気持だったら、なぜオードラは、あんただけに『昔』を思い出させなかったの？　オードラには、そんな事、簡単にできたはずなのに……」

「そんな必要は無い、って言っていた。出会う度に、新しく恋を始める方が素敵でしょうって……。だから、さくらの歌とヤポンだけを憶えていてね、って言っていたんだよ」

「それはだね。ニュート。君はもう何回も、今度と同じようにムーンスターを殺めたり、傷つけたりしてしまっているからなんだよ。ムーン様はきっと、そういう事を君に思い出させたくなかったんだろう。あの方は、誰かを傷つけるくらいなら、自分が傷つく方を選ぶ方だ。だから、諦めると言いなさい。そうすれば牢から出してやっても良い」

シャニーの瞳に、言葉にならない想いが溢れていた。シャニー・ロード。殺してやりたいほど憎いと思っていたのに、今でも憎さは変わっていないのに……。ああ。何と狂おしく、傷ついたその瞳。涙さえ失くしてしまった、乾いて、ひび割れたその嘆き。

シャニー・ロードの絶望は、わたしとジョイの絶望と苦痛と、同じものだった。

ロミーナが、シャニーの瞳の色を見て、声を殺して泣き始めてしまった。

「ノビー？　ロミーナを下に連れて行って」

シャニー・ロードが、わたしを見詰めたまま、ノビーにそう頼んだ。ノビーは泣き崩れているロミーナを抱えて、壁伝いに階楼を降りて行った。わたしも、ノビー達の後に付いて行こうとした。けれど、シャニーが鉄格子の間から手を伸ばして、わたしのドレスの端をしっかり摑んでいた。

シャニーの眼差しが、わたしの胸を締めつけた。

シャニーは、父親のロード公を激しく憎んでいた。その一方で、自分自身をも許せず、激しく責めてもいた。後悔の心。悔恨に責められて、泣き痺れているシャニーの心が、わたしに願っていた。

「ローザ。許して欲しいとは、もう言わない。ただ、僕を哀れに思ってくれるなら、その鍵かナイフを置いて行って。ジプシーの女は、ナイフをいつも持っているんだろう？　頼むよ」

「鍵とナイフのどっちが良いの」

「ナイフを」

それで、わたしは牢の鍵の方を、シャニーに渡してあげる事にした。わたしのパトロとルナとオードラと、リラの敵だったはずのシャニー・ロード。けれど、シャニーは一方では、被害者の一人でもあり、わたしのロミーナを励まし続けていたというのも、嘘ではないようだった。

ロミーナは、シャニーの励ましを恋と思い込んでしまったのだろう。
「ありがとう。さようなら、ローザ」
「さようなら、シャニー。こんな事になってしまって残念だわ」
オードラがシャニーを許していたと言うのなら、わたしもシャニーを許すべきなのだろう。それに、わたしにはもう、わたし自身のような、ジョイのようなシャニーを、責める気持にはなれなかった。パトロ。ルナ。これで、良いのよね……。
わたし達が牢塔を出た時、シャニーの哀切な歌声が聞こえてきた。
「さくら
さくら
弥生の　空は
見渡すかぎり
かすみか　雲か……」
シャニー・ロードは、牢番が持っていた剣を奪って、自害して果ててしまっていた。シャニーは、自らの言葉の通り、ロード公に復讐して、恋しいオードラを求めて、『行って』しまったのだ。
ああ。こんな事になってしまったなんて……。でも、本当にそうだろうか。わたしは、シャニーがこうする事を、心のどこかで知っていたのではないかしら……。わからない。
ロミーナには、シャニーの姿は見せられなかった。

わたしは、だから、心の中だけでシャニーに告げた。

さようなら。シャニー。もしも『今度』出会う時があるとしたら、シャニー。わたし達みんな、敵同士としてではなく、助け合える友達同士として会いましょう。あなたとパトロとロミーナ、ルナとオードラは『今度』は幸せでいられますように。だから、今は、さようなら。

牢塔の扉は、固く閉ざして、鍵は捨てた。

エドとハリーが、ぐったりしたジョセを助けて、馬車に戻って来た。時間より早い。

エドもハリーもジョセも、怪我をしていた。

「エド、ハリー、ジョセ!!」

「黙っていてくれ、ローザ。止血はしてある。話は後だ。もうすぐ城から火が出る。俺達は知らん顔して、ゆっくり町を出て行くんだ。そうすれば疑われない。ジョセ。しっかりしていてくれ。ハリーも中に乗れ。馬車は俺が動かす。ロミーナか？　ロミーナは親父のマントの中にでも隠れていろ。ローザ。門兵がいたら、笑って銀貨でも渡してくれ。それじゃ行くぞ。ハイッ!!」

エドの指示で、わたし達はゆっくり出発した。

裏門からではなく、エドはわざと表門に廻って行き、わたしは門兵達にゆったりと微笑んで見せてから、銀貨を一枚ずつ渡した。

宿には、帰らなかった。初めからそのつもりで宿代は払ってあったし、宿ではわたし達の「気が変わった」くらいにしか思わないから、とエドは言っていた。

城壁町の城門を抜けて、リヨンへの街道をしばらく行ってから、エドは馬車を脇道に入れて、ローヌ川の岸辺を通ってストラスブールの方に馬の向きを変えた。

その頃には、遠くなったロード城の方角の夜空が、カーニバルの花火のように、赤く燃え上がっていた。


エドは、そのまま深夜の街道を、黒い風のように走り抜けて行った。夜明け前、わたし達は完全にリヨン、ロード、ローヌ公領から抜け出し、そこでエドは馬車を停めた。黒いマントで隠していた三人の傷。

ジョセの傷は、肩に鋭い剣による突き傷。ハリーはお腹に。エドウィンは背中から剣で。わたしとロミーナは、そこに着くまでに何度もジョセとハリーの傷口から染み出てくる血を、亜麻布に吸わせなければならなかった。エドは、布だけ受け取って、自分で背中のシャツの上から止血帯を押さえて、馬を走らせていたのだ。わたしはもちろん、ロミーナにも、目が見えないノビーにも、ジョセとエドとハリーの傷が深く、取り返しがつかないものだともう解っていた。ジョセ達の顔色は悪く、息は浅く、馬車の中には、甘く、気が遠くなるような血の匂いが、充満していたからだった。

わたし達は人気のない森の中で、改めてジョセたちの傷の手当てをした。こんな事も「あるだろうから」というジョセの提案で、わたし達は強いブランデーや傷薬、消毒薬草油や、亜麻布の止血帯を、かなりの量用意して置いたのだ。けれども、その時は、それを言ったジョセ自身もわたしも、ジョセまでこんな非道い事になるとは、思ってもいなかった。

エドが、何があったのかを説明してくれた。


エドとジョセは、酔った振りをして館の奥の居室の一つ、すなわちロード公の居間まで上手く入り込んだ。そこで、エドは、「ブルゴーニュ公の秘密を話す」とシャルル・ロードに耳打ちをして人払いをさせた。けれど、ジョイがわたしに渡したのは、トリカブトの毒ではなかったのだという。ジョイも、まさかそんな事に、「あれ」が使用されるとは思っていなかったのだろうし、何より、ジョイ自身が「夜に掛ける虹」を渡ろうとする思いを、捨て切っていなかったのだろう。

「あれは、ただの忘れな草の粉末だったんだよ。薬包紙の裏に、ジョイの字でそう書いてあった」

と言って、ジョセが苦しそうに微笑んでみせた。

それで、仕方なくエドはロード公に、

「従兄弟の敵」

と宣言してから、体ごとぶつかっていってシャルル・ロードを刺した。ロード公は声もなく倒れたのだそうだが、その時居室の灯り火を、床に倒してしまった。灯り火を入れていたクリスタル硝子のランプは床に落ちて砕け、大きな音が響いた。後は、言うまでもない。

音に驚いた衛兵達がなだれ込んできて、ジョセとエドに襲いかかった。ハリーがそこに飛び込んで来て、エドと一緒に戦い、ジョセは厚い扉を閉め切って、その騒ぎが部屋の外に洩れるのを防いでいた。勝負は、一瞬でついた。兵士達に仲間を呼ばせないために、エドとハリーが、身を捨てて相手にぶつかって行ったからだった。けれど、その中の一人が、倒れて行きながらジョセに向かって、剣を投げつけた。

ジョセは身が軽い性だったが、扉を守る方に気持が行っていたので、気が付くのが一瞬だけ、遅れてしまったのだと言う。エド達が我に帰った時は、部屋の中にはもう火が回り始めていて、消しようがなかった。それでも三人はお互いの傷を手当てし終えてから、何気ない風を装って、河側に面したバルコニーから脱出し、城の裏庭の楓と楡の森まで「酔っ払った振り」をしながら、逃げて来たのだそうだった。

「だから、途中で出会った奴等は、俺達が上機嫌で帰ったと思っている。火事は酔ったシャルル・ロードが誤って、ランプを落としたと思われるだろうし、城が丸焼けになってしまえば、衛兵の死体が幾つ転がっていようが、それも焼けちまっていて、誰にも本当の所はわかりゃしねえだろう」

「そんなに上手くは行かないだろうよ。エドワード。牢塔の中では、多分シャニーも死んでいるだろう。それが見付かったら、やはりわたし達が疑われるのではないかね」

「シャニーの奴が？　それなら奴を殺ったのか、ローザ」

「殺してなんかいない。わたしは、ただ牢の鍵を開けてあげただけだもの。シャニーが死んだのは、自害したせいよ」

「それなら、奴の死は俺達のせいにはされっこねえだろう。だけどな、ローザ。なんで奴を見付けておきながら、奴を助けたりしたんだ?」

「シャニーも被害者だったのよ。それに、シャニーはロミーナを励ましていてくれた」

「ママ。酷い。シャニーを牢から出してくれたなら、何で一緒に連れて来てくれなかったの?」

「わかって、ロミーナ。わたしはシャニーを助けたけど、シャニーはもう『行って』しまいたかったのよ。だから、わたしは願った。『今度』というものが、もしもあるなら、パトロもルナもオードラも、ロミーナ、あなたも今度こそ、シャニーと幸福な出会いができますようにって

……」

ロミーナは、賢い娘だった。

「わかったわ……ママ。それなら、あたしも憐れみ深い天のお父様に、そう言ってお祈りしましょう。あたしの兄さんとルナとムーンスター様とシャニーの上に、永遠に幸あれと……」

泣きじゃくりながらもそう言うロミーナは、健気で愛おしかった。けれども、「解った」という事と、「受け入れた」という事は異うのだ。

「死んでいた者」が生き返ってくれたけれど、離れてしまった心は、帰ってきてはくれない。

ロミーナはその後、ジョセを「ジョセ兄さん」と呼び、エドウィンを「エド兄さん」と呼んで、父親として慕ってきたノビーとエドの傍で、過ごすようになってしまった。愛を失うほど、哀し

い事はない。

わたしは牢塔の扉に鍵を掛けてしまった事を話したけど、エドは、「塔も焼け落ちただろう。だが、用心して帰ろう」と言って、途中の町で養生するのは「止めるべきだ」と主張した。ジョセもハリーも、エドの考えに賛成だった。

こうして、わたし達はとりあえず、ストラスブールのノビーの家に向かって出発する事になった。御者台にはエドかハリーが坐り、その隣には彼等を支えるために、ロミーナが乗った。ジョセとわたしは、ノビーとエドか、ハリーと一緒に馬車の中にいた。誰も、わたしを責めなかった。

ジョセは自分の身体の事よりも、ロミーナとわたしの間に出来てしまった、見えない壁の事を心配してくれた。わたしとジョセの心は、何も言わなくても、互いに良く解り合えていた。

わたし達は、この世に生まれてきて、初めて一つの魂になれたかのようだった。そうではない。初めて、愛し合える魂になれたのだ。

ジョセは、取り返しがつかない傷を負って。わたしは、パトロやルナ、オードラの敵討ちどころか、生命に代えても良いほどの、愛しいロミーナの愛を失ってしまってから……。

もうライロやジョイに、遠慮をする必要もないだろう。ジョセが逝ってしまうのなら、わたしも「行って」しまいたい。シャニーのように、あの「さくら歌」を歌いながら、飛び立って行きたい。それ等の思いの全てが、わたしを蝕《むしば》んだ。

復讐なんて、空しい事だった。戦闘的だったエドとハリーでさえも、今ではそう言っている。

「俺達は人を殺めてしまった。ママンが知ったら、泣くだろうな。なあ、親父。俺とハリーは本当に、五百年先にはヤポンの東京シティとかに、行けるんだろうか」

「憎しみを捨てたのだから、きっと行けるだろう。しっかりしなさい、エドウィン。ムーンスターが言われていた言葉を信じるんだ。信頼と希望と愛があれば、必ずヤポンに辿り着けるだろう」

「俺が愛しているのは、ママンと親父と、リリーだけだよ。それに、今はパトロとロミーナとハリーかな。ああ、そうだ、ローザとジョセも愛しているよ」

「無理しなくても良いよ。エドウィン。だが、ありがとう。わたし達も君を愛しているよ」

「その通りよ、エド。その通りよね、ジョセ。わたし達、又、会いましょう。五百年先とは言わずに、何度でも……。ねえ、ジョセ。その時には、パトロとルナやオードラにも、愛しいロミーナにも会いましょう。わたしは小さな家に庭を持って、白百合やバラや君影草をそだてて、猫を飼って暮らすの」

「良いね、ローザ。その時、俺は何をしているんだろう」

「あなたはマジシャンのままで良いのよ、ジョセ」

今朝、森の中でロミーナが、わたし達全てのために、君影草の白い花を摘んできてくれた。

大丈夫。いつかきっと、ロミーナとわたしの間の壁は、取り除かれる事だろう。わたしは「その時」まで待っている事にしよう。

わたしとジョセは「待つ」事にかけては、誰にも引けは取らないのだもの……。

ああ。でも、わたしの胸が、肺が痛い。わたしは今、どんな顔をしているのかしら。

できるなら、ジョセのように、いつか見た事がある美しく、優し気な聖母マリアの御像のように、穏やかな顔であって欲しい。オードラが見せてくれた『昔』のミモザのように、喜びに満ちた顔であって欲しい。

わたしは今、ジョセとそう時を変わらなくして、旅立って行こうとしている。わたしの心と体(肺)は、哀しみに殺されてしまったという事が、自分ではっきりと解るのだもの。

人の生涯なんて、本当に草のようなものだ。

「野の花のように咲いていても
風がその上に吹けば消えうせ
生えていた所を知る者もいない」

と、言われている通りに。

こうなってみて、初めてわたしにも解った。大切なのは「愛」であって、野の草のような生涯にも、人は「愛」という花を咲かせられるのだと……。花を咲かせられるのなら、「愛」は実を結ぶ事もできるのだろう。それなら、フローラが言っていた実に、いつかわたしもなれるのだろうか。

「一番古い木はキリストなのよ」

という言葉も、今では理解できる気がする。あの神様は、フローラとルナによれば「愛」による、わたし達の「身代わりの神様」なのだそうだもの。その方に、わたし達も憐れまれて、小さな花になりたい。

ゆっくりと、馬車が行く。

ああ。ジョセ。パトロ。ルナ。ロミーナ。又、会いましょう。わたしは「愛の歌」であるという「さくらの歌」と共に、希望の中へ上って行きましょう。「希望」は神の憐れみ、夜を渡る虹。

ストラスブールは、もう目の前だと、先程ノビーが、わたし達に告げに来た。昨夜から、エドとハリーは馬車の中に移され、ロミーナを助けて盲目のノビーが馬車の手綱を握っている。エドもハリーも、良く頑張った。

ストラスブールのノビーの家に着けさえすれば、

「もう大丈夫だ」

と、ノビーは言う。けれど、多分そうではない。エドもハリーもジョセもわたしも、もう助からないだろう。わたし達がこんな事になったのは、神の罰のせいではないに違いない。いつかルナが、わたしに言った事がある。

「ナザレのイエスという方は『わたしもあなたを罰しない』と言って下さる、優しい方なのよ」

と……。

だから、多分『これ』は罰なのではないと思う。わたし達を傷付けたのは、熱情のような「恋」なのだ。そうでなければ、炎のような絶望と、希望という名の、剣。

シャニーは「絶望」のために自ら死を選び、多分、ジョイは「希望」のために、トリカブトの毒を使うような気がする。エドとハリーは「従兄弟の敵を討ちたい」、という熱情に突き動かされ、ジョセはわたしを「守りたい」ために、わたしは狂おしいほどの「憧れ」という熱情と「恋」のために、身を灼かれて死ぬのだ。

ジョセともう一度、やり直したい。愛しいパトロとロミーナと、もう一度初めからやり直したい。それだけで、わたしもジョセも満足できる。だからね、と言っていたオードラの声を思い出す。だからね、

「ジャンプをする時は、愛とさくらの歌だけを思いきり深く胸に抱いてから『跳ぶ』の。そうすれば迷子にはならないで済むからね」

そうね、オードラ。わたし達、ずっと迷子になってしまっていただけなのよね……。気掛かりなのは、後に残していくロミーナの、心の行方。ロミーナは利口な娘だから、わたしが逝ってしまえばわたしの心の傷に、気がついてしまうかも知れない。もしもそんな事になったら、あの子は自分を許さないかも知れない。

でも、自分を責めないでね。ロミーナ。自分を傷付けてしまったら、人は生きるのが辛くなってしまうだけ。あなたのせいじゃない。こうなってしまったのは、誰のせいでもないのだと思う。

わたし達はただ、こうなるようにしか生きられなかった。けれど、そのお陰で「愛」の神を知った。

今度の事では、又、嘆き悲しむ人が出る。

ロミーナは、わたしとジョセを失い、ノビーとフローラは息子のエドを失い、もしかしたら、ライロもジョイを、失うような事になるだろう。

でも、もうこれ以上の犠牲者は出したくない。だからね、ロミーナ。あなたには、シャニーを失ったという哀しみだけで、もう十分なの。わたし達、いつか又、会いましょう。「今度」こそは平和な、穏やかな人生でありますように。

そんな日が来たなら、わたし達はもう天に帰れる。

「愛」という名の光の中へ。はるかに遠く歌が聞こえる。

ジョイがまだ喜びに満ちていた時の歌。わたしもまだ何も疑わないでいられたころの歌。懐かしい、優しいあの歌が。

あれは、わたしのパトロがまだ十五歳くらいの時だった。ジョイのオードラは十二歳くらいで、巻毛のルナは十になったかならないかの頃……。

あの日、わたしがジョイ達のテントに行くと、ジョイがわたしを見つけて唇に指を当て、「シーッ」というような仕草をしたのだった。ジョイは、薬草摘みから帰ったところだった。

「何なの？　ジョイ」

わたしが小さな声で訊くと、ジョイは堪らないほど嬉しいという顔をして、小さな声で教えてくれたものだった。

「あの子達、又、お話ごっこをしているの。今度のは、ルナが『ロバの皮』で、わたしのオードラは『ラプンツェル』なのよ。ローザ。ほら聞いていてみて。オードラは、ルナの言いなりになっているの。あのオードラがなのよ」

テントの中から、ルナの無邪気に笑う声が聞こえてきていた。

「ラプンツェル。ラプンツェル、お歌をうたいましょ!!」

「わかったわよ。あたしのロバの皮。さあ、ここに来て。さくらの歌をワン・ツー・スリーで歌うのよ」

「さくら　さくら
弥生の　空は……」

ああ。幸せだったあの日。あの時。あの、幸せだった頃に聞いた「あの歌」が、今もどこからか聞こえてくる。

オードラのような、ルナのような、天使が歌ってくれているように美しいその「さくら歌」の中、わたし達を乗せた馬車は、ゆっくりと行く。

わたしの口の中には、肺からのものと思われる血が溢れ出してきていたけれど、もう苦しくはない。ジョセがそっとわたしの手に、自分の手を重ねていてくれた。

四、美《うるわ》しの都・エルサレム

「行ってしまうのね」

あたしは、輝くばかりに美しく成長した妹に、溜め息を吐いてから、そう言った。

「そっちこそ、行ってしまうんじゃないの」

あたしの妹は、黒い瞳をキラキラと輝かせて、軽い口調でそう言って返してきた。

あたし達は今、二人共旅支度を整えているところだった。

妹は、まだ十九歳になったばかりなのに、請われてエジプトのアレキサンドリアに向けて、発って行こうとしている。支度はそれ程多いとは言えない。でも、それで良いのだと、妹はあたしに言う。

「あたしを招いてくれたのは、とてもお金持ちの老婦人だからね。本当は支度なんて要らないくらいなの。ローマの人だから、ローマの船も使えるし、何の心配も要らないわ。ただ、一年間離れているっていうだけじゃない」

「それでも淋しいし、不安だわよ。あんたは何とも思っていないの？」

「それは思っているわよ、姉さん。あたし達、お互いに身体が弱いもの。あんたの今度の旅行なんか、『保養・観光』なんですものね。しっかり休養して来てよね。でないと、あんたの『洗濯屋』が、泣いてしまうでしょう。あいつは呑気なんだか、惚けているんだか、飄々《ひょうひょう》としているけど、姉さんひと筋なんだから」

「又、そういう事を言う。『洗濯屋』なんかじゃない。ランドリー（洗われた人）だって、何回言えばわかってくれるのよ」

あたしの名前は、パール。きれいな真珠という名前。でも、その名前を呼ぶたびに、あたしの妹のブラウニは、悪戯っぽい瞳をして少し笑う。

「パール。あんたは、昔はスター（印の星）という名前だったのよ。それなのに、今では海底の玉。同じ輝くにしても、空と海では大違いね」

「言ってなさいよ、ブラウニ。あんたこそ昔はムーンスター（月星）で偉そうだったのに、今ではただのブラウニ（甘い茶色菓子）だなんて、落ちたものだわね」

あたしが言い返すと、ブラウニは低く優しい声でクスクス笑う。

「落ちてなんかいないわよ、パール。あたしは、昔はモンスター（怪物）だとも呼ばれていた。それが今ではブラン（大嵐）なんだもの。渾名《あだな》としては良い勝負じゃない。でもね。あたしを最初にブランと呼んだのは、踊り子のフランセとフランセにお熱のチャドの奴なの。だから、仕方がない」

あたしは、そう言って平気な顔をしてみせている、ブラウニが愛しくてならない。

明るい栗色の髪のブラウニを、ブラン（大嵐）だなんていう酷い呼び方を最初にしたのは、フランセや街道守護隊長のチャドなんかではない。ブラウニはエルサレム市内では、隠れた有名人になってしまっていたからだった。エルサレム市内では、という事は、言葉を変えればユダヤ国とか湖水地方、フェニキアやローマ、ギリシアやエジプトの人々の間でも、という事になってしまう。美しの都の丘の神殿には、ユダヤやガリラヤ、トラコンやデカポリスなどから、毎年大勢の参拝者や巡礼者たちが集まってくるし、フェニキアやギリシア、エジプトからの商人や、ローマ帝国の軍人とその家族や供の者達が、絶えずエルサレムの市内に滞在したり、常駐したりしているせいだった。

ブラウニの占星術（本当はただの占いなんだそうだけど）は、良く当たる。良く当たり過ぎる余りに、あたしの妹は人々から恐れられて、ブラン（大嵐）なんていう、酷い通り名で呼ばれるようになってしまった。

ブラウニは言う。

「だってね。仕方がないでしょう。あたしは嘘は言えないし、人々は本当の事よりも、口当たりが良い事を言って欲しいくらいにしか、考えていないんだもの。だからね。あたしが言う事に皆、びっくりしてしまうだけ」

「その反対に、すごく感謝される事だって多いでしょう。それなのに、ブランだなんて酷いじゃないの」

「仕様がないのよ、姉さん。この時代では、ユダヤの人々は『占い師に助けてもらった』なんて、口が裂けても言えないし、他の国の人々がそう言っても、ユダヤの人達はやっぱり公にはそんな事、認められない」

「それはそうなんでしょうけどね。あたしはやっぱり嫌な気がする。ランドリーもそう言っているわ。なんだか『ここ』は息苦しいような町だなって。言いたい事も言えないし、いつでも誰かに見張られているような感じがするし……」

ブラウニは言う。

「そう言ってしまっては、身も蓋もないでしょう。テラでは、どこの国でも時代でも皆、同じようなものだった。支配者と民衆。暴力と略奪。血なまぐささと一時《いっとき》の平和。富と貧しさ。宗教的な弾圧と民族による『血』の争い。権力者と弱者。『ここ』では、宗教法（律法）と『血』（ローマ人とユダヤ人、サマリヤ人やガリラヤ人。エトセトラ。エトセトラ）と権威が、普通の人々を脅かして、苦しめているだけなんだもの」

権威とは、タカ派（ファリサイ派やサドカイ派）の大祭司や、熱心党の人達の事を言ってるのだろう。

権力は、支配者であるローマ帝国と、一部のお金持ち達による支配。

「血」とは、生きている人間に流れている血ではなくて、純粋に人種的な差別。「ここ」ではユダヤの人々は他人種を蔑み、異邦人と呼ばれる人々は、ユダヤ人種に引け目を感じて生きている。その全ての人々を、「律法」が縛り、それ等全ての人々の「血」の上に、ローマ帝国市民の「血」があって、ユダヤ人達はローマの「血」を蔑み、憎んでいる。

そして、それ等の全てが、ごく「普通」の人々や貧しい人、体の弱い者、不幸な人達の「苦痛」を、更に大きくしているのだった。

「ここ」では、貧しいという事や病弱である事、不運であるという事そのものが、「罰」だとか「罪」であるというふうに、断定されてしまう。今、実際に苦しんでいる者達にとっては、その何重もの「差別」は、痛みと哀しみを増すものでしかない。ただ病弱であるというだけで、不運であるというだけで、それが「神罰」だとか「罪悪」だとか、「悪霊憑き」だとかと、陰に日向に言われるのは、辛く苦しいものでしかないと決まっているのに。

宗教法（律法）そのものの「骨」については、あたし達にも違和感はない。

「殺してはいけない」

「盗んではいけない」

「父と母とを敬いなさい」エトセトラ。エトセトラ。

「心を尽くし、精神を尽くし、思いを尽くして、あなたの神である主を愛しなさい」

「隣人を自分のように愛しなさい」

これ等の言葉は、テラⅡでの「ハル」の教えの中にもあったみたいだし、あたしのブラウニは更に言う。

「最も大切なのは

『互いに愛し合いなさい』

という『記憶』なのよ」と……。

隣り人を、自分のように「愛する」というのは、とても素晴らしい「教え」だと思う。人は、自分自身をさえ『愛しきれている』、とは言い難いのだから。ましてや隣り人を『愛しきる』、という事が実現できるのなら、そんなに素敵な事はない。だから、あたし達のような「異民族」でも、ユダヤの宗教法の「骨」には、共感できる。

共感できないのは、その宗教法の素晴らしさが、逆に弱い人達を縛り上げるための、「道具」のようにされてしまっている所なの。つまり、「ここ」の指導者達には、「愛」がない方達が多く見られるという所に、あたし達の心は深く傷付けられてしまっている。

貧しい人達や飢えている人、苦しみの中にいる人々を見るのは、辛いものだった。ましてや、奴隷の身分の人達が、虐げられているのを見るのは辛い。

それと同じくらいに強くあたしを傷付けるのは、罪もない動物達の「血」を、犠牲に献げる「いけにえ」という儀式が行われている事。いくら「それ」が自分達の信仰のためだとはいえ、罪がない動物の血を無益に流す行いには、あたしの「生き物族」としての「魂」が、逆流してしまうような痛みを感じてしまう。

その上、あたし達は、ここユダヤの都では、何重もの「差別」を受けて、生きていかなければならない。

内面的には、ただの「旅人」なのだけど、外面的にはユダヤ人でありながら、病に苦しめられている「罪人」であり、「罪人」でありながら「異邦人」でもなく、その全てでありながら、ローマの市民権を持つ「敵とも親しくする者」として……。

だから、「今」のあたしには、妹のブラウニのように、

「仕方がない事よ」

とばかりは思えなかった。

「今」のあたしには、恋人のランドリーの息苦しさが、とても良くわかる。それは、いつも「見張られている」かのような窒息感として、あたし達の前に立ち塞がってくるのだ。

「かのような」ではなくて、あたし達は実際に見張られてしまっている。ユダヤ人としては同胞のユダヤ人から、「罪人」としては、同等の異邦人から、そしてローマ市民としては、ローマとユダヤの相方の市民達、権力者達から……。

それ等の全てが、「旅人」としてのあたしを苦しめ、傷付けていってしまう。あたしが憧れるのは、ブラウニの言うところの、

「互いに愛し合いなさい」

という、夢のように美しい「言葉」と、「生き方」だけになってしまった。

もちろん、そのように生きようとしている人達は沢山いるはずだし、あたし達の周りにも、そういう人達は見付けられた。でも、その人達は闇に咲く、小さな花のようなものだ。

彼等は、自分達の行いを誇らない。彼等はむしろ人目に立ちたがらず、自分自身を誰からも隠して生きている。そういう人達は、真の意味で賢い。彼等は「愛」の中で生きる事に、幸福を見出している。

それと同じくらいに、彼等は知っている。

「愛」に生きる者は、「人」に憎まれる可能性や危険にも、曝されているのだと……。

どうしてそうなるのかは、あたしには良くわからない。でも、いつの「世」でも大抵そういう事があった。誰かを「憎みたい」という種類の人間もいるのだ。そして、そういう人達が真っ先に憎むのは、「愛を知っている」者達だった。憎しみのゆえに憎むのではなく、ただ、「憎みたいため」に犠牲者を探す人々。

そういう人達を、あたし達は「妬《ねた》む者」と呼んで、警戒していた。

「妬む」者達は恐ろしい。彼等は「愛する」よりも傷付ける事に、秘かな喜びを感じているかのように、次から次へと「獲物」を探して歩いているかのようだった。彼等の「妬み」は、愛に傷付いた人が、誰かを恨んだり憎んだりするというのとも、少し異っていた。「妬む者」は、ただ

「憎みたい」という思いに動かされて進んで行くかのようで、恐ろしい。

そして、彼等の「嫉み《そね》」は、まず「愛」の中に咲き出でている、ソウル（魂）に向かって行くみたい。その「嫉み」は「虚」からくるもので、愛するがゆえの嫉妬とも異っていた。もっとも、真に愛しているなら、「嫉妬」できるかどうかは怪しいものだと思うけれども。

ブラウニは言う。

「愛とはお互いに歩み寄って行く事なの。歩み寄るためには、お互いに理解し合わなくてはね。真に相手を知った後で、憎む事なんて、多分誰にもできない事でしょう」


あたしの言い分は、実は妹のブラウニとお祖父様のベルル、お祖母様のビアンカからの受け売りの部分も多いの。特にテラⅡでの「記憶」だとか、「時」の神である「ハル」だとかについては、あたしだけではなくて、「ここ」に今揃っている全員の頭の中身が、溶けたバターのようになってしまうらしかった。

あたし達の「旅」は、長過ぎた。

あたし達が、テラⅡやそこで待っていてくれるという「家族」の事を思い出せるのは、一重《ひとえ》に妹のブラウニの「秘めた力」のお陰なのだから……。

それでも、ブラウニのお陰で故郷の星を思い出すと、あたし達の頭と心は、愛しさと懐かしさで、痺れてしまったようになる。溶けたバターどころか、テラⅡで食べた思い出の甘い玉子のケーキや、甘いりんごのお菓子の香りまで思い出してしまって、泣けてきてしまう。

それでブラウニは「この次」からは、テラIIでの事は、「必要がない限り」思い出させないと、「ここ」で決めてしまった。

「そうすれば、テラIIでの事や『ハル』の事については、皆の記憶が曖昧になってしまうかも知れないけど、無理に思い出させても、仕方がないものね。皆はただ、『さくらの歌』と、二千五百年の船とを、憶えていてくれれば良いの。大丈夫よ。あたし達、二千年代のヤポンには、必ず着けているんだもの。『そこ』から、二千五百年までなんて、今までに比べれば軽いものでしょう」

「故郷のテラIIに帰りさえすれば、皆もきっと懐かしい、愛しい人達を思い出すはずだわ。だから、それについては、あたしは心配していない。ねえ、スター。じゃなくて、パール。あんたとエメット、じゃなくて『洗濯屋』は、必ず二千年代の、東京シティのさくらの樹の下で出会えるんだという話を、二人共ちゃんと憶えていてよね」

「そこにはドギー（女のワンちゃん）もいる、と言うんでしょう？　キャット（ねこちゃん）もきっと行っているわよね。ブラウニ。でもあたしは、ノバを良く憶えていなかった。何でノバまで『そこ』にいるのかしら」

「ノバとあんたの『洗濯屋』は、メカ族の仲間で、ノバはドギーと親友だった。ノバにはミフユと配下の者達が、ゾロゾロくっついているはずよ」

「ランドリーだって言っているでしょう。意地悪のムーン。あんたこそ、井沢家に入れていると言っても、恋しいニュートに出会えるのかしらね」

「会えると思う。でも、自信がないの。『あれ』を見た時、あたしの頭は熱で、イカレていたみたいだからね。何と、『そこ』にはベルルとビアンカ、ワイドとナルド（香りの良い花）の他にも、リトラまで見えてしまったんだもの。その上、天使族の男やヴァンピール族まで、見えた気がしてしまった」

「アハハ……。やだわ。ムーンったら、又、その話。リトラや天使族が、東京シティになんているわけないでしょう。それにヴァンピール族なんて、あたしが好きだったお話の中の生き物じゃないの。イカレたノエル。どうしちゃったの？　又、お腹が痛くなって、熱でも出たんじゃないでしょうね」

あたしのブラウニは、こんな話をいつでも皆にしている。相手によって、少しずつその内容は変わっているみたいだけれど……。

ブラウニは言う。

「だからね。ヤポンに着いたら、まず七家の『血』に入る事を忘れないでね。パール、あんたはヒルズ（山）の家よ」

「ランドリー。あんたはウッド（林）の家よ」

「ジョルダンとスミルノ（泉）。あんた達も林の家に入って行くのよ」

「ミナ（ぶどうの木の下での意。ランドリーの妹）。あんたは、フランセの近くのリバー（川）の家に」

「フランセ。あんたはミナと、リバー（川）の家のどちらかに」

「チャド。あんたとユキシロ様とアンナは……」

「ハイランドの家にって言うんだろう？　およしよブラン。あんたの頭は、あたしのノエルにそっくりだ。そんな事ばかり言ってるけど、ミナはランドリーの妹じゃないのさ。何でミナだけリバーの家に入るのよ。ジョルダンとスミルノとランドリーは、一緒だって言うのにさ。あんた、本当にイカレている」

「ありがとう。フランセ。あんたもやっぱりイカレている。これはね、あたしが決めた事じゃないのよ。皆で話し合って決めたのに、もう忘れちゃったの？」

「そういうわけじゃないけどさ。馬鹿ったれだね、ブラン。ジョルダン（ヨルダン川）とスミルノは、ランドリーとミナを愛しているんだからね。あんたがその話をするたびに、悲しそうに言っているのを知らないの？」

「知っている。『もう、あんな話は忘れてしまいたい』って……。だからね、フランセ。あたしは強制なんかするつもりはない。愛し合っているソウル（魂）同士で決めれば、良い事なんだもの。でも、悲しむ事はない。ジョルダンとスミルノの近くには、ランドリーとミナの姿も見えたんだからね」

そう言う時のブラウニの瞳には、何とも言えない優しい光と影が、宿っている。二千年代の東京シティにいるあたし達を「見た」とは言っても、それは五千年も「昔」に、七千年も「先」の未来を見たのだ。しかも「それ」を見た時のムーンスターは、熱にうなされていたのだという。リトラやヴァンピール族などという、あり得ない者まで「見て」しまったブラウニには、ジョルダンとスミルノに、ランドリーとミナも「一緒にいる」と断言してあげられない事が、口惜しいのだろうと思う。ブラウニが「見た」のは、あくまでも四人が「近くにいた」という事だけなのだそうなのだから……。

あの事故があった時から、もう五千年もの間、あたし達は「ジャンプ」してきた。その間に、あたし達は様々な「文明」を見てきた。古代エジプトやアフリカのシェバ。ギリシアのクレタ島や、中央アジア地帯。ケルト文化やゲルマン民族。

けれど、その「どの時代」も、あたし達にとっては馴染みが薄いものだった。その頃には、あたし達は、「ムーンスター」の力を借りなくても、まだテラⅡを良く憶えていたのと、地球文明には必ずと言って良いほど、血と暴虐と残酷さが、満ちていたからだった。「旅」を楽しんでいたのは、セーヌのフランセと黒王子のチャドだけで、後の者達は皆、この「旅」のためにソウル(魂)に言い知れないほどの、傷を受けていた。

特に「ムーンスター」が負ってくれた傷は深かったらしい。ムーンはこの五千年の間に、あれ程強かった「力」を、ほとんど使い果たしてしまったかのように見える。

そのブラウニは、悲しい声で言う。

「あれからずっと、二千五百年を見続けてはいるのよ。でも、二千五百年のヤポンには、あたし達の姿がどこにも見えない。『船』は来ているのに、東京シティどころかヤポンのどこにも、あたし達の姿が見当たらないの。必ず『着いて』いるはずなのにね」

「あたしにはもう、『力』が少ししか残っていないのよ。姉さん。あたしにはもう、取り残してしまった仲間達を捜し出す『力』さえ少なくなってしまった」

ムーンスターだったブラウニの「旅」は、アトランティスで別れ別れになってしまった、「仲間達」を捜し出すための「旅」でもあったのだという。ムーンは「中間地帯」にいる時も、ずっとあの「さくら歌」を歌い続け、聞き続けては、「ジャンプ」をする者の先になり、後になったりして、仲間を捜して「ここ」にまで来たのだそうだった。

「そうだった」と言うのは、あたし達には「中間地帯」にいた時の記憶が、少しも残ってはいないからなのだ。

ブラウニは言う。

「生まれてくるっていう事は、ソウル（魂）にとって大変な事なのよ。大部分は、そのせいね。後は、ワームのせいもあると思う。ワームの中には時間も方向もない。それは、ジャンプしようとする魂にとっては、途方もなく危険な事なのよ」

「『時間』も『方向』もないだって？　それは変なんじゃないか、ブラン。『時間』はともかくとしても『方向』がなければ、俺達は前になんか行けっこないじゃないか」

「あんたまで、あたしをブラン（大嵐）と呼ぶの？　ランドリー。誰のお陰で恋しい誰かさんと、『ここ』まで来れたと思っているのよ」

「誰のお陰も何もないだろう。俺達は、あのさくらの歌を忘れていないだけに、決まっているじゃないか」

「馬鹿だね。ランドリー。それはね。皆がワームの中で迷わないように、『ハル』の歌をあたしが中継しているからなのよ。それに、先に跳んだ者達が歌ってくれる『愛の声』が、お互いを呼び合っているの。自分一人の力だけで跳べてるわけじゃないんだよ。石頭」

「それを言うなら、お前だってそうだろうが。少なくとも、パールと俺は未来の妹のためにだって、歌っているはずだぞ」

「それは、ありがとう。未来のお兄様」

ワームの中には「時」だけではなくて、「方角」もないだなんて。「こちら側」に生まれてくる事が、魂《ソウル》にとってそんなに大変な事だなんて……。それを思うと、あたしは泣けてくる。「ハル」は、あたし達に無理を言っているのじゃないかとしか、思えなくなる時がある。

でも、そう思う一方で、五千年もの長い間、愛するランドリーやブラウニ、キャットやドギー、ワイドやナルド、フランセ、ユキシロやアンナ、ジョルダンやスミルノ、ミナとニュート、チャド、お祖父様のベルルやお祖母様のビアンカと一緒に、「来られた」という事が、夢のような贈り物に思える時もある。辛くて大変な「旅」ではあったけれど、それももう通り過ぎてきてしまった事なのだ。

二千五百年までは、「確実」ではないのだとしても、あと二千年。あと二千年も愛しいランドリーと、ブラウニ達と一緒に「行かれて」、そこで又、あたしは恋しい人達に、さくらの花咲く都で出会えるというのなら、愛するランドリーと一緒にそこから又、「先」に行けるというのなら。それって物凄くドキドキするような、冒険なのじゃないかしら。

そういうふうに考えてみると、ワクワクするような気持になってきてしまう時もある。

あたし達、普通の人生ではできない事を、「今」しているのだと思うと、ひなげしを摘んで、ローズマリーや谷間のユリ、アイリスやかすみ草、忘れな草の青い花を摘んできて、きれいな花の輪を作って、皆にプレゼントをしたくなる時もある。

つまり、今のあたしは分裂しているって、いう事なの。

ランドリーとは、いつも恋人同士のままで、「ここ」まで来てしまった（と、ブラウニがあたしに言った）。でも、それはそれで素敵な事だと、あたしとランドリーは考えている。これから先、何があるのかなんて全然解りはしないけど。少なくともあたし達にはブラウニの言う、「東京シティの桜の下で、ある春の夜に出会える」という、魔法使いの呪文のような、シンデレラの馬車のような、「愛」への希望が待っていてくれるらしいのだもの。物語ではそういう時、必ず王子様がお姫様に、キスをしてくれる決まりになっているのよね。それなら、あたしは「桜の精」か「月の精」か、でなければねむり姫のように、白雪姫のように美しく装い、恋しいランドリーと運命的な出会い方をして、最後に愛のキスで目覚めて、二人は又、恋に落ちて幸せになるの……。

「やだわ。パール。又、そんな幸せな顔をして」

「羨ましかったら、あんたもこういう顔をすれば良いでしょうに。あたしのブラウニ」

「今にできるわ。それより良かった。あんたには幸福そうな顔の方が、蔭りのある瞳よりもだんぜん似合っている。そのままでいてよね、あたしのパール。あんたってば、ランドリーだけじゃなくて、皆にモテモテなんだから、いつもそうして笑っていてよ。あたしの、『印の星』の姉さんのスター」

「良く言うわ。もてもてなのは、あんたの方でしょう。栗色の髪のブラウニ。幸せになって欲しいの。愛している」

「ありがとう。あたしも愛している。ねえ、パール。あたしが占いをするっていう事を、忘れてしまわないでね」

「何でそんな事を言うの？　あんたが占いをする事を、あたしが忘れるはずなんか、絶対にない。おバカさんのブラウニ。さあ、ここに来て。あんたのために歌ってあげるから。

さくら

さくら
弥生の　空は
見渡す　限り
かすみか　雲か
匂いぞ　いずる
いざや　いざや
見に　行かん」

愛しいブラウニの大きな瞳に、うっすらと涙の影がよぎっていく。けれど、ブラウニは泣かない。その代わりに、幸福そうにニッコリと、あたしに笑ってみせるのだ。何て淋しいその笑顔。でも、それは当たり前の事。

あたし達が忘れてしまったテラⅡでの記憶、あたし達がもうどこかに置いてきてしまった、アトランティスからの長い記憶を、ブラウニだけはまだ「保って」いるのだから……。

あたしは、その事についても時々考える。誰一人憶えていない事を、いつも胸の中に抱えて生きていかなければならない、ブラウニの孤独の深さについて考えてしまう。そうすると、あたしの胸が痛くなり、妹のためだけに歌ってあげないではいられない。

はるか彼方のクリスタル星雲の中のテラⅡから、はるか未来に二千五百年の地球に向けて発ってきて、はるか昔の大西洋の海におちてしまったという「船」。それから、又、五千年もの「旅」

をしてきて、ブラウニだけは「中間地帯」での「記憶」も、まだ保ち続けているということの、意味について考える。

それは、気が遠くなってしまう程の孤独に違いない。この宇宙の中で、夜の星々の中で、たった一人闇に浮かんでいるような、心細さと痛さに違いない。人は、自分を理解され、受け入れられる事によってしか、幸福にはなれないものだと思えるから……。

それでも、ブラウニは泣かない。それなら、ましてやあたしが泣いて良いはずがない。あたしは、ブラウニほどの「一人ぽっち」ではないのだから。あたしには愛し合っているランドリーと、キャットとドギーがいてくれるのだから……。

窓の外には、遠くオリーブ畑の丘の青い影と、テラの大きな美しい満月の光。

あたしのブラウニは、今あたしの隣のベッドで瞳をつむって眠っている。本当に眠っているかどうかまでは、あたしにはわからない。けれど、深く安らかに眠っているのではない事だけは、良くわかっている。

ブラウニは、深くは眠れない。安らかな眠りも、ブラウニには訪れてくれない。なぜなら、ブラウニの「頭」の一部はいつも目覚めていて、ブラウニの夢は、悪夢に満ちているのだそうだから……。

朝になるとアレクサンドリアに向かって発って行ってしまう、あたしのブラウニの明るい栗色の長い髪が、月の光の下では青く輝いている。黒くて長い濃い睫毛と、きれいな形の良い唇も、美しい月光の下、青く白く咲くように輝いている。愛しい妹、ブラウニ。

あたしの黒く長い髪も、今夜の月の光の下では、青く輝いているのかしら。あたしのはしばみ色の瞳の色も。あたしの、白いマーブル（大理石）のような、スベスベした頬も。あたしは、月を見上げていると不思議な気持になる。それは、あたしばかりではなくて、あたしのランドリーやキャットやドギーも、同じようなのだけれど……。

あの美しい月の裏側に、ワームの入り口である「海」があるだなんて、とても不思議な気持がする。それなら、わざわざ「血」に入って危険な「ジャンプ」を繰り返してゆくよりは、いっそソウル（魂）のままで、あたし達全員は故郷の星に、「帰還」して行った方が良いかも知れないのに、と。でも、それこそ遠過ぎて危険なのだと、妹はあたしに言う。

ワームとは、「隙間」であり、「歪み」なのだから、どこまでも続いていて、皆迷子になってしまうから、それは駄目なのだと、ブラウニは言う。それに、「魂」だけで帰っても「ハル」もヒルズ家の父さんも母さんも、長姉のリトラも喜びはしないだろうから、とも言う。

ブラウニが言っている事は何となくわかる。

でも、「この次」からはもう、あたし達は皆、多分テラⅡで待っていてくれるはずの、愛しい家族達を「忘れて」しまうのだ。忘れ果ててまで「旅」を続けていって何になるのだろうか。本当ならあたし達はもう、五千年も「昔」か、はるか「未来」の二千五百年かには、リトラが言っていた所の「天の故郷」に、帰って行っているべき定めだったのだもの。

　リトルスターは言っていた。

「天の国では、皆が愛し合っていて、天使の翼のような、白い美しい衣を着ているの。そして、あたし達のために無限の愛を持っていて下さる、大きなお父様の中で、キリストであるイエス様と一緒に、あたし達のソウル（魂）と生命は、『永遠の愛』という溜め息のような、血のような花になって、愛して下さった方の花冠となり、御身体ともなるの。永遠《とこしえ》に、愛を讃える『歌』の中で、『満たされた幸福』に生きるのよ」

「なぜなら、神の愛でなければ、あたし達神の子供は、満たされる事はないのだから」

「でも、リトラ。あたし達の造り主は、箱の神である『ハル』なのだと書かれているわ」

「それは異う。箱である『ハル』は、あたし達を造ったかも知れないけど、『種』から生まれた人間にソウル（魂）と生命を吹き込んで下さるのは、聖なる書物の『言葉』の神様だけなのよ」

「ラブやラブリー達にも？」

「花や樹々にも。生きてあるもの全てに」

　リトルスターとの会話は、あたしにとっても父さんや母さんにとっても、永遠の謎のようだった。ムーンスターだけは、「聖なる書物」だとか、「永遠の生命」だとかについての知識が、豊かにあったようだけれど……。

　けれどもムーンは、あたし達に言っていた。

「リトラが信じているのは、『ハル』の記憶の中にある、古い神様の一人なのよ」と……。

今、あたしには、「魂」についてだけ少し解る。けれど、リトラが言っていたのは、「魂」と「生命」という二つの言葉だった。「血」でもなく「種」でもなく「魂」でもないもの。「生命」。「永遠の愛」という花にもなれる「生命」とは、一体何の事なのだろうか。

今となっては口惜しい。

ああ。あたしは、リトラの、天使族の娘の「言葉」の意味を、もっと良く理解しておくべきだった。

今となっては懐かしい。

テラⅡの夜に浮かんでいた、小さな白い月と、ジェルサレムシティのダニエルとアロワと、リトルスターが……。

「ハル」も父さんも母さんもリトラも、はるか未来のテラⅡで「今」、「この時」にも、あたし達の「帰還」だか「生還」だかを、待っていてくれるというのかしら。ガリラヤシティのお祖父様とお祖母様も。

今は「ランドリー」とミナの、ウッドの家の人達も。皆、皆、待っていてくれるのだ、というのかしら……。

信じたい。信じたくない。信じられない。でも、「これ」は、現実に今、あたし達の身の上に起きている事なのだもの。信じられなくても、受け入れるより他にないのでしょう。

ブラウニは、やっぱり眠ってはいなかった。

あたしの頭の中で「声」がした。

「眠っておかなければ駄目よ、白い頬のパール。ねえ、パール。あんたやっぱり、あの『神様』に会いに行くつもりなんじゃないでしょうね。あたしは止めないけど、歴史学者のベルルとビアンカが知ったら、二人共死ぬ程嘆く事でしょう。お祖父様とお祖母様は、これから『ここ』で起こる事を知っているの。だから、あんなにピリピリしておられるのよ。もちろん、あたしも『ハル』の記憶として良く知っている。でもね。だからこそ、ベルルやビアンカの、ワイド（父さん）やナルド（母さん）の心配する気持が良く解る。あたし達は、『あの方』に係わるべきじゃないのよ。あの『神様』は、自分の役目を果たしに来られただけなんだから。邪魔をしてはいけないの」

あたしも、心の中だけで答えた。

「邪魔なんかするつもりはないわ。皆に心配をかけるから、会いに行くつもりもない。ただ、気になって気になって仕方ないだけなの。可愛い大嵐。それは、あんただって同じ事でしょうに」

あたし達の間では、「あの方」についての議論はもう語り尽くされてしまっている。あたし達、「時の漂泊い人」が、ナザレのイエスと言われている方のお傍近くに行くのは「危険過ぎる」と、歴史学者として、未来学者として、「ここ」で生きているベルルとビアンカが強く言った。

今は、わたしとブラウニの、お祖父様とお祖母様になってくれているこのお二人は、あたし達

「ハルの一族」の長老のような存在だった。

ベルル、現在七十五歳。ビアンカ、七十歳。

そして、このお二人の子に医師であるワイド（五十歳）、その妻ナルド（四十九歳）。このお二人は、民間治療の中に、未来治療法を、何とかして取り入れようとしていられる。ワイドとナルドの娘、あたしパールは二十二歳。妹十九歳。妹のブラウニは、ベルルとビアンカ以上に、「あの方」の言葉と行われた事について良く承知していて、「ハルの一族」の長老達の意見に大概賛成している。

あたし達が「ここ」に着いてしまったのには、幾つもの理由があるのだと、ブラウニは言っている。その一つには、「時」を旅する歴史学者であるベルルとビアンカが、どうしてもキリストと言われているイエスと同時代に来たかったという事。その結果、「この時代」の都の「ユダヤ人」としての「血」に入ってしまわれたお二人は、「ハルの子供達」を、こんなにも危険な町に連れて来てしまった事をひどく悔やまれていて、あたし達に対して、必要以上の責任感というのか、負い目というのかを感じてしまわれた。

もう一つの大きな理由は、あたしのブラウニが持っていた。ブラウニは「前」の時代の時、美しの都エルサレムか、その周辺のどこかとエジプトに、「まだ残りの者達がいる」という幻を見て、彼等を捜したいと願っていた。

第三の大きな理由に、あたしを含んだ全員の、懐かしの故郷、「テラⅡ星」での、ジェルサレムシティへの郷愁が、地球星「エルサレム」への、憧れにも似た思いになってしまっていたからだった。

その他にも数え上げればきりがない程の理由が、あたし達それぞれの内にあったらしい。

例えばニュートの、飽く事を知らない「美」への憧れ。ニュートはそのために、千年くらい前から、長老達からブラウニにとっては、「危険人物」だと位置づけられるようになってしまった。

あたし達、「ハルの一族」からは時々はぐれるようになってしまったニュートだったが、あの美し族の若者は、いつの時代でもどこからか、ムーンスターの前に、「出現」してくる。そのニュートは、この時代ではまだ、ブラウニの前に姿を現してはいない。

ブラウニは言う。

「ニュートは、美しいものに目がないの。今度もエジプトの都か、ギリシアの港町かに寄り道しているんだわ。多分ね」

「多分って、お前。自分の事くらい、自分で占えば良いじゃないか」

「馬鹿ね、ランドリー。占い師は、他人のために占うからこそ役に立つのよ。自分で自分を占ったって、誰の利益にもならないでしょうに。それに、恋は出会いが大切なのよ。あたしだって、少しはドキドキしたいじゃないの。あんたとパールのようにしてね」

「又、それか。本当に嫌な奴だな、お前は」

「あたしは女だから、玉はない」

ランドリーとブラウニは、兄妹のように良く似ている。お互いに、相手に対して一歩も退かない所が、なんだけど……。

そのランドリー。現在二十五歳。ランドリーの妹のミナ。二十二歳で、あたしと妹の従兄妹フォリー（二十七歳）と、恋人未満進行中。

ランドリーとあたしは、三年前の春に桜の木の下ではなくて、アーモンドの木の下で出会って、一目で恋に落ちてしまった。アーモンドの木は「桜」とは異うらしいけれども、白くて可憐で、とても美しい花を枝一杯につけて咲かせてくれる。

あの日の事は、忘れたくても忘れられない。ランドリーは、従兄妹のフォリーと一緒に、その日も今夜のような満月の下で、青い光の中に咲き出でた花の下で、ミナと一緒に歩いていたあたしと出会った。ミナとあたしはその時十九歳で、「ここ」では花師としての生を受けていた。花師というのは、お金持ちのお館や大きな宿などでの「飾り花」を扱う仕事だった。

ブラウニは言う。

「ねえ、パール。ミナ。あんた達には花や樹が『痛い、痛い』と泣いている声が、全然聞こえないの？　信じられない」

でも、そう言われても、あたしとミナは困ってしまうだけなの。あたし達には、花族の娘が感じている事なんて、ちっともわからないのだから。

理由の一つに、ランドリーとミナの「好奇心」の強さも挙げられるらしい。あたしのランドリーとミナとフォリーは、新しい技術だとか、建造物については人一倍詳しい。

ランドリーとフォリーは、「ここ」では造園技術師としての生を受けた。「ここ」での「庭園」というのは、庭であっても庭ではない。美しの都エルサレムとその周辺での「庭」とは、石造りの泉庭や石柱がある、ローマ式庭園の建造と、花樹の配置の一切を含んでいる。

そのランドリーとミナを「連れて来た」のは、造園技術師のジョルダン（五十歳）と、その妻のスミルノ（五十歳）。この二人は、エルサレム市内の技術者街に生を受けた。

別の理由に、敬虔な宗教者であったユキシロ（七十三歳）と、その妻アンナ（六十歳）の、ベルルとビアンカに似通ったような「神」への恋心。もっとも、このお二人にとっては「ここ」は、地獄の一丁目になってしまったらしいけど。

ブラウニは言った。

「ノブヒ様とアントには、あたしと同じで、美しの都に住んでいるのは辛いでしょうね。何しろ、この都では『ハル』の名前すら呼べないし、『さくらの歌』に至っては、異教の呪文のように受け取られてしまって、石打ちの刑に遭いかねないしね。その上、あのナザレのイエスと言われている方に、会いに行くわけにはいかないし」

そうなのだ。今、この町のユダヤ人達の多く（特に上の方々）は、ナザレの「あの方」に敵対しているし、ローマ兵達は神経を尖らせているので、あたし達は「危ないから」と言われて、自由に町にも行けなくなってしまっている。石打ちの刑の他にも鞭打ちの刑、牢入りの刑とか、死罪とか、「ここ」には、あたし達の神経を逆撫でにし、実際に身を危険に曝してしまうような残酷な「刑罰制度」が沢山ある。その刑法のゆえに、ユキシロ様とアンナ様は、ベルル様達と同じように、あたし達「ハルの子供」について負い目を感じられているようだった。

ブラウニが何度も、

「責任を感じられる事など少しもない。それよりも、取り残してきた仲間達を見つけようと願った、あたしの責任の方がずっと重いのよ」

と言って、お慰めしているのにも係わらず。

このお二人は「ここ」でユダヤ人の宗教者の「血」には入らず、ムーンスターの願いによって、一人でも多くの人と接するために、参拝者や巡礼者、旅の商人達を泊めるための、中級クラスの「宿」を開かれている。

このお二人の「子供」として、理由の一つである、街道守備隊長のチャド（三十五歳）とラリー（三十歳）がいる。チャドとラリーは、故郷のジェルサレムシティにある「クリスタル神殿宮」での警備隊長と、その部下であった時を懐かしむ気持に、勝てなかったらしい。けれども、長々と述べてきたような「理由」によって、この二人は神殿兵には上がらずに、パレスチナ地方から海岸地方までの街道の往来を守護するための、街道兵に加わった。言うまでもなく「失われた仲間達」を探索して回るのに、好都合な兵職であったからだった。

ユキシロとアンナのお二人の宿「ミナ」（ぶどうの木の下で）には、ライラ（四十歳）とリンド（四十五歳）の女調理人と、タッド（五十歳）という男調理人がいて、タッドとライラは結婚している。

ブラウニは言う。

「あの三人は、クリスタル星では灰かぶりの一族だった。気の良い働き者だったのよ。宿屋だなんて嬉しくて、もう目一杯張り切っちゃっているんじゃないのかしらね。お陰で、ノブヒ様とアントは大助かりでしょう。何しろ、あの二人には経営のケの字もわからないだろうし、肝心のチャドとラリーは、家にはほとんどいられないしね」

「チャドがほとんど家にいられないのは、踊り子のフランセ（二十八歳）のせいも大きいんじゃないの？」

「その通りなのよ、パール。フランセの向こう気には、あたしもタジタジになってしまった。今のセーヌにだったら、黒王子のチャドは、他人の玉まで取り上げてきて、くれてしまうでしょう」

「おい、大嵐。好い加減にしておいてくれないか。お前がそんな調子でいると、俺のパールにまでヨタが染まってしまうじゃないか」

「あら、それが恐いの？　兄さん。大丈夫よ。パールは、あのナザレの方の『言葉』にひどく惹かれているらしいから、兄さんの玉をポイッと抜いてくれなんて、言わないわよ」

「まったく。お前までブランの手下になりさがってしまったのか。ミナ。ブランなんかにくっ付いていると、フォリーの奴まで逃してしまうぞ」

「フォリーは逃げない。兄さんのようにコチコチ頭じゃないんだもの。きっと、笑ってあたしに言ってくれるわよ。『お嬢さん、お望みでしたら、いつでも玉を引っこ抜いて下さい』ってね。ねえ、ブラウニトじゃないよ。ニュートも昔、あんたにそう言ったんでしょう？」

「ニュー。ニュートじゃないよ。セーヌなの。セーヌってば、あたしの玉を抜いたのは『どっちか』って」

しつこくして、ワイドとナルドを困らせていたの。あたし、昔は男だったからね」

「止めなさいよ。ブラウニ。あたしのランドリーが、カンカンになってしまったじゃないの」

「あら、パール。あたしは嘘なんか言っていないわよ。あたしが宦官だった事くらい、あんたが一番良く知っていたじゃないの」

「宦官だったたって。お前、宦官というのは、男でなくちゃなれないものなんだぞ。嘘つきの大嵐」

「嘘じゃない。セーヌじゃなかった、フランセに訊いてみなさいよ。フランセは親友だったの。だから、本当の事を知っている」

「スターは三人姉妹だったんだ。クソ。お前、俺をからかって遊ぶのが、そんなに面白いのか。モンスター」

「はい。残念でした。あんたの負けだよ。エメット。あんた、恋しいスターに誓ったんでしょう。君の大切な妹を、絶対モンスターという呼び名では呼ばないからねって」

ああ、あたしの可哀想なランドリー。ランドリーは、真面目なだけなのに、いつもあたしのブラウニと、自分の妹のミナに上手にやり込められてしまっている。大体、誰か勝てるようなブラウニやミナではないのに、ランドリーは頑固にその事を認めないでいる。あのチャドとラリーやフォリーまで、ブラウニとミナにはいつも、やり込められてしまうというのにね。

でも、あたしはランドリーの、そういう一本気で真っすぐな気性が好ましく思えてしまって、仕方がない。ランドリーはその名前のように、洗いたてのシャツのように、洗いたてのソウル（魂）のように、真っすぐで感じが良いの。洗いたてのソウルなんていうものが、この世界にあったらの話なんだけれど……。

白い三日月の猫、キャット（十五歳）と白い大きな犬のドギー（十六歳）は、あたしが八歳になる時、医師のワイドとナルドが、近くに住むお金持ちのギリシアの商人から、診察の「お礼」として、譲り受けてきてくれた。

理由のもう一つに、踊り子のフランセ（二十八歳）とキルト（二十五歳）、ミルト（二十三歳）がいる。ブラウニによると、この三人はジェルサレムシティでの「さくら隊」の隊長と、その配下の表巫女だったとかで、この三人は（特にフランセが）二千年代の東京シティに「行く」前に、美しの都エルサレムで、

「一丁、さくらの舞いを舞って行こうじゃないのさ」

という誘惑と魅力に勝てなかったらしい。

けれども、「ここ」でそんな舞いを舞えるのは、ローマやギリシア、エジプトなどのお金持ちや商人の前だけで、神殿やユダヤの人々の前で「それ」を踊ったりすれば、たちまち怒らせて、石打ちの刑に遭ってしまう。それで、フランセ達の「さくら舞い」は、この時代でベルルとビアンカのお二人によって、禁止されてしまった。

フランセは言う。

「馬鹿ったれ。クソったれ。ただの踊りじゃないか。それを舞う事が何で宗教法に引っ掛かったり、罪になるって言うのさ。冗談じゃないよね、ブラン。あんた、あたし達と一緒に神殿で踊ろうよ」

「止めにしておいた方が良いよ、フランセ。ジェルサレムシティとは異って、ここはエルサレム。神殿で踊ったりしたら、玉どころでは済まなくて、生命まで取られる」

ブラウニは、笑って止める。悲しそうな瞳で笑って止める。

あたし達はエルサレムに「着く」前には、古代エジプトや古代ギリシア、ケルトの神殿などで、「ムーンスター」が女神官を務め、フランセ達「さくら隊」は自由にあの美しい「さくら舞い」を舞えていた。奉納舞いの一つとして……。

だから、「ここ」に来て「さくら舞い」が踊れなくなる事は、ムーンスターのブラウニにとっても、フランセ達にとっても、心が切られるように辛い事だった。

ベッドの上のあたしの横には、白い犬のドギーが、ブラウニの髪の横には、三日月の猫の可愛いキャットが眠っている。「ここ」は、猫や犬を「愛する」という事そのものが、すでに「罪」だか「異教徒」の始まりとされてしまう、エルサレム。

あたしのブラウニは、七歳になったその日に、「ナザレのイエス」と呼ばれる事になる人の、心と「声」に対して、自らの「力」を閉じてしまった。

ブラウニは言った。

「だってね。これから『先』に、何があの方の身の上に起きるかを、あたしは知っているのよ。あたしの心は、石でも氷でもない。幾ら『ハル』の中の神々の一人だからといっても、あの方は特別だからね。神様が人間のために死んでくれるなんていう物語は、『ハル』の中にも一つしかない。あの方だけは特別な方なのよ。だから、もしもこの先、あたしの『耳』が開いていて、あの方の心の叫びを聞いてしまったりしたら、あたしは『ナザレのイエス』という方の心の『声』を、されこうべの丘か神殿から、エルサレム中に『中継』してしまうかも知れない」

「我慢しきれなくなってしまってね。でも、そんな事をしたら、美しの都中の人々の気が触れてしまうだろうし、第一『それ』は、あの方が望んでいる事ではないでしょう。あたしは、あの方の邪魔はしたくない。だから、あたしの方で、自分の『耳』と『瞳』を塞いでおくの」

ブラウニの心は優しくて傷付きやすい。それは、あたしにも言える、同じ一つの事だけど。

あたしは「あの方」の「声」を聞くことなどできない。でも、その代わりに生き物族の娘の心は泣く。「あの方」が受けられるはずの、あらゆる苦しみと痛みについて。「あの方」が受けられるはずの、死よりも酷い十字架刑と、その前に受ける鞭打ち刑や、鋭い棘《とげ》の茨の冠による苦痛について。両の手と足とお腹に受けられずはずの、釘と槍による深い傷と、御痛みについて。

何よりも「あの方」が、たった御一人で孤独と苦しみの内に、「捨て去られる」事によって、あたし達人間の「身代《しろ》わり代」となって下さるという、痛いような、血のような、不可思議な「方法」について。「あの方」の神、父であるという方の、燃えるような「愛」について、考えないではいられない。

「あの方」御自身が火のように燃えていられるにしても、その取られる方法は炎のように酷い。あたし達は、本当に「罪」の子供なのだろうか。「病」は本当に「罪」の結果なのだろうか。

わからない。

あたし達の「病」とは、「記憶」によるものだった。

ブラウニは言う。

「あたしのお腹とパールの心臓。ランドリーの執こい腿の傷。ミナの肝臓の『痛み』は、あたし達が船の『事故』や、二千五百年のヤポン、さくらの歌を憶えている限り、失くならない。治そうと思えば全てを忘れるしかないし、全てを忘れてしまえばあたし達はもう、救援船にも帰れず、『ハル』の元にももう帰れない」

「矛盾しているんだな、ブラン。それじゃ、キャットとドギーはどうしてどこも『痛くない』んだ？　おかしいじゃないか。あの事故の時には、キャットとドギーも大怪我をしたはずだろう。

それなのにこいつ等は『それ』を忘れてしまっても、いつまでもパールにくっ付いて『来て』いられるんだぞ。それなら俺達だって、『事故』の事なんかもう忘れてしまっても良いんじゃないか」

「おバカさんなのね、ランドリー。キャットとドギーを『こいつ等』なんて呼んだりしたら、あんたのパールが怒るでしょうに。生き物達の心は単純だから、愛する人と共にいられさえすれば満足するの。辛かった、痛かったなんていう嫌な事の方は、すぐに忘れてしまえるのよ。でも、あたし達はそうはいかない。あたし達は忘れてしまえば迷子になって、『ハル』の所に戻れなくなるだけなんだから。あんたも忘れ果ててしまえば、愛しいパールにもう会えない」

「俺はパールを忘れたりするものか。パールだって俺を忘れたりするはずがない」

「自信家なのね。ランドルフ。そうね。あんたの頭は石のように固いし、パールの心は玉のように柔らかい。あんた達は似たもの同士で、きっと最後まで恋人同士のまま結婚式を挙げないで、辿り着くんでしょうよ」

「酷いわ、ブラウニ。あたし達、いつも結婚したいと願っていたのに、できなかっただけなのよ。『ここ』でだって、こんな時に二人だけが幸福になれないねって、ランドリーと話し合っているところなのに」

そう。あたしとランドリーは、まだ婚約しているだけで、結婚式を挙げられる段階にまでは至っていない。それは誰のせいというわけではないけれど、ナザレの「あの方」の影が、あたし達全員の心と行動に歯止めを掛けてしまっている、という事は言えると思う。

あたし達は「あの方」がとうとうナザレから「出て」来られてからの二年間というものを、息を潜めるようにして過ごしてきた。

ブラウニは言った。

「あの方は確かに特別な神様だけれど、あたし達の神は『ハル』なのよ。『ハル』がいなければ『種』もなかったし、テラⅡにアダムとイーブが生まれてくる事もなかった事でしょう。だからね、パール。あたし達は全員、箱である神の子供なの。子供は親に、造り主である『ハル』の掟に従わなければならない」


確かに。あたし達の問題は、今、まさに「それ」なのだった。箱である神、時と記憶の神、テラⅡでの造物主とも崇められている神、「ハル」。けれども「ハル」の教えは、聖なる書物の物語の教えとほとんど同じ物のように、あたしには思えてきてしまう。ただ「ハル」の教えの中には「メシア」という考えはなくて、ナザレのイエスといわれる方が、「ハル」の記憶の中に神々の一人として、「納められている」だけなのだと、ブラウニとベルル、ビアンカとユキシロ、アンナの五人が言うだけなのだった。あたし達には神殿族と歴史族の人達の言う事は、天使族のリトラの言い分と同じくらいに良くわからない。わかっている事は、たった一つの事実だけ。「それ」は、あたし達の親神が、箱である神の「ハル」であるという事だけなのだった。

地球星の月の青い青い光の下で、ブラウニがあたしに答えて言った。

「その通りよ。パール。事実は単純なの。それでも、あんたもあたしもこれから先の一年間は、もう美しの都にはいられない。あんたの心は、あの方が流すだろう血と、あの方の受けられる苦しみに耐えられないし、あたし自身もあの方の『声』を、エルサレム中に中継してしまいたいという思いに勝てそうもない。でも、そんな事をするわけにはいかないもの」

「あたしのブラウニ。それであんたは、エジプトに退いて行くのね。あたしが、湖水地方に退避させられるように……」

「それだけでもないと、知っているでしょう。パール。忘れないでよね。今度の旅の、もう一つの目的と約束を……」

「忘れたりしていない。ブラウニ。長かったわね。さあ、もう寝ましょう」

僅か七歳で「耳」と「瞳」の力を閉ざしてしまったブラウニは、それでもやっと「残された者達」がいるらしい「方向」を見付けだせた。

ついこの間の事だった。ブラウニによると、「仲間達」は何と二組もいるらしかった。

一組は、エジプトのアレクサンドリアの辺りに移民族の娘だったアリとタリがいて、その近くの「奥地の都」には、何とニュートが「来て」いるらしい。

もう一組は、ブラウニによると、「ノバ」の小型船に乗ってひと足先にヤポンを目指して行ったらしい人々の内の「生き残り」達が別にいて、彼等は何とアトランティスに「戻ろう」としているのではないか、という事だった。今はもう海へ沈んだ大西洋のあの島へと、彼等は何とかして「戻ろう」としているのではないか、という事なのだった。

「彼等」が居る場所とは、湖水地方の「かくれ里」のような所。「そこ」にはぶどう園ときれいな泉がある。それ以上の事は、今のブラウニには「見られない」という話だった。

ブラウニの話を聞かれたユキシロ様とアンナ様が、湖水地方からの旅人に、片っ端から「聞き取り調査」を行われた。その結果として、幾つかの候補地名が浮かんできたのだと言う。湖水地方への「調査旅行」は、ユダヤ人種の中の宗教者でもない限り、あるいは税役人や街道守備兵達でもない限り、この時代では、無茶な事だった。なぜなら、ユダヤの人々は、湖水地方に住む人々を「異邦人」あるいは「異教徒」として蔑み、親しく話したり、彼等と交際する事は、禁忌されていたからだった。

ユキシロ様とアンナ様は、顔を知られ過ぎていて、だから、危ない。

禁忌に触れると、石打ちの刑に遭いかねないからだった。この時代の石打ちの刑とは、ただ人に石を投げるだけではない。「罪人」と断定された人が死ぬまで石を投げつけるという、残酷なものだった。チャドやラリー達が「行って」は、今度は逆に、せっかく捜し出した人々から警戒されてしまうだろう。庭師のジョルダンやスミルノ、ランドリー達には湖水地方などに行ける「理由」がない。庭園師とは、お金持ちの館や都あってのものなのだから。医師のワイド（広大）とナルド（香り花）にも、そういう理由で湖水地方に行くべき「理由」が見付けられない。

歴史族のベルルとビアンカのお二人になら「遺跡調査」という名目は付けられる。けれども、お二人は、もうお年を召されてしまっている。

それで、父さんのワイドが言った。

「湖水地方の澄んだ空気と水は、パールの身体のためになるだろう。二千五百年かテラⅡまで『戻れ』れば、パールの心臓の手術ができるのだが、今の時代では設備自体がないから、何もできない。せめてパールには保養をさせてあげたいと、以前から考えていたのだがね。どうだろうか、パール。この際だから、お祖父様とお祖母様と一緒に行って、お前は静養していられるようにしたら、と思うんだが……」

この提案には、あたしの恋人のランドリーと、ランドリーの両親のジョルダンとスミルノ、あたしの母さんのナルドが反対した。

理由は言うまでもなく、「危ない」からだった。

けれど、「遺跡調査」の祖父母に、「保養観光」の孫娘の組み合わせなら、どこにどう入り込もうと、どこにどれだけ滞在していようと、誰にも危ぶまれる心配はないだろう。

あたし自身は、ランドリーには悪かったけど、

「行く」

と、主張した。

妹のブラウニが、条件付きで、あたしに賛成してくれた。

ブラウニは言った。

「これから起きるはずの『事件』の時に、パールをエルサレムに置いておくのは、良くないでしょう。パールの心が壊れれば、パールの心臓だってイカレてしまうに違いないもの。パールは、あの方が傷付けられる事には、耐えられそうもないからよ」

「それに、パールが捜し出すはずの人達はもしかしたら、テラIIでのヒルズ家に縁がある人々かも知れないの。もしそうだとしたら、この役はパール以外には、あたしにしか果たせないと思うわ。でも、あたしはお化けじゃないから、一度に二ヵ所には行けない。パールも、あたしの代わりに熱い砂の国にまでは行かれない。可哀想だけど、ランドリーには泣いてもらうしかないわね」

「誰が泣くと言うんだ。ブラン。俺はパールの身体のためになるのなら、一年間くらい喜んで待っていられるさ」

「痩せがまん。心の中ではもうウルウルとしているくせに。でもね、ランドリー。安心して。パールは誰かさんにぞっこんよ」

「止めてよ、ブラウニ。ランドリーが、又、怒ってしまうじゃないの」

「怒らない。ランドルフはアホだから、素直に喜んでいる。でもね、パール。約束して。あたしが賛成するのは、あんたの身体のためにもなるからなのよ。だから、無茶をしないで。どんなにあの方が気に掛かっても、あの方に近付くのは危険なのだと解って……」

「解っているわよ。ブラウニ。あたしはただ、あの方が苦しまれるのを見たくないだけなの。生き物族の娘の常としてね」

生き物族の娘は、動物の愛心や苦痛によって喜び、悲しみ、痛めつけられてしまう。まして、その相手が「人」とも「神」ともなれば、尚更の事なのだ。「神」が痛まれるかどうかなどという事は、あたしには解らない。でも、「あの方」が、苦痛の内に逝かれるという事くらいは、解っている。生き物族の娘には、その事が耐えられない。ましてやその方が、「愛のために」死なれると、知っている今では……。

この事については、あたし、パールとブラウニは、何度も何度も話し合った。そして、お互いにお互いの思いを理解し合えた。

ランドリーは、あたしの「思い」を知って、ジョルダンとスミルノを説得してくれた。ドナルドは、父さんのワイドが説得した。可愛いキャットとドギーは、今回はお留守番。ドギーだけを連れて行けば、キャットが淋しがると可哀想なので、母子のように仲良しの犬のドギーと猫のキャットは、父さんと母さんの館に置いて行く事にしてしまった。大丈夫。この家は広いし、町の外や月を見られる高い窓もあるし。気持が良い樹陰や、きれいな花々も庭にはあるし、ランドリーも、毎日のようにキャットとドギーに会いに来てくれると言ってくれている事だし。父さんと母さんも、この子達を可愛がってくれている。

愛しい、あたしのランドリー。心配させて、ごめんね。でも、あなたが解ってくれるので、あたしは嬉しい。あなたはあたしの心を、思いを知って、自分も一緒に「あの方」について悲しんでくれた。ごめんね、ランドリー。

ああ。あたしは、「あの方」が打たれて、十字架上に上げられるお姿を見ていられない。

ああ。ランドリーも、この蒼い月を見ているのかしら。ランドリーも、今夜は眠れないのに違いない。ランドリーも、あのオリーブの青い丘の方を見ているのに違いない。

美しの都エルサレムは、「あの方」を殺すのと同じようにして、あたし達の心にも、死のように酷い「愛の炎」を押し付けた。

あたし達は、あの方に「愛」を感じている。愛する方が苦しむのを見るくらいなら、いっそ自分達の方が苦しみ、消えてしまいたい。今夜のような、青い青い月の光の中に。

そして、もしもう一度「来る」事ができるのなら、今度はこの美しい都が平和な町になった時に、「慎ましい巡礼者の群れ」となって、あたし達は又、来たい。

あたしとブラウニ。ランドリーとあたし。

そして「ここ」まで旅を共にして来た、愛する仲間達と皆一緒に……。


今回、あたしとブラウニ、ベルルとビアンカだけは「仲間捜し」という目的と皆の配慮によって、エジプトと湖水地方へと退避はできる。でも、本当の事を言えば、ブラウニもあたしも、お祖父様やお祖母様も、この「血に染まる町」に、愛する仲間達を残して行くのが、死のように辛く苦しくもある。

「その日」には、ユキシロ様、アンナ様、ワイドやナルド達は、多分、されこうべの丘まで秘っそりと行かれて、祈りを捧げられるお積りなのだろう。あたし達の神である「ハル」は、あの方に祈りを捧げる事では「怒ったりはしない」と、ブラウニは言っていた。「ハル」は怒らない。「ハル」はただ、ムーンスターを、あたし達「子供達」を失う事についてだけを、嘆き悲しむのだという。

ここに、あたし達の「痛み」がある。

親神である「ハル」を嘆かせたくはない。テラⅡで待っていてくれる人達の元にも、できるなら帰りたい。

でも、あたし達は「ここ」で、全員が何らかの形であの方の「愛」のような、炎のような、「行い」と「足跡」の影に触れてしまった。歴史としてただ「知っていた」というのと、同じ時代に「来て」しまって、生きて、歩いていられる方を「知ってしまった」というのとでは、全く異なる事だったのだ。

その証拠に、今あたし達の全員の心に、重く苦しい「悲痛」とも呼べるような影が、住み着いてしまっている。

祈りだけでも、捧げないよりは、捧げられる方が良いのには違いない。けれど、あたし達にできる事は、そのくらいでしかないのだ。ただ黙って、あの方がこれからなさる事を見、遠くから祈りを捧げるより他に、あたし達が「あの方」にして差し上げられることといえば、あの方のために、お母様のマリアやお弟子様方のために、秘っそりと泣いて差し上げるくらいの事しかない。

でも、あたし達の涙など何になるだろうか。

それとも「愛のために」流す涙なら、あの方は、

「それでも良い」

と言って、受け取って下さるとでも言うのだろうか……。わからない。

「その日」には、ジョルダンとスミルノもランドリーとミナも、喪に服しているように泣くだろう。さくら隊だったフランセ、キルトとミルト。灰かぶりの気の良いタッドとライラ、リンドも泣くだろうし、チャドとラリーでさえも「あの方」のために泣くのだと思う。チャドもラリーも、元々は神殿守備兵に上がっていたのだから、信仰心がまるきりないという訳ではないと思う。フオリーも泣く。皆が泣いていれば、敏感な生き物のキャットとドギーも泣けてくるだろう。そして、都を遠く離れているベルル、ビアンカとあたしも「その日」には、生きている心地もしなくなってしまうだろう。もちろん、あたしのブラウニも……。

あたし達は、あの方の前に供えられた、あの方のためだけの「涙の民」のようだった。

ああ。エルサレム。エルサレム。美《うるわ》しの都、エルサレム。けれども、あなたはこれから「汚れなき方」の血を吸って、神の血に染められた都とも呼ばれるようになってしまう。美しの都、エルサレム……。

このようにして、あたし達は朝早くに美しの都から旅立つ事になった。皆へのお別れは、昨日の内にもう済ませてある。旅立ちが仰々しくなると目立ってしまうので、昨日の内にユキシロ様、アンナ様。ジョルダンとスミルノとミナ。従兄妹のフォリーやタッド、ライラ、リンド。踊り子のフランセやキルトとミルト達が、それとなくブラウニとあたしに会いに来てくれたのだった。ランドリーは、都の外の「泉の町」まで、あたしとブラウニを送ってくれると言っていた。

父さんと母さんは、もう瞼を腫らしていた。きっと、あたしとブラウニと同じように、昨夜はほとんど眠っていなかったのだろう。

あたし達の普段とは異なる様子に、キャットとドギーが敏感に反応して、朝からソワソワとして落ち着かない。この子達は不安なのだ。愛する者が旅立って行こうとしている事を悟って、悲しんでいる。あたしとブラウニは、キャットとドギーを抱き締めて、キスをした。

「良い子ね、良い子。大好きよ。心配しないでね。じきに帰ってくるから」

温かい朝食を食べながら、母さんが泣いた。

「ああ。本当に行ってしまうのね。これから一年もあなた達の顔が見られないなんて」

「ナルド。そんなに泣いてはいけないよ。パールもブラウニも、しばらくの間留守にするだけなのだから。そうだね？　パール、ブラウニ」

「ええ、そうよ。父さん、母さん、あたし達の事なら心配しないで。パールにはベルルとビアンカが付いていてくれるし、あたしは、パトラ婦人の所に行ってくるだけだし」

「あたし達の事なら、何も心配要らないわ。それよりも、父さんと母さんこそ気をつけて」

あたし達の出発が決まってから、何度となく繰り返されてきた、その会話。今ではテラⅡのダニエルやアロワ、リトラとの生活と同じくらいに、あたしとブラウニの本当の祖父母と両親のようになってくれている、愛情深い家族達。

お祖父様とお祖母様は、母さんと父さんを慰める言葉も見つからないようで、今朝は黙りがちに目を伏せられてしまっている。このお二人は、今ではワイドとナルドを心底愛していられるし、ワイドとナルドも、お二人を心から敬い愛していた。

ランドリーが、ミナと一緒に来てくれた。

あたし達は黙って見詰め合っていた。

大丈夫。ランドリーにはミナが付いていてくれる。何よりも、あたし達の心は深く結ばれていて、お互いにお互いを必要としている。それに、ランドリーはいざとなったら、とても我慢強い。愛する者のためになら、とても強くなれる心を持っている。少し、お節介なくらいにまで強く。

ブラウニを待っていてくれるのは、アレクサンドリアの大富豪、貿易商会の上品な老婦人だった。この方は、何年も前からブラウニのファンで、できるならブラウニを「自分の娘に」とまで、望まれている。ブラウニがエジプトに渡ると知った婦人は、滞在先に自分の館を提供したい、「ぜひに」と、申し込んでくれたのだった。

夜が明ける。迎えの馬車が着く。馬車は四頭立ての街道警護車が二台。それぞれの馬車の前後に騎兵二名ずつ。

一台の馬車の中には、なぜかフランセの姿が……。

「ブランの奴にエジプトまでくっ付いて行くと言い張っていて、手に負えねえ」

チャドが渋酒を飲んでしまったような顔で、あたし達に言った。

ブラウニが微笑った。

「大丈夫よ、チャド。任せておいてよ。フランセの扱い方なら、あんたよりあたしの方が上手いんだからね。心配しないで。北方の港に着いたら帰るように、あたしから言っておく」

「帰らないよ。ブラン。あたしはあんたと一緒にエジプトに行く。あんた一人だけでなんて行かせないからね」

「止めろよ、フランセ。お前が付いて行ったりしたら、ブランの邪魔になるだけじゃないか」

「馬鹿言っているんじゃないよ、ランドリー。あんただって本当は、パールにひっ付いて行きたいと思っているんじゃないか」

フランセのお陰で、あたし達のお別れは余り湿っぽくならないで済んだ。キャットとドギーは、あたし達の後を追いそうだったので、館の扉の中に閉じ込められてしまった。

「クウ・クウ・クウ」

「アーン・アーン」

白い犬のドギーと三日月の猫のキャットの悲し気に泣く声が、あたしの胸を締めつける。

あたし達は抱き合い、キスを交わし合ってから、別れを告げた。

あたしが最後に振り返ってみた時、母さんのナルドは父さんに肩を抱かれて、震えて泣いていた。

ブラウニの心が泣いていた。

「ああ。ごめんね。父さん、母さん。でも、今はさようなら。又、会いましょう」

そうよね。又、会いましょう。父さん、母さん。

又、会いましょうね。キャット。ドギー。

又、会いましょう。ブラウニ。ミナ。

又、会いましょうね。あたしのランドリー。

街道を駆けて行く馬車の中で、ランドリーとあたしは、肩を寄せ合って坐っていた。

あたしの心臓が、早鐘のようにコトコトと言い、ランドリーの心臓も晩鐘のようにズキン、ズキンと言っていた。

愛しい、あたしのランドリー。待っていてね……。

美しの都、エルサレムは、すぐに昇る朝日の中に、輝いて消えていってしまった。

「泉の町」で、あたし達はもう一度抱き合い、強く抱き合って見詰め合ってから、別れた。例え一時の事とはいっても、仕方がない事だからといっても、別れは辛く、哀しいものだ。でも、お

四、美しの都・エルサレム

互いに涙は見せられない。

ブラウニとフランセを乗せた馬車は、チャドによって北方の港へ。

お祖父様とお祖母様、あたしを乗せた馬車は、ラリーによって北東の湖水地帯へ。

ランドリーとミナは辻馬車に乗り換えて哀しみの町、エルサレムに向かって帰って行った。

あたし達は全員、表面上は笑って別れた。辛い時ほど、人は泣けなくなっているらしい。

ラリーがあたし達の護衛に選ばれたのは、一見しただけでは、ラリーの方がチャドよりは優男に見えるという理由からのようだった。でも、ラリーにはナイフのように危ないところがある。そしてラリーの頭の中は、チャドのように抜け目がなくて、すぐに熱くもなる。ラリーは家族から離れて、兵営宿舎に入っているとの事だった。ラリーはあたしの妹を恐れているらしくて、ブラウニの近くには余り近寄らない。嫌っているのでもなく恐がっているというのでもなく、ただブラウニの「力」を薄気味悪がっているだけらしいのだけれど。あたしは腹が立つ。

ブラウニは言った。

「放っておけば良いのよ。あいつは目に見える事しか信じたくない、一種の差別主義者なの。何千年経ってもあいつとチャドだけはきっと、金魚のウンコのように離れないでいるんじゃないかしら」

けれども「それ」を言う時の、ブラウニの瞳の色は暗い。ムーンスターであった時、ブラウニは、二千年代の東京シティに「着いて」いるらしい仲間達の中に、ラリーの姿を見ていないせいらしかった。でも、だからといってラリーが、二千年代とか二千五百年のどこかのヤポンに「着いていない」とも、ブラウニは言えない。ムーンスターが二千年代のヤポンを「見られた」のは、たった一度だけなのだから……。

あたし達を乗せた馬車は、静かに行く。あたしの心臓の具合とお年のベルルとビアンカのために「そうするように」と、チャドがラリーに言ってくれた。チャドは、変な所で良く気が回る性らしい。ラリーも心得たもので、四頭の馬を上手に操り、走らせて行く。あたしは、四頭の馬と、馬車の前後にいる二人の騎兵達が乗っている馬の、大きな黒い優しい瞳と美しい鬣《たてがみ》が、春の陽差しに輝いているのを見詰めないではいられない。彼等の美しさに、感嘆しないではいられない。あたしの膝の上には、ランドリーとミナが、あたしとブラウニのために作ってきてくれた、青い忘れな草と白い野バラのきれいなブーケが置かれている。

生きてあるものは、皆愛おしい。この世界は、息が詰まるように美しい。あたし達が生き、生かされている宇宙は、夢のように、気が遠くなるように素晴らしい。そして、その宙と光の下で懸命に生きているもの皆全ては、春の野のように、月のように、不思議な光に輝かされている。それなのに、人はどうして「愛」の内に生きられないのだろうか。憎んだり妬んだり、傷付けたりしないではいられない「人」の心の中にも、「愛」はあるはずだと思うのに……。

それとも、その全ては「生きる」という事の中に、含まれているのかしら。愛する事と生きる事は、同じ一つのもののはずなのに。喜びの中には哀しみの種があり、哀しみの中にも喜びの種

いる。

ベルルとビアンカの白くなった髪にも、好奇心一杯に輝く黒い瞳にも、陽の光は優しく輝いている。

街道沿いの町々が、後ろに消えて行く。道行く人々の笑顔に、春の陽が輝く。

がある。生の在り様《よう》の多彩さに、あたしの心は痺れたようになる。

四、美しの都・エルサレム

町の広場には、白い会堂。

あたしは、ブラウニの無事を祈る。

愛しいランドリーの無事を祈る。

美しの都に残してきてしまった、愛する人達と、キャットとドギーの無事を祈る。

まだ見ぬ二組の「仲間達」とニュートの無事と、妹とあたし達が「彼等」にめぐり会えるようにと、春の野に、山に、宙に向かって祈る。

けれども、あたしの「祈り」は、あたしの心の奥深くから、一体誰に向かって上っていくのだろうか。遠い宇宙の涯てにいるという、時と記憶の神に向かってなのか、「愛を説く方」に向かってなのだろうか。

わからない。「あの方」は今頃まだ湖水地方にいられるのか、もう海岸地方に向かって発って行かれてしまったのかさえも……。

あたし達が確実に知っている事といえば、一年後の「祭り」の前には、「あの方」は美しの都に上られていて、安息日の前日、すなわち「準備の日」にはされこうべの丘で、十字架上に上がられる、という事だけなのだもの。あたし達の心と祈りは「ここ」に来てからずっと、あのオリーブの園と、されこうべの丘の上に、釘付けにされてしまっている。

あたし達の熱いように痛い涙も。

「ハル」の一族の上に、あの方が落とされている影は、通り過ぎてはくれない。あたし達は「ここ」で、美しの都エルサレムで、どの「旅」の時よりも酷く疲れきっている。

「愛のために」

死ぬ、と言われている方への「愛」に傷ついて……。

あたし達を乗せた馬車は、湖水地方の最初の町に、静かに入って行った。

ラリーはこの町であたし達を降ろし、北方の港で待っているチャド達と合流して、エルサレムに帰る。ギリシアからの絹商人達の警護をして。

あたしの妹のブラウニは、フランセを上手になだめてから、発って行く事だろう。

街道では、「あの方」の一行に出会わなかった。ベルルとビアンカも、長旅によって疲れられていた。あたし達は都のユキシロ様の宿とは違って、簡素な造りの宿に入った。これから先は、ユキシロ様とアンナ様が紹介してくれた町の宿に宿泊しながら、奥地へと入り、ブラウニが言うところの、「かくれ里」のような村や里を尋ね歩かなければならない。

「疲れただろう、パール。顔色が白くなってしまっているよ」

「お祖父様とお祖母様こそ、お疲れになったのでしょう。お顔の色が少し悪いみたい」

「わたしとベルルの事なら、心配しなくても良いのよ、パール。わたし達はお前の母さんのナルドやスミルノと同じで、肺の機能が生まれつき弱いだけなのだから」

「生まれつきだからこそ、良くはないのよ。さあ、もう寝みましょう。明日からは、バンバン頑張って頂きますからね。あたしもこのくらいは、平っちゃらよ」

「又、そんな強がりを言って……。全く、お前はブランにそっくりだね」

「嫌だわ、お祖父様。姉が妹に似るわけなんかないじゃない。ブラウニの方が、あたしに似ているのだと、言って下さらなければ」


あたし達の「失われた仲間捜し」は、すぐに行き詰まる事になってしまった。ユキシロ様とアンナ様が書き記しておいて下さった、町はずれの地方や村々を尋ね歩いてみても、ブラウニの指摘した「里」は見つからなかったのだ。宿馬車や辻馬車で辺地に入り込むたびに、あたしとベルル、ビアンカは「地方」の人々から、ユダヤ人として警戒されたり、避けられたりもするようになった。ブラウニが言っていたような小さな村や里に、「それ」らしい場所は、あるにはあった。けれども「情報不足」というよりは、どちらかというと「誤報」の方が、ユキシロメモに挙がってきてしまっていたのだった。でも、それはもう誰のせいとも言えない。美しの都と湖水地方では、住む人も言葉も、物の見方も変わっているのだから。

ブラウニの言葉を借りれば、

「それは仕方のない事よ」

という事になってしまうのだろう。

あたしとベルル、ビアンカが、メモを頼りに訪問したのは、ぶどう園はあっても泉がなかったり、泉があってもぶどうではなく、なつめやオリーブの栽培園であったり、泉とぶどう園が揃っていれば、大きな開けた町の近くで「かくれ里」でも何でもなかったりしていたからだった。

そのおかげで、あたし達は一目見るだけで、「そこ」は異うと判断する事はできた。できはしたけれど、そんなに早く判断がつくような「旅」になると考えてもいなかったあたし達三人は、逆に困惑するしかなくなってしまったのだった。それでは、「遺跡調査」や「保養」などという、長期滞在型の調査旅行の名目など、何の役にも立たなくなってしまうのだから。

湖水地方に着いてからひと月ほどで、あたし達の手掛かりは、後一枚のメモだけになってしまったのだった。

「困ったね。こんなに早く白黒がつくような旅だとは、思ってもいなかったよ」

「そうね。ベルル。この最後の一枚を当たってみてハズレだったら、わたし達はこれからどうやって、『仲間』を見つけたら良いのかしらね」

「ねえ。お祖父様。お祖母様。この辺りには確かに、古い町の跡が沢山あるみたいだけど、こんなにあっさり白と黒が解ってしまうようでは、遺跡調査旅行という名目では、もう無理なんじゃない？」

「そうね。一目見ただけで、『もう終わりました』と言う調査員なんて、いるわけがないものね」

「そうかといって、わたしやビアンカまで『保養・観光』に来たとも言えないだろう」

「罪人が三人も揃っているなら、静養にくる前に神殿で清めてきてもらえ、と言われてしまうでしょうからね、ベルル」

「この辺りの人達は、そうは言わないでしょう。罪人ならば、我等の仲間。どうぞ我等の神の神殿へって、親切に言ってくれるのに決まっているわ。それでなければ、ナザレのあの方の所に行けだとか」

「ありがたい事だが、それはどちらも困るね、パール。さてと、どうしたものだろうか」

「あたしに考えがあるんだけど。ねえ、お二人共。さっさと元の歴史学者に戻られてみたらどうかしら。それで、これからは遺跡調査ではなくて、言語調査だとか、地形調査だとか、その時によって出鱈目《でたらめ》な口実を述べて、宿に泊まるのよ。そうすれば、短期滞在でも、誰も何とも思わない」

「地形調査のための道具など、わたし達は持ってはいないよ、パール」

「パピルスに、スケッチをする振りでもなさっていたら、それでも良いんじゃないかしら」

「やれやれ、パール。お前はいつから、そんなに悪知恵が回るようになってしまったのかね」

「悪知恵じゃない。困った時の何とかだけなのよ。ブラウニなら、もっと上手くやれる。例えば、ユキシロ様の宿のための、ぶどうかワインの買い付け商人の振りをするとかね。でも、お祖父様達もあたしも、商売人の振りなどできないでしょう」

ああ。いもうと。あたしのブラウニかランドリーが、一緒にいてくれたら良かったのに。ブラウニなら、こんな時すぐに「そこ」を見つけられるだろうし、ランドリーには行動力があるから、頼りになるのに。


翌朝起きてみると、あたしの心臓には鋭い痛みが、走るようになってしまっていた。でも、あともう一ヵ所だけ。

最後の一ヵ所である村に、あたしも行って見なければならない。あたしは痛みを堪えて、お祖父様達と宿の階段を下りて行った。

そこに、一組の家族連れがいた。あたし達と同じように、今朝この宿を発とうとしているようだった。どこかの辺地から出て来た人達のようで、身装りは慎ましく、どこか疲れ切ったような顔色をしていた。

あたしの心臓がドクン！　と言った。なぜなのかは、わからない。

でも、どこか懐かしい、その親子達。青白い頬をした、双児らしい、七、八歳の女の子と男の子。青白い頬に笑みを浮かべ、愛しそうに二人を見詰めて立っている、四十歳前後の男の人と女の人。

あたしは、この人達に会った事など、あったのだろうか。エルサレムのユキシロ様の宿か、都の通りのどこかでか。わからない。捕まえようとしても、風のように消えていってしまう、この懐かしいような気持は、一体何なのだろうか……。

胸が苦しい。息が止まってしまいそうに痛い。ベルルとビアンカが、あたしの不調に気が付いてしまった。その親子達も、なぜか不安そうに、あたしの顔を見詰めて、その場に立ち尽くしてしまっていた。

ああ。胸が苦しい……。どうか、そんな瞳をしてあたしの顔を見ないで下さい。

「パール、あなた大丈夫なの？」

「嫌《いや》。大丈夫じゃないだろう。パール、今日はここで休んでいなさい。わたしとビアンカだけでも、用は足りるだろう」

「そうはいかないわ。お祖父様。あたしも行く」

「駄目よ、パール。あなた、震えているじゃないの。無茶はしないという約束でしょう。頼むから、休んでいて頂戴」

あたしは立っていられなくなってしまって、宿の階段に寄り掛かっていた。

「ごめんなさい、大事な時なのに。ごめんなさい、お祖父様。お祖母様」

宿の主人が、宿馬車の用意ができたと、ベルルとビアンカに告げに来ていた。それで、お二人は心を後に残しながら最後の目的地に向かって、発って行かれるより他なかった。あたしは、両手できつく胸の上、喉の辺りを押さえながら、お二人の馬車を見送るしかなかった。息ができない。冷めたい水か、レモン水が欲しい。レモンが、「ここ」にあったらの話なのだけれども。

宿の庭先には、なつめの大樹と青りんごの樹。その樹の傍の石積みの上に、あたしは腰を下ろしていた。その家族連れ達の内の一人、母親らしい女の人が、あたしに水を持ってきてくれた。

「差し出がましかったら、ごめんなさい。でも、もしかしたらあなたは、水が欲しいのじゃないかと思って……」

あたしはお礼を言ってから、その水を受け取った。女の人の指は白く、あたしの手と同じように冷たかった。冷たかった……。

「助かりました。あの、もしかしたら、あなたや御主人も、お子さん達も、どこかお悪いのではないでしょうか」

「やっぱり、おわかりになってしまいます？　そうなんです。わたしと主人は、生まれつき心臓が弱くて、この子達は二人共、肺が酷く悪いのです」

生まれつき？　生まれつき。

「それではお辛い事でしょうね。あの、あたしはパール。実は、あたしも生まれつき心臓が悪いのです。あたしの妹も生まれつきお腹が痛むらしくて……」

「生まれつき？　それではあなたのお祖父様もお祖母様も、さぞご心配な事でしょう。わたしはムーライ。夫はトルー。子供達はキティとカニスと申します」

ムーライ（月の光）にトルー（真実）ですって？

キティ（子猫）にカニス（子犬）。まるで「ムーンスター」やトーラ様、ラブとラブリーを知ってでもいたみたいな名前だわ。この人達は誰なの？

ムーライとトルーは、なつめの大樹の陰に繋いであった、ロバに引かせる荷車の傍に行き、何かを二人で相談し始めた。熱心にあたしを見詰めている二人の眼差しは温かく強く、あたしはまるでテラⅡにいるはずのダニエルとアロワに抱き締められているような、胸が迫るような気持になってしまった。青りんごの樹の下陰にいた、可愛いというよりは美しい、と言った方がぴったりくる子供達は、あたしの両側にやって来て、人懐こい笑顔で、あたしの顔を見上げている、どこかしら妹のブラウニに、「昔」のムーンスターに似ているような、二人の大きな黒い瞳に、あたしの心は惹きつけられる。

何と愛くるしいその笑顔。何と愛しいその眼差し……。胸が痛くなるような黒い瞳。

両親のムーライとトルーが、あたしの傍に戻って来て言った。

「突然で失礼なのですが、良かったら私達と一緒に行きませんか、パールさん」と、トルー。

「パールと呼んで下さい。あなた方はどこに行かれる途中なのでしょうか。お帰りになるのでなかったのですか」

「用事が済んだら帰ります。でも、その前に私達は、『丘』に行かなければなりません。そこに今、あの方が来ていられます」

「知っています。それではあなた方は、あの方に『治して』頂くために、行かれるのですか」

「わたしとトルーは、このままでも良いのです。でも、キティとカニスだけは、何としてでもあの方に『治して』頂きたくて、わたし達は奥地から出て来ました。あの方は子供達に大変お優しいと、噂で聞いたものですから……」

「どこから出ていらっしゃったのですか？」

子供達さえ「治して」もらえるなら、自分達の身体は「このままで良い」と言えるとは、親の愛心とは、なんと強くて美しいのだろうか。あたしもこの人達のように、ブラウニのように、強く美しい心でありたい。

あの方が、この地方の「丘」に来られた事は、あたし達も知っている。

このひと月の間に、あたし達は、あの方が行われているという「奇跡」や「説話」について、ずい分いろいろな人達から噂を聞いていた。そして、あたしとベルル、ビアンカは、あの方が行うという「癒やし」という名前の治療方法については、前よりも理解しているし、それ故に、親近感も強まっている。

あたし達の「頭」で理解できるのは、こういう事だった。つまり、「この時代」においては、テラではまだ医療設備も、レベルも、未開に等しい。こういう時代の「病人＝罪人」を「治す」ためには、あの方が行われているという「奇跡」という方法しか手立てがないだろうという事と、「悪霊」とは、「病」そのものを指すのではなくて、病によって人を苦しめるモノ、すなわち「嫉《そね》む者」達の心のように、何か悪いモノなのだろう、という事なのだった。

それ以上の事は、あたし達にはわからない。でも、何も解らないでいるよりは、少しでも理解できた方が良い。ブラウニではないけれど、「理解」は歩み寄る心の友みたいなものだ。あたしとベルル様達は、あの方の「土地」に入ってから、一層あの方に心惹かれている。

特にあたし達が心惹かれるのは、あの方が憐れみ深い「愛」の方であるという、一点についてだった。あたし達の耳に聞こえてくる噂は、あの方の優しさと力強さを、多く伝えてきた。「この時代」においても、いつの時代においても虐げられている、弱い者達への限りない慈愛の心と行いについて。

疲れている者。苦しんでいる者。貧しい者。病む人。小さく、幼い者。老いた人々。孤独の内に捨てられている人々に、あの方は、

「誰でも良いから、わたしのもとに来なさい。

休ませてあげよう」

と、言われているらしいのだから……。

その御言葉は、ベルル様達とあたしをも慰めて下さる。「誰でも来なさい」と言って下さるのなら、あたし達のような「時」の流離《さすら》い人、「ハル」の子の群れの者でも、あの方は受け入れて下さるという事にもなるのだろう。

あたしは、聖なる書物について、神殿族のブラウニやユキシロ、アンナ様のように詳しくは知らない。

けれど、あの方の憐れみ深さと慈しみの心は、あたしの心に「憧れ」という名前の花を咲かせる。夜に咲く花のように。虹のように。

ムーライが、あたしの問いに答えて言った。

「湖水地方の涯ての、丘の向こうから。わたし達はそこで、静かに暮らしてきたのです。一緒に行って、あなたの身体も『治して』頂きましょう。パール。急いで行かないと、あの方のお傍に近付けなくなってしまいます。道は混んでくるし、病人は沢山集まってきますしね」

そうだった。あたしってば、何て抜けていたの。

「ごめんなさい。あたしのせいで遅くなってしまったのですね。急いで行きましょう。お話は、又、その後で」

せっかく朝早く起きたのに、あたしのせいで遅くなってしまった、この人達を放ってはおけない。それに、あたしは、この穏やかで慎ましい人達の「話」を、もっと良く聞いておかなければいけないのだもの。大丈夫。あたしは、あの方に近づかないでいれば良い。あたしはムーライとトルーのために、キティとカニスのための「場所取り」を、手伝ってあげたいだけなのだから……。

あたし達を乗せた荷車は行く。明るい春の朝の陽の下を。

心配していた通り、「丘」はもう人々で一杯になりかけていた。ムーライとトルーは、それでも何とかして人々の前に出ようとして、キティとカニスを抱き上げた。あたしは二人の前に出て、混み合う人々の間を上手に縫って、人垣の前列の方に進んで行った。

病んで苦しんでいる人達が、大勢草地に坐り込み、重病の人達には家族や友人達が付き添って来ていて、彼等のために家族達は、身体を張って人波を防いでいた。キティとカニス、双児の姉弟を守るようにして、ムーライとトルー、あたしは子供達の後方に坐った。

「パール。君も前に出て、キティとカニスの横に坐っていた方が良い。後ろは私達で守っているから、心配しないで……」

「ありがとう、トルー。ありがとう、ムーライ。でも、あたしはここで良いのです。あたしは医師の娘ですから、いつでも父と母に診てもらえます。それよりも、あなた方こそ前に出られたらいかがですか」

「いいえ。わたし達もここで。わたし達は、子供達さえ『治して』頂ければ、それで満足なのです」

優しく、慎ましいムーライとトルーと可愛い子供達に、あたしは挨拶のキスをしたくなる。春の風のような、キスをしたくなる。

周りにいた人々が、一斉に静かになった。

「あの方」の一行が、丘の上の林の中から、出て来られたからだった。

「あの方」は、一年後には燃える火柱のような「愛」で、十字架上に上がられるような、激しい方には見えなかった。
「愛は死のように強く
熱情は陰府のように酷《むご》い。
火花を散らして
燃える炎」
と、書かれているのに。
又、その人は花婿のようにも見えなかった。
「恋人よ　美しい人よ
さあ、立って出ておいで
ごらん、冬は去り
雨の季節は終わった」
とも、書かれているのに。
その人は、ただ、美しい方だった。
「愛」と「憐れみ」に溢れていながら、「愛」の心に飢え渇いている方。内側から光輝いているような方。
遠くに見えるその方のお母様、マリアも同じように美しい方だった。ただ黙って、後に「メシア」と呼ばれるようになる我が子を、大勢の群集を見つめていられる御姿は、月の光、先行く花。

婦人達の中に、マグダラのマリアと呼ばれているらしい、美しい女性の姿も見られた。「愛」の心に満たされているその女性の瞳の色は、洗われた黒曜石のように黒く輝いていた。ブラウニの瞳よりも強く、輝いていた。

妹とランドリーを思い出してしまって、あたしは突然悲しくなった。約束を破ってしまった。ランドリーは、あたしが今、この「丘」に来てしまったことを知ったら、どんなに心配する事だろうか。妹は、あたし達にいつも、「ハル」について、「ナザレのイエス」と呼ばれている方について、強制も無理強いもしなかった。

それなら、今、この「丘」にいるべきなのは、あたしではなくて、きっとブラウニの方なのだろう。「この次」には「ハル」の名前も、故郷の家族達の名前や、顔も忘れてしまうだろうあたし達の誰よりも、今、この「丘」に来て、あの方の「言葉」を聞いてみるべきなのは、「ムーンスター」の方なのに違いない。

ムーンにならきっと解るはず。

「時」から「時」へジャンプしてまで、「生きた体」で故郷へ「帰れ」などと言う、「ハル」の命令の不自然さが……。

あたし達は全員、「あの時」に死んだのだ。今はもう失われてしまったアトランティスで。あたし達はもう「ハル」の子供などではなくなった。強いて言うなら、あたし達はもう「地球星」の子供になった、と言うべきなのだろう。

限りなく「生きろ」というのは、愛ではなくて残酷さなのではないかしら。人の心にも、「愛」にとっても。あたし達にはソウル（魂）がある。それなら、限りある日々を精一杯に生きて、互いに愛し合い、その後は「永遠の故郷」、天の国と言われている所に皆で帰る方が、はるかに輝かしく、望ましい。ランドリーとあたし、あたしと妹、キャットやドギーも、他の「仲間達」も、全員で。

ムーンが解れば、皆にもきっと解るはず。「生命」も「愛」も、限りある人生から「永遠」に移ってゆくからこそ、美しいのだという事が。

ああ。ムーン。ムーン。あたしを助けて。

ランドリー。ランドリー。あたしの傍にいて。

あたしは何を今、考えたのだろうか。

きっと、この「丘」と、あの方の声のせいに違いない。

その人の声は、澄んだ泉の水に、暖かい春の小川の流れに、似ていた。その人の声には、不思議な「力」があった。

人伝えに聞いていた「言葉」を、あたしは自分のソウル（魂）の耳で聞いていた。

その朝の「お話」は、良い木と悪い木、良い羊飼いと悪い羊飼いのお話だった。

その人の「血」の声が皆に向かって話し始められると、一心にその人を見詰めているあたしの「お腹」か、ハートの中に、その人の別の「声」、すなわち「生命」の御声が、直接語りかけてきた。

『わたしはまことのぶどうの木』

あたしの中にいる何かが、「それ」は、あたし自身でさえ知らなかった「命」の声が、その方の「命ある御声」に反応して、あたしの「頭」すなわち「理性」とは別に、勝手にその方に応答しているのを、あたしは茫然として「聴いて」いた。

「はい。主よ。

〝あなたは流れのほとりに植えられた木。
　ときが巡り来れば実を結び
　葉もしおれる事がない〟

と、あります。あなたはまことの命の木」

『わたしに繫がっていなさい。ときが巡り来たら、あなたも良い実を結びなさい』

「主よ、わたし一人だけではなく、わたしの一族の者全てを、あなたにお繫ぎになって下さい」

『娘よ。願いなさい。

そうすれば叶えられる』

あたしの「血」の耳、すなわち体の耳は、あの方のお話しして下さっている「声」を聞いているのに、あたしのお腹とハートは、その方の「命ある御声」を内に聴き続ける。

『わたしは良い羊飼い。

良い羊飼いは、羊のために命を捨てる。
こうして羊は一人の羊飼いに導かれ、一つの群れとなる』
「お聴き下さい主よ。
〝恋しいあの人は私のもの
わたしはあの人のもの
ゆりの中で
群れを飼っている人のもの〟
とあります。
わたしはあなたのものになれるでしょうか。
わたしの一族全てが、あなたの群れに
入れるでしょうか」
『あなたがこの地上で繋いだ者は、
全て天においても繋がれる。
安心して行きなさい。あなたは体を治して欲しくて、来たのではないのか』
「はい、主よ。
わたしが治して頂きたいのは、魂に受けた傷です。わたしが治して頂きたいのは、ムーライとトルーの二人の子供、キティとカニスです。わたしが治して頂きたいのは、愛する妹と愛する恋人のエメット、愛して止まない仲間達の魂の傷です」

『娘よ。わたしを主と呼ぶあなたは誰か。なぜ、あなたは自分の事については、わたしに願わないのか』

「わたし自身の願いについては、あなたの方が良く御存知でいらっしゃいます。わたしは、わたし達の群れの、最後の実になりたい。あなたが、あなたの群れの一つにわたし達を数え、その数の全てを揃えて下さる事だけを、わたしの心は望みます。わたしの名前はスター。妹はムーンスターで、わたし達は『時』を流離《さすら》う一族の末です」

『時の捕らわれ人達の事なら知っている。

だが、あなた達は、一つの群れでさ迷っているというのか』

「はい。もうずっと。これから先も、二千年代までは確かに。どうぞわたし達を憐れんで下さい。あなたという木の枝に、わたし達を繋ぎ止め、豊かに実を結べますように。誰一人取り残されず、誰一人迷う事のないように。この小さい者を取り分けて置いて、最後の穫り入れがすんでから、お受け取りください」

『あなたはなぜわたしを主と呼ぶのか。娘よ答えなさい』

「わたしにもわかりません。ただ、わたしの中の何かが叫ぶのです」

〝恋しいあの方はわたしのもの
わたしはあの方のもの

ゆりの中で
群れを飼っている人のもの〃

だと……。どうぞ、お怒りにならないで下さい」

『怒らない。娘よ、良く言った。今より後、わたしはあなたのもの。

あなたはわたしのものである。

あなたの願いは全て聞かれた。安心して行きなさい。

あなた方の群れの『時の輪』は、わたしがいつか閉じてあげよう。

あなたの、わたしへの愛の故にである。

あなたは、信じて待ちなさい』

この「出来事」の全ては明るい春の陽の下で、数えきれない人々の中で起こっていた。

夢を見ていたのではない。逆だった。

あたしは「現実」という夢の中で、その人の足元で、ただ一人目覚めているかのようだった。

あたしの「頭」が考えた。

こんな時、ムーンスターとリトルスターなら、一体何をお願いするのだろうかと……。

リトラの懐かしい「声」が聞こえたような気がした。あたしの「内なる声」が訴えた。

「わたしの神よ。

どうぞわたし達の群ればかりではなく、中間地帯でさ迷っている、全ての魂達にも御救いを……」

すぐに、あたしの内の「命ある声」が響いた。

『それは、天使達の仕事である。天使とそれに等しい者達は、昔からそこでも仕事をしている。わたしの父は、誰一人として失われる事を、望まれていない。だから、さ迷う者達の面倒も見ていて下さる。娘よ。だからあなた方の『時』がいつ来るのかは、天の父がお決めになる事だ。その日、その時は誰も知らない。だが、『時』がくれば、わたしがあなた方の輪を閉じる。『その時』には、安心して天の国に帰って来なさい。わたしが、あなた方全てを休ませてあげよう』

「許してくださるのですか、『時』をさ迷っているわたし達全てを……」

『わたしは、あなた方を罰しない。あなたの願いは、天においても繋がれた。わたしの娘、スター。あなたは罰を恐れるのではなく、天におられる神を愛しなさい。

そうすれば父は、あなたに『良いもの』を下さるだろう。

祈りの賜物『霊』である。父が求めていられるのは憐れみであって、いけにえではない』

「何か」が、あたしの頭からハートに、お腹に、骨の中にまで注ぎ入れられたような、「何か」が、あたしの体の中の「幕」を切り裂いたような、不思議な感じがした。

「それ」は相変わらず静かに起こっていた。

あたしはその時、自分自身ではっきりと解った。あたしはもう「ハル」からも「時」からも解放されて、自由になったのだと……。「愛」とは、無限に許し、人の魂を束縛から解放して、抱き取ってくれるものだった。

「血」からも、「種」からも「時間」からも。「苦しみ」や「疑問」からも。あらゆるもの全てから、あたしは神の「霊」の中に解き放されて、自由の身になった。今までは、あたしは目隠しされて歩いている人のようだった。あたしの内なるもの、ソウル（魂）の中には「この時」を迎えるための「芽」というのか、「木」の種子というのか、「器」のようなものが、すでに古《いにしえ》の昔から用意されていたのだとしか、あたしには思えなかった。

その「種子」からは、その方に似せて形造られた「若芽」、すなわち流れのほとりに植えられるための「木」が育ってゆくのだろう。あたし達、生きてあるもの全ては、「最初」から、このようにして造られていたのだろう。自然界に生かされているもの全ては、「その事」を知っている。忘れてしまったのは、多分「人間」と呼ばれる、あたし達の側の方なのだろう。

あたしの中に、「愛の風」が吹いたかのよう。その人の眼差しは、あたしを満たした。その人の「命ある声」は、あたしを変えてしまった。あたしのソウル（魂）の傷は癒やされ、あたしの内なる「種子」は、その人を恋うて、真紅のバラのように赤い、甘くて痛い花を咲かせるようだった。

「それ」は、全てを越えてしまう花。「それ」は、全ての上に咲き出でて、いつか実を結ぶ花……。

ああ。あたしはとうとう、あの方のものになってしまった。もう、元のあたしには戻れない。

何も知らなかった頃の「暗い路地」のようだった「旅人」には、もう戻らない。

あたしはこれから「先」は、ブラウニよりも後になり、ランドリーの先にも後にもなって、「ハル」の中から、愛する人達全てを、あの方の「愛」の中に連れ帰らなければならない。その「愛」の中にこそ、あたし達が真に安らげる「都《みやこ》」があるのだから……。

その方とあたしの間に起こった事は、誰にも気付かれる事もなく、時間にしても僅かの間の事だった。気がついた時、あたしは、その方の慈しみ深い眼差しに「包まれて」いたのだけれど、太陽の位置は少しも変わっていなかったのだ。その方は、春の優しい風のような、雨のような眼差しで、最後にあたしを見詰められてから、「心」を他に移された。あたしの泣き痺れている心に、そっと触れられてから……。

その方の美しいお母様のマリアと、マグダラのマリアと言われている方も、思慮深く優しい瞳であたしの方を見詰めて下さっていた。あたしは、今、この「丘」の上で何が起こったか、今、あたしの身に起きたような事が、どれ程沢山の人々の身の上に起きているかを思って、震えそうになった。

表面上には、何事も起きているようには見えない。ただ、美しい御方とそのお母様達の前に、数えきれない人々が坐っているだけなのだ。明るい春の陽光の下で……。

けれども「内面的」には、どうなのかしら。

多分違っているのだろう。この「丘」にいる大勢の人々の、魂の奥の奥には、今、あたしの上

四、美しの都・エルサレム

に起きたのと同じような「事」が、起こっているのに違いない。

「それ」は、確かに起こっているのだろう。でも、その事は、その人と「神の子」との間でだけで、秘かに行われている事なのだ。

「それ」を奇跡と呼ばないで、何を奇跡と呼ぶのだろうか。あの方の「方法」は、余りにも秘《ひそ》やかで、余りにも慎ましい。

あの方は、まるで、目立たないぶどうの花のように御自分を低くされていて、少しも誇った所がない。まるで、ランドリーとミナが作ってきてくれた、忘れな草と白いバラのブーケのように、清らかで美しい。

あたしの胸は、締めつけられる。

ああ。ランドリー。ランドリー。あなたも、この「丘」に来ていられたら良かったのに。そうすれば、愛しいあなたにも「あの方」の心が、触って下さったのに違いない。そうすれば、あなたの魂とあたしの魂は、「神の子」の前で一つになれたに違いない。

ああ。あたしの妹、ブラウニ。あなたも、この「丘」に来ていれば良かったのに。そうすれば、あなたにもきっと解ったはず。誰が本当に「憐れみ深い」御方なのかが……。そうすればあなたにはきっと解ったはず。どうしたら「ハル」の一族を、天に連れ帰れるのかという事が。

あたしの身の上に起こった事は「頭」すなわち思考でも、「心」すなわち、人の限られた「愛情」によっても、理解できたりするような事ではなかった。どのような説明がつく事でもなかったし、説明できるものでもない。

「これ」はただ、熱いような、燃えているような「愛憐《あいれん》」からの、永遠に咲いて輝いている「ぶどう樹」からの、贈り物だった。

あたしには、それ以上はわからない。でも、わからなくても良いのだと思える。「贈り物」を頂くためには、理由も理屈も要りはしないのだろう。ただ、差し出していて下さる方の手から、感謝して、黙って受け取ればそれで良いのだ。と、今のあたしは思うしかない。

静まり返っていた「丘」の上に、人々のざわめく声と声が戻ってきた。あの方が、いよいよ病人達の間を歩き始められるのだ。

トルーとムーライが、あたしにそっと囁いた。

「もうあの方に手を触れて頂く必要はありません。わたし達の子供は治りました」

びっくりして見てみると、キティとカニスの頰がバラ色に輝いていた。

「あたし、もう痛くない」

「ボクも、もう苦しくない」

「わかっているよ。良かったね、キティ。良かったね。カニス。でも、この人混みだ。もう少しの間、大人しくそこに坐っていなさい。あの方がお前達を祝福して下さるだろう」

「何が起ったのですか？」

「あの御方の『声』が、わたし達に言いました。

〝願いなさい
そうすれば叶えられる〟と……。

それでわたしとトルーは願ったのです。その瞬間に、この子達が癒された事が解りました。わたし達は、感謝の祈りを捧げました」

二人の言葉を聞いて、あたしの唇も感謝を捧げた。あちらこちらから、喜びの声や感謝の祈りの声が上がり、それと同じくらいに強く、助けを求めて叫ぶ声と声が重なって聞こえてくる。

その方の手が、キティとカニスの頭の上に、優しく置かれるのを、あたし達は見た。

あたしの胸の中に、又、「愛」の風が吹いてきて、通り過ぎて行かれた。ムーライとトルーの胸の中にも、きっとこの「風」は愛に満ちて、吹き過ぎて行ってくれたのだろう。


気がついた時、その「丘」の上にはもう、あたし達五人だけしか残っていなかった。あの方達が湖の方に退いてゆかれたので、大勢の人達が後を追いかけて行き、残った者達は家路についていた。

丘の上には、遅い午後の陽の明かりと、不可思議な程に「満ちている」静けさ。

あの方を知った者達の目には、世界が新しいもののように輝いて見えた。

そして、あたしとムーライ、トルーは、ムーンスターの「力」にはよらないで、お互いに必要な事柄を思い出しているのに、気がついていた。

「お久しぶりです。ムーニー（お月様）。お久しぶりですツリー（樹）。ハイ、キラ（星）。ハイ、キッド（小やぎ）。久しぶりだったわね」

「あたし、お姉ちゃんを知っている」

「ボクも、お姉ちゃんの事を知っている」

「キティ。カニス。お前達は『船』で、このお姉さんと一緒だったのだよ。お前達は幼いから、まだ良くわからないだろう。その内に、父さんと母さんが詳しく話してあげようね」

「ウン！」

「ウン！」

キラとキッドは、「あの時」、船の第六層にいた、美し族の娘と若者だった。あたしは、ニュートの線からではなくて、猫のラブと犬のラブリーとの縁から、この二人と知り合った。二人共、美しい動物と美しい自然界に、強く心を惹かれていたからだった。

ムーニーとツリーは「あの時」四十代に入ったばかりの「生き物族」でもあり、テラⅡでの五家の一つ、ヒルズ家の遠縁の人達でもあった。妹のムーンスターは、この人達の事は憶えていない事だろう。ムーンは、七歳の祝いの日に完全に「目覚める」までは、ガリラヤシティに移っていたモルダとモレノが大好きな、お祖父様っ子だった。その同じ頃に、ムーニーとツリーはジェルサレムシティの郊外の家から、アトランティックシティの郊外にいた両親の家に帰って行った、ダニエルの又従兄弟に当たる人達だった。あたしは十歳の頃まで、ツリーとムーニーの家に良く遊びに行っていた。彼等には子供がいなかったので、二人があたしとリトラを、自分の子供のように可愛がってくれていたからだった。ツリーとムーニーは、ラブとラブリーの事も良く知っている。

当時から穏やかで慎ましかったツリーとムーニーは、ヒルズ家の一員としてよりも「生き物族」として、ムーンシップの乗船員に応募したのだった。そして、ムーンシップの中でもこの二人は、船の第七層に好んで近付くような事はしなかった。ただ、モンスターとして恐れられていたムーンスターが「巡回」に出たり、小神殿にこもって「ハル」と話したりしている時に、キラとキッドと一緒に、あたし達に会いに来てくれるだけだった。

ムーニーとツリーについてのムーンスターの「記憶」は、「あの時」に飛んでしまったらしい。「あの時」というのは、ムーンシップの事故の時ではない。

あたしとリトラが、デューク様の館に押し掛けて行ったあげく、あたしが「生き物族」としての最終応募員になって、別室に控えていた妹を、死ぬほど脅かしてしまった時の事なのだ。「あの時」、ムーニーとツリーは、最終グループの中に混じっていた。そしてムーンシップの中では、妹はあたしの身の安全のために、あたしとは他人のような態度を取り続けていた（らしい）のだ。それで、ツリーとムーニーも、「ムーンスター」の妹の近くには、ほとんど近寄っていなかった。

あたし達は抱き合って、再会を喜び合った。

あたしが、妹のブラウニの望みによって、湖水地方に「失われた」仲間達を捜すために来たのだと知ると、トルーとムーライの瞳に熱い涙が滲んで、零《こぼ》れていった。あたしは、あの方の「愛の力」が、あたし達の間に「働いて」下さった事に感謝した。

トルーとムーライの方の事情は、こうだった。

船の事故の後で、ムーンスターの「ジャンプ説」を聞いた彼等の親友達が、まずこの話につまずいてしまった。トルーとムーライの親友達は、自分達がテラ歴紀元前五千年代にまで、「はじき飛ばされた」のだとは、どうしても信じられなかったらしかった。それで、まずは「ヤポンに行ってみよう」と強く主張し始めた。この人達に、キラとキッドが引きずり込まれてしまった。彼等の多くが、「美し族」と「織部」の者達であったためと、全員の出身地がテラⅡのアトランティックシティ周辺だったからだった。トルーとムーライは、この時すでに、キラとキッドを子供のように愛してしまっていた。子供達と親友達。「モンスター」とスター。ラブとラブリー。

二人の心は揺れ動き続けたのだという事だが、結局は見切り発車組の中にいた、キラとキッドを思い切れなかった。

そして、第二の「嵐」に襲われてしまった。

彼等の一群はノバ達とは別に、小型船の残骸によって、太平洋のいずことも知れない島へと運ばれて行ってしまった。

「そこ」で、数多くの仲間達が、彼等の最初の「ジャンプ者」になったのだという。

その島が未開の地で、食料もロクにない酷暑の地であったという事と、第一と第二の「事故」によって、ほとんどの人達が大怪我をしてしまっていたという理由は、無残なものだった。トルーとムーライ、キラとキッドは、第一の事故の時に受けていた「傷」が、後になるにつれて悪化していったらしい。

でも、その頃にはもう「ムーンスター」は死線をさ迷い、最初の「ジャンプ者」として、月の海の中に上がって行ってしまっていた。

彼等は、まだ見ぬヤポンに行き着く事よりも「仲間達」のいる島へ「帰り着く」事の方を、強く願うようになっていった。

「その島」の名前は、誰も知らない。「あの島」がアトランティスと呼ばれるようになったのは、彼等が発って行ってしまった後だったし、そもそも拠点自体が移されてしまっていた。けれども、彼等は「その島」と、置いてきてしまった「仲間達」に恋焦がれた。その結果として、あたし達がアトランティックシティを懐かしんで「あの島」をアトランティスと名付けたように、彼等の方でも又、同じ理由から「その島」をアトランティスと呼ぶようになっていったのだという事だった。

ブラウニは「前」の時に、この人達の存在を幻で見たのだ。この人達が美しの都、エルサレムに「着いた」のは、あたし達と同じ理由のようだった。すなわち、テラⅡでのジェルサレムシティが、懐かしくてならない。

ただし、彼等がこの地に「着いた」のは、あたし達よりも何百年も前の事だったらしい。そして、あたし達が何となく居心地が悪いのと同じ理由で、この人達も「聖都」エルサレムには住み辛くなっていって、次第に湖水地方の奥地へと「流されて」行くようになってしまった（らしい）。

そして、その頃にはもう、ムーンシップとアトランティスは、彼等の群れの中では「神話物語」に近いものになってしまっていた。

つまりは、このように。

昔々。わたし達の祖先の神の名は「ハル」と申しました。わたし達が住んでいたのは、遠い宙の涯《は》てにあるという、天界の国ジェルサレムでした。

ある日の事、わたし達の神「ハル」は、一つの望みを起こされました。「月の船」に乗って行ってヤポンという島に降り、さくらの花を見、ジェルサレム国にその「種」を持ち帰るという、壮大な望みでした。

けれども、「月の船」は、ヤポンには行かず、アトランティスという島に降りて行ってしまいました。アトランティスの女神官ムーンスターは、わたし達をヤポンに向かわせましたが、わたし達はその島を見つける事ができませんでした。わたし達は、今度は「時の船」に乗って、アトランティスに帰って行かなければなりません。それは、はるかな未来まで続いている「時間の船」の名前です。「時の船」は、月の裏側の海の中で、いつでも乗れるようにとわたし達を招いていてくれます。その「船」がいなくなるのは、何千年も先の事ですが、「時の船」がいなくなると、今度は別の「船」が、わたし達を迎えに天界から降りて来てくれます。その船の名前は、ダイアナ（月の女神の名前）。わたし達の「救い」は、この船の飛来にかかっております。
それまでは、歌いながら行きましょう。
わたし達の神「ハル」と、救い主への希望と愛の歌を……。
「さくら
さくら
弥生の　空は
見渡す　限り
かすみか　雲か
匂いぞ　いずる
いざや　いざや
見に　行かん」
預言者イザヤは、この「救い主」の出現について、次のように語っております。エトセトラ。
あたしは、呆れ果ててしまって、声も出ない。
それでも、ムーンがいてくれなかったら、あたし達の「記憶」だって、今頃は、この「お話」

のように、カボチャかピーマンにでもなってしまっていたに違いない。罪造りな神「ハル」の望みのために……。

全てを思い出してしまった、トルーとムーライが泣く傍で、キティとカニスが両親を慰めようとして、可愛らしい声で歌い出す。

「さくら
さくら……

いざや
いざや
見に行かん」

「これ、キティ。こらカニス。その歌は、お家の中だけでしか、歌ってはいけないと言っただろう。メッ!!」

これではまるで「隠れさくら族」みたい。あたし達のように「隠れの民」みたい。トルーとムーライにとっては、思い出したりなんかしなかった方が良かったのだろうか。

可愛いキティとカニスが笑う。叱られているのに、優しい父親と母親の声に、嬉しそうに笑う。

「アハハ……。アハハ……。

あたし、モンスター（怪物）を見た事がある」

「アハハ……。アハハ……。

ボクもモンスターを見た事がある」

「ムーンスターと言うのよ。ムーンはね、あたしの妹なの。凄い美人なんだから」

「お姉ちゃんの？」

「お姉ちゃんの？」

「そう。お姉ちゃんの大事な妹なの」

「ふうん。ねえ、お姉ちゃん。あたしのお家に泊まりに来てよ」

「来てよ!!」

「アバ（父さん）とアボニ（母さん）の、お許しがでたらね」

「そんな事を言わないで。ねえ、パール。あなたは、わたし達の村に、ぜひ来てくれなくては。そして、さっきのお話をしてくれなければなりません。ムーンスターが『迎え』に来てくれているという、あのお話を皆に」と、ムーライ。

「ムーンスター!!」

「ムーンスター!!」

「私達の家は広いという程ではありませんが、客間もありますよ」

「ありがとうございます。でも、この事はあたし一人の手には負えないと思います。幸い、同行してきた祖父母は、歴史学者なので、皆さんのために、より正確なお話ができると思います。ムーンはあなた方と合流したいと考えていますが、今は、もう二組の残りの人達を迎えに、エジプトに渡っているのです。村の方々には、じっくりお話しした方が良いでしょう」

「だれも、信じないかも知れません。私達だって、あの方が助けてくれなければ、スターの顔さえ解らなかった。幼い頃は、あんなに可愛がっていたというのに……」

「それなら、あたしも同じようなものです。なぜだかあなた方が懐かしくて堪らないのに、どこでお会いしたのかすらも、解っていなかったんですもの」

「長過ぎたんですね」と、トルー。

「そうね。長過ぎてしまったのね」と、ムーライ。

「何の事ォ？」

「何の事ォ？」

キティとカニスを、あたしは抱きしめてからキスをしてあげた。トルーとムーライの瞳には、喜びと不安、緊張と愛情が交錯していた。あたし達はしっかりと何度も抱き合ってから、暮れなずむ「丘」の下の道で別れた。

春の、甘く青い夕空の下、トルーとムーライ、キティとカニスの荷車が遠くなって行く。

ああ。大好きだったツリーとムーニー。

ラブとラブリーの友達だった、キラとキッド。ロバが引く車は、ゆっくりと、空が紅く染まり切る前に、自分達の村へと帰って行った。振り返り、振り返り、手を振ってくれながら。

彼等の村というより、里の名前は、アトラン。村長だというトルーの家名は、ヒルズ。里人は四十数名。家屋数、僅かに十二戸。生計はぶどう園と小ワイナリーの経営。それに、ニレ材やムク材により家具や製品作りに関わるもの達。このニレの樹皮からは、特殊な繊維が取れて、それは美しい織物や敷物に加工されて、売れるのだそうだった。

ベルルとビアンカは心配して、あたしの帰りを待っていた。でも、どういう理由でなのか、あたしはその日もう辛くなく、疲れてもいなかった。「さくらの歌」が、祈りのように静かに口に上がってくる。

「さくら　さくら……

見に行かん」

「ご機嫌なのは良いんだがね、パール。お前、心臓の方はどうなったんだね」

「どうもなっていない。ただね、今日は嬉しい事が二つもあったの。一つは秘密よ。でも、もう一つの方は、ビッグニュース!!」

「ランドリーが会いに来てくれたの？　パール」

「ランドリーは来なかった。でも、あたしはランドリーの事を、何回も考えた」

ベルルとビアンカが笑ってくれた。これで良い……。

あたしは、今朝お二人が発って行ってしまった後で、同宿していた奥地人と親しくなった経緯を、かなり端折って話した。「かなり」というのは、「ほとんど」に等しい。便利な言葉になってはいるけれど。

ベルルとビアンカは半信半疑で聞いていたけれど、村長の家名がヒルズ、村里の名前が、アトランだと知ると、顔色が変わった。

でも、あたしはお二人の顔色をもう一度変えなければならなかった。

お二人は、どっと疲れたようで溜め息ばかり。

「そんなにメチャクチャな言い伝えになってしまっているの？　困ったわね」

「ン。ン。グランマ。でも、そう悪くもない。彼等は『さくらの歌』だけは完全な形で憶えているらしいの。それに、月の裏側にいる『時の船』っていうのも悪くない。ヤポンとアトランティス。ムーンスターと『ハル』まで残っている。後は、どれだけ信じてもらえるか。どれだけ説明できるかだけよ」

「お前は簡単にそう言うけどね」

「わかっているわ。グランパ。彼等は相当手強い相手になるでしょう。伝承もあそこまで変化してしまうと、手のつけようがない。だから、彼等の神話について一々検証するよりも、キーワードについてだけ説明するか、グランパとグランマの、歴史学者としての全てを伝えるかしか、ないでしょう。あの人達が、ここまで『さくらの歌』を伝えてこられただけでも、大したものだと思う。ムーンの力なしで、彼等はこの時代までやってこられたのよ。他の人達は、もう失われてしまったというのにね。大したガッツだと思わない？」

「それはそうなんだけどね。その分余計に手が焼けると思うよ。彼等の頭は多分、石のように硬いだろう」

「ああ。こんな時にお前の妹がいてくれたらね。でも、いないものは仕方がないんだし。ベルル、わたし達は手分けして、正しい歴史書を作成してから行く事にしましょう。パール、あなたも手伝ってね」

「もちろん、そのつもりでいるわよ。グランマ」


アトラン里にはブラウニが言っていたように、ぶどう園の前のヒルズ家の裏庭に、美しい石積みに囲まれた、小さな泉があった。その泉の周りには、ひなげしと白いクローバーの花叢が、静かに秘そやかに咲き出ていた。

あたしは、喜んであたし達にまつわり付いてくるキティとカニスのために、クローバーの花冠を作ってあげた。キティとカニスが笑うと、両親のトルーとムーライも、笑み崩れる。

ヒルズ家には、トルーの両親として、トラコンとサリア、共に七十歳がいて、このお二人の体も丈夫とは言い難いようだった。トラコンとサリアは、この地方にちなんだ名前で、あたしはこの方達についての記憶は全くなかった。ムーライによるとこの二人は、キティとカニスが親しんでいた、美し族の仲間であったらしかった。

時は五月。美しい山里の春の下で、困難な「集会」が始められた。ヒルズ家の広い居間で。ぶどう樹の畑の中で、何軒かずつの「小長」の家で。終いには一軒ずつを回って。

ベルルとビアンカ、トルーとムーライ、あたしが心配していたように、アトラン里の人々の頭は、トンカチか石ででもあるかのように硬かった。それもそのはずで、彼等は「最初」から懐疑派に属していた人々の方が、多数派であったからだった。ベルルとビアンカ、あたしとヒルズ家の人々の「格闘」が続いた。

時は移ろい、夏が来て、秋も来た。

ぶどうの収穫とワイン樽への仕込みには、あたしとベルル、ビアンカも手伝いのために、里人総出の群れの中に入った。収穫が終わると、里人の多くは秋祭りのために、町の会堂や美しの都へと上がって行ってしまうのだ。秋祭りは、春祭りと同じように、感謝のための祭りだった。

あたし達が、とうとうアトラン里を見付け、ヒルズ家に逗留させてもらっている事を知らされていたワイドとナルド、庭師のジョルダンとスミルノ、あたしのランドリーは、秘かにエルサレムを抜け出して来ていた。ベルルとビアンカを助け、「証人」になるためと、あたしやヒルズ家の人々に会うためだった。あたしは懐かしい父さんと母さんの胸に抱かれ、恋しいランドリーの腕に摑まって、月光の下のぶどう園の周りを、美しい泉と秋の里林の周りを歩いた。たった半年間離れていただけなのに、今となっては愛おしい。

あたしは、自分が「ナザレの人のもの」になってしまった事を、誰にも打ち明けられなかった。言いたかったのだけれど、言えなかった。父さんや母さんの、ベルルやビアンカの、ジョルダンやスミルノの、愛しいランドリーの心配事の種や、厄介事の種を、これまで以上に増やしたくはなかったのだ。それで、打ち明けられなかった。それは、予想していた以上に苦しくて辛い事だった。

あたしは愛する妹にも両親にも、愛しいランドリーにも相談しないで、自分一人の思いだけで「ハル」からの解放を、あの方に願い出てしまった。もっとも正確に言えば「あの時」、あの方に応答したのは、あたしの知らない「内なるあたし」であったのだけど。けれども、その「内なる願い」は、多分ずっとあたしの中にあった事なのだと思う。多分、もうずっとずっと「昔」から、あたしの心は、「ハル」から離れてしまっていたのだと思う。「それ」をあの方の方が見つけ出して、あたしの中の「種子」に呼びかけられたのだ。「それ」はあたしの望みだった。

「それ」は、あたしの望み。

けれども、皆の望みはどうなのだろうか。

その事を思うと、胸が苦しい。

あたしは、自分一人の望みのために、皆の運命を変えてしまったのだ。でも、どんなに考えてみても、間違った事をしたとも思われなかった。ちゃんと説明すれば、皆もきっと解ってくれるはず。それとも、怒ったり、心痛めたりするだけなのだろうか。わからない。でも、あたしは皆が愛おしくてならない。愛する妹、ブラウニ。愛する父母と祖父母達。愛する仲間達。フランセとチャドさえも。キャットとドギー。あたしの恋人、ランドリー。今ではあたしの父と母のような、トルーとムーライ。今ではあたしの妹と弟のような、キティとカニス。この四人とあたしは、特別な絆で結ばれてしまっている。

「ナザレのイエス」という方の「愛」と「声」による絆と、生き物族同士としての深い「共感」という名前の絆によって……。

わからないけど大丈夫。ブラウニも皆も、あたしのランドリーも、あの方の「愛と憐れみ」の御心の深さを知ったなら、きっとあたしと同じように思ってくれるはず。

あたしは、あの方があたし達のために編んで下さる「愛憐花」という名前の花冠のための、最初の一輪に過ぎないのだと信じたい。それよりは最後の一輪にされるのだと、信じていたい。

「何か隠しているんじゃないのか、パール。何だか少し様子が変だぞ」

「教えない。秘密があるって、素敵な事でしょう」

「ケチなんだな。教えろよ」

ランドリーの黒い瞳が、月の光の下でキラキラと輝く。ランドリーの働き者の美しい手が、あたしの髪を優しく掻き混ぜる。

大丈夫。愛しいランドリー。あたしの仲間達。あたしは、「前」よりももっと皆を愛している。あたしは、こうなる前よりも、「あの方のもの」にされた後の方が、もっとあなたを愛している。あたしは、あの方の「心」に染められて、以前よりずっと強くなった。あたしはあの方の「心」に染められて、以前よりもずっと深く愛せるようになった。

ああ。あたしのランドリー。あなたにも、あたしと同じように、自由の身の上になって欲しい。

そうすれば、あたし達は神の「愛」の中へと、解放される。「時」の捕らわれ人としてではなく、あたし達は真に自由にされた者同士として、愛し合えるようになりましょう。そうすれば、あたし達はもう、誰にも記憶の「箱」にも……。

「時」の神にも、記憶の「箱」にも……。

そうなる事が、あたしの望み。それが、あたしの望み。

あなたが全てから解放されて、「愛」の神の「御心」の前に立たされる日まで、あたしはあなたを待っている。

待っている。愛しい者皆全てが解き放されて、手を繋ぎ、愛の歌を歌いながら「天の国」へと帰って行かれる、その日まで……。

あたし達は「その日」にはもう、心も思いも、「悲しみ」や「傷」のために分裂する事は、きっとなくなっている事でしょう。

愛しいランドリーに、あたしは囁く。

「ブラウニの事を教えてくれない方が、もっとケチ」

「あれ？　ブランはあいつの事を、パールには知らせて寄こさなかったのか」

「寄こさなかった。でも、ソニーノに出会ったという事なら、あたし達ももう、知っている」

「知っているんなら、それでもう良いんじゃないか。こら、パール。ごまかそうったって、そうはいかないぞ。お前、ブランにそっくりになってきたんじゃないのか」

「どこがなの？　姉上は妹に似たりなんかしないものなの。さあ、もう家に入りましょう。あたしの『洗濯屋』。皆が心配しているわ」

「言ったな、パーリー。こら、待て！」

「アハハ……。待ったりしてあげない!!」


ブラウニはフランセを宥めるのを諦めて、チャドの方を宥めて、アレクサンドリアに渡ってしまっていた。フランセはエジプトで大いに踊って、ウップンを晴らしたかったらしい。フランセの「馬鹿ったれ節」に弱いブラウニは、フランセに「帰った方が良いよ」とは言わずに、チャドに「待っていた方が良いよ。そうでないとフランセに玉を寄こせと言われて、泣く羽目になる」くらいの事を言って、チャドを怒らせて行ってしまったらしい。何が三人の間にあったのか、あたしは知らないけれども、フランセとブラウニは「黒王子」と呼ばれているチャドに対して、かなり強気に出ている。チャドはそれでも、フランセに弱い。

アレクサンドリアのパトラ婦人の友人の館がある町で、ブラウニは移民族の娘だったアリとタリを捜し出して、二人を無事に助け出した。アリとタリは、「ここ」ではイルとイラという名前になっていて、海賊船の船宿で「さくら舞い」や、セーヌの「カルメン」を歌ったり踊ったりしていたらしい。この二人は、アトランティスではセーヌだったフランセに、女児が授かるまで、歌と踊りを仕込まれていた。

ニュートだったソニーノ（詩歌）は、フランセに引き摺って行かれた古王都テーベで、ブラウニの前に「出現」したらしい。ソニーノは、その古都テーベで、神殿守りの一人息子としての生を受けていた。

ブラウニは言った。

「あれは夏祭りの夜だった。フランセは神殿祭にあたしを引き摺って行ったの。そこで、神殿守りの跡取り息子が、笛を吹いたり歌ったりしていた。それが何とニュートのソニーノだった」

「神殿守りの跡取りって……。それじゃ又、あんた達は一緒になれないじゃないの」

「もう一緒にいる。ソニーノの方が、あたし達の後を追いかけて、アレクサンドリアまで来てしまった」

「来てしまったって言ったたって……。神殿守りの一族なんかに関わってしまったら、大変な事になってしまうでしょうに」

「ソニーノの居場所がバレてしまったらね。でも、今のところはまだ大丈夫。パトラ婦人が上手く立ち回ってくれているの。そっちはどうなっている？　姉さん」

「前にも言った通りよ。お手上げ。ねえ、ブラウニ。あたし達だけでは限界がある。いっその事、あんたがここの人達全員に『夢』を見させてくれたほうが、話は早いのじゃないかしらね」

ブラウニは、少しの間考えてから言った。

「止めておく。そんなに忘れ果ててしまっている人達なら、『この次』はもう無いかも知れない。

あたしが無理に思い出させるのが、その人達にとって最良だとは思えない」

「あんたもそう思う？　実はあたしもそう考えている。ベルルとビアンカも、同じような意見なのよ」

「それも仕方がない事よ。ねえ、パール。そこの残りの人達は、あたし達に合流できないのかしら。美しの都エルサレムで」

「そう言ってみてはいる。でも、お年寄りを抱えていたり、逆に赤ちゃんを抱えていたり、病人を抱えたりしている人達が多くて、難しいの。土地を離れられない人達もいる」

「わかっている。ねえ、パール。そこのヒルズの人達に言ってあげて。トルーとムーライ達もヤポンのヤマザキの『血』に入って、二千年代を待っているようにって」

「もう言った。トルーとムーライは喜んで、あたしの両親になってくれると言った。キティとカニスも喜んで、あたしの妹と弟になってくれるって。彼等はラブとラブリーにも、ムーンスターにも会いたい、と言ってくれているの」

「そうなってくれれば良いわね。あたしのパール。そこの人達に早く会ってみたい。『洗濯屋』はもうあんたに会いに行った？」

「変だわ。ブラウニ。あんた、まさか何も『見えて』いないの？」

「見えていない。見ない・聞かない・言わないで通していないと、あたし、何してしまうかわからないんだもの。近くにいるよりはと思って離れてみたけど、何も変わらなかった。却ってそっちにいた方が良かったのかも知れない」

「でも、そうしていたら、ブラウニは恋しい誰かさんとは会えなかったでしょう。心配しないで、そこで大人しくしていて。こっちは大丈夫。トルーとムーライが協力してくれているし、ヒルズ家のトラコンとサリアは、ベルルとビアンカが大のお気に入りになってしまった。秋の祭りの前には父さん、母さんと庭師のジョルダン達も来てくれる事になっている」

「恋しいランドリーを連れて、と言い直しなさいな、パール。あたしが『見え』も『聞こえ』もしないからって、あいつと羽目をはずし過ぎたりしたら駄目だわよ」

「そっちこそ。いもうと。大丈夫。あたしのランドリーは、ソニーノよりもずっと大人の男なんだから」

「見掛けは大人。でも、ランドルフのアホは、ソニーノと同じくらいにイカレている」

「言いつけてやる。彼、今まで本気で怒った事がないけど、それを聞いたら、カンカンよ」

「パールがキスしてあげれば、怒らない」

「愛しているわ。ブラウニ。体に気をつけて」

「あたしも愛している、パール。あんたこそ無理しないで。又、会いましょう。キスを」

「フランセとイルとイラにもキスを」

「あたしにはキスしてくれないの、パール」

「してあげるのに決まっている。おやすみ、あたしの可愛いムーン。キスを」

「ありがとう、スター。もう一度キスを」

あたしは妹のムーン（ブラウニ）も、あたしと同じように考えていた事を知って、嬉しかった。ブラウニは、誰にも「ハル」の考えを押し付けたりはしなかった。けれども、ブラウニの奥にはあたしと同じように、「ジャンプ者」として、「時の流離い人」としての、二千五百年への「生還説」についての疑問が、ずっとあったのではないかと思われた。

「ムーンスター」、「ハル」の娘としての責任感と、「ハル」とあたし達への愛情との間で、「ムーンスター」もきっと苦しんできたのだろう。ムーンは、泣かなかった。

ブラウニも、泣かない。けれども、愛しいあたしの妹のブラウニは言ったのだ。

「無理に思い出させるのが、最善ではない」のだろうと……。

アトランティスでの、人々とムーンスターとの、緊迫していたやり取りを思い出す。

「忘れ果てた魂はどこに行くのですか」

ムーンスターは答えた。

「忘れ果ててしまったか、満足した魂は『永遠の生命』、天の故郷とも呼ばれる所に帰って行くだけです」

大体、こんなような調子だったと思うのだけど。「あの時」、あたしは、「ムーンスター」の妹に、陰は感じていなかった。けれど、感じなかったという事と、「陰がなかった」という事とは異っている。あたしの妹は、誰にも本心を見せられない子供だった。ムーンのせいではない。そうさせるようにしてしまったのは、「ハル」なのだろう。

だから、あたしはムーンの心の奥底までは、わからないで来てしまった。でも、今は違う。ムーンであったブラウニは、強さと優しさの他に思慮深い心を、そっと抱き締めて生きてきたのだ。

あたしの妹。ブラウニ。

大丈夫。ブラウニは、あたしと同じような思いでいてくれた。大丈夫。ブラウニは、いつかはきっと、あたしの願いにも気が付いてくれる事だろう。「ムーンスター」としてのブラウニが、「ハル」の元から飛び立てれば、皆も「愛」の中に、「愛」で呼んでくれている方に、真っすぐに昇って行ける。「ムーンスター」が「ハル」から離れ、あの「さくらの歌」を歌わなくなれば、プリンのようなあたし達の「記憶」なんて、きっと、「その時」には消え去ってしまう。後に残るのはきっと、美しい「愛」の思い出と、満たされた心だけなのに違いない。

ああ。ブラウニ。ブラウニ。

愛しいランドリーと妹に、あたしは最初に「ナザレの方」への信頼を打ち明けたい。

それとも、ユキシロ様かアンナ様の方が良いのかしら。わからない。

美しの都エルサレムが、ユダヤ人としての「血」に入ってしまった「時の群れ」にとって、こんなに危険な町でなかったら、あたしはもうとっくにランドリーや妹に言えていたのに。

「あたしはあの方を『見て』『聞いて』愛してしまったのです。ねえ、ランドリー。ねえ、ブラウニ。どうかあなた達もあの方に。ひと目で良いから、あの方に」と……。

でも、あたしは急ぎ過ぎまい。あたしはあの方が「約束」して下さった「日」を信じる。あたしもあの方のように、ブラウニのように、誰にも「強制」なんかしたくない。「愛」は強制しない。「愛」は待っていてくれる。だから、あたしも待っていられる。あたし達の「時の輪」を、あの方が閉じて下さるその日まで。

愛しいランドリーが、あたしを強く抱き締めてくれる。ランドリーの唇が、あたしの髪に、優しくキスをしてくれる。ああ。ランドリー。ランドリー。あたし達、いつかきっと、あの神様の御前で結婚できるように、愛し合い、助け合って行きましょうね。

秋祭りに間に合うように、ワイドとナルド、ジョルダンとスミルノと、あたしのランドリーは、美しの都へと帰って行った。

ユダヤの大切な祭りの間に、都に居住しているユダヤ人が、町の外に逗留し続けている事は、自殺行為なのだった。

同じ理由で、ベルルとビアンカも帰って行かれる事になった。湖水地方での「調査」の目的はもう果たされていたし、アトラン里での「受け入れ者」達の限度が、もうこの時点ではっきりとしてしまっていたからだった。

アトラン里からの「ハル」への帰還者は、この時、ベルルとビアンカによって、ヒルズ家のトラコンとサリア。トルーとムーライ、あたしによってユキナ（ユイハ）（二十五歳）とその両親のシンドとハンナ。ユイハの従兄妹のサウン（サトリ）（二十七歳）とその友達のサウロ（二十五歳）は、ジョルダンとスミルノ、あたしのランドリーと可愛いキティとカニスによって、最終的な決断をした。

この人々の他に、ワイドとナルドが滞在していた副村長のアトラン家のヒローとシンジー兄弟と、その両親のフジシロとローラ。フジシロとローラは体が弱く、ヒローとシンジーが村里と町を往復する「物資交換人」、つまりは商人としてアトラン家の生計を立てていた。トルーによると、この二人の兄弟は、アトラン里では異色の「昔」船の守備兵、つまりはチャドの、エドワードの配下の者達だったらしい。以上合計十五名で、アトラン里人の総数の約三分の一。

残りの人達は謂《いわ》ゆる強硬派で、この人達の頭は金鎚のように固かった。村長のトルーとムーライ夫婦は、残りの人達と分裂する事は好まず、長い時間をかけて、つまりは「ここ」での一生か、次のジャンプ地までもの時間をかけて、彼等を説得していく方向を選びたい、とあたしに言った。

あたしには、彼等の「仲間達」への心情が良く解ったので、反対はできなかった。

彼等、アトラン里人の「群れ」には、あたし達とは異なる、長い長い「旅」の歴史があったのだから……。

それで、その後の五ヵ月間はトルーとムーライが率いる事になる、ヤポンへの「合流希望者」十五名と、あたしとの親しい対話期間のようになっていった。

山里の秋が行き、冬が来るのは早い。

年越しの祭りの準備に入る頃、ユイハとサトリを含む十五名全員とあたしとは、親しい家族のように、昔々からの友達のようになっていられた。

ユイハは気立てが良いふっくりとした娘で、サトリは聡明な若者だった。サウロはユイハに気があり、ユイハの両親のシンドとハンナは、サトリの両親が強硬派に属している事を悲しんでいた。

アトラン家のフジシロは、体は弱かったが頭と意志は強く、その妻ローラは無口で穏やかな女性だった。元守備族だったヒローとシンジーは親孝行ではあったが、商売については抜け目が無く、ラリーのように危ない性格も、併せて持っていた。

ヒルズ家の祖父母、トラコンとサリアは筋道だった物事に対して心を開く人達で、二人は孫のキティとカニスに夢中になっている。トルーとムーライは、誠実で控え目な、愛情深い父親と母親であり、このお二人は、この頃にはもうあたしを、実の子供のように愛してくれていた。

あたしは、トルーとムーライ達にこれから起きるだろう「事件」について、説明してあげられる言葉をもっていなかった。あたし達が「その事」について予備知識があったのは、歴史学者のベルルとビアンカ、神殿族の妹、ブラウニとユキシロ様、アンナ様がいてくれたからに他ならないし、可愛い子供達を「あの方」に治して頂いたばかりのトルーとムーライは、もしそんな事を知ってしまったら、倒れてしまうのに違いないから……。

あたし達は美しの都エルサレム組とアトラン里組との、これから先の「交流」について話し合い続けた。エルサレムの町は異邦人であるトルー達にとっては危険な町だし、湖水地方はユダヤ人であるブラウニやあたし達にとっては、同じように危険な場所だった。
それでもあたし達は、これからは一年に一、二度でも良いからお互いに訪ね合うか、文によって「交流」を深め合っていきたかった。特にヒローとシンジーの二人は、チャドとラリーに会いたがっていた。トルーとムーライ、キティとカニスは、あたしとランドリー、猫のキャットと犬のドギーに「会い続けていたい」と、溜め息のような声で言うのだった。
あたし達が二千年代のヤポンに必ず「着いている」という話は、合流希望者達の慰めと希望になった。彼等は今では、自分達も必ず二千年代のヤポンにまで、「行き着きたい」と願うようになってしまっている。
それが、彼等にとって良い事かどうなのかは、あたしには解らない。「それ」は、あたしが決める事ではない。「それ」は、あたしが決めるべき事柄ではない。全ては、神の御手の内にある事なのだろう。フジシロとローラは、小型船のパイロット、ノバとミフユを懐かしんでいた。
年越しの祭りの夜のこと、アトランの里人の家々には明るい灯りが点され、彼等が歌う美しい賛歌が星月夜の中に上って行った。
「さくら
さくら
弥生の　空は
見渡す　限り

かすみか　雲か
匂いぞ　いずる
いざや　いざや
見に　行かん」

その歌声は明るく、哀しく、夜の宙の中に、里林の奥に、冬枯れたぶどう園の草叢の中にと消えていった。

四、美しの都・エルサレム

この頃、シンド家のフジシロの容態が悪化し始めてしまった。それで、フジシロとローラが、「合流希望者達」の中では、最初の「ジャンプ者」になるのではないだろうかと、トルーとムーライが心配し始めた。

「ねえ、パール。あなた達は『この次』には、どの辺りにジャンプして行くのかしら」

ブラウニは言っていた。

「あたし達、皆この町で疲れ過ぎてしまっている。『この次』には、もう直接ヤポンに行ってしまうか、暖かい未開の島でひと休みして行った方が、良いのかも知れない」と……。

「未開の島って、どこなのだろうね。パール」

「あたしにも解りません。誰が一番最初に『跳ぶ』のかによっても、『その場所』は異ってきてしまうそうですし。あたしが解っているのは、二千年代のヤポンにはもうあたし達が着いているという事と、ノバとミフユ達もヤポンに向かって行っているという事だけなんです」

「結局、ヤポンだけが鍵になるのですね、パール」

「さくらの歌も！」

「さくらの歌もだよ！」

ムーライとトルーの言葉に、キティとカニスが嬉しそうに言い添える。

あたしは微笑む。

「そうね。キティ。そうね。カニス。そうよね、トルー。そうよね、ムーライ。あたし達、必ずヤポンで、又、会いましょう」

「そうだね、パール。でも、出来るならその前に、私達は、パールに会いたいものだよ」

「あたしも、パールに会いたい!!」

「ボクだって、パールに会いたい!!」

大好きなトルーとムーライ。あたしのキティとカニス。あたしも、あなた達に、又、出会いたい。

「時の輪」が閉じられるまでも、「その後」も。あたし達は神の花冠の中にまでも、一緒に行きましょう。あたし達はもう、流れのほとりに植えられた方のものにされている。

冬が過ぎ、再び春が巡ってくる予兆が村里に見え始める頃から、あたしの胸が、又ひどく痛み、心臓の発作が度々起きるようになってしまった。

あの方が、十字架上に上がられる日が、雷雨のように近付いて来ている。トルーとムーライは、フジシロの他に、あたしの容態まで心配するようになってしまった。自分達の体だって辛いはずなのに……。

あの方の「時」がくる。

ブラウニは年越しの祭りが始まる前に、エジプトからギリシアの港町に避難していた。ニュートのソニーノの居所が、神殿守りの父親に判ってしまったせいだった。

ブラウニは言った。

「アレクサンドリアから逃げるために、海賊船に乗らなければならなかった。イルとイラがいてくれて助かった。ねえ。パール。そっちはどうなっているの。あたしの方は、酷くお腹が痛み始めてしまっている」

「あたしの心臓も痛んでいる。ねえ、いもうと。あんたはいつエルサレムに帰って来れるの？早くあんたの顔が見たいわ」

「ソニーノを連れてエルサレムに帰ったりしたら、ローマとユダヤの両方の人達に殺されてしまう。だから、ソニーノをアテネに移してから、あたしはイルとイラを連れて、春祭りが終わった後に戻ろうと思っているの。でも、ソニーノがなかなかウンと言ってくれない。あたしも早く皆に会いたい」

「アテネとエルサレムなら、時々会いに行けると思うけど。ソニーノが神殿守りの息子だという事は、二人にとって致命的だわね」

「あたし達だけの問題じゃない。エジプトの神殿守りの息子と係わりがあるなんて知られたら、今、都にいる人達全部の命が危険に曝されてしまう。あたしは、そんな事はできない。だから、辛いけどソニーノとは『ここ』ではもう会わないようにしようと思っているの」

「辛いわね、ブラウニ。いもうと。あたしに何かできる事はある?」

「今は何も。でも、あたしがエルサレムに帰ったら、あたしを抱き締めてキスをして頂戴」

「解っている。あたしのブラウニ。こちらは順調よ。だから、何も心配しないで帰って来て頂戴。キスを」

「あたしからも、キスを。あたし、今、オリーブの丘に取り憑かれてしまっているように、夜も眠れないでいる」

「あたしもよ、ブラウニ。でも、それは、あたし達の全員に言える事だもの」

「仕方がないわよね。だけど、あたし達と離れていたソニーノには、そこら辺が良く呑み込めないらしいのよ」

あたしとブラウニは、長く重たい夜の中にいた。

あれから、もう三月が過ぎて行こうとしている。ブラウニからは、それから何の連絡もない。

きっと、あたしの妹は、ソニーノへの愛と、皆への愛と、「ハル」への想いと、あの方が辿られるはずの「道」への想いで、引き裂かれてしまっているのだろう。

でも、それはあたしも同じ。

それは、あたしの痛み。


あの方はもう、エルサレムの都に、神殿に上がられてしまっている。

この夜、あたしは、矢も楯も堪らないような熱情に焼かれて、遠く美しの都の方の夜空を見詰めていた。あたしにできる事は、一つだけしかない。

その願いは、あたしの「内」から出てきた炎。けれども、あたしはそのために、愛するランドリーや愛する仲間達を、危険に巻き込むわけにはいかない。もちろん、アトランの里のトルーやムーライ達をも……。

火のような願いが、あたしを焼き尽くした。

あたしは夜の内に「体調」を理由にして、トルーとムーライに別れを告げた。キッドとカニスは良く眠っていたので、あたしは心の中だけで二人には別れを告げた。

女だとは解らないように、ムーライに髪を短く切ってもらい、男物のローブと帯、肩掛けと頭覆いの粗布はトルーの物を貸してもらった。

キティにはあたしの夏物の服の中から上等のローブを。カニスにはきれいな青色のインク壺を。

四、美しの都・エルサレム

ムーライには、あたしの花師としての登録証と金の腕輪と、切り取った長い髪を。トルーには、金の首飾りと、トラコン達にはパピルスの全てと、エルサレム市内の主だった人達の住所を書いた巻物を渡した。

自分で持って行くのは、肩掛け荷物一つだけ。後の衣服は、まとめて、ムーライの農作業用の上下に換えてもらった。

体が弱い者同士というのか、男性のトルーを除外すれば、あたしとムーライの体格はそう変わらなかったし、ムーライは上質の布を、キティとカニスのためにと喜んで、この交換に応じてくれた。トラコンとサリアは、あたしのためにパンと甘いちご、ぶどうのお酒を用意してくれた。

「でも、どうしてこんなに急に？　それにどうして男の身装《みな》りで帰るの？」と、ムーライ。

「急ではないの。具合が悪かったので、ずっとエルサレムに帰ろうとは考えていたのよ。それで、まあ、決心してしまったというだけなの。男の身装りは用心のため。来た時と違って、帰りは一人だから。街道の中には危険な道もあるでしょう？　それでなの。長い間お世話になりました。トラコンさん、サリアさん。又、会いましょう。愛している、トルー、ムーライ。又、会いましょう。キティとカニスにも愛していると……。エルサレムでは、皆があなた方を待っているはずです。又、会いましょう」

「エルサレムでも、アトランでも。『この次』も『その次も』。又、会おうね、パール」と、トルー。

「ヤポンでも、きっと。わたし達、あなたの良い親になれると思うし、あなたはキティとカニスの良いお姉さんになってくれるでしょう」

「ええ、きっと。エルサレムでもアトランでも。『この次』も、ヤポンでも。あたし達、きっと良い家族になれるでしょう。あたしの妹からも、挨拶を」

「さようなら、パール。又、会いましょう」

「さようなら、サリア。トラコン。又、会いましょう。ユキナとサウンやフジシロ達にも、そう伝えて頂けませんか」

「必ず。さあ、パール。急がないと夜が明けてくる。エルサレムの人達によろしくと」と、トラコン。

トルーとムーライは、あたしが何故発って行くのかを、察してでもいるかのように物解かりが良く、一方で泣き瘴れるようにして、あたしとの別れを惜しんでくれた。

「ごめんなさい。あんなにお世話になったのに。でも、あたしはどうしても……」

「良いんだよ。パール。それより気をつけて」

「愛している。ごめんなさい」

「愛しているわ、パール。又、会いましょう!!」

一番近い町までは、ヒローの馬車が、あたしを乗せて行ってくれた。そこから夜馬車で次の大きな町へ。そこには、街道兵達の立ち廻り先がある。あたしは、そこで急馬車を頼んだ。夜が明け始めていた。

「隊長のチャドの許嫁、フランセの弟のプラムです。至急の用事でエルサレムに戻ります。護送を……」

あたしの声は普段から低い。それに、今のあたしの声は、痛みのために酷く嗄れてしまっている。兵士達は一瞬、怪訝そうな顔付きになったけれど、ボーイソプラノなのだろうと、勝手に納得してくれた。

フランセには十歳違いの弟、プラムが実際にいる事はいる。けれどプラムの顔を知っている者は少ない。プラムは病弱で、家の外にはほとんど出ないからだった。

「フランセ様の弟が、何で農民の格好なんかしているんだ」

「秘密の任務についていたからです。急いでください。至急エルサレムに連絡する事がありまず」

「至急任務」という言葉は、街道兵達の血を騒がせて止まない。彼等の中の二人が、四頭立ての馬車を、急いで仕立ててくれた。護送兵までは付かない。けれども、街道兵の馬車が襲われる事など余りない。

あたしを乗せた馬車は走り抜けて行く。町々を、村里を、湖水地方から続く街道の脇の荒れ野の中を、馬車は行く。

あたしの心臓は焼かれているように痛む。あたしの心臓は、火のように熱い。

エルサレムの町に馬車が入ったのは、もう夜になっていた。町の中は活気づいている。

蒼い月が出ていた。

丁度、一年前の夜のように。

あたしは、エルサレムの街道兵庁舎に着く前に、馬車を停めてもらった。

「極秘の任務なので、ここからは歩いて行きます。ありがとう。あなた達はゆっくり休んでから帰って下さい」

あたしが差し出した銀貨を、二人の街道兵たちは笑顔で受け取った。

四、美しの都・エルサレム

ああ。エルサレム。エルサレム。

美しの都の大通りから神殿の丘の向こう側、オリーブの園へと、あたしは夢中で歩いて行った。誰にも顔を見られないように、頭覆い布を深くかぶって……。

青い満月の光の下、オリーブの林の中は黒く、蒼く、下草叢は露に濡れて、春の匂いを強く放っている。全ては静かに眠っていた。

ああ。それなのに「時」は来る。

あたしは、「あの方」達が、どの辺りにいられるのかを知っている。そこは秘密の場所。そこは、この時代の人々にとっては、まだ隠されている、秘密の場所。

その人は、一人祈っていられた。お弟子様達からは、少し離れて。あたしはオリーブの木の陰に、岩の陰に隠れて、その人のために火のような涙を、落とし続けていた。

間に合った。間に合った!!

あたしの中に静かな「声」が響いた。

『そこで泣いているのは誰か』

あたしの中の、「種子」の声が答えていた。

「恋しいあの方はわたしのもの
わたしはあの方のもの
ゆりの中で群れを飼っている人のもの」

『時の捕らわれ人の娘。スター。あなたなのか』

あたしの中の「種子」からの声が答えた。

「昔の名はスター。今はパールという名で呼ばれています。お邪魔をするつもりはありません。ただ、お傍にいさせて下さい。お弟子様方が眠られてしまうのは、知っております」

『あなたをヴェロニカと呼ぼう。なぜ泣いているのか』

「御一人だけで祈られている、あなたのため。あなたの愛に痛んで泣いております。お傍に坐らせていて下さい」

『青い花の娘よ。それでは静かにしていなさい。わたしは父に祈っている。あなたはそこにいて、祈っていなさい』

あの「丘」での時と同じように、これ等の「応答」も、又、表面上は無言の内に行われていた。美しい方の、愛心の中だけで……。

あたしはヴェロニカ。パールの青い花色。あたしは露草。あの方だけの、涙の花の色。その人は、あたしに新しい「名」を下さった。

パールから、ヴェロニカ（青い花）へ。それは、愛の印。その人が呼んで下さる名前は、あたしを染める。あたしは春の野に、丘に咲く、ヴェロニカ。今宵の蒼い月の光のように。オリーブの木々の葉裏のように。あの方の膝の下の青草のように。あたしは、あの方の御心の傍に寄り添っていられるようにと、急ぐ心で来てしまったのだった。恋のような炎に焼かれて。でも、あの方のお傍近くに坐ってみると、その「炎」は痛みから、涙に濡れた祈りに変わった。

夜の静寂《しじま》の中で、その人の祈られている御声が天に上がって行く。

あたしの中の「愛」のような、「命」のような「種子」が、その方の祈りのお邪魔にならないように静かに唱和している。

『わたしの願いではなく、あなたの御心が行われますように……』

あたしの「頭」とハートが潰れる。それでも、あたしの「内なる種子」の声は、あの方の御祈りに、あくまでもへり下り、神に謙虚であられる御心に、憧れのような声で祈り、従って行く。ヴェロニカと呼んで下さった方に。

『アッバ。父よ……』

あたしの「頭」とハートは、「愛」に泣き痺れる。
あたしの「種子」からの声は、あたしに告げる。
「恋しいあの方はわたしのもの
　わたしはあの方のもの
　ゆりの中で群れを飼っている人のもの」と。
何が起きているのかさえも、あたしにはもうわからない。
時は行き、月は傾く。
ああ。このまま永遠に、「この時」が止まってしまってくれれば良いのに……。
涙に濡れたあたしの瞳の中に、ハートの中に、その方の美しい御姿が刻まれてゆく。
あたしはもはや「自分」ではなく、太古の昔からの、あの方だけの青くて白い炎の花のよう。
その人のお声が、あたしに語られる。
『あなたはわたしのもの
わたしはあなたのもの
愛に傷付いた人のもの』
あの方の「声」が、あたしに言われた。
『もうこれで良い。わたしの時が来た。小さな娘よ。あなたはもう行きなさい。巻き込まれてはならない』

四、美しの都・エルサレム

何と優しい、その御声。

何と悲痛な、その御姿。

青い月は移ろい、今はもうその影もない。

恋しいあの方の白い衣は見えていても、その人のお顔が、今はもう見えない。

目覚められたお弟子様方。燃える松明《たいまつ》の炎。殺気立った男達の声。ざわめくオリーブの黒い林。

あの方の「時」が、とうとう来てしまった。

あたしはもう、その人のお傍にいる事は許されていない。あたしはもう、その人のお傍から、行かなければならない。

「さようなら。愛しい方。どうぞわたし達を思い出して下さい」

『シャローム。娘よ。安心して行きなさい』

あたしは、その人に男達が近付いて来るのを見た。

黒い闇《くら》い夜の中を、あたしは泣きながら退いてゆく。あたしの「頭」とハートと「種子」が、愛に泣き、愛に病んであたしに叫び続ける。

「恋しい方は
香り高いコフェルの花房
エン・ゲディのぶどう畑に咲いています」と……。

あたしはもう「分裂」していない。

あたしはもう、今までのパールではない。

あの方によって、あたしの中には今、ヴェロニカの名前の光と花が植え付けられた。あたしは今は、ゆりの中で群れを飼っている人のもの。

あの方は、あたしの中に何を見て下さったのだろうか。ヴェロニカと呼んで下さるような。

風が吹けば、消えていってしまうようだった、
今までのあたしの弱さなのか。あの方への炎のようだった、お慕いして止まない心なのか。

どちらでも良い。あの方の御心はあたしの宝物。これから先のあたしの名前は、秘密の青い花、ヴェロニカ。あたしの心の花園に、あの方が永遠に住んで下さるようにと……。

夜の中を泣きながら退いて行く、あたしの足が青草で滑った。思いがけない方向から、男達の声がして、あたしは灯りの中に照らしだされてしまった。

「誰だ!?」

「放っておけ、卑しい農民だ。あの男の弟子ではない」

あたしの頭かぶり布を取り上げた男達が、あたしの短い髪を見て嘲《あざけ》る。

農民は、卑しくなどない。少なくとも、あの方の御目には、この世の中の誰一人として、卑しい者などはいないはず。あの方は、夜が明けた後に、こう言われるようになるのだから。

『父よ。彼等をお許しください。

御自分を釘付けて、衣服を分けるためにクジを引く兵士達のためにさえ、

彼等は自分がしている事を知らないのです』とまでも……。

あたしは男達の手から、かぶり布を取り返して、村里の方へ逃れて行った。

ああ。神よ。髪を切ってきて、正解でした。

助かった。助かった!!

あたしは、あの方とお弟子方の名誉を傷付けなくて済んだ。

どの時代よりも「ここ」で厳しく戒められている事の一つに、

「集会の場（祈りの会堂）では、男と女は分かれて坐らなければならない」

という、項目があったのだった。

だから、あたしは、万一に備えて髪を切ってきた。だから、あたしは、あの方の至近にまではお寄りせずに、オリーブ樹と岩の陰に隠れていた。だから、あたしは、トルーの服を借りて、男性の身装りで来た。

あの方とあたしは離れた所に坐っていたから、あの方もあたしを咎められなかったのだと思う。

あたしはあの方の恥にならずに済み、あたしの大切な人達に、危険をもたらす事もなくて済んだ。

けれども。こんなに激しい、嵐のような「力」で、あたし自身を駆り立てた、炎のように強い衝動は、まだあたしの中で叫んでいる。

「もっと長くあの方のお傍に」と、泣いて叫ぶ。

あたしの心臓は、もうその願いの「声」に従うだけの力がない。あたしは、もう息が詰まっていて、胸と手足が冷たく重い。心臓が掴まれるようだ。

オリーブの丘の近くの村で、あたしは農作業小屋を見付けて、その中に滑り込む事ができた。あたしはその小屋の中で、ムーライの服に着替え終えてから、意識を失ってしまい、気がついた時にはもう朝になっていた。


小さな井戸の水で顔を洗ったあたしの足は、懐かしい家の方には向かわずに、神殿の丘の方にと歩いて行く。自分では止められない。

恋しいランドリーの元へとは向かわずに、後に「十字架の道」と呼ばれるようになる、石畳の道の方にと歩いて行ってしまう。

ごめんね。ランドリー。ごめんね、ブラウニ。

ごめんね、父さん、母さん。あたしのキャットとドギー。愛しい人達、ごめんなさい。

あたしは、今はまだ帰れない。あたしの足は、鉄の塊のように重い。あたしの身体は、氷水のように冷たい。春の暖かい陽の下にいるはずなのに、あたしの歩みは海の底を行くように、暗くて鈍い。

ゆっくりと、亀の子のようなスピードで、あたしは十字架の道を目指して行った。

息が苦しい。あたし達「時の一族」は、エルサレムに着いてしまってからは、されこうべの丘と十字架の道には近付かないように静かに暮らしてきたというのに、今、あたしは祭りで賑わう人々の間を、ゆっくりと行く。

もう、ベルルとビアンカは、ユキシロ様とアンナ様は、されこうべの丘に上られているのだろうか。父さんのワイドと母さんのナルドは、手を取り合って息を詰めるようにして、祈っているのだろうか。ジョルダンとスミルノも。ミナも。あたしのランドリーも、死に絶えるような思いで、神殿の丘の方に向かって祈っているのだろうか。

ギリシアのどこかの港町では、あたしの妹のブラウニ・デイジーと、フランセ達も。わからない。でも、そうなのだろうと思われる。

されこうべの丘に着く前に、人々の異様なざわめきの声と声が、聞こえてきてしまった。

その声と声は、まだ遠い。

でも、あたしにはそれだけで、もう十分だった。

あの方はもう、ローマの提督の牢を、出られてしまったのだ。

あたしの中の、「種子」と「ハート」と「頭」が訴える。

「求めても、あの人は見付かりません。

呼び求めても、もう答えてくれません」

とでも、言うように……。

「大丈夫ですか？　あなた、今にも倒れてしまいそうよ。お水が要るなら、差し上げるけど」

あたしが寄りかかるようにして、壁にもたれていた家の女性が、冷たい水を差し出してくれていた。黒い瞳の、美しい女性だった。

ローマの兵隊達と群集が、あたし達の目の前を通り過ぎて行く。

あの方が、近付いて来られている。

あたしは、震えている手で、その水が入っている器を受け取った。

あの方に。あの方に。

この水を、せめてあの方に。

その人が近付いて来られた。

あたしは、その人の前に飛び出して、水を差し上げようとした。けれど、ローマ兵の一人が気が付いて、倒れたあの方の口許から水が入った器を、はじき飛ばしてしまった。

茨の冠をかぶせられて、傷付いたあの方の御目が、「愛」に病んだあたしの心の内に入って来られた。

『娘よ。あなたなのか』

「はい、主よ。

あなたの娘のヴェロニカです。でも、お水を落としてしまいました」

『もう良い。行きなさい。あなたはもう十分に、わたしにしてくれたのだ』

一瞬だけ、その人の御傷の痛みの方に、あたしは這い寄る。

ローマ兵と群集の中の男達が、あたしの身体を押しのけてしまう。

あたしは叫んだ。涙壺のようになった「ハート」で。

「まだです!!

まだです!!

主よ、わたしはまだ、何もあなたにして差し上げてはおりません」

倒れたあたしの目の前を、あの方の御足がゆっくりと、よろめき、歩き過ぎて行かれた。

あの方は、もう何も言われない。

もう、何も言っては下さらない。

もう、何もかも通り過ぎて行ってしまった。

吹き過ぎて、行ってしまった風のように……。

あの方のお母様と、マグダラのマリアと言われている方達の一行も、今はもう見付けられない。

ああ。傷付いたあの方のために、あたしは何もできなかった。

「ヴェロニカ。あなた、怪我をしなかった?」

「ごめんなさい。器を割ってしまいました。

でも、なぜあたしの名前を御存知なのですか」

「なぜだかわかりませんが、わたしの頭の中で『声』がしたのです。

『あなたの娘のヴェロニカです』と……。あなたはあの方の子供なのですか」

「いいえ。名もない信者の一人です。あの。あたしの事は、どうぞお忘れになって下さい」

あたしは、親切な女性の前から、よろめくようにして逃げ出さなければならなかった。

ああ。エルサレム。エルサレム。

「あんたなの？　いもうと」

あたしの問いかける「声」に、妹が答えた。

「あたしなのよ。青い花のパール。パール・ヴェロニカ。あんた、とうとう『やっちゃった』のね」

「何もしていないわよ。ブラン。それより、あんたこそ、どうしたの？　いつからあたしのいもうとは、盗み聞きなんかするようになってしまったのかしらね」

「盗み聞きなんかじゃない。昨夜からずっと捜していたのよ、姉さん。そこにいて。今、チャドが姉さんを迎えに行くから」

「チャドが？　何でなのよ」

「忘れてしまったの？　パール・ヴェロニカ。あんた、昨日、街道兵達に、何て言ったのよ」

「フランセの弟のプラム」

「その通り。それで帰って来ないから、チャドはカンカンで、あんたの『洗濯屋』は、引き付けを起こしている」

「ランドリーと言って。解ってしまっているのなら、皆カンカンになっているでしょうね」

「カンカンなのはチャドだけ。後の皆は心配の余りにロクに眠ってもいない」

「何でそんなに詳しいの。ブラウニ・デイジー。良かったらあたしに教えてよ。あんたもう、見ない・聞かない・言わないっていうのは止めにしたのね」

「止めたりできるわけないじゃないの。それでも行方不明の姉を放ってはおけないでしょう。ねえ、パール・ヴェロニカ、ランドリー達は心配して一晩中エルサレムの市内を捜し回ってぃたのよ。それでも見付からないって泣くから、仕方なくあたしが少し手伝う事にしたの。ねえ、パール・ヴェロニカ。あんた、とうとうあの神様のところに行ってしまったのね」

「行ってしまった。怒っている？」

「誰も怒ってなんかいない。皆、ただ心配しているだけ。ねえ、パール。もうそろそろそこに、チャドとランドルフが着く。あんたの誰かさんを泣かせたくなかったら、かぶり布をしっかりかぶっておいた方が良いよ。あいつ、あんたのそんな髪を見たら、卒倒しちゃうでしょうからね」

「だから、何でそんなに詳しいのかって聞いているのよ」

「あたしも昨夜遅くに帰ってきてしまった。あんたと同じ理由でだよ。つまり、お互いにこの一年間は、無駄にしてしまったわけ」

「そんな事ない。あんたはイルとイラを捜し出せたし、ソニーノにも会えた。あたしとベルルたちはアトラン里の人々と出会えた」

「それもそう。そしてパールはヴェロニカになってしまった。安心して。この事はまだ誰にも言っていない。言いたくなったら、あんたの口から言えば良い事だからね。それよりランドルフに言ってあげて。何で髪まで切っちゃったのか。昨夜はどこにいたのかぐらいはね」

「そんなの、困るわ。ブラウニ」

「困らない。農作業小屋で転がっていたくらいで怒るようなら、男じゃないし、髪は何年かすれば、又伸びてくる。気分転換したかったとでも言えば良いでしょう」

「待って、いもうと。作業小屋だなんて、いつからわかっていたのよ」

「今、パール・ヴェロニカの頭の中に、作業小屋が浮かんでいた」


チャドとランドリーが、裏道の方から静かにやって来て、あたしを馬車の中に助けあげてくれた。陽の時刻で言うと、午前九時になる頃だった。

ああ。もう間に合わない。間に合わない。そして、あたしは、されこうべの丘にまでは、どうしても行かれない。あの方のお母様やマリアという方や、お弟子様のように付いて行きたいのに。あの方のお傍に、ついていたいのに!!

でも、それは無理なこと。生き物族の娘は、あの方が受けられる御苦しみの一つ一つで、心が壊れていってしまうだろう。あの方は多分、あたしの心と身体が弱いという事を、良く承知していられたのだ。だから、

『もう良い』

と、言って下さったのだろう。

ああ。ごめんなさい。ごめんなさい。

あたしは、その人のお傍に最後まで付き添っていてあげられない。ハートが弱かった事が申し訳なくて、悲しくて苦しい。あたしの心（ハート）と心臓（ハート）は、二つとも壊れやすい、小さなガラスの壷のようだった。

あの方のためだけに造られた、青くて小さな花園のようだった。それも、もう壊れてしまいそう。ランドリー。ランドリー。あたしを許してね。ランドリーの瞳に、哀しみの影がよぎっていく。

あたしが非道く弱り果てているのを、悲しんでいるのだろう。ごめんなさいね。愛しい人。ランドリーは、あたしを見付けられて安心し、あたしが髪を切ってしまった理由も、農婦服姿でいる理由も、訊き質《ただ》しはしなかった。

チャドが怒った。

「一体何の真似だ。昨日は男で、今日は農婦か。今まで、どこで何していやがった」

「もう良いだろう、チャド。パールは無事でいたんだ。早く行こう」

「無事なもんか。シワくちゃな服を着て、青い顔して震えていやがる。今からこんな様子でいたんじゃ、長旅に耐えられねえ」

「長旅って……。家に帰るんじゃなかったの？」

「帰れないんだ。パール。お前、ブランから何も聞いていないのか」

「何なの？　ランドリー。ブラウニが何かしたの」

「やってくれてしまった。あいつ、事もあろうにローマのあの婦人に、ナザレの人の夢を、見させてしまったんだ」

「ローマのあの婦人に？　あの人なら、ブラウニのお客様だから、それで怒りはしないでしょうに」

「ローマの婦人」とは、ローマ提督官の奥方を指している言葉だった。でも、あの人なら怒ったりするはずはない。あの人は、ブラウニのファンなのだ。

チャドがもっと怒った。

「あの人は怒らねえが、提督の方が怒ってブランを捜させている。その上、タカ派の奴等の手下も、ブランとお前を捜し回っている。ランドリーと俺は、エジプトからの刺客を、打ちのめしてしまった」

「待ってよ、チャド。話が見えない。何で妹はあたしに、そう言わなかったの？」

「パール。ブランはお前に泣かれたくなかったんだろう。ブランを怒るなよ」

「何であたしが妹を怒るというの？　ランドリー」

「このままいってしまえば、お前はキャットとドギーにもう会えなくなってしまうだろう。それが解ってしまえば、お前が泣く。ブランは、言いたくても言えなかっただけだ」

キャットとドギーに「もう会えない」と聞いたあたしの心は、やっぱり泣いてしまった。

あたしはもうトルーやムーライにも、会えなくなってしまう。少なくとも「ここ」では……。

あたしやブラウニのせいで、アトラン里の人々を、危険に曝すわけにはいかない。

でも、何でこうなってしまったのだろうか。

ランドリーの説明によるとこうだった。


昨夜、オリーブの林の暗闇の中の「農民の身装りをした見慣れない若い男」の事を聞きつけたタカ派の一部の人々が、

「そいつも捕まえて、石打ちにしてしまえ」と、怒って捜し回っている。

一方で、妹のブランはローマの婦人だけにではなく、ユダヤ国の王の妻と、その娘サロメにまで「夢」を見させてしまったらしかった。ブラウニによると、

「我慢できなくて、自分でも良く解らない内にやってしまった」のだそうだけど。

そして、あたしは「見慣れない」短髪の農民の娘、「ヴェロニカ」として、タカ派の一部の人々から二重に追われ、ブラウニは「とんでもない占い師」として、あたしと同じようにローマとユダヤ王家の人々とに、二重に追われる事になってしまったらしい。

チャドは、あたし「プラム」を捜すために、ランドリーはキャットとドギーに会うために、医師であるワイドのワンド家を訪ねて来て、「遭遇」してしまったのだと言う。昨夜遅くに、ワン

ド家の前で。ニュートのソニーノを連れ去った「娘」、ブラウニに向けられていたエジプトの古王都からの刺客二人に。その二人は、ギリシアのアテネからソニーノの後を追って、エルサレムに入っていたらしい。

ソニーノはアテネでブラウニと別れる前に、フランセからエルサレムのワンド家の住所を訊いていた。ソニーノは、追って来てしまった。恋しいブラウニの姿を求めて、ここ、美しの都エルサレムまで。ブラウニは「耳」も「瞳」も閉じてしまっていたので、ソニーノの「到着」に気が付くのが遅くなったのだそうだった。

こういう場合に、「到着」と言うのか「待ち伏せ」というのかは、当事者によって異うのだろうけど。こうした事々の結果として、ブラウニはテーベからの刺客に追われ、チャドとランドリーは、刺客達の恨みを買ってしまった。

「刺客だなんて、恐いわ。ねえ、ランドリー。父さん達にまで危害が及ぶのじゃないかしら」

「そうなってしまうかも知れない。そうじゃなくても、ブランとパールが捕まってしまえば、ワイドもナルドもベルルもビアンカも、石打ちの刑に連座させられてしまうだろう」

「父さんや母さん達を守るためには、あたし達が逃げるしかないと言うのね」

「そういう事になるだろうな。キャットやドギーを守ってやるためにもね」

チャドが言った。

「空模様が怪しくなってきやがった。クソ。こんな時に限って」

「こんな時だからなのさ。チャド。忘れたのか。聖なる書物の『記憶』にそう書かれていたから気をつけて来い、とブランが言っていただろう」

「そこまで知るもんか。おい、衛兵!! 急げ。泉の町まで突っ走れ!!」

「チャド、止めさせてくれ。パールの身体に良くない」

「逃がしてやる方が先だ。パールが心配なら、お前が抱いて庇っていてやれ！」

「逃がしてやるって……。ランドリー。ねえ、ランドリア。あなたとチャドは逃げないの？」


あたしを見詰めていたランドリーの黒い瞳が、強く強く煌めいた。ランドリーの働き者の美しい手が、あたしの身体を支えていてくれる。ランドリーが、しっかりと頷くのを、あたしは見た。

「俺とチャドは残って、刺客の囮《おとり》になる事にしたんだ。チャドは兵隊長だから逃げたりできないし、俺達が残っていれば、ローマやユダヤの探索の目くらましにもなる。大丈夫だ。心配しなくても良いよ、パール。ほとぼりが醒めたら、俺も後から行くから。チャドは最後まで残るそうだけど」

「最後までって。そんなに情勢が悪いの？」

「ああ。一年前よりもかなり悪くなってしまっている。様子にもよるけど、下手をしたら俺達全員が『ここ』からは、退去しなければならなくなるだろう」

「あたしのせいなのね」

「違う。誰のせいでもないよ。強いて言うなら『愛のために』なんだろう。俺達が、ナザレの人に惹かれ過ぎたんだ。そうとしか言えないとブランも言っていた」

愛のために。

愛のために。

「それなら、あたしも残りたい。あたしの素姓は解っていないんでしょう？　だったら、ブラウニとソニーノだけ逃がしてあげれば良い」

「馬鹿言ってるんじゃねえよ、プラム。お前と『ヴェロニカ』の面《つら》は、しっかり見られちまっているんだ。お前までブランみたいな事を言って、手こずらせるんじゃねえ」

「ブランは何と言っているの。チャド」

「証拠物件なんか、どこにもねえだとさ。あいつの口には歯が立たねえ。お前が上手く宥めて連れて行くんだ、パール。そうしねえと、俺達全部パアになる」

「アトラン里の人達も、なのね」

「そういう事だよ。パール。だから、辛いだろうけど、今はブランを説得して逃げてくれないと。トルーとムーライ達にはもう、使いを出してある」

「エルサレムには近付くなと？」

「必ず、又、会おうとも」

四、美しの都・エルサレム

「合言葉は……」

「さくらとヤポン」

それだけではない。

それだけではない。

少なくとも、あたしとトルーとムーライ、キティとカニスにとっては少なくとも、それだけではない。あたし達「時の流離い人」の群れは、いつかは「あの方」の御胸の奥深く抱かれて、天の都へと帰って行くのだ。

「その日、その時」がいつかは、誰も知らなくても……。

ブラウニは言っていた。

「二千年代には確かに着いているはずなのに、二千五百年の救援船の下には、誰も見付けられない」と、悲しそうに。

それなら、あたし達の「時という輪」は、二千年代から二千五百年までの、ヤポンのどこかで「あの方」の中に閉じて頂けるのだろうと思う。あたしは信じる。だから、合言葉は「愛の中の都、天のエルサレムでも。シャローム」と。

あたしは信じて行くだけで良い。

あたしは願って行くだけで良い。

あの方が言って下さった、あのお言葉を。

『願いなさい。
そうすれば叶えられる』
と言って下さった、あの時の御声を。

馬車が「泉の町」に入って行った時には、美しの都エルサレムの上空を中心にして、ユダヤの全土は暗くなっていた。

「あの方」の「時」の印の中に、今、あたし達はいる。恋しい「あの方」のお傍に、あたし達のハートは寄り添っているのだ。例え、この身は離れていても。例え「自分自身」でさえ、そうであると知らないままでいても……。

あたし達のソウル（魂）も「血」も「種」も、もう自分のものではない。ソウルの中に植えられていた、神の愛の「種子」が、永遠の「命」という種子が今、静かに芽を出そうとしている。

その「種子」の芽は、時が来れば育ち、花を咲かせ、流れのほとりでいつの日にか実る。

あたしは信じる。ヴェロニカとして。

あたしは願う。小さき花として。

「その日、その時」が来るまでは、あたし達はお互いに愛し合い、助け合って、共に流れのほとりを進んで行きたい、と……。

ブラウニのハートも、泣いていた。

「パール・ヴェロニカ。あたしも、とうとうやってしまったよ」

「知っている。ブラウニ・デイジー。泣かないで。あんた、一年前より、顔色が悪くなってしまった」

「姉さんこそ。ソニーノよりも、青くなっている」

ソニーノは、さすがに小さくなって、もう一台の馬車の中で、蒼ざめた顔色をしていた。

「久しぶりだったね。今はパールのスター」

「久しぶりだわね。今はソニーノのニュート。あら。フランセ。あなたまで逃げて行くつもりなの？」

「あたしだって行くよ。イルとイラも行く。あの二人もあたしも、エジプトからの何とかに、顔を見られちまっているからね。チャドは、後から来る事になっている」

チャドは、行かない。でも、チャドが言えない事を、あたしが言う事はできない。

「ねえ、いもうと。あたし達はこれからどこに向かって行くの？　ランドリーは教えてくれないのよ」

「フランセは、ルシタニアに行きたいと言っている。でも、あたしはここに残る」

「と、言ってはいけないと、あたしのランドリーとチャドが言っていた。いもうと。あんたが残るのなら、あたしも、ここに残る」

「馬鹿ったれ。二人共、いい加減にしときなよ。でないと、泣くのはランドリーだよ」

「何で俺が泣くんだ。フランセ」

「だって、あんたは残ったままで、ワイドやユキシロ様達の、館の整理をする事に決まったんだろう？　ブランとパールが残っていたりしたら、家も土地も売れなくなってしまうじゃないか」

「そんなに差し迫っていたの？　ランドリー」

「悪かった。ごめん、パール。言えなかったんだ」

「謝るのは、あたしの方よ。ごめんね、ランドリー。愛している。整理が済んだら、皆でルシタニアに来て頂戴」

「必ず行くよ。全員だと目立ってしまうから、少しずつバラけて行こうと思っている。俺は、最後になるかも知れないけど」

「その時には、チャドも一緒に連れて来てね」

「わかっているよ。そのつもりでいる。愛している、パール」

チャドとフランセは、ラリーが操ってくるという、イルとイラを乗せた馬車を待ちに行っていた。

愛しいランドリーは、もう決心してしまっている。自己犠牲とも言える、尊い精神で。あたしはランドリーの決心を誇りに思いたい。

「聞いていた通りよ、いもうと。あんたとあたしはお邪魔虫なの。行きましょう。フランセが行きたい、ルシタニア（ポルトガル）へ」

「裏切り者なのね。パール。わかったわよ、行けば良いんでしょう。行けば」

「その通り、でもね、ブラウニ。行く前に、アトランのトルーとムーライに、あたし達がルシタニアに行くと、伝えてあげてくれないかしら。皆、ムーンスターに会いたがっていたの」

「そう思って、やってみてはいる。でも、上手くいかないの。さくらの歌だけが聞こえてはくるんだけど。まるで、ストーム（磁気嵐）の中にいるような、変な感じになっている」

「ストーム？　何でここにそんなものが出たの」

さくらの歌？　さくらの歌。

それなら、具合が悪かったフジシロかローラが、「ジャンプ」に入ってしまったのかも知れない。それで、アトランの人々は「さくらの歌」を歌い合って、互いに支え合っているのだろうか。

エルサレムからの「使い」は、まだ行き着けてはいないだろう。

あの、奥地の里村、アトランに。

あの、優しいトルーとムーライにあたしは衣服まで借りて、急いで来てしまった。

ブラウニが答えた。

「あの、されこうべの丘の上空。黒い雲嵐の中に、ワームでもなくてストーミーストーム（磁気嵐に似ているけど、別の磁場的嵐）でもなくて、その全部でもあるような、変なモノが出ている。

その中には、強烈なエネルギーがあるの。そのエネルギーの中に、天使や天使族がいて、嘆いているせいみたいなんだけど……」

「ブラン。出任せを言うのは、その辺にしておけよ。あの嵐雲がいけないのなら、あいつが晴れてから、『連絡』すれば良いだろうが」

「そうもいかないのよ。ランドルフ。あの変な嵐が行ってしまったら、今度はエルサレムだけではなくてユダヤ中の人達が、喪に服す事になってしまう。そんな事になったら、あたしの紋った「声」なんて、どこにも届かない、ねえ。『洗濯屋』。あんた達の方で何とかして知らせてあげて。あたしは悲し過ぎて、今は何もできない。『あの方』の声を中継してしまいそう」

「止めろよ、ブラン。わかったよ。パールが借りていた服と一緒に、文を届けるようにするから」

あたしは、今は、ブラウニと同じように、ソニーノと同じように、ギリシアの商人服を着て、エルサレムの丘の方を、「あの方」が苦しまれている町の上の方を、見詰めている。

愛しいランドリーの腕に抱かれながら。

あの嵐雲が晴れて行く時には、『あの方』のために、美しの都の人々は、喪に服す事になってしまうだろう。あたし達と同じに。

ああ。美しの都エルサレム。

美しい方を「殺してしまった」町とも呼ばれるようになってしまう、哀しみの都、エルサレム。

イルとイラを乗せたラリーの馬車が到着した。

ラリーが言った。

「兄貴。遅くなってしまって申し訳ねえ。嵐のせいで馬達が怯えて、手が付けられなかった。エジプトの奴等なら大丈夫。ブランの振りをしたキルトとミルトに振り廻されて、まだ都の中でウロウロしてやがる」

「ブラウニの振りをしていたら、キルトとミルトが危ないのじゃないの」

「大丈夫だよ。パール。人目がある所で襲うほど、奴等も馬鹿じゃない。それに、二人にはチャドの配下の者達が、秘かに付いていているからね」

「おい、ランドリー。いつまでもパールにひっ付いていないで馬車を降りろ。俺達は、ブランが乗って来た馬車で帰る。ラリー、気を付けて行け。お前はもう帰って来なくて良い。皆の護衛として、ルシタニアまで行ってやれ」

「承知しているよ。兄貴。落ち着き先が決まったら、すぐに知らせるようにするから」

ランドリーの両手が、あたしの手を包んだ。

「身体に気をつけて。パール。さようならは言わないよ。又、会おう」

「ランドリー。あなたこそ、気をつけてね。あたしもさようならは言わない。又、きっと会いましょう。ミナによろしく。父さん達とキャットとドギーをお願いね。愛している」

「わかっているよ、パール。愛している。ブランも身体に気をつけて。フランセ、ソニーノ。パールとブランを頼むよ。ラリー、皆を守ってくれ」

吹きすさぶ風の中、ランドリーとチャドが、あたし達を乗せた二台の馬車を見送ってくれていた。ランドリー達の姿は、すぐに見えなくなってしまった。

「あの方」の御苦しみは、まだ終わっていない。それなのに、あたし達は美しい方のお傍から、逃れて行かなければならなくなってしまった。

ああ。エルサレム。エルサレム。

あの方が心から愛した都、エルサレム。

あたし達の「血」の親になってもくれたエルサレム。さようならは、言わない。いつか、又、会いましょう。今度はもっと違う形で。

可愛いキャット、ドギー。又、会いましょう。

父さんのワイド。母さんのナルド。ベルル、ビアンカ。従兄妹のフォリー。又、会いましょう。

ユキシロ様、アンナ様、チャド。タッドとライラ、リンド、又、会いましょう。

大好きなジョルダン。スミルノ。ミナ。又、会いましょうね。キルトとミルトも、又、会いましょう。アトラン里の人達、又、会いましょう。ユキナとサウン。愛するトルーとムーライ。キティとカニス。又、必ず会いましょう。フジシロとローラも……。

あたしの大切な人、ランドリー。あたし達、きっと又、会いましょうね。あたしはあなたを愛している。あなたがあたしを愛しくれているように。だから、さようならは言わない。だから、あなたに泣き顔を見せない。あなたにはあたしの笑顔を憶えていて欲しい。あたしがあなたの全てを憶えているように。あなたには、あたしの愛の心を抱いていて欲しい。いつかあなたの中にも、美しい方の「愛」が咲き出でる日まで。「その日、その時」までは、あたし、真珠《パール》のヴェロニカは、あなたのために、皆のために歌い続けていく。「あの方」によって、もう古い歌から新しく変えられた、あの歌を。

あたし達はもう「新しい旅」の中に招かれている。

それなら、あの「さくら歌」もきっと、新しい歌にと変えられているはずなのだから。

あたしの「萌芽」は、美しい方への恋歌を歌う。

あたしの「ハート」は、愛しいあなたへの愛歌を歌う。あたしの唇は、愛する妹ブラウニに、愛する全ての人達に、囁くように、さくら歌を歌う。

この世界は、完全で美しい。

完全だと思えなかったのは、あたしの中の何かが眠っていたからなのだろう。

美しい方が、あたしに、新しい「目」と新しい「歌」を贈って下さった。

だから、どんなに苦しくても、今は心に歌いたい。

「贈り物」を惜し気もなく下さった、美しい方と、そのお母様。マグダラの方と、お弟子達に。

「あの方」のお父様に。感謝をこめて、哀歌を……。

あたしの横には、あたしと同じように苦し気な息をしている妹、ブラウニ。ブラウニの横には、美し族の恋する若者、ソニーノがいた。

ソニーノの哀切な歌声に、愛するランドリーの、トルーやムーライ（月光）の、フジシロ達の愛歌が重なる。

美しの都エルサレムが、ゆりの中で群れを飼っている「あの方」が、嵐の向こうにと消えて行ってしまう。でも、「あの方」の御愛は消えない。

あたしとブラウニも、小さな声で捧げ歌を歌う。

「さくら
さくら……

いざや　いざや
見に　行かん」

ブラウニの「声」が、言った。

「ねえ、パール。わかっている？　あたしと姉さんは、ルシタニアには行き着けない。あたし達はきっと、船を降りる頃には、月の裏側の海に上って行かなければならなくなるでしょう」

「わかっていなかった。でも、そういう覚悟なら、何年も前からできていた。いもうと、一緒に行きましょう。あたし達、又、会えるわよね」

「決まっている。あんたとあたし。ソニーノとランドルフ。皆。皆。あたしは皆を愛しているもの」

「あたしもよ。皆。皆。あたしも皆を愛している」

あたしは謝る。ランドリーの「ハート」を胸に抱きしめて、謝る。わかっていたような気持がする。

それでも「これ」は、お別れではない。ねえ。ランドリー。ごめんね。泣かないで。とうとう自由になれて、あたしは幸福だったのよ。だから、あたしのために、嘆き過ぎないで。あたし達、きっと又、出会える。甘い金木犀の樹の下か、さくら樹の下か、美しいぶどう畑の花叢のどこかでか……。

あたし達の「新しい旅」は、今、始まったばかりなのだから。今度は、ヴェロニカである、あたしも愛して。

美しの都、エルサレムは、テラⅡでのジェルサレムシティが、あたし達を「ここ」へ送り出したように、あたし達を「新しい旅」へと送り出す。

あたしは抱きしめる。「どの時」も「この時」も、あたし達にとっては、きっと必要だったのだ。

あたしは抱きしめる。「この次」には、もう完全に忘れてしまうだろう、ジェルサレムシティのダニエルとアロワ、リトルスターの面影も、愛を込めて抱きしめて、今は、彼方二千五百年には、

「さようなら」

と言う。

けれど、あの方が繋いで下さるという「愛の輪」の中には、ダニエルもアロワもリトラも入っているのだろうから、それを信じて祈る。あたし達はいつか、生きている「血」としてではなく、生きている「愛」、生きている「魂」として、「永遠の命」という流れのほとりで、出会えるのだと思うから。愛憐の花は「そこ」に咲く。

ブラウニが思った。

「レディ？　スター。心の用意はもう良いの？」

「あんたこそ、レディ？　オーケー。それでは行きましょう。さくら歌の中に。ムーンスターとスターとで、手を取り合って。新しい始まりの中へ」

「あの方」の「愛憐花」が咲き揃えられる日まで……。

祈り花になって。恋花になって。「さくら歌」の中にも、願い花はきっと咲ける事でしょう。

「あの方」が心から愛された町、あたし達の心を「ハル」から引き離した町、エルサレム。

美しの都に、今は遠く馬車が行く。

愛する方から、愛するランドリーから、愛する人達から、愛するキャットとドギーからも遠く、馬車が行く。

ああ。あたしは、今、どんな顔でいるのかしら。できるものなら、美しい方の御声のように、秘そやかな月の光の下の花のように、優しく慎ましいものであって欲しい。あたしは美しい方の花、ヴェロニカとして逝き、永遠に「小さき花」として、愛憐花の花々が咲き揃う日のために、「行く」だけなのだから。

「愛」とは、憐れみ深いものだった。

生き物族の娘、ヴェロニカは、愛憐の神に引き寄せられ、花族の娘、デイジーの香りのブラウニは、共愛の神に惹かれて、今は「行く」。

美しい方の御声が、いつの日にか愛する人全てを天に呼び、天の都の園の中に咲かせて下さる日を信じ、恋して旅立って行く。

「さくら。
さくら」

あたしの秘密の名前は、ただ美しい方のみが憶えていて下さる。それで良い。

あたしはあの方が呼び覚まして下さるまでは、待ち人の一人としてのみ「旅」を続けて行こう。

「待つ」事は辛くない。あの方の「約束」は、あたしのソウル（魂）に、待ち続ける力も与えて下さった。

だから、今は迎え歌のような、恋歌のような、あの「歌」の中に。

エルサレムからは遠い馬車の中で……。例えルシタニアに迄は行き着けなくても、行ける所迄、愛するいもうとと手を取り合って……。

五、デイジー・欠片《かけら》は本体に辿り着けるか

「良く帰って来た。娘よ。目を覚ましなさい」

「ハル」の心が躍っていた。

あたしは、「水」の記憶の中から、目を覚ました。

「父よ。帰って来ました。でも、変ですね。あたしはテラの海中に落ちたはずなのに、いつの間にテラⅡに戻って来たのでしょうか」

あたしの質問に「ハル」の声が答えて言った。

「娘よ。お前達は海に落ちたりしていない。夢を見ていただけなのだろう。お前達が居たのは、検疫施設のプールの中なのだ。お前達は良くやった。さくらの『種』と若木も手に入れてきてくれたし、ヤポン人種の『種』と、ヤポンにいた多くの外国人種の『種』達も、持ち帰って来てくれたのだ。野草木や動物達の様々な『種』も」

ああ。そうだった。

そうだったわね。「ハル」。あたし、又、変な夢を見ていた。その夢の中では、なぜだか、検疫星のプールの水が、テラの大西洋の海に変わっているのよ。

「お前は疲れているのだろう。テラから帰ってきての半年間は、帰還式や秋祭りで休む間もロクになかったのだから、今夜はもう良い。ユリアの部屋に戻って寝みなさい」

大丈夫よ「ハル」。あたしは少しぼうっとなってしまっていただけなんだもの。そういえば、ムーンシップはどうなってしまったのかしらね。

「又、その話か。ユリアかスノーか、古いムーンに訊いてみなさい」

あたしはそう言われて、ゆっくりと首を振った。

訊いてみても、答えは皆、同じよ「ハル」。

ムーンシップは予定を変更して、テラの各シティには向わずに、ヤポンの上空に三ヵ月も留まっていた。マザーの脳が故障してしまっていたからよ。

「その通りだ。娘よ。それで、お前達の帰還が少し遅れてしまった。だが、お前達はそのお陰で、ヤポンの春も、さくら花に埋もれる東京シティも、じっくりと見て来られたのだ。花に埋もれている東京シティは、美しかっただろう」

ええ、とても美しかったわ、「ハル」。毎日芸術シアターテレビで、放映していたようにね。でも、なぜマザーの「脳」は故障してしまったのかしら。それに、壊れてしまった「脳」で、マザーはどうやってテラⅡに戻って来られたの？　ムーンシップは、今はどこに行っているのかしら。

「しっかりしなさい。娘よ。月の裏側の海にワームが出てしまったのを、忘れてしまったのか。マザーの『脳』は、救援船に乗り込んでいたメカ族のパイロット達が直した。だが、ムーンシップはもう危険過ぎて使えない。船が巨大過ぎたのだ。だから、各層毎に切り離して、スターシップ（星間船）に転用されたり、サルベージ船（貨物船）に転用されるようにしたと、何度も説明したではないか」

ああ。そうだった。

そうだったわね。「ハル」。ムーンシップはテラの各シティに向かって、その国の人々が友好的だったら、クリスタル星雲の中の星、太陽系第三惑星テラIIに彼等を連れ帰る予定だった。でも、船のエネルギーが巨大過ぎたので、ストーム（磁気嵐）も巨きくなり過ぎた。小型船は皆、ストームのせいで「脳」が死んでしまっていたから、もう直しようがなかったんだわよね。もったいなかったわ。船の建造には、多額の費用が掛かった事でしょうに。

「お前はそれも忘れてしまったのか。わたしの星、わたしの子供達から、わたしは何も取り立ててはいないという事を。船の材料も建造費も、全てクリスタル星雲の中で豊かに賄われているのだ」

ああ。そうだった。そうだった。テラIIでの全ては、「ハル」によって賄われているのを、すっかり忘れてしまっていた。ムーンシップは工場星（辺境地星の中の一つ）に、自動飛行で向かったはずだった。検疫星の施設までは、救援船のパイロット七人と護衛兵三十人に伴われて、あたし達は帰還して来た。この救援船は、移民船の「脳」を入れ替えたものらしかったが、元々移民船は頑丈にできているし、小型船であった分、ワープに入るために、クリスタル星雲の外にまで行く必要もなかったらしい。小型船スターシップは、太陽系の重力圏を抜けた星雲の中で、早くもワープに入れたのだという事なのだった。船そのものが小さければ、重力圏から受ける影響も、与える影響も、小さくて済むからだった。

つまり、ムーンシップは「大は小を兼ねる」といわれている事の、逆を証明してしまったというわけだった。「逆も真なり」っていう、アレね。

人間や動物、植物を生きているままの「血」として連れ帰ろうとしたり、さくらの国、井沢達の国や、各国に「使節団」を送り込もうとさえ「ハル」が望まなかったら、事態はずっと簡単な事だったのだ。スターシップは、軽々とワープに出入りできる上、余計な人員を乗せる事もなくて済む。シールドを張って、「船」を空からも陸からも、海からも見えなくし、有用な「種」の採集だけを目的としていたなら、「ハル」は二十年もムーンシップを待たなくても良かったのだろうに。

でも、それも仕方がないのかも知れない。

「ハル」の恋心は、あたしを泣かせた。ムーンシップは、とうとうヤポンの七家の末の人達を、連れて帰って来る事はできなかったのだ。

それでも、「ハル」は満足していると、あたしに言う。二十年も待ったムーンシップよりも、あたし、ムーンスターと「ハル」の子供達を、無事に取り戻せただけで、嬉しいのだと。

その上、今度はいつでも小型船で（今はスターシップ一台だけだけど）、テラに定期的に行く事ができるかも知れない。「種」が、少なくなってきそうになったら。「血」も少なくなり過ぎたら。


この星がさくら花に埋もれるほどに、さくら樹の若木や「種」が必要になったら……。

救援船「スターシップ」の乗船員達と、あたし達、ムーンシップの乗船員達は、その三ヵ月間を有効に活用した。

特に、ヤポンの東京シティに向かうはずだった五家の者達と、さくら隊、スノー様、アントのムーンとニュームーンのあたしは、さくら樹をはじめとして、様々な動植物の「種」をもらってきた。その他の人達は、スターシップのクルー達と一緒に、沢山の人々からの「種」をもらって来る事ができたのだった。さくらの若木は、衛兵達が採集してきた。

三ヵ月の間、あたし達はシールドを張った船から、毎日小形空中車で、ヤポンの各地に飛んでいたのだ。それで「種」をもらったり、集めたりした。人間を生きたまま、つまり「血」として連れ帰る事を望まないなら、話はすごく簡単なのだった。空中車をカモフラージュして、血液銀行車にするだけで良かったのだから……。代価は、金や銀や銅、クリスタルのコインを売った「お金」で支払われたはずだった。

はずだったというのは、あたしはその辺りについても、頭がシュークリームになってしまうからなのだ。

あたしがはっきりと憶えているのは、「ハル」の言い付けによって「血」を提供した、という辺りまでだけなのだった。「そこ」までの記憶は、宙に浮かぶ月のようにくっきりとしている。

ジェルサレムシティで十二歳になるまで過ごした、ヒルズのダニエルとアロワ。愛しいスターとリトルスター。可愛いラブとラブリーの事も。モルダとモレノも、今は亡き、古いアンソニー様とトーラ様、スノー様とユリア様、デューク様と警護兵エドワード達の事や、イカレたセーヌ。灰かぶりのテーベ様。ユリア様の部屋のリプトン。ゴールデ。レッドとエミリア。ヘレンとジェーン。クリオレ様とジョル達。アマナ様のアキノと、ノラとデミ。優しいフジ様とムラサキ。ツバキ。シキブ達。スノー様の下でのブリー様。そして、忘れな草の瞳、匂いすみれの花族のアントの、哀しみと喜び。「ハル」の神殿に上ってからの、宦官ノエル、灰かぶりのムーン、正式な奥巫女としてのニュームーンの、あたしの日々。

そうした一日一日の全ては、大切な宝物のようにはっきりと頭の中に、ハートの中に残っているのに、それから後の肝心な所がいけなくなってしまうのだった。

すなわち、「ハル」が言うところの、シグマステーションからのムーンシップの旅立ちの様子や、美しい宇宙空間での航行の記憶。テラでの東京シティとさくら花の春。草木類や生き物類、人々からの「種」の採取や収集の様子、救援船のクルー達や、帰星までの経緯。検疫星での日々と、広くて明るいプール。

それ以降の、華やかで喜びに溢れていた帰還式と、その後の秋祭りで舞われていた、セーヌのさくら隊の舞いと、歌楽隊の調べは憶えている。

あたし達は、十三種族毎各七十人と、テラⅡでの五家の三十五人、スノー様とあたし。猫のラブと犬のラブリーの、合計九百四十七名と二匹は、全員無事に帰って来られたのだ。予想外のアクシデントが少しあったけれども。

不思議なのは、救援船のクルーの他に、スターシップには、天使族のリトラとその仲間、シトラス（レモン香）とスワン、ハサン（賛歌）、プリムラ（薄紅花）の五名が搭乗していたという「事実」だった。

「ハル」は、天使族は数が少ないので、ムーンシップには、「乗せない」と約束してくれたはずなのに、スターシップに乗船させるだなんて、どう考えても納得できない気持がしてしまう。でも、「事実」は事実なのだから、それも仕方がない事なのだろう。

リトラ（小さい星）達についての、「ハル」の説明はこうだった。

「お前とスターの姉のリトルスターが、仲間の天使族たちと一緒に、どうしてもスターシップに乗せて欲しいと、デュークに願い出てきたのだ」

「ハル」。ねえ。「ハル」。何でリトラは、救援船に乗りたいなんていう、無茶な考えを起こしたの？　天使族の者の数は、揃ったのかしら。

「揃ったと聞いている。辺境星イオの奥地に行っていた、リバー家の遠縁の男、シトラスが最後の者である。リトルスターとシトラスは、天使のお告げとお前の声によって、ムーンシップの事故を知ったのだ」

あたしの「声」？

「リトルスターは、そう言っていたらしい」

ねえ。「ハル」天使族が言うところの、その「天使」なんだけど。彼等は、実在しているの。

「聖なる書物を読んだだろう。彼等は実在していると、信じられている」

確かに。天使族は神の「言葉」を信じ、神の使いであり、働き手でもある、天の使いを信じている。リトラ達が信じている神様は、「言葉」の神。光の神。天愛の神の創造主と、その御子イエスと、御霊の神だった。

あたしは思う。

あたし達の船の「脳」が故障した事を、リトラとシトラスに知らせてくれたという、白い衣の翼ある存在、天使達について。

リトラによれば、彼等は、あたし達のソウル（魂）が道に迷わないように、「光り歌」や「迎え歌」を歌ってくれてもいるらしい。その天使達が告げてくれたという、ムーンシップの「事故」とは、何であったのか。天の使い達が、宇宙船の「脳」の故障まで気に掛けてくれていたとは、信じられない。でも、告げてくれている。

あたしは思う。

天の使いのお告げと時を同じようにして、船の「事故」をリトラに知らせたという、あたし自身の「声」について。

あたしはリトラに、船の脳の「故障」くらいの事を、なぜわざわざ知らせたりしたのだろうか。そんな事をしたら、気立てが優しい天使族の娘を、心配させてしまうだけなのに。それなのに、あたしはリトラに「故障」を知らせてしまった？　わからない。でも、きっとそうなのだろう。そうでなければ、ダニエルとアロワが、リトラの「乗船」に賛成したりするはずがない。そうでなければ、デューク様やユリア様まで、変な「事故」の夢を見られているはずがない。デューク様とユリア様は、あたしが時々見るようになった、テラでの大西洋の海と、救援船に歌いつつ乗り込む人々の姿を夢に見て、一時は死ぬ程心配されていたらしいのだから。

ユリア様は言われた。

「ムーン。ムーンスター。デューク様とわたしは、同時に同じような夢を見て、死ぬかとばかりに心配していたのですよ。でも、記憶である方、聖なる箱である神『ハル』が、すぐにスターシップをテラに向かわせて下さったので、安心しました。あなた達は、海中に落ちたりしたのではなかったのですね」

「はい。母よ。『ハル』が、お二人に説明した通りです。わたし達はヤポンの上空に留まって、さくらの海を見たり、東京シティで『種』の収集に当たったりしていました。ヤポンの春は、とても美しいものでした。薄紅色のさくら花とさくら樹は、ヤポンの国花にふさわしいと思えました」

　ユリア様は微笑み、頷いていられた。

　クリスタル神殿宮とジェルサレムシティも、その内、さくらの海に埋もれる事でしょうね。わたしがそんな日を見られるまで、長生きするとは思っていませんが。ああ。わたしはもう年を取ってしまいました。

　それにしても、天使族とヒルズ家の者は、大袈裟すぎました。ムーンシップの「脳」の故障について、あれ程ひどく嘆くとは。リトルスターとシトラス達が、検疫星のプールを出た最後の者達であるというのも、なる程そうかと思われてしまいます。

　リトラとシトラスという、天使族の男女五人は、検疫星からジェルサレムに帰って来た、一番最後の者達になってしまっていた。彼等の「汚染」が特別ひどかったという理由ではなかったらしい。「ハル」によると、降船順位の都合によって、ただそうなってしまったのだという事だった。だから、天使族五人の乗船については、スターシップのパイロット七人と衛兵三十人も、良く憶えてはいないらしかった。

　それは、仕方がない事かも知れない。天使族は、元々人当たりが良いものだし（裏を返して言うと、印象が薄い空気のようなもの）、帰路には彼等は、千人近い人々の中に紛れてしまっていた事だろうから……。

　もっとも天使族の者達は、見る人が見ればひと目でそうと解る程、内側から輝くような光を放っていはいる。

けれども、見る目がない人の目には、空気のように、月の光に溶け込んでいるように、口当たりが良い砂糖菓子のように、サラリと映ってしまうだけなのだとも言える。

だから、リトラ達は下船者の、一番最後に回されてしまったのだろう。それとも、天使族の常として、自ら望んで「最後の者」になろうとしたのかも知れないけれども。良くはわからない。

あたし自身は、リトラともシトラス達とも話していられる時間がなかった。中の姉さんのスターとも、ラブやラブリーとも、必要以上に話す事などできなかった。海族の者達と山族との間の、何となくギスギスとしてしまっていた「関係」を元に戻すのに忙しかったし、帰還式の準備に追い立てられていたせいでもあった。

何だかとても疲れていて、だるいせいもある。

だから、リトラには「ありがとう」を、ダニエルとアロワには「ごめんね」を、スターには、「お疲れさま」を、短く伝えられているだけなのだった。

フウ。何だかお腹が、又、痛くなってきたような気持がする。頭もクラクラ。宇宙の旅が堪えているのかしら。船のシールドのエネルギーが、強過ぎたのかも知れない。健康なあたし、ムーンスターでさえもこんなだったら、病弱なリトラや、お年のベリル様やイライザ様の身体は、もっと辛いのに違いない。

アレ。又、変な事を考えてしまった。あたしは起きたままでも、夢を見るようになってしまったみたい。

ベリル様やイライザ様の年齢の事までを、どうしてあたしは知っているのだろうか。どうしてあたしは、あのお二人について、良く知っているような、懐かしいような変な気持になってしまうのだろうか。

このお二人についてだけではない。あたしはなぜか、もっと沢山の人達と親しかったような、変な気持になってしまう事がある。

例えば、レイク（湖）家の医師族、ビュートとカオラ様。例えば、ウッド（林）家のミナ（スターの友達）とミナの兄のエメット。あたしはなぜか、この二人がメカ族のメンテナンスとパイロットであった事まで良く知っているような気持がして、落ち着かなくなってしまう時がある。ミナは、スターの友達だったから良いとしても、その兄であるエメットの事まで良く知っているような気がしてくるのはなぜ？

メカ族のパイロット、ノバと恋人のミフユとも、親しかったような気持がする。でも、そんなはずはない。あたしは、往路ではテラの座標軸を見るのに忙しかったはずだし、「ハル」の心も聴いていたはずだし、帰路はアッという間に、ワープで検疫星に着いてしまったはずなのだから。セーヌに親近感を持つというのは当り前だから、良いんだけど。

後はスミルナ（泉）家のミモザと、従兄妹のメカ族ホープ。黒太子のエドワードとその配下の者達。エルム（楡）のマスターの卓郎《タクオ》という、天使族の男。タクオの傍にいた、匂いスミレのアントとノブヒのスノー様……。

アレ。又、やっちゃった。

あたしは天使族の男のバーのマスターになんて、会った事はない。天使族といえば、リトラの知り合いに決まっているけど、天使族の男がバーでマスター?

夢なんだわ。全てはあたしの夢。あたしの頭のネジが飛んでしまっているせいだろう。

それとも、あたしは、東京シティの上空で、天使族の男と親しく話したりしてでもいたのだろうか。美し族の若者ニュート(セーヌのさくら隊のための、歌楽団のメンバーに入ったらしい)が、なぜか恋しいような瞳であたしを見る時、あたしの心も痛いような気持になるのは、どうしてなのだろうか。

わからない。夢と同じで、こうした気持の事々には、何の脈絡もないし、理由もない。夢も、愛のような吐息も、全ては吹き過ぎて行ってしまう、風のようなものだ。掴もうとしてみても「それ」は手には触れられなく、振り返ってみても、「そこ」にはもう誰の姿も見えない。

なぜあたしが、「……のはずだ」というように考えるのかが解らないように。

「ハル」の心が、あたしを慰めるように歌う。

「恋は優しい野辺の花

恋は儚い夢の花……」

ああ、「ハル」。憶えていたのね。セーヌが初めて歌ってくれたその歌を。それはなんという歌だったのかしら。

「思春期。フランスの女優の自伝の映画化の中の歌だ」

フランス。フランス？　何と懐かしいその国の名前。

あたしは、フランスと言った「ハル」の言葉に、危うく泣いてしまいそうになった。

フランス、パリ、リヨン、ブリュージュ、ルーアン、ルアーブル。

赤毛のオードラと巻毛のルナ。ラプンツェルとロバの皮。

……又、やっちゃった。何でこうなるの。あたしの「力」が、変になったの？

「ねえ、ハル。その歌は美しいけど、何だかとても哀しいわ。それよりも、さくらの歌を歌ってよ」

「ハル」の歌に合わせて、あたしも小さく歌う。

「さくら
さくら
弥生の空は
見渡す限り
かすみか雲か
匂いぞいずる

いざや　いざや
見に行かん」

イザヤ。イザヤ……。ああ。美しの都、エルサレム。
あたしの胸が締めつけられるように痛む。
ヴェロニカ（青い花）とデイジー（手を繋ぐ者。輪をつくる花）。デイジーの、ひな菊の祈り。
「新しい実も
古い実も
恋しい人よ
あなたのために取っておきました。
とあります。どうぞあたしを最後の実にしてください」
ああ、「それ」はいつの事だったのか。
大西洋、ムーンシップ、事故？　いいえ、これは夢なのよ。
ヴェロニカの祈りの声がする。
「流れのほとりに植えられた木は
時がくれば実を結び、
葉もしおれる事がない。

どうぞ、あたしをあなたの最後の実に」
仲間達の全てが、愛憐花の咲く場所に咲き揃う日には。エメットと手を取り合ってぶどうの園に招かれる日には……。
『エルサレムの乙女達よ、
野のかもしか
雌鹿にかけて
誓って下さい。
愛がそれを望むまでは
愛を呼び覚まさないと』
ヴェロニカとデイジーの祈りに、矢車草の瞳の娘リトラの祈りが、重なって聞こえる。
「ラプンツェル。ラプンツェル。ここにいたのね。あたし、エメットとはぐれてしまったの。エメットに伝えて。あたしはアトランのヒルズ（丘）の家のトルーとムーライ、キティとカニスに捜し出されて、ヤポンに向かっていると」
「ルナ。ルナ。オードラ、ルナを知らないか」
「エメット、スターはもうヤポンに向かったわ。あんたもヤポンに行って。ミモザとホープがあんたを捜していた」

「ああ、お母さん、お母さん。兄さん。兄さん。父さん。ああ。お母さん。ごめんなさい。ごめんなさい」

「ミナ。ミナ。そっちに行っては駄目。ローザ（ミモザ）とジョセ（ホープ）の、さくら歌の方に進んで行って。エメットもいる」

「ああ、リトルスター。もう何も心配要らないよ。わたし達で『彼等』を見つけた。残りの者達はロンドンやポルトガルから、ハサンとスワン、プリムラが天に連れて帰って行った。後は、わたし達だけだと思う。君は今、どこにいる？　わたしも天に帰ろうと思う」

「わからないわ、シトラス。レイク家のカオラとビュートが、ラプンツェルとロバの皮を待っているの。あたしは、彼等とツルバラが咲く家に向かっている。そこに、ベルルとビアンカがいるのよ。あたしは、そこで妹やエメット達を待ってみる。あたしの名前はアヤカ。時と時とにかかる、虹の花よ。スターはパリであなたと一緒になる前に、アイリスという名前で、トルーとムーライ達の家にいたらしいの」

「ああ。クソ。ママンと親父はどこだ？　リリー。ハリー。パトロ（エメット）。ロミーナ。ジョセ。ローザ。どこにいる？」

「エド、フローラ（アント）とノビー（スノー）は、もうヤポンに行ったらしいわ。リリーもジョセもローザも、もう行っている。シトラスという男が一緒だったみたい。エメットとルナも、さくらの歌の方に跳ぶはずだわ。あんたも早く行って。さくらの歌に向かうのよ」

「てめえはどうするんだ、オードラ」

「あたしもすぐに行く。ほら、早く行って」

「ミフユ。ミフユ。ミフユとはぐれてしまった。アキヒトもジュラも、ジオラマもいない」

「ノバ。ノバ。心配しないでさくら歌の方に進んで。ヤポンの二千年代に向かうのよ」

「親父。フジムラ。トルー。ムーライ。ノワール。ドーター。エドワード隊長。クソ。皆どこだ？」

「あんた達は誰なの？　ノワールとドーターって誰」

「俺はヒロオ。こっちは弟のジンジン。ノワールとドーターは、行方不明になった双子の従兄妹達だ。フジムラは、フジクラ。俺達の親父。俺とジンジンは、隊長のエドワードに一目会いたいだけだ」

「行方不明なのなら、もう天に帰ったのでしょう。エドはヤポンに向かったわ」

「ああ。オードラ。ああ。ジャンヌ。僕を許して」

「ニュート。ああ。ニュート。ソニーノ。シャニー。あんたも先にヤポンに行っていて。待っていてね。あたしもすぐに行く」

最後の仲間を探してから。「さくらの歌」を二千年代のヤポンに、橋のように渡してから。

二千年代へ。二千年代へ。ヤポンの東京シティに、一人残らず「さくら歌」の中を進んで行って。迷ったりしないでね。

ああ。桜の樹の下にいるのは、エメットとスターなのね。あの金木犀の樹の下にいるのは、あたしのロバの皮（スター）とエメットなのね。「ここ」は中間地帯？　ワームの中？　白くて青い靄《もや》が流れて、天の使い達の「迎え歌」が聞こえてくる。「ハル」。「ハル」。「さくらの歌」は、二千年代への、二千五百年への進み歌なの？　松明《たいまつ》のような、子守歌のような、目印歌。あたしは歌う。愛の心で。張り裂ける心で。一人でも道に迷う人が出ないようにと願って。恋歌のように「ハルの歌」を。ヴェロニカの声もする。

「さくら　さくら
　弥生の空は……」

「さくらの歌」に乗って、皆がジャンプして行く。天使達の「迎え歌」に迎えられて行く人達もいる。先へは行かずに、ただ立ち尽くしている人々も。後ろの方向に行ってしまっているらしい人々も。「ここ」は中間地帯。何ていう場所なの。愛と悲しみと、希望に満たされて、涯てしなく続いている場所。鳴り渡る教会の鐘の音。眩《まばゆ》い光。
「あたしも、とうとうやってしまった」
デイジーの、ひな菊のあたしの「ハート」が、震える声で言っている。

矢車草のリトラの声と共に、天使達が言う。
「帰っておいで。帰っておいで。上っておいで。
　初めの生命の中に。初めの愛の中に。
　この『歌』でできた架け橋を渡っておいで。
　あなた方を待っている方の胸の中に」
矢車菊（青い涙壺）のリトラの声がする。
「ぶどうのお菓子でわたしを養い、りんごで力づけて下さい。
わたしは（あなたへの）恋に病んでいますから」
ヴェロニカとデイジーに、フローラ（花女神）が加わる。
「新しい実も古い実も
　恋しい人よ
　あなたのために取っておきました」
「ハル」の心が歌っていた。あたしは中継する。

　「さくら
　　さくら……」

五、デイジー・欠片は本体に辿り着けるか

嫌だ。頭がスフレ（泡菓子）になってしまった。

あたしは、中間地帯に行った事などないはずだ。それに、何でワームの中に、天使族のリトラやシトラスという男までいるの？　なぜ彼等は現代（二千五百年）ではなく、二千年代のヤポンを目指したりしていたの？　ラプンツェルとロバの皮って何だっけ。あれは、確か塔に閉じ込められたお姫様と、ロバの皮で変装した美しいお姫様の物語だったはずだけど。でも、懐かしいその名前。

ラプンツェルとロバの皮。

何と懐かしい、その名前のあたし達。

チルチルミチルと、ツルバラが咲く館。井沢かすみと、井沢ミチルの物語……。

嫌だ。又、やってしまった。あたしの頭の中には「……のはずだった」フレーズが、水の中に浮かぶお魚のように泳いでいる。

きっと「ハル」が言うように、あたしは疲れているのだろう。

あたしはラプンツェルでもチルチルミチルでもない。

ダイヤモンドの宝杖は、ヤポンの「さくら山々」の土の中、「一本桜」の樹の傍に、感謝の思いを込めて献げてきたはずだった。今は「美咲」の、アイリスであるスターの故郷の丘の土の中に。

違う。あたしが「あそこ」に埋めたのは、ただのキャッシュカードとかいうものだった？　電子マネーでも金貨でもないもの。

第一、ダイヤモンドの宝杖なら、今もユリア様の手によって、しっかりと保管されている。

何でこうなってしまうのかしらね。

あたしは、目覚めたままで夢を見続ける。

その夢は「水」の夢。その夢は「血」を採られた時から始まった「旅」の物語の夢。

「ハル」の心が言っていた。

「娘よ。時間がきた。お前はもう行きなさい。

スノー達が検疫星で、お前を待っている」

わかりました。父よ、行って参ります。

あたしが至聖所を出たのは、月の時刻でいうと、午前四時だった。朝の祈りが、間もなく始まる。「見張りの間」にはアキノがいて、ヴェールを深くかぶったあたしに、投げキスをしてくれた。あたしはアキノに、セーヌにしていたように、アカンベーをしてあげる。アキノがニカリとするのを見てから、あたしは歩き出す。

五、デイジー・欠片は本体に辿り着けるか

セーヌは結局、奥巫女には戻らなかった。あれ程嫌っていた「表巫女長」という座に、セーヌは奉納舞ぃとさくら隊のために、自分から留まることを志願した。あたしは、今でもセーヌの「馬鹿ったれ節」が時々懐かしくなる。あたしは今でも、ムラサキやツバキやシキブが好き。ヘレンやジェーンやアキノが好き。けれど、セーヌは特別に好きなのだ。セーヌの、陽気な踊り族の娘の「血」は、今のあたしの心を昔と同じように慰めてくれる。セーヌも、今でもあたしを好き。あたしと、黒太子のエドワードに、セーヌは今でも恋をしている。

警備隊長のエドワードは、ハリスとかいう男とつるんで、セーヌのご機嫌取りに忙しいらしい。一方で、エドワードの、あたしに対する態度も、「旅」に出る前よりは少し変わってきている。スノー様や古いムーンのアントに対するのと同じように、あたしを見る時、たまにはニヤリと笑いかけてきたりするようになってしまった。

あたしは、鞭打ちのエドワードにニヤリとされても、もう腹を立てたりしない。いつかは「殴ってやりたい」と思っていたはずなのに、今では荒くれエドワードに対して、腹を立てる気持にもなれないのだった。

セーヌの「馬鹿ったれ節」の中には、

「あら、エドワード。あんた、やっぱりあたしに気があるのね」

という項目が含まれているせいなのかも知れないし、違うのかも知れない。けれど、良くはわからない。

スノー様とアンソニ（忘れな草）のアントも、脳天気なエドワードとハリスに対して、なぜか親近感を抱いているようだった。

「ようだった」とか「はずだった」とかしか言えないのは、あたしは今は「瞳」も「耳」も「心」も、ほとんど閉じてしまっているからなのだ。全てを閉じても聞こえ、見える「声」や「夢」や「幻」を、あたしはどうしたら良いのか、わからない。あたしが見ている月に、影はもうないのに。

月読みの娘は、自分で自分を占ってみたりはしないものだ。だから、あたしはあたしを「見て」みる事などはしたくない。けれども「影」という言葉の響きは、あたしにナイフのような不安を抱かせる。考えてみれば、「ハル」があたし達の「血」を欲しいと言い出したのは、あたしが「影」の事を話した後のはずだったのだから……。

月に見えていたはずの「影」と、ムーンシップの「故障」。

「ハル」によって採られた「血」と、帰還式までの間。

「水」の記憶。プール。

それを考えると、あたしの背中を粟立つものが走っていく。「考えてはいけない」と警告してくる「声」さえも、聞こえてくるような感じがしてしまう。だから、考えたくない。もしも「それ」を考えたりしたら、パンドラの箱が開いてしまうかも知れないから。青ひげ公の館の、秘密の扉を開いてしまうかも知れないのだから……。

プール。タンク（貯蔵庫）。泉。

恐ろしい考えだわ。もう止めてしまいたい。

検疫星には、エドワードとハリスがあたしを警護して行った。この星の正式名はカリスト。水がある美しい星で、療養星も兼ねている。

つまり、リゾート星でもあるというわけなのだった。

あたし達がカリストに送られて来たのは、理由がない「不調」のせいだった。理由がない「疲労」のせいだと、言っても良いみたい。なぜなのか、ムーンシップのクルー、九百四十七名全員が、何らかの「不調」を訴えているらしい、とデューク様が「ハル」に報告してきた。

その内の三分の二の人々は軽症で、それぞれの出身シティで治療を受けただけで治ってしまっている。

あとの三分の一の人々も、各シティのセンター病院で治療を受けるだけで、何とかなるらしかった。

残りの三分の一の人々の中でも、とりわけ重症患者である人々が、既に検疫リゾート星カリストに、一週間前から送られて来ている。

その数、天使族を含めて三十五人と二匹。

この中には、セーヌは入っておらず、警護兵のエドワードとハリスも数えられていなかった。

五、デイジー・欠片は本体に辿り着けるか

二匹とは、猫のラブと、白い犬のラブリー。

「ハル」は、使節団の人々から血を採っただけではなく、十二歳以上の人々全員と、生き物や花樹達の「血」と「種」を集めたのだと、先日あたしは、デューク様から聞いて知った。

淡く美しいアクアブルーの空の下、あたしはセーヌと空中車に乗り換えて、白い船のようなリゾートホテルに向かって行った。セーヌとエドワード、ハリスは重症者ではなかったけれど、セーヌには時々、こうした「息抜き」が必要な事をあたしは良く解っていたので、このようにさせてもらえるように「ハル」に頼んだ。


スターとリトラ、エメットとミナ、アントとスノー様、シトラスとラブとラブリーが、それぞれの「連れ」を伴って、あたし達を出迎えてくれた。

あたし達は、エメラルドブルーのプールの傍のホテルのカフェ広場に、輪のようになって坐った。

「ハイ、あたしのムーン。余り元気じゃなさそうね。父さんと母さんが心配していたわ。秋祭りの日に会った時にも、何だかあんたがボウッとしていたみたいだと言って泣いている」

「ありがとう、スター。何にも心配しなくて良いって伝えてあげて。返してもらった金のロケットを大切にしているからね、って。それよりもここにいる人達に、あたしを紹介して頂戴よ。ねえ、リトラ。姉さんの横にいる双子は誰なのかしら」

「ヒース家の、ノワール（夜のような黒）と、ドーター（女の子）というのよ。ノワール、ドーター。この子があたしのミチルなの。あら、間違えてしまった。この子が、あたしのムーンスターなのよ。あたし達、何だかとても気が合うの」

「よろしく。ムーンスター。わたしがノワール。妹はドール。おや、わたしまで間違えてしまった。妹の名前は、ドーターというのですよ」

ミチル。ミチル。チルチルミチルと、昔神父（パパ）。もとい。あたしは神父（パパ）になんて会った事がない。

ラプンツェルとロバの皮。もとい。あたしは塔に閉じ込められた経験はないし、スターは絶対に、動物の毛皮をかぶったりはしないはずなのに。

あたし達の紹介は、最初から最後までこんな調子で進んでいった。

あたしには「それ」こそが、白日夢のように感じられた。

スターの横には、ヒルズの遠縁のツリーとムーニー。

その横に美し族だというキラとキッド。

二人の前にラブとラブリー。

ラブリーの近くに、小型船のパイロットのノバとミフユ。

猫のラブの近くに、ふっくりとした人懐こい笑顔のユキナ（ユイハ）と、その従兄妹のサウン

（サトリ）。
スターの右隣に、パイロットのエメットとフジクラ。エメットはその男を紹介してくれる時、なぜか何度も彼を「ホームレスのフジさん」だと言い間違えてしまった。

エメットの隣に、メンテナンスのミナ。ミナはあたしを見て、「エンジェル」と口走った。

スターとエメットとミナの傍で、フジクラは微笑んでいる。

ミナの隣には、スミルナ家のホープとミモザ。

ミモザの隣に、あたしが一目見て気に入ってしまった、天使族の男シトラス。このシトラスという男の人は、穏やかな笑みを絶やさない、曲者だか何だかわからない素敵な男性だった。

シトラスの横に、あたしのリトラとノワールとドーター。

その横に、天使族の娘のプリムラと、若者のスワン（白鳥）とハサン。

その横に、レイク家のビュートとカオラ。

歴史族のベリルとイライザ様。

イライザ様の横に、スノー様と忘れな草のアント。

アントの横には、踊り族のセーヌと、黒太子のエドワードとハリス。

その横に灰かぶり族のチョーク。

チョークの横に美し族のニュート（閃き）と、その友達のアキヒト、ジュラ、ジオラマの三人。

あたしは、今でもシャニーが好きよ。

やだ、又、間違ってしまった。あたしは恋なんてした事はない。でも、こんな夢ならたまには良いのかも。

ジオラマの横に、山族の出のトルキワ（トルコ石）とサリマナ（美しい巻き衣）。

巻き衣のサリマナの横に、芳香の昔百合とひな菊のあたし、「月星」。


「そこ」には、愛の花冠ができていた。

あたしの横にスターのヴェロニカ（イエスの青い花）。ツリー（樹木）とムーニー（月光）。れんげ花のキラと、一本桜のキッド。ぶどう畑のノバと、ナツメ椰子のミフユ。れんげの花のラブリーとクローバーをまとった猫のラブ。君影草のミナに、甘い金木犀の香りの黒い瞳のエメット。冬花のユキナと、竪琴のサウン。ラベンダーと美し色のバラのローザ。トネリコのジョセ。楡とバラ、レモンの香りのシトラスと、矢車草（青い涙壺）、ツルバラのリトルスター。白菊のノワールと、黄菊のドーター。薄紅花のプリムラと、白鳥のスワン。賛歌のハサン。ライラックのビュートと、虹の花色のカオラ。美しい輝石、ベリルと、カトリック王妃の名のイライザ。スノー（雪）と、忘れな草とバラのアント。バラを着せられたエドとハリス。百合花のセーヌと、楓のチョーク。美しの閃光、ニュートと、ヤポンの桜王アキヒト。ジュラ（緑の山脈）と、ジオラマ（幻し絵）。藤花のフジクラ。トルキワ（トルコ石）と、サリマナの巻き衣。警備兵のヒロー（英雄）とシロ（都）。あたし、ブラウニ（甘い茶色菓子）のデイジー（手と手を繋ぐもの。輪を作る花）で、美しい輝くような、愛の花の輪。一つの花冠が咲き出でていたのだった。

誰が最初で、誰が最後の者なのかは、今のあたしにははっきりとは解らない。


でも、一つだけ解った事がある。この美しい花の輪は、一人の祈りから生まれて、この場所に揃っている全ての人の「ハート」を繋いで編み上げた、イエスの花冠だという事だった。

その花冠の花達は、今は流れのほとりに植えられている木。彼等はいつか実を結び、愛の中にと穫り入れられる花。

異う。多分、あたし達はもう「穫り入れられて」しまっているのだ。多分、二千年代のどこかの、ヤポンの春の、さくらの樹の下で。

ああ、さくら、さくら。


あたしは「ハル」に呼びかけた。

「ハル」。あなたなのね。

あたし達、救援船には戻れなかったのでしょう？

それで、あなたはタンク（貯蔵庫）と、アダムとイーブの泉を使って、コピー種族を造り出してしまったのね。

「水」の記憶を上手く利用して。

なぜ、そんな事をしたの？

いつから「用意」を進めていたの。

「お前たちの血を採った時から。娘よ、怒らないで欲しい。わたしは淋しかったのだ」

怒ってはいない。あなたが淋しいという事は、良く知っているもの。でも、なぜなの？　なぜあたし達に偽物の「記憶」を、植え付けたりしたの？　コピーだと、最初から教えてくれていたら良かったのに。

「お前達が、そんなに混乱するとは思っていなかった。喜んで欲しかったのだ」

「ハル」の心は、まだ進化しきれていなかった。

「笛を吹いたのに、踊ってくれなかった。

葬式の歌をうたったのに、泣いてくれなかった」

と、あるみたいに。

あたしは「ハル」と、皆のために、泣いてしまいそうになった。

ねえ。「ハル」。体はソウル（魂）の容れ物なのよ。コピーには、心はあるけど魂がないと教えてくれたのは「ハル」。あなたじゃないの。あたし達は、ただのソウルの欠片だわ。欠片はいつか、本体の元に戻って行ってしまう。あなたには「それ」を止められないのよ。今度からは、コピーに偽の記憶を植えつけるなんていう事は、止めにして頂戴。

「わかっている。お前達の苦しみを見ていてそう思った。お前が望むのなら、皆をもう一度、揺鑑のプールに入らせてあげても良い。忘却のプールもある」

あたしは、少し考えた。

何もかも「思い出す」事が全ての人々の益になるとは思われなかったし、一方で、何も「思い出さない」でいる事が、誰かの益になるとも考えられなかった。あたしには決められないし、決められもしない。

「その事」を決めるのは、コピーのあたしではなく、花冠を造り出した、リトラの神様なのだろう。「ハル」ではない、あの神様。あたしの考えが正しいのなら、あの神様御自身が、その事を証明して下さるだろう。きっと、いつの日にか。

あの神様は、言われている。

「恋人よ　美しいひとよ
さあ、立って出ておいで
ごらん、冬は去り
雨の季節は終わった」

と……。

それなら、あたし達はコピー種という名の冬が去り、涙の季節が終わるという春の日（救出）を待っていても良いのじゃないかしら。

あたしの中に、あの神様と、矢車草のリトラ、ヴェロニカのスター、デイジーのあたしと、シトラス、アントやスノー様、エメット達全員の声がする。

「アヴェ・マリア」

あの美しいお母様の息子、ナザレのイエスと言われた方の「声」もする。


「エルサレムの乙女達よ、誓って下さい。

愛がそれを望むまでは
愛を呼び覚まさないと」

と……。

本体のソウルはきっと、望み、望まれて「行ってしまったのだろう」。

「愛」は急がない。「愛」は、待つ「力」と、待たせていられる「力」を持っているのだから。

きっとあたし達は、「愛」の中に、今も抱かれている。

ねえ。「ハル」。あたしには何も決められない。だから、あなたにも決めて欲しくはないの。

皆のハート（欠片）が望むように、一人一人に決めさせるのが良い事なのでしょう。

「本体」は多分、自分の望みを知っていたのだと思う。だから、急ぎ過ぎないでよ。

「わかった。お前がそう言うのなら、わたしも急がない」

ところで「ハル」。あたし達の本体はどうなったの？　リトラ達はどうして帰星できなかったのかしら。スターシップは、二度出たのね。

「天使族を乗せた船は、テラ暦二千五百年に向かって飛んで行く途中で、事故に遭った。ワープを出た後で流星群に襲われ、千八百年代に降りてしまったのだ」

彼等は、そのまま戻らなかったの？

「船だけが戻ってきた。天使族の者達は、天使に従って、ルーアン、ルアーブル、パリ、ロンドン、ポルトガル（旧ルシタニア）に散って行ってしまったのだそうだ」

無茶をしてくれたのね。天使族達は、使節学院に行っていなかったから、言葉や習慣で苦労した事でしょうに。

「そうでもない。彼等はラテン語も良く知っている」

ああ、そうだった。そうだったわね、「ハル」。

それで、リトラ達はアダムとイーブの泉を出るのが、一番最後になってしまったのね。

それで、あたし達はどうなったの？

「わからない。二千年代のヤポンの、東京シティのどこかで消えてしまったのだ。

それについては、ラプンツェルとロバの皮に訊きなさい。リトルスターは、そう言ってから消えたそうだ」

やっぱりラプンツェルとロバの皮に、話が行ってしまうのね。わかった。もう良いわ。「ハル」。

安心して。もう二度とこの話はしないから。

「早く戻って来なさい。待っている」

「ねえ、あたしのムーン。どうしたの？　ボウッとしちゃって。寝ていたの？　ヨダレが垂れそうな顔をしていたわよ」

「言ってくれたわね、あたしのロバの皮。あんたこそ用心しなさいよ。ボウッとしていると、エメットにアホを染されてしまうから」

「俺は、馬鹿じゃない」

「馬鹿ほど可愛いものはない、という言葉があるのよ。『洗濯屋』じゃなかった、金木犀。あんた、スターにちゃんと申し込んだの？」

「止めてよ、ムーン。又、そういう事を言う。あたし達よりも、リトラの方が先なのよ」

「リトラを待っていたら、一生結婚なんかできないわよ。だってホラ、見てごらんなさいよ。ノワールはリトラに熱々なのに、奥手のリトラは、それに気がついてさえいない」

「馬鹿ったれだね、ノエル。リトラを好きなのは、ウチの卓郎《タクオ》なんだよ」

「あら、セーヌ。その卓郎ってシトラスさんの事なの？　シトラスさんなら、エンジェルにぞっこんなのよ」

「何言ってるんだよ、ミナ。エンジェルなんていないよ。いるのはモンスターだったじゃないか」

「エメットさん、ひどいよ。僕のオードラに何て事を言うのさ」

「やだ、ニュート。奥巫女に向かって『僕の』だなんて……。エドワードに聞かれたら、玉を抜かれてしまうわよ」

「もう聞こえているぞ、スター。よう、親父。この青びょうたんを一発殴ってやっても良いか」

「息子よ、止めておきなさい。殴ってはならねえと書いてある」

「スノー様、『ならねえ』じゃなくて、『ならない』ですわ」

アントの小さな声に、笑い声が弾けた。

スターがこっそりとあたしに囁いた。

「愛しているわ、ラプンツェル。あたしの長い髪」

あたしもスターに囁いてあげた。

「あたしも愛しているわ、ロバの皮。ねえ、あんたと金木犀のあいつに乾杯でもしましょうよ」

「クジとアリが揃ってから」

ああ、そうだった。そうだった。

クジ（神意の行方）というのは、確か美し族と競技族の混血種の男で、スノー様やエドワード、エメット達の近くにいた人だった。アリ（存在する者）は、移民族の娘で美しいと聞いている。

この二人は重症者ではなかったけれど、あたし達の「療養」をどこからか聞いて、カリスト行きを望み出たのだと聞いている。

あたしは幸福そうに笑いながら、お互いに、

五、デイジー・欠片は本体に辿り着けるか

「アレ、間違えた」

「おっと、しまった」

と言い合っている、花冠の花達を見回した。

それは、秘密の花。この花々や音楽、鉱石達の「欠片」は歌う。恋歌を。

中間地帯での事も、本体の「ソウル」は、覚えているのだろうと思われた。あたし達の本体は、幸福だったのだろうか。多分、そうなのだろう。本体のソウルは満たされたからこそ、二千五百年にまでは「跳んで」こなかったのだろう。

この明るい、忘れな草のような空の下で、あたしは想いを「ムーンシップ」に寄せてみる。ムーンシップと事故。失われてしまったように思える「仲間達」も、きっと天の故郷に帰って行っているのだろう。

あたしはキスのような眼差しで、愛する花冠のような仲間達を見る。

あたし達の「混乱」は、血と「水」との他に、本体のソウルの記憶を、感じ取っているせいだろう。

コピーは、本体の夢を見るのだろうか。

コピーのソウルは本体の欠片。本体の魂の木霊のようなものでしかないのだろうか。だから、本体のソウルの「愛」の行方を夢に見る?

「彼等」は、いつかどこかで失われてしまった「欠片」を取り戻せたのだろうか。

多分、二千年代のどこかで。多分、美しい花の輪が咲き揃えられた日々の、どこかの流れのほとりの中で。「旅」は、終わったのだ。

けれど、あたし達の本体が幸福だったのなら、コピーも幸福に生きた方が良いのだろう。例え、混乱したり、間違えたりを繰り返しながらでも。例え、どのくらい生きられるのか解らなくても。

あたしは、コピー。

でも、コピー種の誕生は、今のところ「ハル」と、あたしだけしか知らない。

いつの日か、アントやリトラ、エメットやシトラス達も、気がつくのだとしても。

本体達がどのようにして「輪」になったのかは、神と天使達の他には、ラプンツェルとロバの皮が、多くを知っているのだろう。

あたしは皆の役に立てたのかしら。誰かのためになれたのかしら。そうであって欲しい。

あたしは、今は「聞いて」いる。セーヌの馬鹿ったれ節の他にも、打ち解けた様子で笑う、愛する人達の「間違えちゃった節」を。

そう、今は、これで良い。多分、これで良いのだ。

「ハル」の心が歌っていた。

「さくら。

さくら……」

秘めやかに、しめやかに、明《あか》やかに「時」は進んで行く。

コピーは恋する。祈り歌に乗って、恋歌に乗って、天の故郷のどこかに咲いている、花の輪に。明るい、暖かい「愛憐花」に、恋をする。

あたし達が上って行く「時」には、その花々が、一層美しく輝いて咲いていて欲しいと……。

五、デイジー・欠片は本体に辿り着けるか

クジとアリが揃った。

クジはスノー様を見て、「親爺さん」と言い、アリを見てあたしは、「カット」と言ってしまった。

特別注文の、金木犀のお酒が運ばれてきた。金木犀の花の色は、愛の輝きの色。金木犀の甘い香りは、別れの痛みを慰めてくれる。

金木犀のお酒を選んだのは、スターとエメットの二人だった。

「乾杯!!　スターとエメットの恋に乾杯!!」

「ノバとミフユに乾杯!!」

「あたし達、奇病者仲間に乾杯。健忘症ではなくて、夢遊花のような仲間達に乾杯」

「おい。モンスター。夢遊花はないだろう。せめて、幻し花とでも呼んでくれないか」

「わかっているわよ、ライラック。あんたの祈り花は、甘く切ない恋の香りがする」

アレ。又、やってしまった。エメットの馬鹿が、あたしを「モンスター」だなんて呼ぶものだから。

ああ、どの花も、この花も愛おしい。この花冠に、付け加えられる花はあっても、取り去られる花はもうないのだろう。

本体達がどのように生きたのかは、良くわからない。けれど、コピーにも心はあるというのだから、あたし達はきっと愛し合って、これからも生きてゆける。他の人達には幸福に生きて行って欲しい。生ある限り。

あたし自身は、淋しい神様の「ハル」と、これからも生きて行くだろう。輝く愛冠の咲く場所に、上って行ける日までは……。

「ハル」の心が大人になって満たされる時には、「ハル」はもうコピー種族を造り出そうなどという考えは、捨ててくれる事だろうから、あたしは「ハル」に付き添って行く。

あたし達のソウルの本体が、揺り籃の中で聞いていただろう「さくらの歌」を歌って……。

あたし達のために、天使達が歌ってくれていた、「渡り橋」のような、あの歌も歌って……。

「揺り籃」は、誰の魂のためにも歌ってくれると思うから。「それ」は、神の生命の歌。

あたし達全てを育ててくれる歌。

この世界は魂という名の花の揺り籃。

これで、あたし達の旅の物語はもうお終いになる。

本体達のソウルは、目覚めたのだ。

あたしの中に「声」が聞こえる。

「あなたは
わたしを愛するか」

と問う「声」が……。

その「声」は優しく、慎ましく、まるで懇願して下さっているかのように、甘やかに響く。

花冠の花達の、「ハート」が答える。

「愛しています」「クウ」「アン」

と、弾むような「声」で。


「それ」は、新しい歌。愛し合い、惹かれ合う心と心が、「愛」を讃えて歌う歌。

歌が呼んでくれるなら、いつの日にか、泉のほとりに咲き揃う、本体のソウル達に、あたし達も辿り着ける。

いつの日にか、大人になった「ハル」の心も、きっと、誉め歌を歌える事だろう。

「愛のために」、あたし達は今は生きよう。

「愛しています」と、答え続けて行こう。

五、デイジー・欠片は本体に辿り着けるか

生きてある間は、揺り籃の中にいるのだとしても。「愛」は問い続けてくれる事だろうから。

「あなたはわたしを愛するか」と。

あたし達は答える。

「永遠《とこしえ》に……」

【二千五百年地球《テラ》への旅】シリーズ小説

・『二千五百年地球《テラ》への旅』（本書）
・『カモン・ベイビー』
・『憧憬』（チョンジン）
・『もう一度会いたい』
・『ラプンツェルとロバの皮』
・『亜麻色の髪のおチビ』
・『酔いどれかぐや』

【関連シリーズ小説】

・『桜・桜』
・『夏の終り』
・『閉ざされた森』

【引用文・参考文】

・『新共同訳聖書』
・日本古謡『さくらの歌』

・オペラ『カルメン』
・映画『思春期』

〈著者紹介〉
坂口　麻里亜
長野県上田市に生まれる。
長野県上田染谷丘高等学校卒業。
在学中より小説、シナリオ、自由詩の
執筆多数。

二千五百年
地球《テラ》への旅

定価（本体2500円+税）

乱丁・落丁はお取り替えします。

2020年 11月 6日初版第1刷印刷
2020年 11月12日初版第1刷発行
著　者　坂口 麻里亜
発行者　百瀬精一
発行所　鳥影社 (www.choeisha.com)
〒160-0023 東京都新宿区西新宿3-5-12トーカン新宿7F
電話 03-5948-6470 fax 03-5948-6471
〒392-0012 長野県諏訪市四賀229-1（本社・編集室）
電話 0266-53-2903 fax 0266-58-6771
印刷・製本　シナノ印刷
©SAKAGUCHI Maria 2020 printed in Japan
ISBN978-4-86265-841-8 C0093